U0542882

扶摇

白芥子 著

"若为凡人，生老病死、百年轮回，或许要历经无数世，才有一世能侥幸生得灵根，天赋却也不知几何，便是能得机缘顺利走上修行路，也有无数次可能中途陨落，最后能成功渡劫飞升者，少之又少，可即便如此，仍旧人人向往得道成仙，与天同寿。"

"只有得到了永恒的寿元，才不惧尘缘再被斩断。"

长江出版社
chANGJIANGPRESS

图书在版编目（CIP）数据

扶鸾 / 白芥子著 . — 武汉：长江出版社，
2023.4
ISBN 978-7-5492-8757-4

Ⅰ. ①扶… Ⅱ. ①白… Ⅲ. ①长篇小说 – 中国 – 当代
Ⅳ. ① I247.5

中国国家版本馆 CIP 数据核字（2023）第 056259 号

扶鸾 / 白芥子 著

出　　版	长江出版社
	（武汉市解放大道 1863 号）
选题策划	小　米
市场发行	长江出版社发行部
网　　址	http://www.cjpress.com.cn
责任编辑	陈　辉
特约编辑	连　慧
印　　刷	德富泰 (唐山) 印务有限公司印刷
版　　次	2023 年 4 月第 1 版
印　　次	2023 年 5 月第 1 次印刷
开　　本	710mm×960mm　1/16
印　　张	21
字　　数	370 千字
书　　号	ISBN 978-7-5492-8757-4
定　　价	62.80 元

版权所有　盗版必究（举报电话：027-82926804）
（如发现印装质量问题，请寄本社调换，电话 027-82926804）

是梦魇，亦是美梦

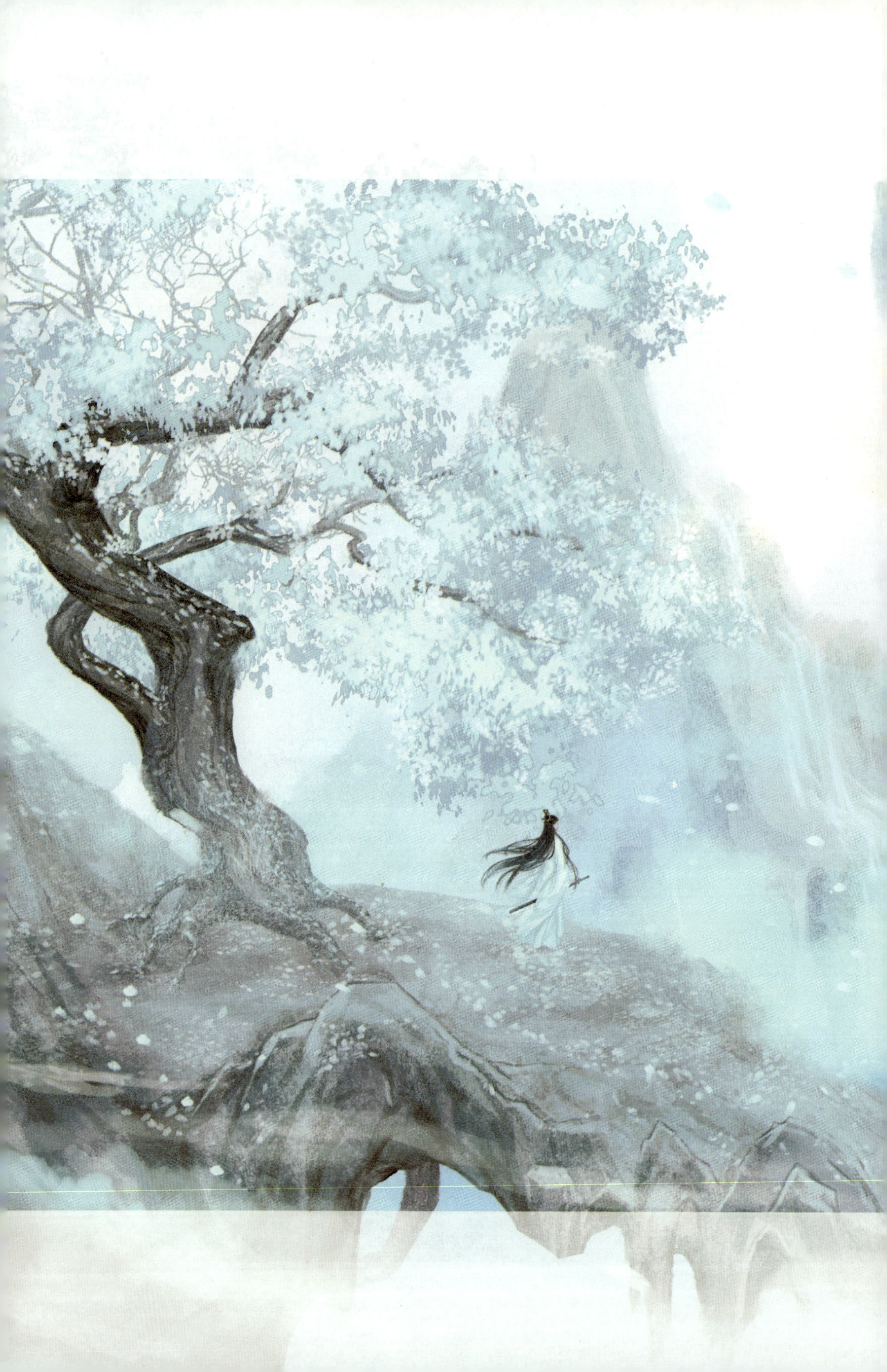

在东洲,

有一只名为青雀的小青鸾,

身具凤王血脉,

有凤凰全族之人庇护,

无忧无虑地长到二百岁。

终于有一日,

青雀偷偷离开故土,

想要去另几方仙土看一看。

不问乾坤,不辨方向,

小青鸾凭着一腔孤勇,

一往无前,

直至闯入那仙云缥缈、山川秀发之地。

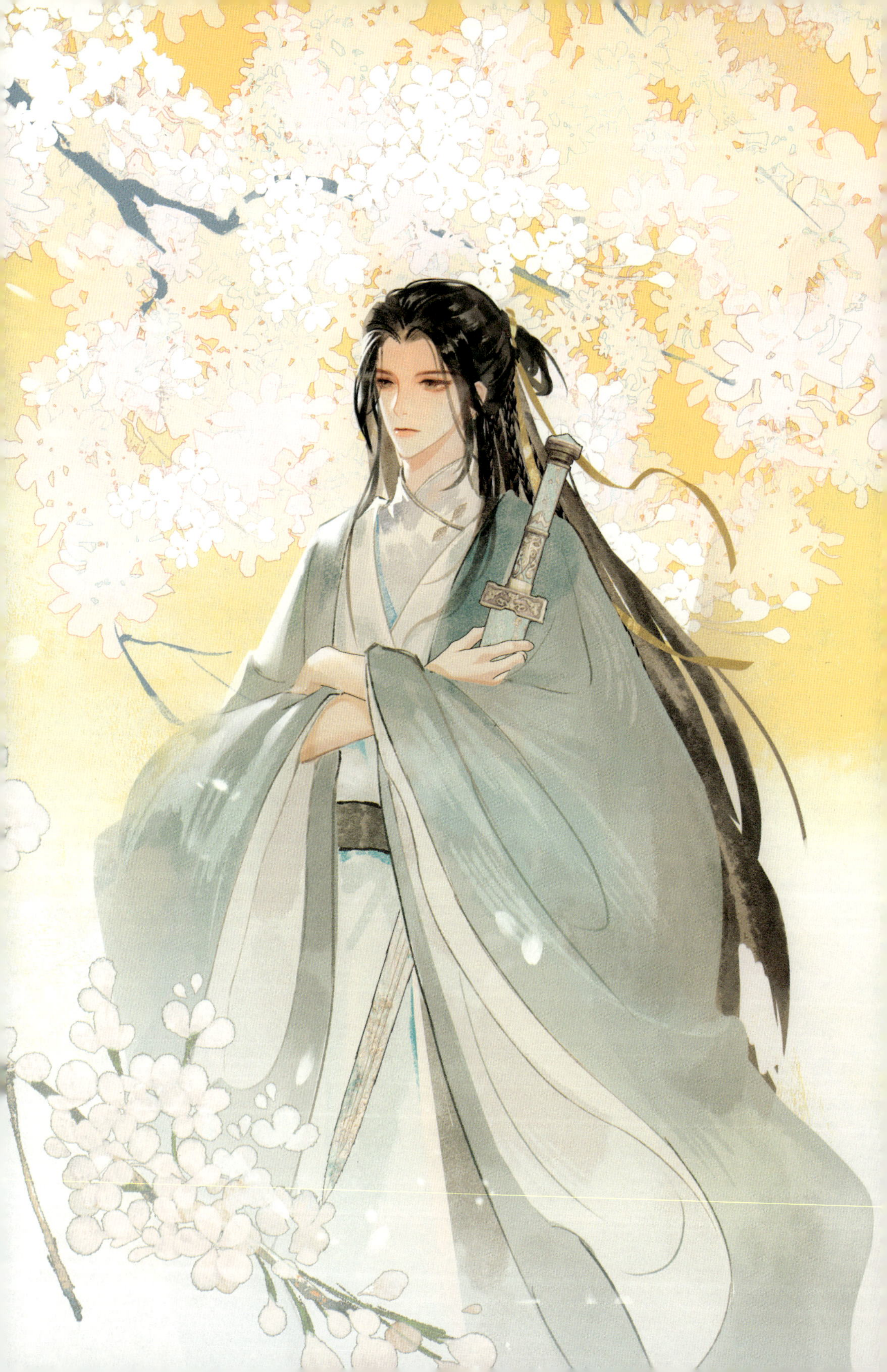

目录

卷一　红叶盟　001

卷二　旧时境　095

卷三　雾里花　213

番外　蚀心　321

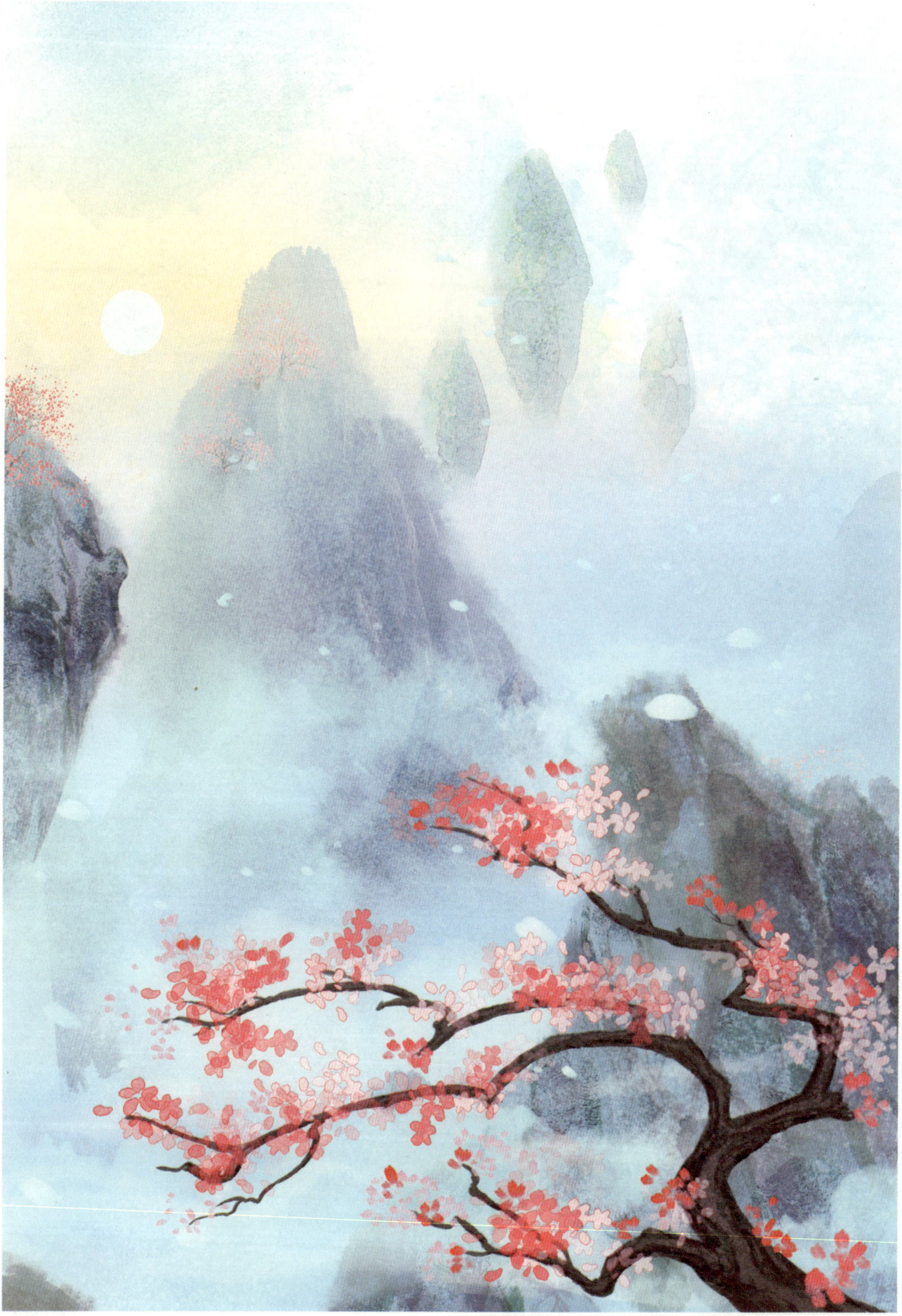

卷一 红叶盟

1

岚烟氤氲，祥云自山间出。

越往前行，越能感受其间灵气充盈。

一支队伍正走在山道间，抬着一顶小轿，往云海更深处去。

轿中的乐无晏掀开轿帘。

"累了，先歇歇。"

前边侍从健步如飞，置若罔闻。

乐无晏掌心升起一团红橙火焰，分散成十数火珠急射而出。

侍从一抬手，火珠在他身后化作无形，连一片衣角都未沾到。

乐无晏愣了。

这具身体修为过低，连筑基都差了一步，他前世活了三百年，从未如此窝囊过。

侍从退回轿边，没让人停轿，像是着急赶路，说道："小修士且再忍忍，过了前头洛水，就是太乙仙宗的地界，到了那里随你歇。"

乐无晏深吸一口气，强忍住将人脖子扭断的冲动，道："太乙仙宗？"

侍从的脸笑成一朵花，嗓音尖锐刺耳："太乙仙宗的明止仙尊，便是那位将要与小修士成为共修者之人，小修士好福气，得了这人人称羡的前途。"

乐无晏破轿而出，拔腿便跑。

下一瞬一道红绫挥舞至眼前，再滑落腰间，如水蛇一般将他缠紧。

乐无晏狼狈地摔倒在地，侍从已瞬移至他身侧，收回了红绫，弯腰将他搀扶起，仍是笑容满面道："哎呀，小修士怎这般不小心。"

乐无晏暗自咬牙，这侍从的修为至少在筑基中期，若是以他前世大乘期巅峰的修为，这样的低阶修士本与蝼蚁无异，如今竟栽在了其手中。

侍从搀着他，两人暗暗较劲。

乐无晏落在了下风。

若是拼死一搏，他有前世丰富的经验和手段，越级胜这侍从倒也不无可能，但他也是个识时务之人，初来乍到，尚未搞清楚眼前状况，并不想铤而走险。

于是他重新坐回了轿中，隔着一道帘子，乐无晏有一搭没一搭地与侍从套话，言说自己记忆有损，问起这前后因由。

"小修士是四方门的外门弟子，得了明止仙尊的青眼，仙尊以两件上品灵器，换得四方门门主将你送来太乙仙宗。

"明止仙尊可是当世唯二境界达到渡劫期的修士，二十岁结丹，不及三十岁便已成婴，至今不过堪堪三百余岁，已是渡劫期大能，离飞升仅差一步。如此奇才，旷古未有，小修士能与仙尊成为共修者，那是祖坟冒青烟，八辈子修来的福分。"

侍从是个话多的，口沫横飞，将乐无晏想知道的都说了。

所谓共修者，其实是修士间一种稀松平常的共同修炼之法，只要彼此天资灵根相合、互相信任，两个人也好，多个人也罢，歃血为盟，祭过天道，在彼此神识中烙下共修印记，便为共修者，从此同气连枝，共同修炼，分享所悟所得，其修炼精进之速度远胜单打独斗百倍。大多数修士都会在自己宗门内寻共修者，多为师徒亲朋，以省去试探对方品性那些不必要的麻烦。可这位明止仙尊与他，别说同宗同门了，根本都不认识。

"小修士能与仙尊共同修炼，修为必将一日千里，只怕不需多少时日，小修士的本事也将突飞猛进，当真叫人眼红艳羡。"

乐无晏略无语，道："我就只值两件上品灵器？"

他方才已第一时间摸过自己的根骨，这具身体年岁必未超过二十岁，已是炼气期巅峰的实力，虽炼气期不过是修真界最底层，但炼气一层与九层之间也有天壤之别。一个小门派的外门弟子，却能在二十岁之前迈入炼气九层甚至十层，说明这具身体先天条件极佳，至少双灵根往上，甚至是单灵根。

如此资质，别说是小门小派，便是在大的仙门，也理当受重视，结果他不但是个外门弟子，还被门主仅仅以两件上品灵器就换给了别人？

这个什么四方门的门主，脑子是被驴踢了吧？

侍从仿佛猜到了他在想什么，说道："小修士身上秘密好生多，分明天资优越，却委身在四方门这样的小门派里，还掩藏了实力，如今要进太乙仙宗的门，却说自己记忆有损……"

乐无晏默然一瞬，这侍从看似大大咧咧，实则精明得很。

但若是这样便说得通了，小修士隐藏了实力，四方门不知他的本事，只当是个普通外门弟子，所以能以他换来两件上品灵器，还能卖那位仙尊一个好，这买卖自然划算。

乐无晏不耐烦地问道："我们还要走多久？"

侍从笑吟吟道："太乙仙宗那头只让我等按着约定时间将小修士送过洛水。"

乐无晏幽幽道："我听说，明止仙尊曾有过一位灵根和我一样的共修者，现在找我，是要我替代他吗？"

侍从手一挥，赶紧制止他道："你可别说这话，世人皆知明止仙尊当年是忍辱负重，为了除魔卫道才与其共修，那魔头早死干净了，骨头灰都化成渣了，碍不着你什么。"

乐无晏哂了哂，他骨头灰确实化成渣了，可他又活过来了。

"哎呀！"侍从激动道，"洛水畔到了。"

乐无晏朝前看去，水雾缥缈，绵延数百里，远山掩映其后，重峦叠嶂，一眼望不到尽头。

这一方云山雾罩，仿若仙境。

水边停着一艘通体白玉的大船，细看之下竟是隔空漂浮在水面上，乐无晏一眼便认出这是件至少中品往上的灵器，思绪百转间，侍从已吩咐那些轿工将他抬上船。

终于停下，乐无晏一抬下巴，道："既上了这灵船，我也跑不掉了，让我出去看看。"

侍从面不改色笑道："哪儿的话，我哪敢拘着你呢。"

乐无晏没再理他，起身出了轿子。

轿外是广阔的白茫茫的一片，脚下灵船行得十分平稳，湿润的风拂过面颊，饱含灵气，还藏着隐隐花香。

那侍从已盘腿坐下，正抓紧时间利用这灵气打坐修炼，只在乐无晏走近船沿时觑了他一回，后又闭了眼。

乐无晏确实跑不掉，他还未筑基，连踏空行走都做不到，这洛水看似平静无波，其深不止千尺，水下暗潮涌动，乐无晏除非不想要这条小命了，否则决计不可能选择跳船逃走。

乐无晏的身体靠向船栏杆，思绪有一瞬间放空。

死去又活来这样的经历算不上离奇，睁开眼发现自己正要被人送去有杀身之仇的人身边，却过于离谱，实在晦气得很。

一丝微风拂过，吹散渺渺白雾，乐无晏低头望去，水面清晰地映出他的脸。眉如墨画、面如冠玉，那双与他前世一模一样的眼眸中映着惊愕。

乐无晏一愣，回神时脑中已闪过无数个念头。

他确定这具身体不是他自己的，非但根骨年岁和修为不对，当时他被那人一剑穿胸，不想死后肉身落入敌手，他选择了释放丹田之火自焚，大乘期修士的丹田火可毁天灭地，他的肉身其实连渣都不可能剩下。

他是魔修，所习功法与正道玄门截然不同，这具身体的修为虽只在炼气期，但体内灵力纯净，并无一丝一毫魔气浸染之相。

可这张脸，又确实与他前世样貌分毫不差。

"小修士，你做什么呢？"

侍从的声音在背后响起，乐无晏转身，警惕地看向对方，侍从笑着提醒他："前头就快到岸了，小修士还是回到轿子里吧。"

乐无晏问："我叫什么？"

侍从啧啧道："小修士果真不记得了吗？竟连自己名讳都忘了。"他笑道，"小修士名叫青雀啊。"

乐无晏皱眉。

他后悔了，先前就该与这侍从拼死斗一把，找机会跑路的。

灵船靠岸，乐无晏被侍从强行请回轿中。

下了船，再回头看时，那白玉灵船已消失在茫茫水域中。

乐无晏心头突突跳，这里便是太乙仙宗的地界，他已无遁逃的可能。

是时，遥远天际传来一声嘹亮的鹤唳，日光破开白雾，自苍山云海之巅倾泻而下，将周遭生灵染上金色光芒。

便有仙鹤驾鸾车而至，鸾铃叮当，响彻山海。

侍从激动得涨红了脸，道："迎接的队伍来了！"

云海之上，近百名修士乘云踏雾而来，皆是一袭白衣广袖，袍裾猎猎，立于云巅，犹如仙人之姿。为首的那人周身威压更格外骇人，只见他眉目清冷、神情疏淡，狭长的眼梢微垂，凌厉的视线扫向下方。

侍从低呼出声："明止仙尊，竟然亲自来了！"

乐无晏被拉下轿子，下意识后退了一步，第一反应是掩饰自己的容貌，这种小术法以他现下的修为也能做到。

才抬起手，却又停住。

别说是那位渡劫期的仙尊大人，这里随便一个修为比他高的修士，都能一眼识破他这雕虫小技，做与不做没有任何区别。

算了。

鸾车缓缓降下，浮于前方山道上，跟着落下来的，还有出乎所有人意料的明止仙尊。

那人停在了距离乐无晏几步之遥处，如冰霜一般的寒目中覆着暗色，沉沉望向他。

乐无晏本能地低了头，心脏在那一瞬间紧缩起，仿佛有濒死的痛感再一次自心口蔓延开。

愤怒、悲哀、不甘，种种情绪纠缠而生。

他听到那人熟悉且陌生的声音。

"你过来。"

2

乐无晏在逃与留之间挣扎了一息。

其实根本无路可逃，以他现下这修为，与那侍从还能斗上一斗，对上这位仙尊大人，对方甚至手指都不需一抬，就能将他碾压成灰。

逃不掉便只能上前，乐无晏硬着头皮走过去，对方周身威压逐渐收敛，气势也温和了些许。

乐无晏心不在焉，并未注意到这些，便也没看到后方跟随而下的那上百名修士落向他时，或惊异，或打量，或若有所思的目光。

死就死吧，乐无晏心道，死之前还能有机会唾一口这背信弃义的无耻狗贼，也算值了。

想通此节，乐无晏不再掩饰，昂然抬首，正要破口大骂时，便撞进面前人看向他的幽深目光里。

"我名徐有冥。"

他嗓音低沉，炸开在乐无晏耳边。

乐无晏愣了。

原以为徐有冥会在看到他的脸时便对他动手，但是没有，徐有冥的反应全然出乎他的意料。

这人看着自己与他亲手诛杀于剑下之人长着一张一样的脸，竟半分不惊讶？他难道又失忆了不成？

不对，这狗贼根本从未失忆过，从一开始，假装失忆接近他，就是诱他上钩的一场骗局。

乐无晏很快敛了心神，镇定回视徐有冥。

徐有冥神色中看不出异样，仿佛当真不认识他。

乐无晏与他上了鸾车，并肩坐下。鹤唳声再起，仙鹤展翅，直冲云霄。

徐有冥坐得端正笔直，双目微阖，仿佛已然入定了。

乐无晏将目光落向鸾车外，云层之下是从未见过的情境，太乙仙宗地界之大，远超他的想象。

浩浩荡荡的队伍转瞬已飞跃数座城镇，越过山川河流、广袤的森林，一路鸾铃声不断。

这般阵仗，所过之处，无数人抬头仰望。

"这些城镇皆是依附宗门而建，受宗门庇护，过了紫霄山才是本宗地界，又有内外门之分。"

徐有冥难得解释了一句，乐无晏已看到前方矗立在山峦之巅、直入云霄的巨石，"太乙仙宗"四个苍劲雄浑的金色大字在日光下闪耀着奇异的光辉。

一阵罡风袭来，乐无晏本能地抬手欲挡，那风却在接近他时化为无形。

好强劲的护山法阵，乐无晏暗道。

以他现下肉身之低阶修为，只是靠近这法阵，已能感受到其强悍的威力，若无徐有冥带路，只怕他这会儿已被这法阵绞杀至魂飞魄散了。

乐无晏心中不平。

当年，他的逍遥仙山护山法阵由他亲自布下，威力不比这个小，且他所布法阵诡谲怪诞，便是当真有境界在他之上的正道修士来强行破阵，他也自信能将之挡下。

他唯一不设防的人，只有身边这位。

但这个人在他闭关修行，即将突破渡劫之际，带着玄门百家围攻上了逍遥仙山。

"到了。"

徐有冥的声音拉回了乐无晏的思绪，鸾车已飞过外门，进入了太乙仙宗重中之重的内门中，一路过去，又有绵延数千里的无数峰头，随处可见奇珍异兽、琪花瑶草、寒潭瀑布、深溪浅流遍布其中，灵气之盛，更甚外间千百倍。

鸾车落地之处，是其间一座方圆数百里的大峰，远望过去，满布绿意，巍峨主峰耸入云巅。

这里便是明止仙尊徐有冥的宿宵峰。

那上百名修士将他们送到便已离开，此处唯他二人，乐无晏在那一息之间心念百转。

既然徐有冥没有在看到他的脸之后便对他动手，甚至半分不惊讶，无论这人又抱了什么目的，他都不会傻到主动承认自己的身份。

乐无晏镇定问道："你是渡劫期的仙尊，离飞升仅差一步，为何找我这样一个尚不及筑基的小修士？"

徐有冥看着他，眼底似覆着一层什么，片刻后道："你随我来。"

徐有冥带他腾云雾而起，飞往远处的另一座峰头。

熟悉的气息沁入鼻尖，乐无晏抬眼间，目光触及徐有冥清冷如玉的侧脸，暗暗咬紧牙根。

他不知自己死去活来后又过去了多少岁月，在他的记忆里其实不过瞬息，他的共修者摇身一变，成了正道表率，带着仙门百家前来讨伐他。他难以置信，处于进境关键时刻的身体却孱弱无力，只能眼睁睁地看着那人的破魂之剑穿心而过，身死魂消、元神俱灭。

乐无晏一怔，他确实应该连元神都灭了才对，为何如今却又出现在这里？

愣神间，徐有冥已带着他重新落地，道："到了。"

乐无晏不耐烦，问道："这是什么地方？"

光秃秃的一座小峰，一眼能望到头，至高处立着一块白玉碑，不知徐有冥带他来这里是何意。

徐有冥道："那是宗门测试弟子灵根的玉碑。"

乐无晏瞬间了然，大步走过去，他也想知道自己现下这具身体到底是何资质。

乐无晏将手掌贴上那冰凉的玉碑，等了片刻，一道红光自他掌心处渐渐蔓延开，很快占满整块玉碑。纯粹的红，不含一丝杂质，且范围之广，竟能将整块玉碑染成血色。

这意味着他拥有最纯正、粗壮的单火灵根，与他前世一模一样。

一样的脸，一样的先天资质。

乐无晏收回手，还在想着其中的关联，就听徐有冥淡声道："我需要一个共修者，必须是最纯正浑厚的单火灵根，修为越低，其体内灵力越纯，也越合我用，你是最合适的人选。你若与我一起修炼低阶上品功法，你亦能快速提高修为，我可助你境界突飞猛进，在最短的时日内突破筑基乃至结丹。"

乐无晏算是听明白了，盖因他前世就是单火灵根，与徐有冥修炼七年，助他修为精进，如今这狗贼已迈入渡劫期，可渡劫期与飞升之间说是一步，亦有人千百年都难以突破，所以徐有冥想沿用之前的修炼之法，以求万无一失。

乐无晏被气到了，拒绝的话到嘴边，对上徐有冥安静看着他、无波无澜的双眼，又咽了回去。

这狗贼倒也没说错，若真是成为共修者，他才是受益最多的那个，他如今的修为实在太低，一点一点慢慢修炼，即便有前世的经验，再快也得一两百年才能重回从前的境界。

与人共同修炼，尤其是与徐有冥，是他快速提高修为的最佳之法。

接受，还是不接受？

乐无晏心跳如鼓，他总觉得这人还有什么别的目的，从前他就是太过相信这狗贼，才会落得那般凄惨的下场。

如今重来一遭，他似乎也没得选，徐有冥看似在等他做决定，他怀疑只要他说个"不"字，这狗贼便会立刻翻脸。

算了，既来之，则安之。

"仙尊这般做，不怕污了名声？毕竟我与仙尊身份悬殊，与我成为共修者，可不是什么光彩之事。"乐无晏还是没忍住，呲了他一句。

徐有冥神色平静，沉声反问道："与道友修炼，有何不光彩？又何来身份悬殊一说？"

"呵。"乐无晏干笑，"仙尊若是不在意这些，我自然无话可说。"

徐有冥道："回去吧，时辰快到了。"

3

回到宿宵峰，将要落下时，乐无晏终于看清楚这座主峰的全貌。

峰顶有一白玉祭台，耸立在至高处，天阶延伸往下，两侧已坐满了前来观礼的宾客，皆是一袭太乙仙宗人独有的白衣锦袍，并无外客。

徐有冥带着乐无晏落地,与他解释:"共修者大典办得匆忙,没有大张旗鼓地发请帖,来观礼的都是本宗人士。"

乐无晏松了口气,他前世虽甚少下逍遥仙山,但当日围攻他之时,冲在前头的各大宗门的高阶修士都见过他的脸,他可不想刚活过来又被围杀一次。

不过即便是在太乙仙宗内部,大约也有不少人认识他,他倒是很想看一看,徐有冥要怎么跟人解释这事。

乐无晏胡思乱想间,徐有冥提醒他:"先回屋中换衣裳。"

徐有冥的住处在临近峰顶的背面,是一个立在崖边的小屋,屋外的曲廊顺着高高低低的石阶往西侧高地去,可见一水榭,其后是自山顶而下的瀑布,终年水声淅淅,屋子另一侧还有一条小径,走下去几步便是一片十分宽阔的平地,大约是徐有冥平日练剑之所。

毕竟这位仙尊大人,是天下第一的剑修。

乐无晏自嘲,当年他分明是被雁啄了眼,明知徐有冥修为不低于自己,却半点不怀疑他的来历,最终自食其果。

不过,这人住的地方可真够简朴的,不说与他逍遥仙山的殿阁比,先前一路过来,他瞧见许多峰头上那些修为远不及徐有冥的修士,住所都修得比他阔气。

"你这山上的景致也太单调了些。"乐无晏随口嘟哝了句。

进去里边看,屋内陈设更简单,以屏风隔了里外间,靠西侧的里间是卧房,外间是会客的堂屋,东侧还有一间小的屋子,是徐有冥打坐修炼处,一眼便能看清全貌。

虽简陋,总算还有几分雅致。

外间的长几上并排摆着两套礼服,乐无晏目光落过去,徐有冥道:"去换上吧。"

乐无晏不情不愿地拿了自己那套,进去里间。

再出来时,徐有冥已换好衣裳,在外头等他。

听到声音,徐有冥转过身看向面前人,黑眸里浮起一点光亮,转瞬即逝,正低着头拉自己衣衫的乐无晏毫无察觉。

他墨发自然地垂向一侧肩膀,因低头的动作露出皓白的一截脖颈,礼服衬着他姿容昳丽的面庞,眉不描而黛、唇不点而朱,明艳又灵动。

徐有冥上前,乐无晏下意识要后退,又不想弱了气势,站定不动。

徐有冥抬手,插了样东西至他以红绳半束起的发髻间。

"送你。"他淡声道。

乐无晏拧眉，侧头对上墙边的铜镜，微微一怔。

那是一根翎羽，羽根至羽轴部坚硬通透似血色红玉，两侧羽瓣自内而外由金至赤红渐变，尾端羽片大而卷曲，呈五彩色，被其下伸展而上的金红羽瓣包裹。

分明就是他前世的本命灵器，他从不离身之物！

乐无晏脑中霎时一片空白，徐有冥将这个送给他……是何意？

徐有冥的嗓音低沉而温和："此物名'红枝'，是一件极品灵器，待你修为上去，可将之收服，于你应当是合用的，你若是不喜这个名字，也可另取一个。"

乐无晏终于回神，面前人神态泰然，仿佛在说着一件稀松平常之事，他却几欲呕血。

好，很好，真好，杀了他的人，夺了他的宝，转手又送给别人，仙尊大人果真是好样的！

徐有冥似浑然未觉乐无晏的滔天怒意，温声提醒他："走吧，时辰到了。"

傍晚时分，百鸟送鸣，祥云降瑞。

漫天霞光华彩中，他二人沿天阶而上，钟鸣声响彻云霄。

吉时到时，他们走上白玉祭台，司仪唱礼，请祭天道。两人指尖蹿起一簇金红火苗，金焰包裹赤火，扑向祭案，转瞬将其上的祭品点燃。

袅袅青烟直上，天道祭成。

徐有冥目视着那一缕青烟，晦色沉入眼底。

其后一片叶状的契书浮现于他二人眼前，掌心一阵细密刺痛后，交融的鲜血沿着他们的手掌缝间滴落，将整片契书染红。

其上金色字迹愈显。

"今以红叶之盟，缔结道缘。他年仙途相偕，长生勿忘。此证。"

最左侧的两个名字，是扶旴、青雀。

盟誓已成。

乐无晏一愣，徐有冥是这人的俗界名，扶旴又是什么？

前一次他与徐有冥的契书上，写的名字是夭夭和他乐无晏。徐有冥当时被他捡回逍遥仙山，记忆全无，连自己姓甚名谁都不清楚，夭夭这个名字是他取的，写在契书上，难怪作不得数。

以天道为证又如何，若是天道真有灵，早该雷劈了徐有冥这狗贼才是。

哦，他忘了，天道又怎会庇护他这样的魔头。

完整的仪式还有第三项，只有在神识中烙下共修印记，才算真正的礼成。乐无晏如今修为未到筑基，尚不能孕养出神识，这一项只能日后再补。

乐无晏心头大松，如此最好，徐有冥的修为比他高太多，若是神识中也有了共修印记，他在徐有冥面前就真正与透明人无异，什么想法都藏不住了。

礼成，他二人转身，举杯接受前来观礼的宾客祝酒。

下头有片刻喧哗，离他二人最近的位置，坐的都是本宗合体期以上的大能，大多见过前生乐无晏的长相，此刻真正看清了明止仙尊这位共修者的样貌，无不惊愕。

乐无晏垂眸看着他们议论纷纷，心中冷笑。

身侧之人依然八风不动，有徐有冥镇场，又都是同门中人，纵有再多疑虑，皆暂且压下了，无人当场质疑。

这一场大典总算顺利结束。

入夜，宾客散去，小屋中乐无晏坐在烛火下，徐有冥在外间不知做什么，他懒得管，垂眼看手中的红枝。

这件东西据他娘说是从胎里带出来的，不过他娘说话从来没个正经，有时说他是蛋里出来的，有时说他是捡来的，也不知有几分真假。

但这件灵器确实十分合他用，前世是他的本命灵器，与他心血相连，如今却已然变成了一件死物。

由此可见，他前世应确实是死透了，不然红枝不会变成这般。

至于为何他还能死而复生，乐无晏一时捉摸不透，随即想到徐有冥的举动，徐有冥如何就断定红枝肯接纳他、认他为主？就因他与之前的自己长一样的脸，还有着一样的天资？

灵器品级越高，越有灵性，认二主的概率便越低，但也并非全无可能。

就这一星半点的可能，徐有冥却将红枝送给他，说合他用……

乐无晏还是生气，甚至有些迁怒红枝，随手扔了出去。片刻后又灰溜溜地去捡回来，插回了发间。

等到他结丹，就能重新认回红枝，有这样东西在，保命的把握能大上不少。

外间传来脚步声，徐有冥绕过屏风走进来。

乐无晏瞥他一眼，他现在一点都不想见到这人，更不想跟他一同修炼！

乐无晏道："我要吃东西，我连筑基都没有，还没辟谷，不吃东西会饿死。"

其实就算前世修为到了大乘期，他也没辟过谷，食色，性也，美人会辜负他，但美酒佳肴不会。

徐有冥没说什么，不多时便有仆从将吃食送来。

乐无晏一看菜色都是合他胃口的，酒也上佳，心情顿时好了不少，不再搭理身旁的徐有冥，坐下大快朵颐。

过了片刻，徐有冥也过来，盘腿在他身侧坐下，为他添酒。

乐无晏吃东西的动作一顿，接过酒杯，一口倒进嘴里。

"扶旰是何名？"他问。

徐有冥道："我之名。"

多的便没再解释，乐无晏嘴角一撇，也懒得问了。

他们一个倒酒一个喝，都不再说话。

窗外有淅淅沥沥的落雨声。

酒足饭饱，乐无晏毫无仪态地倒进床中。

徐有冥沉眸看他一阵，叫人送水进来，说了句"你歇下吧，我去东间打坐"，又离开。

乐无晏顿时放松下来。

他草草洗漱后，又躺回去，翻了个身，困意袭来。这具肉身也就比普通凡人强那么一点，折腾一整日累得够呛，不多时便沉沉睡去。

后半夜，乐无晏从噩梦中惊醒。他坐起身，一抹额头，全是冷汗。

他用力甩了甩脑袋，试图将梦里徐有冥那双寒如冰霜的眼睛甩出去。

做梦也能梦见死前的场景，当真晦气。

窗外隐约传来乐声，乐无晏一伸手，推开了榻边的窗户。

下了半宿的雨才停，窗檐仍在滴着水珠。

雨雾之后顺着曲廊往上，西侧的水榭中，徐有冥侧身立在那里，长发与袍裾被风吹起，身形却站得笔直，似寂寥。

他在吹陶埙，乐声悠远韵长，散进无边际的夜潮中。

乐无晏怔神了一瞬，下意识去看他，徐有冥的侧脸笼在月影后，模糊不清，叫人瞧不分明。

那种心脏不舒服的感觉又冒了头，乐无晏沉默地听了片刻，阖了窗。

他躺下背过身，发呆了一阵，懒得再想，闭了眼再次睡去。

4

自那日后，徐有冥便一直在东间修炼，连着数日未再出来。

乐无晏乐得自在，每日吃吃喝喝，剩余的时间也抓紧修炼提升自己。

本以为有前世的经验，修炼起来应不费吹灰之力，真正开始运转体内灵力时，乐无晏才发现他想错了。

他从前习的是魔修之法，与正道修炼之术截然不同，他父母自诩正魔道，虽不叫他做那些虐杀之事，但一些不被正道人士接受的所谓旁门左道，却没少用。

如今在这太乙仙宗、徐有冥的地界里，从前的法子自然不能再用了，他只能老老实实按着这里人的方式纳气吐息，一点一点填充丹田。

徐有冥闭关之前，叫人给他送来了一本修炼功法，非攻击防御之用，专习炼气，让他按着功法中的内容修炼，打好基础。

乐无晏起初不屑，试了两日，便觉这功法看似浅显，实则玄奥，按当中方法修炼，丹田内的灵力果真沉淀得愈发稳妥，他估摸着，不需几个月，这具身体应当就能顺利筑基。

乐无晏再一次将体内运转的灵力收回丹田，轻吐出一口浊气，睁开眼。

屋中设下的结界有些许波动，应是仆从给他送膳食来了。

乐无晏也正好饿了，肚子咕咕叫，于是起身去了外间。

送东西来的仆从是个相貌平平无奇的小妖，乐无晏漫不经心地想着，妖修多貌美，长成这般不起眼的模样也算难得，偏这宿宵峰上的仆从个个都是这样，让他想过过眼瘾都不成。

数日无人与自己说话，乐无晏实在闲得慌，坐下时顺嘴问了那仆从一句："你叫何名？是何修为？为何会在这里为仆？"

仆从低眉顺眼恭敬道："小的名甘贰，本是一株红甘草，生长在这太乙仙宗地界内，浸染天地灵气，得机缘化作人形。宗门规矩，但凡门内花草动物化形，皆可继续留在宗门之内修炼，须得为仆换取修炼资源，待到宗门选弟子，亦可去参选，若能选上，便与其他修士是一样的。"

"小的如今只有炼气二层的修为，原本在宗门之内打杂，前些日子宿宵峰需要添人手,小的试着来报名,被仙尊选上,这才来了宿宵峰做事。这里的灵气比其他峰头更充沛,小的能在此修炼,是小的莫大的机缘和造化。"

乐无晏听明白了,原来如此,所以这里的仆从皆是妖修。

"宿宵峰是才添的人,还是仙尊亲自选的?"乐无晏问。

选仆从而已,也要他堂堂仙尊亲自过问?

甘贰解释道:"青道长来此前,宿宵峰唯有仙尊一人,仙尊从不收弟子,亦不需要仆从。"

难怪这里看着冷冷清清的,徐有冥果真是个怪人,乐无晏腹诽了一句,继续问他:"现下是何年月?"

甘贰不明所以,答:"元历己未三十二年七月甲子。"

乐无晏一愣,离他逍遥仙山被围剿,竟已过去了整整十八年。

怔神间,几只灵鸟落至窗台上,叽叽喳喳地叫着,欢快地扑腾着翅膀。

乐无晏翻了个白眼,又来了。

自他来这里的第二日起,周围山上的灵鸟就莫名其妙地全飞来了宿宵峰,在此落地生根不肯走了。他日日听着这些鸟闹腾,起初还有几分新鲜,如今只觉烦不胜烦。

"吵死了,全都赶走。"

甘贰赶紧领命,起身退出门外去驱鸟。

乐无晏委实无奈,从前他逍遥仙山上鸟也多,却不会像这样,毕竟逍遥仙山名为仙山,实则是魔窟,魔气远比灵气充盈,一般灵鸟不会乐意去。

他又扔了个结界出去,挡不住隔壁屋里那位渡劫期的仙尊,挡那些鸟还是可以的。

午后,乐无晏昏昏欲睡,在榻上正打盹时,听到外头的喧哗。

他随手推开窗,便见前方山间有修士踏云而来,自称是宗主使者,请明止仙尊去太极殿问话。

外头的仆从才应下,徐有冥已从东间出来。

乐无晏脑袋倏地缩回去,看着徐有冥与人一块儿离开。

他轻嗤一声,阖起窗。

太极殿位于太乙仙宗的主峰上,是宗主怀远尊者的居所。

徐有冥步入大殿,与怀远尊者行了一礼,被对方打断:"今日我才出关,错过了师弟的共修者大典,听闻近日宗门内有些流言,特地叫师弟前来,便是想问一问，你那共修者，是否当真如传言中一般，与当年那位长得一模一样？"

徐有冥神色平静如常，坦然道："是。"

怀远尊者闻言轻蹙起眉，徐有冥道："魔尊已死，身死魂消、元神俱灭，天下人皆亲眼所见，青雀只是炼气期的小修士，出自四方门，与魔尊长相一样，不过是人有相似。"

怀远尊者看向他，唯见他眼中一片波澜不惊，道："师弟可知，当年师尊赐你明止剑，是为何意？"

徐有冥道："明德而知止，戒贪嗔痴。"

怀远尊者道："你可有做到？"

徐有冥道："勉力为之，愿不负师尊所望。"

徐有冥的声音回荡在大殿中，怀远尊者深深地看着他，这位小师弟不过三百余岁，是师尊飞升前自外带回的经世之才，自幼性情便是如此，孤傲淡漠、不近人情，偏师尊赐了他"明止"二字，仿佛早料到他会有此一劫。

当年徐有冥修为达大乘期巅峰，久久不能突破，下山寻求机缘，后失去音信，他们多方寻找，直到七年后他传回消息，率众攻上逍遥山，亲手诛杀了他那位共修者，此后破除心结，终一举跃上渡劫期。

世人都道明止仙尊为除魔卫道忍辱负重，徐有冥表现出来的种种也仿佛当真如此，怀远尊者心里却总有些不确定。

徐有冥道："青雀是我之共修者，我自会帮他顺利修行，不会叫他误入歧途。"

怀远尊者心中隐隐担忧，却不好再说什么，道："你心里有数便好。下个月是宗门三年一度的弟子选拔，从前你不问庶事，我也不勉强你，如今因你这事，宗门内生了些流言，有损你的名声，这选弟子之事便交由你去办吧，也好消除那些流言蜚语对你的影响。"

徐有冥恭顺应下。

自太极殿离开，徐有冥没有立刻回宿宵峰，而是去拜访了宗门中一位对饲养灵鸟颇有心得的女修。

女修不过元婴期修为，得知徐有冥大驾光临自己的峰头，诚惶诚恐。

徐有冥送了礼，客气问道："若是灵鸟聚集过密，扰人清修，可有好的驱除之法？"

女修闻言略意外，她以为以徐有冥这样渡劫期的修为，胆子再大的灵鸟轻易都不敢靠近，更遑论扰人清修一说。

徐有冥淡声解释："我的共修者与灵鸟有缘，近日居所处聚集了过多灵鸟，对他困扰颇大。"

女修道："种些前苓草在居所周围便可，灵鸟不喜前苓草的味道，大多便不会再去了，我这里便有前苓草种子，这草十分好种，撒下地不用再管，几日就能自行长出来。"

徐有冥拿灵药换了一袋前苓草种子，说了声"多谢"，转身离开。

待人走远，女修才回神，暗暗想着明止仙尊也不像传闻中那般不近人情啊。

宿宵峰上，乐无晏百无聊赖，坐在屋檐下晃着脚，看着甘贰带人一起给他驱鸟。

因与甘贰说了几句话，他给甘贰升了职，成了这些仆从之首，他是仙尊的共修者，他的话其他人自然不会有异议。

有灵鸟飞来身侧，被乐无晏一挥手轰开。

若是换作从前的他，直接一把火全都烤了，多来个几次杀鸡儆猴，保准没有鸟敢再来。

但在这里，他若是敢杀生，怕是徐有冥回来就得先把他烤了。

算了。

看看日头，徐有冥也似去了许久，乐无晏又将甘贰叫来，问他道："你们宗主是什么人？"

甘贰答："宗主怀远尊者是仙尊的大师兄，如今已有四千余岁，修为在大乘期巅峰，是宗门中仙尊之下修为最高之人。"

"四千岁？"乐无晏震惊不已，"四千岁还没飞升啊？"

甘贰解释道："五千岁以内飞升都属天资卓越之人，宗主离渡劫期就只差一步，顺利的话，也能在五千岁前飞升，如仙尊那样三百岁便步入渡劫期的，是天赋异禀，常人所不及。"

乐无晏心说什么常人所不及，他前世也就三百来岁，还比那狗贼先到突破渡劫的关键时刻，然后便没有然后了。

所以根本是徐有冥妒忌他天资更卓越，才起了杀念吧？

甘贰说着像是想到什么，又道："不过当世修真界如仙尊这般天赋异于常人的，还有一人，极上仙盟的盟主云殊仙尊，具体年岁无人知晓，但肯定没超过五百岁,与明止仙尊一样,也是渡劫期大能。"

"极上仙盟?"乐无晏一挑眉,没听说过。

那日那侍从说的唯二境界达到渡劫期的修士,就是指徐有冥和这个人?

"他俩谁更厉害?"乐无晏问。

甘贰尴尬道:"这个便不知道了,仙尊与云殊仙尊从未正式交过手,不过我们太乙仙宗是天下第一派,极上仙盟底蕴不如本宗,也就是出了个云殊仙尊,名声才起来了。"

乐无晏哂道:"可你们仙尊是个废物,人家都做上盟主了,你们仙尊还屈居人下呢。"

话音才落,甘贰低呼出声:"仙尊回来了。"

乐无晏抬眼望去,前方果然是徐有冥乘云而归的身影。

乐无晏无语。

他刚才说的话,这狗贼应该没听到吧?

5

徐有冥落地,见乐无晏赤着脚坐在檐下,目光微微一滞。

甘贰与其他仆从立刻便退下了,乐无晏干脆装傻,别过脸。

徐有冥走上前,垂着眼道:"快入秋了,山上寒气重,你还未筑基,身体与凡人无异,须得注意些,别太过贪凉。"

乐无晏心里憋着口气,凉飕飕道:"你这里的鸟太吵了,我要把它们都烤了。"

徐有冥道:"不可以。"

他就知道。

徐有冥道:"这些都是灵鸟,不可随意捕杀。"

他说完话将手中那袋前苓草种子倒出来,抬手随风一扬,种子散向四面八方。再温声与乐无晏道:"过两日这些前苓草长出来,这里便不会再有这般多灵鸟。"

乐无晏没好气道:"那还有两日,这鬼地方吵得我一天都待不下去。"

徐有冥道:"我可为你设结界。"

"不必了。"乐无晏直接拒绝,徐有冥设的结界,谁知道是防鸟的还是盯他的。

他心念一转,又问起徐有冥:"你们宗主叫你去做什么了?"

"师兄前些时日闭关修炼,方才出来,问了些门中事情而已。"徐有冥没多解释。

乐无晏却不信,那日大典,那么多人看到他的长相,事情肯定已经传开了,徐有冥被人叫去是因为这事吧?但看他这副镇定模样,事情想必已经解决了。

想听这人说句真话可忒难了。

乐无晏哼哼道:"听说你们宗主修为只在大乘期,还不及你,怎的仙尊你不是宗主?为什么要屈居人下?太乙仙宗偌大的一个仙门,论资排辈也该按修为说话,而不是年岁吧?否则如何能服众?"

徐有冥安静地听完,看向他,道:"所以?"

乐无晏一噎,这人反应也太平淡了。

"所以我想做宗主的共修者,而非仙尊的共修者,仙尊能成全我吗?"乐无晏仍坐没坐相地歪在屋檐下,仰头看着面前的徐有冥笑道。

最好能挑拨徐有冥和那位宗主打起来,打得越激烈越好,两败俱伤,太乙仙宗四分五裂,他才好大仇得报。

徐有冥神色不动半分,黑眸就这么定定地看着他。

乐无晏被盯得略不自在,轻咳一声,道:"你不想便算了,当我没说过。"

"你若想做宗主的共修者,现在不行,待师兄飞升,我可去争取。"徐有冥道。

乐无晏无语。

我谢谢你。

乐无晏起身回了屋,进门时才猛地想起来,不对啊,徐有冥修为在那位宗主之上,要飞升也是他先飞升吧?

他用力推开窗,问还在门外的徐有冥:"仙尊诓我呢?"

徐有冥道:"何出此言?"

乐无晏道:"凭你这般本事,才三百岁已是渡劫期大能,能比你那位师兄更晚飞升?"

徐有冥的眼神里有他看不懂的情绪,道:"为何不能?"

乐无晏一怔,心说莫名其妙嘛,怎么可能?

"砰"一声,他又将窗户带上了。

徐有冥推门进来,乐无晏警惕看着他道:"做什么?"

徐有冥道:"你这几日修炼得如何,可有精进?"

乐无晏想了一下,伸出手,手掌心朝上,升起的火团看着比前些日子要更茁实,他道:"马马虎虎吧。"

徐有冥提醒他:"你应当很快就能筑基了,这些时日须得多注意些。"

乐无晏不想听他这些废话,道:"仙尊若无事,不必与我浪费时间,你还是抓紧修炼吧,免得当真被你们宗主抢在前头飞升了。"

乐无晏说完便不再理他,歪倒在榻上,想着一会儿吃什么。

徐有冥忽然叫了他一声:"青雀。"

乐无晏愣了愣,一个翻身重新坐起来道:"你叫我?"

徐有冥看着他道:"青雀,你的名字。"

乐无晏皱眉,什么青雀红雀的,这名字真小家子气。

也没见这狗贼从前这么叫他啊?

乐无晏道:"作甚?"

徐有冥道:"下个月宗门选拔弟子,你可想去参加?"

"啥?"

他堂堂魔尊,进正道第一大派做弟子,说出去岂不笑掉人大牙?

徐有冥道:"宗门新弟子只收筑基期以下的修士,只要通过试炼,便可成为本宗外门弟子,门内各化神期以上修士皆可收徒,若能被他们挑中,则可入内门。"

乐无晏指了指自己道:"我是仙尊的共修者,不好去给别人做弟子吧?做你的弟子就更不像话了,而且你不是不收徒的吗?"

"不必。"徐有冥道,"外宗与本宗修士共修的,只要通过试炼,一样可入本宗,待遇等同本宗修士,拜不拜师随意,你既未到筑基期,试炼便与弟子选拔相同。"

乐无晏听明白了,但也不明白,道:"为何一定要入宗门?有什么好处?"

"你若不入宗门,便不能拿本宗的修炼资源,只能从我这里分。"徐有冥解释道。

乐无晏没话说了。

不入宗门,他现在一穷二白,身上什么都没有,只能靠徐有冥养着,入了宗门,好歹自己能拿一份修炼资源。话说回来,他多少也是个炼气期巅峰的修士，身上竟连块灵石都没有，寒酸至此，别是好东西全被那什么四方门给昧走了吧？

徐有冥问："可有想好？"

乐无晏问道："试炼是试炼什么？"

"到了那日你便知晓。"徐有冥不欲多说。

乐无晏心有不满，道："不能提前告知？我好歹是仙尊的共修者，要是没通过，岂不丢了你的脸？"

徐有冥却不再言语。

乐无晏轻嗤，他就不该问的，仙尊大人是正道楷模，又岂会做出徇私舞弊这样毁自身清誉之事。

他伸着懒腰站起身，正想着要怎么逐客，徐有冥又叫了一声他的名字："青雀，你可想下山？"

"下山？"

"你若是觉得那些灵鸟吵，这两日我带你去宗门外头，山下的城镇里逛一逛。"徐有冥与他提议道。

这倒是新鲜，虽然是和徐有冥一块儿出门，但总比待在这荒山上百无聊赖强。

乐无晏随意一想便答应下来："不过我身上没有灵石，吃喝玩乐你付账……大不了我以后再还你。"

徐有冥道："不用还，走吧。"

他转身先出了门，乐无晏一撇嘴，慢悠悠地跟了上去。

下山前，徐有冥叫来一众仆从，与人交代事情。

乐无晏坐在屋檐下等，远远看着徐有冥与甘贰他们说话。那些小妖面对徐有冥有些诚惶诚恐，头都不敢抬，徐有冥倒是一贯的冷清脸，听不清他说了什么，但说了许久。

乐无晏等得不耐烦，打了个哈欠，心道这人什么时候变成话痨了。

徐有冥回过身来时，乐无晏支着脑袋，已靠在地上打起瞌睡，长发耷在白皙的面庞上，一缕发丝就在鼻尖，随着他呼吸的频率轻晃，嫣红的唇微抿起，阖下的眼睫毛浓密纤长，在眼睑下映出一小片阴影。

发间的红枝在日光下，毛羽更格外鲜艳。

乐无晏恍惚间睁了眼，看到徐有冥站在他身旁等他，怔了怔。

徐有冥道："走吧。"

乐无晏回神，跳起来，抱怨："仙尊好慢啊，有那么多好说的吗？"

见徐有冥不理自己，直往前走，乐无晏追上去道："要坐鸾车去吗？"

徐有冥回头道："你想坐？"

乐无晏道："算了。"

鸾车阵仗太大，他不想出山又被人围观。

下一瞬，徐有冥带着他腾云雾而起。

6

徐有冥带乐无晏去的地方，是太乙仙宗地界里最大的一座城镇，名为洛城，取自洛水之名。

落地时，乐无晏问徐有冥："仙尊不需要乔装打扮一番吗？明止仙尊大驾光临，只怕进了城中得人人围观吧？"

徐有冥道："不必，我甚少下山，少有人认识我。"

乐无晏心道这人不下山，就在那光秃秃什么都没有的宿宵峰上整日苦修，日子过得可见有多无聊。

他二人只戴上了帷帽，与其他修士一起排队进城。

乐无晏拨了拨垂在眼前的纱罩道："为何要戴这个？"

徐有冥道："戴着吧。"

因太乙仙宗下个月要选弟子，这几日山下这些城镇里聚集了大批外头来的修士，无论选不选得上，都想来碰碰运气。

乐无晏瞧着稀奇，随口慨叹："这里够热闹的，比凡俗界也不差啊。"

徐有冥道："你何时去过凡俗界？"

乐无晏干笑了声。

他还真去过，曾经闲得无聊时偷偷去逛过一回。

"听说凡俗界的人虽寿命短、武力弱，却耽溺于七情六欲，所图所求更多，比之修真之人毕生以得道飞升为唯一追求，要有意思得多。仙尊以为呢？"

"嗯。"从徐有冥的神情中看不出是赞同还是不赞同，"西市有个交易市场，灵器、灵药、灵丹、灵符都能在里头交换，你可想去看看？"

乐无晏闻言果然有兴趣，瞬间被转移了注意力，高兴一拊掌道："真的？走走，去看看。"

到了地方，便见偌大一个市场，除了沿街两边的固定铺子，还有无数在街上找地方随意摆摊的修士，有的可用灵石交易，有的只接受以物易物，所卖东西也是良莠不齐。

乐无晏一路看过去，起先还兴致勃勃，后头便撇了嘴，有些失望了。

他前世虽也甚少下逍遥仙山，但他的逍遥仙山里什么都有，就算没有的，那些想要巴结他的魔修也会给他送来。在他的修为到了接近渡劫期时，眼界与低阶修士便大不一样，一般人眼里当作是至宝的灵物，在他看来也不过尔尔，甚至入不了眼。

再看徐有冥，这人分明从头至尾眼神未有半分波动，显然这些东西他也是瞧不上的。

"仙尊手里的好东西应该比这里的多得多吧？"乐无晏故意道，"什么时候给我见识见识？"

徐有冥只道："太好的东西以你现在的修为用不上，这里卖的这些你若是看着不感兴趣，回宗门我再带你去灵宝阁看看。"

乐无晏轻哼了声，不给就不给吧，先大步朝前走去。

徐有冥被落在后头，稍怔了怔。

乐无晏回头时，他已停在了一处摊子前，与人攀谈起来。

乐无晏皱眉，这人还真打算买东西不成？他不想搭理徐有冥，没再过去，在路边石阶上坐下，心不在焉地踢起地上的小石子。

徐有冥不紧不慢，竟一处一处铺子、摊子地逛了起来，不时停下挑拣东西。

乐无晏等得不耐烦前，徐有冥终于走向他，将手里的乾坤袋递至他面前道："我方才挑了几样你能用的灵丹药材和法宝，之前也给你准备了一些，都在这里，你现下修为低，眼光不必放得过高，东西合用就成。"

乐无晏一时竟不知该摆出什么表情，道："给我的？"

"嗯。"徐有冥道,"给你。"

乐无晏犹豫了一下,伸手接过去,灵力探进那乾坤袋中,里头果真有百十种灵丹、灵草、各种攻击和防御用的灵符,还有十数样法宝和中品以下的灵器,都是化神期修为前能用的,若是普通的炼气期修士,能得这样一个乾坤袋,怕是做梦都能笑醒。

乐无晏却觉得自己亏了,当初夭夭进他的逍遥仙山时,他送了一枚纳戒,里头收的都是上品甚至极品的灵器,那些灵丹、灵药更是世间罕见之物,更别提他自己的洞府里还收藏了无数宝贝,只怕他死之后都被徐有冥带人瓜分干净了吧。

想到这些,乐无晏毫无心理负担地将东西收了,连个谢字都没有。

徐有冥也不在意,与他提议道:"前边的春风楼是这洛城最大的一处拍卖行,能进里头拍卖的东西都是外边市场上难寻的,可以去看看。"

去就去吧,反正这外头再逛下去也没什么意思,乐无晏点了头。

春风楼进楼前要交灵石做保证金,徐有冥出手阔绰,且展露出了化神期的修为实力,在这太乙仙宗的地界里虽说不上多突出,但也不容小觑,于是他二人被人恭敬地请上了二楼雅座的一个位置颇好的地方,以屏风与左右隔开。

乐无晏吃着瓜果茶点,四处打量,这春风楼装饰得富丽堂皇,敢进来的修士几乎都在金丹期往上,确实比外头市场上的强上不少。

隔壁的屏风后忽然传来说话声。

"你们听说了吗?太乙仙宗这次主持弟子选拔仪式的是明止仙尊,说不定他也会收徒,若是能被选上,那就是仙尊座下的大弟子了,所以今次赶来参选之人格外多。"

"当然听说了啊。"有人扼腕道,"可惜我等都是元婴期的散修,不在太乙仙宗弟子挑选规则之内,要不怎么我都得去试一试。"

"嘿,你不是一贯不喜被师门约束,不愿入这些宗门的吗?"

"可那是明止仙尊,若是能做他的弟子,前途自无可限量。"

乐无晏闻言一挑眉,有些意外地看了徐有冥一眼,却见这人神色淡淡,正看向下方的拍卖台,仿佛并不在意别人说什么。

左右之人坐下后自设了结界,但大约没想到他们旁边就是明止仙尊本尊,在徐有冥的神识范围之内，任何结界都形同虚设，他还特地给乐无晏开了耳，让乐无晏也能听得到。

"说到明止仙尊，前些日子最出人意料之事便是他那共修者竟是个修为只有炼气期的小修士，也不知是谁这般好运气，竟能被仙尊看中。"

"这个我倒是听认识的太乙仙宗中人说过，他们宗门里已然传遍了，那小修士，竟与当年那位魔头长得一个样，连他们宗主怀远尊者都被惊动了，提前出了关，特地将仙尊叫去问这事，也不知仙尊是怎么说的，后头便不了了之了。"

"啊。"旁的人惊呼出声，"当真跟那魔头长得一样？"

"可不是，听说那是一模一样。"

"可当年，不是说仙尊是忍辱负重吗？之前还有人私下里说仙尊在魔窟里受了几年折辱，人比从前更冷淡了……谁知道，都是传言，不过那魔头死是死绝了的，当年仙门百家亲眼所见，这个可作不了假。"

乐无晏揉了揉耳朵，觉得那几人声音实在聒噪，有些埋怨徐有冥故意给自己开耳。

他伸手攥了攥身侧徐有冥的衣袖道："仙尊，我跟那位魔头，当真长得一模一样？"

徐有冥眸光动了动，落向他，乐无晏笑睨着回视。

徐有冥在乐无晏玩味的眼神中平静地移开眼道："嗯。"

乐无晏一愣，"嗯"就完了？所以呢？你不该解释点什么？

隔壁的议论声仍在继续，愈发不堪入耳。下一瞬乐无晏耳边那些嬉笑嘈杂的声音被屏除，世界终于清净，是徐有冥帮他关了耳。

乐无晏故意问："那位真是杀人如麻、面目可憎的魔头啊？"

等了许久，才听到徐有冥答："不是。"

徐有冥的声音不高，甚至听不出什么起伏，只有这二字，再无别的解释。

乐无晏再问："真不是？"

徐有冥道："不是。"

乐无晏心里却不痛快，他是杀了人，很多人，说他十恶不赦、千夫所指，他不在意，可徐有冥曾亲口说过他不是邪魔外道，其实从头至尾都在骗他。

到了今时今日，徐有冥还要哄他说"不是"。

乐无晏不想再看徐有冥这副虚伪嘴脸，一撇嘴，移开眼。

徐有冥修长的手指伸过来，将才剥好的灵果递给他，乐无晏没接。

徐有冥稍一迟疑，将灵果搁到他面前的碗碟中，见乐无晏还是不理自己，温和道："吃吧。"

7

拍卖会开始，楼中喧嚣声愈响，打破了乐无晏与徐有冥之间那点微妙的僵持。

乐无晏朝下看去，先拍卖的是灵药、灵草，台上依次展示了五种灵药，至少都是中上品，确实比外头卖的东西好上不少。

每一样灵药前都有显眼的底价标识，以灵石计价。

很快便有人陆续出价，一轮拍卖迅速过去，接着第二轮，又是另外五种灵药。

楼内气氛热烈，敢进来这春风楼的修士大多手头宽裕，花起灵石来十分大方。徐有冥也不时出手，只要轻敲手上的竞拍石，他的报价便会显示在前方浮现于楼前的玉牌上，一目了然。

乐无晏四处看，比起台上那些东西，这样的拍卖形式更让他觉得新鲜。

因徐有冥这番阔绰举动，不时有人将探究的目光落向他们，但被挡在徐有冥设下的结界之外，却是一无所获。

一个时辰后，随着一轮轮的拍卖过去，灵药、灵丹、灵符、灵器之类的都出了不少，有人寻到宝兴高采烈，也有人趁机捡漏喜上眉梢，一众修士意犹未尽，便听台上司仪道："最后这一件法宝，是本场拍卖的镇场之宝，出自北渊秘境，凤凰骨，底价百万灵石。"

话音落下，满堂哗然。

浮于半空的展示台上出现了一根两指长、玲珑剔透的兽骨，在灯火下隐有赤色光芒。

确实是凤凰骨。

"凤凰骨！是凤凰骨啊！"

不知何方传出一声激动的叫喊，接着便有人兴奋道："我出二百万灵石！谁都别跟我抢！"

其他人不甘示弱，各处的玉牌上都开始绽放光亮，报价一路飙升。

乐无晏惊异地睁大眼，这就是凤凰骨？

这样东西他还确实没见过，所谓的凤凰骨，指的是凤凰心口前那最重要的一根护心骨，若将之入药炼丹服下，修为可直接提升一至两个小境界，且提升之后的灵力十分纯粹，境界亦稳固，是修真之人皆万分渴求的至宝。

但凤凰一族万年前就已销声匿迹，偶有人在一些秘境、遗迹里得到此物，每一次都会引无数人前来争抢，若无绝对实力，必护不住。

乐无晏下意识转头看身边人，徐有冥的神色平静如常，他心思一沉，问道："仙尊可听说过凤王骨？"

徐有冥转眼看向他，眼里终于似有了些微波动，道："凤王骨，凤王与其血脉的护心骨，可使凡人生出灵根，亦可使修真之人提炼出最纯粹的单灵根，化神期以下的修士以凤王骨入药，可跃境至化神期，而化神期以上修士以之入药，可直接突破渡劫飞升。"

乐无晏道："仙尊见过吗？"

徐有冥眸光一顿，再道："没见过。"

"我出一千万灵石！"

楼下的一声暴喝拉回了乐无晏的思绪，他移开眼，心头翻江倒海。

当初不知哪里传出的流言，说他逍遥仙山中藏了凤王骨，普通凤凰骨已是人人争抢的至宝，更别提那只在传说中出现、与神物无异的凤王骨，徐有冥带着仙门百家来围攻他，为的到底是大义凛然的除魔卫道，还是想要那凤王骨，怕只有他自己知道。

凤王骨自然是没有的，可流言不会因此轻易散去，乐无晏暗忖，他就不信这些年没人质疑过是这狗贼独吞了那所谓的凤王骨，怕只是忌惮这狗贼的修为和地位，不敢说吧。

这么想着，乐无晏又不免有些幸灾乐祸，杀了自己又如何，到头来还是竹篮打水一场空。

那凤凰骨的报价仍在持续走高，上了一千万灵石之后，大多数人都只能遗憾收手，还在争抢的只剩下寥寥三两人。

有一个坐在一楼大堂中的青年公子，修为看着堪堪只到筑基，身旁却围了一圈元婴期以上的护卫，十分扎眼，他出手阔绰，先前就已高调拿下好几样宝物，这回对这凤凰骨也像志在必得。

乐无晏看了眼，见这人摇着扇子，一派风流纨绔相，便知必是背靠祖宗荫庇之人。

"两千万灵石。"那青年公子笑道，嗓音清亮。

周围都是倒吸气声，许多人看他的眼神既不屑、又忌恨，那青年公子却似全然不觉，他身后一模样不起眼的老者上前一步，稍稍释放了些灵力，竟是一合体期的大能！

合体期的修士给这青年当护卫，这人究竟是何来头？

一时间场中众人的注意力终于稍稍从那凤凰骨上分散了些，纷纷议论起来。

青年公子摇着扇子，笑容满面，任由四周之人打量。

台上司仪笑问道："两千万灵石，可还有愿出更高价的？"

两千万灵石，便是极品灵器也能买好几件了，凤凰骨确实难得，但也不是随便什么人都出得起这个价，这下便不再有人跟价了。

青年公子脸上笑容愈发灿烂，那凤凰骨几乎已是他的囊中之物。

二楼的雅间，浮于徐有冥与乐无晏这一间前的玉牌忽然亮起，显示出新的报价。

三千万。

嚯！

一息的静默后，满场之人都惊呼起来，那原本志得意满的青年脸上笑容滞了一瞬，仰头看向二楼的方向，唯见一片白雾。

他身后的老者皱了皱眉，弯腰低声与他说了句什么，再一摇头。

台上的司仪声音也有几分激动："三千万灵石！可还有要跟的？"

青年靠向身后的座椅，啧了声，收起扇子，放弃了。

乐无晏一扬眉，身边人淡定地搁下了手中的竞拍石。

走出春风楼时，乐无晏掂了掂自己的乾坤袋，徐有冥将方才在楼里拍得的东西连同那根凤凰骨全给了他，乐无晏这会儿回过味，一根手指戳了戳身侧之人的腰，道："仙尊，我拿你这么多好东西，不好吧，还有这凤凰骨，我这修为也护不住啊。"

说是这么说，他却半点没有要将东西还回去的意思。徐有冥垂眸，目光落向他手中的乾坤袋，道："拿着吧，东西是你的，无人能抢走。"

乐无晏心情复杂，狗贼对他这共修者可真好，忒厚此薄彼了。

徐有冥道："你可要吃东西？前边是这一片出名的酒楼。"

乐无晏闻言愈发来了精神，道："当然吃！"

他们进酒楼要了间二楼临街的雅间，自春风楼过来这一路上，徐有冥已悄无声息地撵退了三拨盯梢之人。

乐无晏哼笑道："这凤凰骨果然不是容易拿的，若无仙尊这实力，不但东西保不住，怕是连小命都要丢。"

徐有冥倒了杯温茶递给他道："你打算何时用它？"

乐无晏道："再说吧，也不知道是不是真有那么神乎其神，若是当真能提高一个境界，怎么也得等到了化神期以后再用才合算。"

徐有冥亦点头道："修炼之事徐徐图之，不可急于求成。"

二人相对无言时，窗外忽然有人传音过来，徐有冥接了，是先前春风楼里的那青年带笑的声音："小师叔，可否让我上去蹭口饭吃？"

乐无晏目露惊讶，徐有冥解释："是师兄之子。"

青年是一人上来的，与徐有冥行了一礼，再笑吟吟地转向乐无晏道："这位便是青道长了吧？幸会，在下余未秋，先前青道长与小师叔举办大典时，我还在外头历练未归，错过了观礼，待回去宗门，便会补送一份贺礼去宿宵峰。"

乐无晏了然，原来这小子是太乙仙宗宗主的儿子，难怪那般大的排场，道："不必叫青道长，你叫我名字即可。"

徐有冥道："叫青小师叔便好。"

余未秋从善如流地改口："见过青小师叔。"

乐无晏懒得说了，行吧。

他点的酒菜很快上齐，余未秋虽已筑基，但与乐无晏一样，是个注重口腹之欲的，并无辟谷的打算，这方面他二人颇有些志趣相投，推杯换盏间很快熟络起来。

余未秋笑着感叹："我还道是何人与我抢那凤凰骨，冯叔还说修为应在他之上，这才特地叫人跟上来看看，原来是小师叔你们，这凤凰骨于小师叔用处不大，我料想是青小师叔需要吧？"

乐无晏笑笑道："价高者得。"

余未秋无奈道："也只能这样了，至少没便宜了别人。"又笑道，"先前听闻小师叔要与人共修，我还十分意外，这一路回来，到处都在传小师叔与青小师叔之事……"

"传了什么？"乐无晏说着瞥面无表情的徐有冥一眼。

余未秋尴尬道："都是些无稽之言。"

徐有冥夹了块鲜鱼肉，仔细剔了刺，搁进乐无晏碗中，提醒他："吃东西吧。"

余未秋在一旁瞧得啧啧称奇，他还是第一回见他这位小师叔竟有这般耐心。

余未秋主动岔开了话题，说起下个月宗门选弟子之事。

这一茬总算是揭过去了。

饭吃到一半时，正侃侃而谈的余未秋目光落向窗外，忽然一顿，猛地站起身。

"我见到要等的人了，先走一步。"

话说完他未再多解释，火急火燎地离开。

乐无晏随意朝外看了眼，楼下是人来人往的街道，前头一些，有一身穿青衣的青年转过街角，满头细长的辫子被风吹起，很快消失不见。

乐无晏微微一怔。

徐有冥轻声喊他："青雀。"

"看到个故人……"乐无晏回神，"应当是看错了。"他轻嗤了声，像是自嘲，重新拎起酒杯。

8

自酒楼出来，已是日暮时分，天边有大片晕开的火烧云，夕阳余晖笼在远远近近的屋舍檐瓦上。

乐无晏酒足饭饱，伸着懒腰，兴致勃勃地欣赏这一再平常不过的落日景致。

徐有冥忽然顿住脚步，转身看向他，眼中似有犹豫道："你，高兴吗？"

乐无晏愣了一下，站直身，抱臂回视他，要笑不笑道："仙尊为何这么问啊？"

徐有冥还是那句，道："高兴吗？"

乐无晏心道有什么高兴不高兴的，换作谁被至亲之人背叛、经历生死，不说性格大变,也得疯了吧。

至于他,不过是心大而已。能再见到明天的太阳,总算不是太糟糕,何必思虑太多。

"仙尊呢?"乐无晏顺势问道,"我与那魔头长得一个样,你高兴吗?"

徐有冥的目光落至他脸上,眼中情绪复杂,像是藏着什么,叫人看不透。

乐无晏心下生出一丝微妙之感,还要问他,忽然感觉到身后有些微的灵力波动。

不对,是魔息!

他一个旋身,手中灵符祭出,在虚空中炸开,几缕黑烟升起,便有三两个现了原形的邪魔修痛苦倒地,哀嚎着在地上打滚。

乐无晏轻呼一口气,徐有冥给他的东西还挺好用。

下一息,他身前银光乍现,乐无晏一凛。

有剑意释出,寒如冰霜、威压逼人,狠狠将那仍躲在暗处、悄无声息偷袭而来的邪魔修斩落。

"合体期邪魔修。"

徐有冥用冰冷、无起伏的声调只说了这一句,凛冽的剑意眨眼间将那邪魔修绞杀。

对方甚至连求饶声都来不及发出,连同先前那几个以身作饵、试图让他们放松警惕的低阶邪魔修一起,转瞬便已魂飞魄散。

剑意收敛,乐无晏的身体却僵在原地。

是徐有冥的明止剑,方才那一瞬,他几乎以为这剑意又是冲着他来的。

徐有冥沉声道:"走吧。"

乐无晏倏然回神,道:"仙尊不愧是渡劫期大能,果真厉害,合体期的邪魔修,也能一招剑意便将人魂魄打散。"

他的吹捧不怎么走心,心脏仍在突突直跳。先前那几个想来抢凤凰骨的修士,只是被徐有冥撵退了,但面对魔修之人,他却下了狠手。

邪魔外道,人人得而诛之。

徐有冥杀他时也是这般,手起剑落,没有丝毫犹豫。

徐有冥漆黑的眼瞳看向他,道:"邪魔修食人精血、啖人肉骨,以魔气炼化魔息,为天道不容,我辈皆可杀。"

乐无晏暗暗握紧拳头,道:"那正魔修呢?"

徐有冥道:"正魔修只是修炼之法与玄门不同,以魔气替代灵气修炼己身,求同存异、互不干扰便可。"

乐无晏抬眼道："那若是正魔修杀人了呢？是不是只要他杀了玄门中人，他便也是邪魔外道？"

徐有冥眸底有暗光沉下，沉声道："那得看，他杀人的理由是什么。"

乐无晏再次扯开唇角，讽刺一笑："是吗？"

他问："所以仙尊当初诛杀那魔头时，理由是什么？"

街上起了风，将徐有冥原本半掀起的帷帽罩纱吹下，乐无晏被沙子眯了眼，看不清徐有冥藏于其后的神情。

乐无晏等了许久，视线之下，只看到徐有冥于罩纱下艰难滑动的喉结，他听到面前之人涩声道："我与他之事，不必再言。"

乐无晏心头隐约升起的一丝希冀随风溃散。

"呵。"他转身先走。

徐有冥闭了闭眼，跟上去。

入夜，他们在这附近的客栈里落脚，徐有冥要了间上房，叫人将酒菜送到房中。

乐无晏已恢复如常，百无聊赖地喝酒吃东西，顺嘴问徐有冥："这洛城里还有其他好玩的地方吗？"

徐有冥道："有，明日带你去看。"

乐无晏见他酒倒是会喝，菜却很少吃，想到这人从前在逍遥仙山时，跟着自己每顿也是该吃吃、该喝喝，如今倒是讲究起来了。

徐有冥目光转向他，乐无晏笑了笑道："仙尊何时开始辟谷的？"

徐有冥淡道："筑基之后。"

"听闻仙尊二十岁就结了丹，那你是几岁筑基的？"乐无晏继续问。

徐有冥想了想，回答他："十六。"

乐无晏在心里算了一算，他却是十五岁就筑基了，这么算起来，他果然天资比徐有冥更佳，徐有冥确实是妒忌他吧？

乐无晏道："十六岁就筑基，那就是从十六开始就不吃不喝了，你这日子过得得有多无聊。"

徐有冥不赞同道："修行之人，当心无旁骛，不可贪图口腹之欲，于仙途有害无益。"

乐无晏啧啧，他稍稍坐直起身，拎起桌上的酒杯，又一杯酒倒进嘴里，再搁下杯子一抹嘴道:"其实我一点也不想跟你修炼,我那天想跑的,但是没跑掉,谁知道你会不会因为我跟那魔头长一个样,就把我也杀了。"

"不会。"徐有冥立刻道。

乐无晏到嘴边的话哽住,神色讪然几分,道:"也是,我又不是邪魔外道,仙尊恩怨分明,自然不会因为我与魔头长得一样,就把我也杀了,我是你的共修者,你还得护着我才是。"

徐有冥提醒他:"你喝醉了,去睡吧。"

乐无晏道:"不要,我说了我千杯不倒。"

徐有冥叫人送来热水。

乐无晏也喝得差不多了,盘腿坐上床来,看着徐有冥道:"我不跟你一间房,你去另外开间房。"

徐有冥道:"凤凰骨在你身上,我不在,半夜还会有人来抢。"

乐无晏没好气道:"那你拿走啊。"

徐有冥道:"你拿着。"再道,"你睡吧,我不用休息,打坐便好。"

他说罢阖了眼,已是标准的入定姿势。

虽是如此,可有徐有冥这个仇人在身边,乐无晏便是再没心没肺,这会儿也不可能睡得着。

翻来覆去片刻,乐无晏干脆也翻身而起,坐到床上,与他一起打坐修炼起来。

半夜里不睡觉,只一心向道,乐无晏还是第一回这么刻苦。

但他这具身体实在不争气,毕竟只在炼气期,又喝了酒,说是打坐,其实根本进不去状态,不多时乐无晏脑袋一歪,倒在了枕头上。

徐有冥缓缓睁开眼,垂眸看去,乐无晏已然睡着了。

一声叹息消散在沉沉夜色中。

9

乐无晏又做了梦,他心知自己身处梦境中,欲破梦而出却不得。

梦里依旧是他死前的场景,洞府结界被强行破开,徐有冥带着大批正道修士闯入，他正处于进境关键时刻，内息紊乱、元神不稳，被强制打断。徐有冥手持利剑，正一步一步走向他。

洞外或许下了雪，那人紧拧起的眉间也覆上了冰雪，看向他的眸色更寒。

乐无晏忆起那种濒死的愤怒和恐惧，想大声诘问、叱骂，张开嘴却仿佛被扼住了咽喉，发不出声音，那人手中的明止剑抬起，他挣扎着想要破梦，浑身都在颤抖。

下一瞬，徐有冥忽然停住动作，乐无晏僵在原地，不可置信地看他。

那人不置一言，沉默地看他片刻，再转过身，明止剑的剑尖，指向了身后那些各怀心思的玄门百家。

哗然声四起。

乐无晏于错愕中终于破开梦境而出。

乐无晏睁开眼，恍惚一阵，对上徐有冥垂下的目光。

他墨色眼瞳中依旧没多少温度，又仿佛积蓄着他看不懂的情绪，与梦中那双覆着寒霜的眼眸逐渐重叠。

乐无晏愣了愣，回神一声不吭地坐起来，又郁闷地倒回了旁边的床褥中，背过身去。

身后有些微动静，乐无晏犹豫了一下，回过头，便见徐有冥去桌边倒了杯温开水来。

水杯递到他手边，乐无晏不想接，徐有冥站在床边沉声问："做噩梦了？"

乐无晏哂道："是啊，做了个不可思议的噩梦。"

徐有冥想了想，提醒他："梦魇或是心魔所致，若不能及时破解，恐于日后修行有害。"

乐无晏不耐烦听这个，他最大的心魔就是这个人造成的，真好意思说。

他这么想着，神色里也带出些许不耐烦，徐有冥大约看出来了，不再多言，只问："喝水吗？"

乐无晏瞥他一眼，接过水喝了半杯，再翻过身去，彻底不搭理这人了。

徐有冥也不再烦他，去搁了水杯回来，帮乐无晏盖上被子，手掌在他太阳穴边轻轻抚了抚。乐无晏感觉到灵力自那一处入体，下意识想躲，徐有冥低声道："只是帮你安神而已，让你睡得好一些。"

乐无晏这才不动了，后头便渐渐睡着了，这一觉睡得十分安稳，再未入梦。

之后几日，乐无晏被徐有冥带着，将洛城里里外外转了一遍，又去附近的其他城镇逛了逛，好吃好喝，还收了不少好东西，总算不虚此行。

夜里还是会做梦，反反复复都是同一个场景，乐无晏从开始的惊愕到之后习惯，暗忖着这也不知算是噩梦还是美梦，或许确实是他的心魔，不切实际地幻想徐有冥会站在他这边，所以重复梦到这些。

嘶，果然还是噩梦。

一日午后，乐无晏吃饱喝足，躺在山溪边的草丛中昏昏欲睡。

彻底睡过去前，察觉到身后有人走近，乐无晏听了一耳朵，又放松下来，抬眼看向来人。

徐有冥停步身前，垂眸对上他的视线。

乐无晏嗅到他身上隐约的血腥味，弯起唇角道："仙尊方才又杀了几个邪魔修？"

徐有冥问他："为何在这里睡？"

"有何不可，修行之人，幕天席地都是常有之事，哪来那么多的穷讲究？"乐无晏说罢翻身而起，笑嘻嘻地看向他，"仙尊还没说呢，你这回又杀了几个邪魔修？"

"没几个。"徐有冥似不想多说这个。

乐无晏好奇道："奇了怪了，这些邪魔修是不怕死的吗？一个两个的都跑来太乙仙宗的地界，胆子倒是大。"

徐有冥道："紫霄山以外，人人皆可至。"

"那也得掂量掂量能不能活着离开，毕竟仙尊大人你疾恶如仇得很。"乐无晏这语气像是讥诮，身边人没再接腔。

徐有冥神情略凝重，近日这几座城池中出现的邪魔修确实过多了些，若是冲着宗门选弟子来的，应不至于如此。

乐无晏同样若有所思，魔修多为散修，不归属门派，从前他还在时，是天下魔修修为第一人，无论是正魔修还是邪魔修，皆以他为尊，实则是借着他的名头好行事，他懒得管，只要不给他惹麻烦，时不时孝敬他些好东西，叫他爹他都不在意。后头他为正道围剿，一命呜呼，众魔修从此夹起尾巴做人，日子应当更不好过了，如今又怎会这样大张旗鼓地跑来太乙仙宗的地界？

"走吧。"徐有冥道。

乐无晏瞥他一眼,那些思绪很快被抛去了脑后,想不通的事情便不费心想了,他一贯奉行及时行乐,更别提如今这条命还是捡回来的。

"去哪?"乐无晏问。

徐有冥道:"出来了几日,该回去了。"

乐无晏有些不情愿,徐有冥已带着他御风往宗门方向去。

接近宿宵峰时,乐无晏看清云下的画面,惊讶不已。

不过几日,漫山遍野的绿意中竟开出了繁花,层层叠叠,远望过去,势若香雪海。

落地之后才觉他们住处的小屋也重新修缮过,地方还是那处地方,里里外外却都装点一新,西窗外的花树下连着水榭后的瀑布汇成的溪流,时时落英缤纷,再不见半分简陋之相。

仍有灵鸟穿梭其间,但已不再泛滥成灾。

甘贰来与徐有冥复命,说按照他走前交代的,已将宿宵峰上下重新布置过。

徐有冥"嗯"了声,未多言语。

乐无晏一扬眉:"仙尊走时就是与人交代这事?"

徐有冥看向他道:"你说这里景致太单调了。"

乐无晏略无言,觉得自己似乎应该说点什么,思来想去最后憋出一句:"景换了,人能换点好看的吗?你从哪里搜罗来的那些个长相碜碜的妖修?妖修不该都是貌美如花的吗?"

从前他逍遥仙山上也有许多小妖修,被他捉来弹曲跳舞给他看,光是看着便赏心悦目。

乐无晏满眼希冀,徐有冥却没理他,丢出句"不换",先进了屋。

乐无晏喊了声。

他跟进屋子里,在徐有冥身后抱怨:"既然叫人修葺了屋子,为何不扩建几间?你这屋里就一间卧房、一间静室,我们两个人,住着多不方便。你就算不用睡觉,我总不能修炼也跟你用同一间屋吧?"

徐有冥道:"东间静室让与你修炼,若是要长期闭关,可去峰顶的洞府。"

乐无晏一噎:"那你呢?"

徐有冥道:"我随便在哪里修炼都可。"

乐无晏彻底无话说了,心里却隐隐生出疑惑,徐有冥真的有修炼吗?

这几日虽见他每晚都在打坐，其实并没有修炼吧？这人似乎对修为更进一步、早日飞升，表现得并不急迫。

但对上徐有冥这副惯常无表情的脸，他也懒得问了，反正也不关他的事。

傍晚之时，乐无晏修炼结束后自东间出来，发现外头来了客，是那位宗主家的纨绔子余未秋。

这人是特地来给他们补送贺礼的，出手十分大方，竟是一套地阶功法。

余未秋笑道："别的东西也入不得小师叔的眼，这套功法却有些奇妙之处，是我此番出外历练机缘巧合得来的，之后小师叔与青小师叔可详细参阅，小侄今日来，且厚着脸皮想求小师叔一件事。"

徐有冥神情淡淡道："直言便是。"

余未秋道："听闻小师叔接下了下个月宗门选拔弟子之事，可否让我去出些力，帮小师叔打个下手？"

徐有冥道："原因。"

余未秋挠了挠脸，像有些不好意思，道："我先前在外游历时，受了重伤，幸得秦城城主相救，在秦城主府中住了数月，因而与他的养子秦子玉结识。前几日又在洛城见到他，得知他是来参选本宗弟子的……"

"你是宗主的儿子，若想报答秦城主之恩，直接和宗主说一声，将人收为外门弟子就好了，哪有那般麻烦，他肯定乐意至极。"乐无晏不以为然，这毛头小子一掷千金抢宝贝时还挺有气势，怎的现在还要这般拐弯抹角？

余未秋赶紧道："他未必会答应，我又岂能强人所难，而且他也不知晓我的身份。"

乐无晏还要再说，被徐有冥打断："你可去，但不可徇私。"

余未秋闻言喜出望外，一口答应下来："好，多谢小师叔！"

10

吃过晚膳，乐无晏餍足地跷着脚，躺在榻边，听窗外的靡靡丝竹笙箫音，手里还拎着个酒葫芦，不时往嘴里倒一口酒，分外惬意。

徐有冥自外间进来，乐无晏转头，随口问了句："是谁在外头吹奏弹曲？"

徐有冥淡声解释："叫甘贰挑了几个懂音律的妖修，你说入夜之后山上太冷清了。"

乐无晏一挑眉，一口酒咽下肚，道："真的？长得好看吗？"

徐有冥微眯起眼。

乐无晏干笑了声道："算了，肯定不好看。"

时候尚早，他还不想睡，仍躺在榻上，喝着酒听曲。

徐有冥在他身侧看书，乐无晏漫不经心地看过去，徐有冥眼睫毛低垂，侧脸映在昏黄的火光里，如同上了釉的冷玉，去了玉冠的长发披散下，周身凌厉气势都仿佛收敛了许多。

徐有冥一偏头，视线落向他。

乐无晏笑了一下道："仙尊在看什么书啊？"

徐有冥看他一眼，乐无晏心里咯噔一下，隐约升起些不好的预感，就听他平静的声音道："刚刚余师侄送来的地阶上品功法。"

乐无晏哽住了。

徐有冥的视线落回那本功法上，乐无晏犹犹豫豫地问道："你看这个作甚？"

徐有冥未再抬眼道："这本低阶上品功法与我从前用过的修炼之术有些许不同，取长补短，或有益处。"

乐无晏道："我不要跟你修炼。"

徐有冥合起手中的功法，再次转眼看向他道："你知我再找共修者是为何，你答应了的。"

乐无晏道："那也不用这么快吧？"

徐有冥道："你来了已有十余日，快吗？"

乐无晏无语了。

他根本不是不想修炼，他是怕自己忍不住在修炼时跟这狗贼同归于尽。

虽然基本上来说，最后死的那个只会是他。

被徐有冥盯着，乐无晏莫名有种头皮发麻之感，下意识往旁边挪了挪身子道："我，我打算闭关，既要参加宗门试炼，我总得做些准备。"

"嗯。"

"嗯什么？你同意了？"乐无晏不确定地问道。

徐有冥像是想了想，道："等试炼之后。"

乐无晏松了口气。

他翻身跳起来，就要下地，道："我现在去闭关了，这间屋让给你。"

徐有冥低声道："明日再去，今晚先好好睡一觉。"

小屋后方有一岩洞，自西间的小门推门出去，过一道竹桥便能到。洞中有一大的水潭，一半是汤泉，一半是寒潭，呈太极图状分布，两处阴阳眼正是泉眼，其上水雾渺渺，是一座小型法阵。

乐无晏先前已来过几回，知道此处亦是极佳的修炼之所。

他走进汤泉中，随意坐下，舒服地吐出一口浊气。

片刻后，有脚步声近前，乐无晏抬眼，徐有冥已走进洞中，步入寒潭，盘腿坐于泉眼之上，掐出一个指诀，有金白光芒自水面荡过，太极泉中的灵气比先前更甚。

乐无晏心思微动，明白了他的意思，身体慢慢挪至了这一侧的泉眼。

汤泉为阳，其泉眼为阴眼，寒潭为阴，其泉眼则为阳眼，此二阴阳眼亦是这座小型法阵的阵眼。

乐无晏是单火灵根，徐有冥是单金灵根，本是五行相克，但乐无晏是阴火体质，徐有冥则是至阳庚金之躯，最喜阴火，他二人修炼，相辅相成，合着这太极阴阳泉的法阵之力，更添益颇多。

乐无晏屏除杂念，完全进入修炼状态中。

徐有冥为主导，牵引着乐无晏，灵力自丹田而出，顺着这太极泉的水流流转，彼此交融，合而为一，再重回丹田内，一遍一遍地循环往复。

乐无晏感受到了重生之后体内经脉前所未有的畅通，先前一直未打通的最后几个穴窍已有了松动之意，筑基已指日可待。

他想乘胜追击，徐有冥却停下来，缓缓睁开眼。

灵力收回丹田，修炼至此结束。

乐无晏颇有些遗憾地眨了眼，看向水潭对面的徐有冥，道："我没想到还能有这种修炼方式啊，这口阴阳泉果真是好东西，要不我们以后都这么修炼吧。"

徐有冥忽然动了身，跨进了汤泉中，一步一步走过去。

乐无晏下意识往后退，后背抵上了身后冰凉的岩石壁，道："你干什么，你就站那里，别走过来……"

徐有冥一伸手，带着人飞身出了水潭，回了屋中。

乐无晏道："一直这样修炼不可以吗？"

"不可以。"徐有冥道，"此法虽好，但灵力运转太慢，成效并不显著。"

乐无晏没好气道："那方才也没修炼多久，你怎么就停了？"

徐有冥道："你第一次修炼此功法，恐时间长了承受不住，今日所得还得细细研习，方能化为己用。"

11

之后半个月，乐无晏吞下一枚辟谷丹，闭关修炼，出关之时，已是临界筑基的状态。

若是匆忙筑基，也能在这一两日内突破，但为求境界稳固，且不想入宗门的试炼增加难度，他还是决定缓一缓，等试炼结束后再说。

这么多日未进食，嘴里淡出个鸟来，一走出外间就闻到酒菜香味，徐有冥已叫人准备了一桌子好酒好菜等着他。

"仙尊果真是个知冷知热的好人。"

乐无晏嘴上说着吹捧的话，实则半点不走心，踢了鞋子趴到桌边来，先一杯酒下肚，顿觉通体舒畅。

徐有冥给他盛了碗热粥，提醒他："你半月未进食，别先顾着喝酒，吃些东西垫垫肚子。"

乐无晏瞥他一眼，笑问："仙尊如何知道我今日会出来？"

徐有冥道："灵力有波动。"

乐无晏心道这修为差太多了，着实是不好，什么都能被他算到，就听徐有冥问："可有收获？"

乐无晏胡乱一点头道："就要突破筑基了，我刻意压下了，等试炼回来再说。"

徐有冥道："去试炼还得做些准备，吃完东西，我带你去灵宝阁一趟。"

出门时，乐无晏下意识打了个喷嚏，方觉这天比先前又冷了不少。

修为低就是麻烦，还与凡俗界人一样，要为生老病死、严寒酷暑困扰。

一件毛皮大氅落至肩头，毛茸茸的围领蹭得乐无晏面颊发痒，他回头看去，徐有冥就在他身后。

"这是件法衣，可以御寒，也可防御。"徐有冥说完便带着人腾云雾而起。

落地是在太极殿附近的一座大峰上，灵宝阁就建在此处，七座楼阁呈北斗七星状分布，随处可见穿着白袍的本宗修士进进出出。

这一灵宝阁是太乙仙宗的藏宝之地，本宗弟子都可到此搜寻想要的东西，用宗门贡献点交换。

徐有冥带着乐无晏一落下，立刻有人注意到他们，路过的修士纷纷投来视线，徐有冥这位高冷仙尊虽不常离开宿宵峰，但每年一次的讲学也能见到本尊，倒是乐无晏这个据说与当年那位魔头长得一模一样的仙尊共修者，更引人注目。

沐浴着四面八方打量的目光，乐无晏心下不快，低声问身边人："仙尊，你们太乙仙宗的弟子，都是这般没教养的吗？"

若是从前有人敢这般放肆地看他，他早将人眼睛挖了。

徐有冥道："不必理会，你去挑一件合用的兵器。"

乐无晏的乾坤袋里各种灵丹、灵药、灵符、灵器的都已有不少，唯独缺少一件随身用的兵器，先前在外头没看到合适的，徐有冥才带他来这灵宝阁寻。

七座楼阁中的开阳楼是专储兵器处，他们径直过去，尚未进门已有妖修迎出来，是这开阳楼中的管事之人，那人恭敬地问他们需要什么，可以帮他们推荐。

徐有冥提醒乐无晏："挑选称手的兵器，还是要合眼缘、心意得好，你不如自己去看，对比之后选一件最合适的。"

乐无晏无所谓道："随便吧。"

徐有冥点点头，正要再说什么，收到传音，是宗主怀远尊者叫他去太极殿。

"后日选弟子之事，还要再与宗主汇报，我去去就来，你先进去挑东西。"他叮嘱乐无晏。

乐无晏求之不得道："仙尊去忙你自己的吧，不用管我了。"

徐有冥仍不放心，又与那管事的妖修交代了几句，最后道："他挑中的东西，以我之贡献点交换。"

妖修诚惶诚恐地应下。

徐有冥离开，乐无晏随人走进楼中，这里的每一座楼阁又都有七层，像这开阳楼，一楼是大堂置换处，挑中了东西便到此处用贡献点换。若是在外得了什么自己用不上的宝贝，也可拿来交换贡献点。如此有来有往，也算整个宗门的弟子互惠互利。

乐无晏没叫人跟着，独自上楼，二楼一整层楼藏的都是剑，按不同的五行属性分开放置，其间挑选东西的修士颇多。

乐无晏脚步未停留，接着上了三楼，三楼收的是刀，再上边几层，又分别藏着其他种类的兵器，越往上走收的兵器越冷门，人也越少。

乐无晏想了想，自己对刀剑之类的东西无甚兴趣，尤其徐有冥是天下第一的剑修，以剑为兵器，便是日后修为上去了，他对上徐有冥也没有任何胜算。

他打定主意，去到第四层，这里收的多是常见的兵器，不算冷门，但也不如刀剑那般用的人多。

火属性兵器皆在楼层西北角，以各种方式展示，或呈于置物架，或挂于墙壁，或浮于半空，一目了然。

这里只有乐无晏一人，他乐得无人打搅，慢慢挑选，每一件兵器都要拿到手中亲自试过，方知合不合用。

乐无晏现在修为不高，但对事物判断的直觉和经验还在，东西拿到手里，几乎立马便能评估出优劣。太好的他现在用不上，太差的入不了他的眼，这一番挑拣下来，也费了不少工夫。

可惜始终没寻到特别合心意的，打算再去楼上碰碰运气时，乐无晏视线一晃，落向最后一排置物架上的小弩，微微一顿。

他的手伸过去，刚摸到东西，置物架后方伸出另一只手，快他一步先将那弩抽走。

乐无晏一撇嘴，收回手，懒得与人争抢。

转身要走时，那人从置物架后出来，叫住他："你就是仙尊的共修者？"

乐无晏目光瞥过去，是个看着三十岁出头，样貌平平无奇的男子，这人周身的灵力不稳，修为必未达金丹期。且神情倨傲，语气毫不客气，打量他的眼神更露骨，还怀着隐隐敌意，叫人十分不喜。

乐无晏本不想搭理，那人又道："你果真如传言那般，与那魔头长得一模一样。我姓向，是飞沙门的传人。"

乐无晏抱臂，冷淡看他道："所以？"

对方盯着他的眼睛，像是故意试探："你不认识我？"

乐无晏道："我为何要认识你？飞沙门是何门何派？没听说过。"

闻言，对方脸上的表情有一瞬间扭曲，恶狠狠地瞪他，乐无晏的神情中看不出半分破绽，仿佛当真不知他是从哪里冒出来的无名小卒。

"你叫何名字？"对方问。

乐无晏道："我不想跟你结交，所以无可奉告。"

那人一咬牙，又瞪了他一眼，再没说什么，快步而去。

那人走之后乐无晏继续去第五层，心不在焉地想着方才之事，飞沙门，向家，他其实知道，且记忆深刻，满门三十年前一夜之间被他屠杀干净。

竟还有漏网之鱼，还进了这太乙仙宗。

嘁，便宜他了。

五层与四层的东西相似，乐无晏挑挑拣拣间，终于找到了称手之物。

是一条通体乌金的细长硬鞭，但材质又并非乌金，而是比之更硬的东西所制，鞭身遍布尖锐的倒刺，唯手柄处一点红，如流动的血玉，夺目异常。

这是一件中上品兵器，若是沾了火，这鞭的威力能再上一个等级，使用者修为越高，它能展现出来的实力也愈强大，在合体期之前都够用了。

乐无晏十分满意，当下便不再犹豫，拿了东西去一楼的置换处，消耗了徐有冥三十贡献点，拿下了这条鞭子。

走出开阳楼时，徐有冥已在外头等他。

见乐无晏兴高采烈地出来，徐有冥问："选中了？"

乐无晏将手中的鞭子在他面前晃了晃，道："如何？"

徐有冥看了一眼，道："这鞭的材质应是地炎晶，经地底三万尺以下的地下阴火焚烧万年，炼成的一种晶石，坚不可摧，十分合你的灵根属性和体质，挺好。"

"仙尊果然见多识广，我也觉着不错。"乐无晏将鞭子缠至腰间，高兴道，"以后它就叫'红腰'好了，和'红枝'还挺配。"

徐有冥不再多言，施了个小术法，红腰在乐无晏腰间稍稍变了形态，成了契合他腰身的一条腰带，那枚血玉正是带钩处，在日光下流转着炫目华彩。

乐无晏低头看了看，自觉满意，抬目冲徐有冥粲然一笑："谢谢啊。"

12

天方亮，乐无晏脑袋缩在大氅中正打瞌睡，被徐有冥带着落地在紫霄门外的大广场上。

立时便有无数双眼睛看向他们，乐无晏伸了个懒腰，徐有冥面上是一贯的波澜不惊，走上广场前方的圆台高处。

乐无晏停在原地，一转头，对上身后余未秋落向他一言难尽的目光，他倒是半点不觉难为情，笑着跟人打招呼："师侄来得好早。"

余未秋道："应该的。"

乐无晏目光扫过下方黑压压的数千修士，一扬眉，道："弟子选拔而已，竟来了这么多人？都这么想进太乙仙宗啊？"

余未秋与他解释："今次是小师叔第一次主持弟子选拔，所以人格外多，不少人都是冲着他来的，指望小师叔能收徒。若是真得了小师叔青眼，那便是宿宵峰座下大弟子，光这一个名头就足够吸引人了。"

乐无晏瞥一眼圆台之上有如神祇一般高不可攀的徐有冥，心道这人又在装，做他大弟子有何意思，怕是人生从此了无生趣，也不知这些人怎么想的。

他轻哼了声，道："做他的徒弟，也不怕被他那张冷脸冻死。"

余未秋略无言，其实他还挺赞同这话，但不敢说出来。

余未秋没说什么，身后却响起另一人带着怒意的声音："你说的什么话，即便你是仙尊的共修者，也不该如此胆大妄为，出言诋毁仙尊。"

乐无晏回头一看，竟是前日在开阳楼碰到的那个向家漏网之鱼，正皱眉沉脸冷声教训他。

乐无晏好笑道："我几时诋毁仙尊了？你哪位啊？"

那人面色更阴，乐无晏转回身，没再搭理他。

耳边有余未秋传音过来，特地隔开了其他人："青小师叔别生气，这个向志远是飞沙门门主幼子，飞沙门从前便是依附本宗的小门派，灭门之后他被人护着侥幸逃出来，破格入了本宗。你跟那魔头长得一样，他可能迁怒你了，而且他十分仰慕小师叔，应是妒忌你，你别理他便是。"

乐无晏翻了个白眼，他确实不想理这人，他只可惜当年让之逃了，没有斩草除根。

余未秋再跟他道歉："小师叔将这些庶务交给我办，向志远主动来帮忙，我便让他来了，是我考虑不周，给青小师叔添麻烦了，青小师叔勿怪。"

乐无晏懒得与这小子计较这个，笑问他："师侄，你那恩人之子在哪儿呢？指给我看看。"

余未秋下巴点了一下右后方那站于人群之外的青年，不好意思道："就是他。"

乐无晏视线落过去，倏地顿住。

青年也正朝他看过来，目光相接只一瞬，很快又错开。

乐无晏回神，暗道原来那日在洛城自己真的没看错，确实是这小子。

"他是妖修？"乐无晏问。

余未秋一愣，道："是妖修，青小师叔是如何知道的？"

乐无晏道："牡丹花？"

余未秋道："嗯。"

他当然知道，这朵牡丹花就是他养的，他还以为逍遥仙山被围剿时小牡丹也死了，没承想这小子不但活得好好的，竟还成了城主的养子，从此入了正道。

余未秋还想问他是如何知道的秦子玉之事，下边忽然传来一阵惊叫声，他们抬眼看去，就见圆台之上，徐有冥目光凛冽，手中的明止剑动了。

一道强劲且饱含杀意的剑意释出，迅速席卷整个紫霄广场，所过之处，无人不被这道剑意震荡，便觉五脏六腑都在搅动，竟半点不能抵抗。

四处角落传出几声撕心裂肺的尖叫，紧接着便有几缕黑烟升起，周遭的修士慢半拍回神，惊恐地发现原本站在他们身边的人已轰然倒地，转瞬便已魂飞魄散。

徐有冥的声音仿佛远在天边，又似近在眼前，不含半分温度："邪魔修者，杀。"

广场之上哗然声愈响，很快便有打杂的妖修出来，将这些邪魔修的尸身抬下。

乐无晏嗔了声，身旁余未秋惊讶道："竟有这么多邪魔修混进来了？听闻这段时日山外几个城镇都出现了众多邪魔修，今日竟还敢跑来紫霄山了，当真是不怕死……"

被他们无视了的向志远一声轻嗤，道："事出反常必有妖，这么多邪魔修突然一起出现，肯定不是好事，定是冲着什么人来的吧，说不定还藏了什么阴谋。"

余未秋面露尴尬，乐无晏没理，明知这人话里话外都在怀疑他，但长得不好看又惹人厌的人，与之多说一句话他都嫌多余。

这一段插曲之后，下方前来应选弟子的众修士越发战战兢兢，徐有冥再未做什么，换了余未秋去宣读弟子选拔的规则。

紫霄山西侧有一片密林，所有人一齐进入林中，采摘一种叫菩萨果的果子，两个时辰之内能摘到果子并且走出密林者，便可留下。

除了不可杀人夺宝，在林中随便什么看家本事尽管拿出来。

山林结界一开，一众修士争先恐后地涌入，唯恐落了人后。

乐无晏也正要进去，徐有冥过来他身边，乐无晏笑嘻嘻地问他："仙尊是要给我些提示吗？我猜这密林中肯定有什么刁难人的阵法吧？你不如直接将破解之法告诉我好了。"

"尽力而为，自能出来。"徐有冥道。

这意思便是说对乐无晏而言，这样的小试炼算不得什么，多花些心思总能通过，至于提示，那却是没有的。

乐无晏抱怨："仙尊好大公无私啊，对自己的共修者都不能破个例吗？"

徐有冥温和了声音道："小心一些，别逞强。"

乐无晏一哽，默然移开眼，这人突然这么柔声细语的，他还真不习惯。

"青雀。"徐有冥叫他的名字。

乐无晏道："干吗？"

徐有冥道："你去吧，早去早回。"

乐无晏干笑了声，不再跟他废话，转身往密林的方向去。

他才走进林中，就觉这里与外头不同，空气格外潮湿，雾气弥漫，脚下道路更泥泞，叫人不喜。

乐无晏没走几步又停下，蹭着脚上的泥，并未像其他人一样急着找寻那菩萨果，心不在焉地观察起四周。

周围偶有修士突然冒出来，神色或是惊疑，或是焦躁，又匆匆忙忙选择一条路一头扎进去。乐无晏一看便知这些人已经迷了方向，来来回回其实只是在原地转圈。

他略想了想，放了只纸鸟出去，纸鸟一分为八，迅速朝着四面八方疾飞而去。

之后他便在一处树荫下找了块堆满枯叶，相对干燥的地方坐下，耐心等待。

百无聊赖之时，却见前方有修士狼狈地朝他狂奔而来，身后追赶着一只其貌不扬的四脚异兽，乐无晏本不想管，待瞥见来的人是谁，面上神情一顿，被赤色火焰包裹起的红腰脱手而出，如火蛇一般冲着那异兽面门蹿去。

那修士反应也很快，见有人出手帮自己，立刻闪身往一侧让开，蹿起的火苗烧得那异兽一个激灵，就要往后避，红腰已缠上了它的脖子，倒刺深扎进皮肉里，炙热的火焰烤得它颈上皮肉刺刺作响。那异兽发出痛苦愤怒的哀嚎声，疯狂甩着脑袋想将红腰甩开，反叫红腰之上的倒刺扎得更深，修士手掌中生出了植物根茎，迅速蔓延而上，一分为二，死死缠住了那异兽两边的后腿，不让它挣脱。

几息之后，异兽的挣扎渐弱，最后一声不甘鸣咽后，倒地没了气息。

被救下的修士见状大松了口气，收回自己的根茎，红腰也回了乐无晏腰上。

修士过来与乐无晏道谢，自报了家门："在下秦子玉，方才多谢道友出手相救……"

"小牡丹，你不认识我了？"乐无晏道。

对方一愣，对上乐无晏的目光，不解其意："道友是……"

乐无晏见他满眼疑惑，心道这小子身上不知发生了什么，大约确实不记得他了，但就这三言两语，他便能确定，这就是小牡丹本人。

他问："你现下是何修为？"

秦子玉觉得面前这人有些莫名其妙，还一眼看穿了自己是牡丹花妖，心里不免生出些疑虑，但毕竟自己才被他所救，便照实说了："在下不才，修为堪堪只到炼气八层。"

乐无晏不客气道："那确实挺不才的，都修炼多少年了，才炼气八层，还能被只低阶异兽追着逃命。"

秦子玉无语。

13

秦子玉看着乐无晏，愣了片刻，忽然"啊"一声："您是明止仙尊的共修者。"

方才在广场上他远远瞧见乐无晏，并未看太真切，只记得他发间的毛羽发簪格外夺目，这会儿终于后知后觉反应过来。

乐无晏轻咳一声，道："我名青雀，你叫我名字就好。"

秦子玉恭敬抱拳，行了一礼，道："多谢青道长相救。"

乐无晏心道，这小子都失忆了，怎还是这个德行，从前让他叫哥，他偏要与其他人一样，一口一句"尊上"地称呼自己，如今这句"青道长"，怕也是不打算改了。

饶是如此，他乡遇故知，乐无晏还是高兴的，更别提这个人还是小牡丹。

这朵牡丹花他精心养了二十年，每日以纯粹灵气浇灌，才勉强化作人形，天赋实在算不上出众。他死时这小子不过炼气二层的修为，如今十八年过去，也才堪堪到炼气八层，却不知是得了什么机缘，能被一城之主收养。

乐无晏盯着他的脸瞧，小牡丹还和从前一样，满头的细长辫子，笑时嘴角有浅浅的梨窝，面若好女，当初便是逍遥仙山一众妖修中长相最好、最得他喜欢的一个。得亏妖修的样貌会一直维持着化形时的模样，不像人修非得结丹之后才能面容不老，不然这小子这么笨，修为精进缓慢，再好看的脸老了都不能瞧了。

想到这个，乐无晏忽然生出点危机意识，听说自己这具身体已经十八岁了，若不能在几年之内结丹，岂不有损他的容貌？

乐无晏还欲说什么，已有纸鸟先后飞回，他大致估算了时间，第二次放出纸鸟。

秦子玉好奇地问他："青道长不去别处吗？这里似乎没有菩萨果。"

乐无晏道："守株待兔便是。"

秦子玉略一犹豫，也留了下来，乐无晏问他："为何想入太乙仙宗？"

秦子玉坦然道："太乙仙宗是天下第一派，人人向往，且这次主持弟子选拔的是明止仙尊，大多数人都是冲着他来的，若能拜仙尊为师，则从此仙途通达。"

乐无晏看向他的眼神略微妙，道："你想拜他为师？"

秦子玉道："我灵根不显、修为低下，自知入不了仙尊的眼，但听闻仙尊只要不闭关，每年都会在宗门内进行一次讲学，凡太乙仙宗弟子都可前去听学。若我能入太乙仙宗，便可有机会得仙尊指点。"

乐无晏心情复杂。从前徐有冥最不待见的就是小牡丹，每次见了他都没个好脸，小牡丹也十分畏惧他，能有多远便会躲多远，可如今这小子失忆了，竟敢主动凑上来，还想拜那狗贼为师！

徐有冥何德何能，勾得小牡丹都背叛了他。

乐无晏腹诽间，前方又出现了四五名修士，像是一伙的，也跟没头苍蝇一样正四处乱转，见到乐无晏与秦子玉淡定地坐在树下，以为他们已经拿到了菩萨果，那几人互相对视一眼，走了过来。

"喂，你们有没有看到哪儿有菩萨果？"问话之人语气毫不客气，手里还提着出了鞘的剑，一看便知来者不善。

乐无晏撩起眼皮子，漫不经心地扫了他们一眼，这五个人，除了一个修为看着像在炼气巅峰，余的人都不过五六层，大约是人多势众，并不将他与小牡丹放在眼里。

秦子玉刚要说"没见到"，乐无晏先道："看到了。"

便有人激动地拔高了声音："在哪里？"

乐无晏朝着前方一粗壮高大的树一抬下巴，道："那树的树冠顶，藏在了一个巨大的毒蜂窝后面，有三四颗，我们正在想办法取下来。"

那几人半信半疑，派了个人过去看，很快便听去到树下的人兴奋嚷道："这里真的有菩萨果！"

一伙人闻言立刻都冲了过去。

秦子玉疑惑的目光转向乐无晏，乐无晏弯起唇角，讥讽一笑，那树上自然没有菩萨果，不过是他方才偷偷施下的障眼法而已，一群蠢货。

"看着便是。"乐无晏打断了秦子玉想要问出口的话。

他们只等了片刻，便听一声哀号，第一个爬上树探路的人脑袋上被蜇出了一个形状可怖的脓包，直接从树冠上摔了下来。

一群人七嘴八舌地议论起来，不敢再轻易上去，纷纷放出法宝试探，那个修为已达炼气巅峰的修士转回头，怀疑地看了乐无晏一眼，乐无晏镇定回视。

对方略一犹豫，菩萨果就在眼前，到底舍不得放弃，那人拿出了件护身法衣穿上，亲自上了树。

另外几人像是怕晚了菩萨果就抢不到似的，也咬咬牙跟在后头爬了上去。

乐无晏眼见着他们靠近那毒蜂窝，冷笑一声，掐了个指诀，便有一簇火光自他指尖而出，直射向那毒蜂窝。

霎时间，乌泱泱的无数毒蜂涌出，扑向下边那一群试图偷袭它们的修士。

这种毒蜂窝乐无晏熟悉得很，从前逍遥仙山里就有很多，区区低阶法衣根本抵挡不住。

眼见着那些修士狼狈逃命，惨叫声此起彼伏，秦子玉犹豫着想出手帮忙，被乐无晏一手按下。

秦子玉不忍道："他们也没做什么……"

乐无晏目露不屑，道："谁说他们没做什么，这几人身上都有浓重的人血腥味，必是先前就已害过人了。方才他们的态度你也看见了，若我们真拿到了菩萨果，你说他们会不会无视选拔规则，直接对我们下杀手？"

秦子玉张了张嘴，却再不能说什么。

乐无晏没好气道："小牡丹，你真是越活越回去了。"

入了正道，竟还生出了"圣父心"，白瞎他先前那些年的调教。

"放心，这些人死不了。"乐无晏又道，"毕竟都是来选弟子的，太乙仙宗怎会让人死在自己地盘上。"

他话音才落，那几个浑身已无一块好肉、还剩最后一口气的修士被阵法弹了出去，消失在他们眼前。

秦子玉回神，为自己方才误会了乐无晏的意图与他道歉，乐无晏压根不在意，此时他第二次放出去的纸鸟也已陆续回来。

乐无晏正计算着各个方向的纸鸟回来的时间，耳边忽然收到传音，是徐有冥的声音："你，可还好？"

乐无晏笑道："我还在试炼中，仙尊突然给我传音，不怕被人说徇私吗？"

"啊，不对。"不待徐有冥说，他接着道，"山林中发生的事情，你都看得到吧？你特地传音给我，是不是看不惯我方才教训那几个人啊？明明是他们不客气在先，我才要耍他们而已，反正你也肯定不会让人死了，仙尊不必这个时候找我麻烦吧？"

徐有冥却只问他："几时能出来？"

乐无晏更多抱怨的话到嘴边，竟没了用武之地，他眼珠子一转，又笑了，道:"不知道啊,要不仙尊通融一二,就告诉我怎么才能出去吧,好不好啊?"

那头徐有冥沉默须臾,问他:"当真出不来?"

乐无晏一听他这口吻,竟似松动了,顿觉十分意外,道:"若当真出不来呢,仙尊打算徇私了?"

徐有冥道:"嗯。"

乐无晏哈哈笑起来,道:"嗯是什么意思?你要告诉我怎么出去吗?"

第八只纸鸟业已飞回,乐无晏淡定将东西收回乾坤袋里。

徐有冥道:"你已有主意了。"

乐无晏道:"仙尊你可真没趣,我就算有主意了,你就不能装作不知道?"

徐有冥不再多言,最后留下一句"早些出来吧",结束了传音。

乐无晏哼笑了声,转头对上秦子玉惊讶的目光,好笑道:"小牡丹这是什么表情?"

秦子玉道:"没有,就是没想到青道长与仙尊是这般相处的。"

乐无晏提醒他:"前边又出现了新的树。"

秦子玉收敛心思看过去看,先前树上的毒蜂窝不见了,树冠顶的地方竟真的出现了两颗菩萨果,他微微睁大眼道:"这是为何?"

乐无晏也走了过来道:"这已不是先前那棵树,方才那几个人消失时,这里的树就变了一棵,看似一样,实则不同,仔细看便能看出微妙差别。"

乐无晏话说完,重新放出了纸鸟。

纸鸟展翅飞向冠顶,张嘴衔住那两颗菩萨果,转瞬又飞回乐无晏手中。

乐无晏拿了一颗,另一颗扔给秦子玉。

秦子玉伸手接了,与他道谢,汗颜道:"今日不但得青道长出手相救,还获赠这菩萨果,如此不劳而获,实在惭愧得很,如此便算在下欠了青道长一个人情,他日定……"

"行了。"乐无晏打断他,"哪里学得这一套一套的,你说得不累,我听得都累得慌。"

秦子玉一阵讪然,到底没再说下去。

乐无晏道:"我放出两次纸鸟的时间间隔是两刻钟,这纸鸟不受阵法所迷,到达结界边缘便会自行返回,原本两次自同一方向回来的时间应是一样的,但这番试验下来,第二次纸鸟自各方向飞回的时间却等同于前一次逆向移两个方位。既是弟子选拔,进来的修士修为都在筑基以下,这个阵法应当并不复杂,我料想是最简单的乾坤八卦阵叠加了一个日晷盘,阵法每一刻钟逆向移动一个方位，先前那棵挂了毒蜂窝的树从出现到消失也恰巧是一刻钟。"

秦子玉闻言立时明白过来，道："这一阵法移动的只是其下的八卦阵，日晷盘并不会动，且处于八卦阴阳眼中间的晷针便是阵眼所在，地上的日影分割线就是晷针的投影，我们只要踩着这日影分割线走便不会迷路，同时往前后放出纸鸟，纸鸟从后方回来的方向就是阵眼所在方向，往那头走至分割线消失处，便能找到阵眼。"

乐无晏满意道："孺子可教，走吧。"

14

以纸鸟指路，乐无晏带着秦子玉沿日影走了小半个时辰，其间又摘得了两颗菩萨果，打退了三拨想来抢果子的人，终于走到了日影消失处。

这里长着一株不起眼的红梅树，正是这日晷盘的晷针，也是整个阵法的阵眼。

乐无晏和秦子玉对视一眼，同时出手，灵力缠于手掌，全力打向那阵眼处。

下一息，他们被这山林阵法的强大结界弹出，转瞬已回到了紫霄广场上。

比他们先回来的人寥寥无几，广场中央用以计时的沙漏才刚落了一半。

乐无晏抬眼看去，徐有冥坐于前方玉阶之上，也正望向他。

四目相对，徐有冥黑眸中有亮光动了动，乐无晏得意地扬眉。

余未秋激动起身迎下来，道："青小师叔，你们回来得好快。"

他笑着与秦子玉道："子玉，欢迎入太乙仙宗。"

秦子玉点了点头，道："今日多亏了青道长。"

乐无晏没跟他们多说，到玉阶之上，往徐有冥身侧一坐，笑嘻嘻问他："仙尊，我方才表现如何？"

徐有冥身后的修士们纷纷将目光投向他，或复杂微妙，或一言难尽。

这些人的修为都在化神期以上，因想要挑新弟子，才在此观看一众低阶修士试炼。

先前在密林中乐无晏的表现所有人都看在眼中，传闻这位仙尊的共修者是天资极佳的单火灵根，原本他们还可惜不能收其为徒，后得知这位与那身死魂消的魔头长一个样,便纷纷灭了心思,如今又见乐无晏是这样跳脱的性子,出手却狠辣,更觉惹不起。

乐无晏却似浑然不觉自己已成了场上焦点,嬉皮笑脸地往徐有冥面前凑,徐有冥淡淡看他一眼,抬手帮他将发间有些歪了的红枝拨正。

乐无晏不依不饶地问:"仙尊,我表现得怎么样啊?"

徐有冥这才道:"很好。"

乐无晏啧了啧,要这狗贼承认他表现好,当真不容易。

徐有冥递了块玉牌给他,道:"你将灵力注入其中。"

乐无晏接过东西,听话做了,红色光芒在白玉牌上一闪而过,玉牌中间显现出他的名字——青雀。

这便是他的内门弟子身份铭牌了,有了这个东西,他进出宗门便不再需要徐有冥带路。

乐无晏嘴角一撇,将玉牌收起来,抬眼朝前方看去。

广场前的半空中悬浮着一块巨大的玉屏,一众修士在林间的一举一动皆清晰可见。

"你们先前怎不说还有这玩意儿,嘴上说不让杀人夺宝,在里头起了坏心思的人可不少。"乐无晏抱怨了一句,要不是为了应付那一拨拨来抢东西的人,他还能再早一刻钟出来。

徐有冥道:"心思不正之人,修为再高,皆不可用。"

乐无晏好笑道:"人性是经不起考验的,仙尊若是叫人提前说明了,他们必会有所收敛。"

徐有冥不再说,仍是那副冰山冷脸,望向前方的玉屏。

乐无晏也懒得说这些没意思的事,视线晃过下方,见余未秋那小子还在缠着秦子玉说话,心思一转,伸手推身边人,道:"仙尊,你收徒吗?"

徐有冥目光落向他,眼中有些许疑惑,道:"收徒?"

乐无晏道:"宗主让你主持这次弟子选拔,怎么你也得意思意思,收个徒弟吧?你看先前跟我一起出来的那个人怎么样?余未秋说他是什么秦城城主的养子,虽是妖修,性情却不错。"

徐有冥冷冷看向玉阶之下的秦子玉,秦子玉似有所觉,低了头,不敢正视他的目光。

乐无晏见状,颇有些恨铁不成钢,他还当这小子长进了,怎的见了徐有冥还是这般怂。

他状似不经意地打量徐有冥的神情，看到秦子玉，徐有冥面上并无半分惊讶，仿佛不认识他。

乐无晏略失望，这人惯会装的，这样的试探果然没什么意义。

片刻，便听徐有冥道："天资太差。"

乐无晏不服，道："尚未测过灵根，仙尊怎知他天资不行？"

徐有冥道："突破渡劫后，只要一眼便能看穿人的灵根与修为如何，不需要测。"

乐无晏突然语塞。

渡劫期修士了不得，要不是狗贼从中作梗，分明他才是先能突破渡劫的那个。

"所以仙尊不能破格收他吗？"乐无晏不死心地问，"就算天资再差，你也有办法将人教好的吧？"

徐有冥却问："我为何要收他？"

乐无晏哽了一下，道："我跟他投缘，若我能收徒，便自己收了，仙尊身为我的共修者，不能帮一帮我？"

徐有冥移开眼，道："余师侄受他养父相救，应会托相熟之人收他，他必能入内门，你不必操心。"

乐无晏道："可我想要他来宿宵峰。"

徐有冥闻言微蹙起眉，乐无晏继续道："他长得好看，看了养眼，谁叫你养一堆长得不好看的妖修在山上，你必须补偿我。"

见徐有冥仍是不表态，乐无晏软下声音央求他："仙尊，好仙尊，就当我求求你也不行吗？"

徐有冥目光再次落向他，眼神里有了些微波动，道："一定要收？"

乐无晏肯定道："要收。"

徐有冥沉默一阵，终于点了头，道："好，但只能是记名弟子。"

乐无晏眉开眼笑，道："多谢仙尊。"

徐有冥神色柔和了些许，道："嗯。"

余未秋回来，正听到他们说这个，诧异之下，不可置信地与徐有冥确认："小师叔你要收子玉为弟子吗？"

徐有冥还是回了一个字："嗯。"

余未秋闻言大喜过望道："小侄替子玉谢过小师叔！"

徐有冥道："不必谢我，谢青雀便好。"

余未秋立刻转向乐无晏道："多谢青小师叔！"

乐无晏看一眼阶下的秦子玉，视线落向面前人道："不必谢。"

两个时辰的设定时间已到，回来的不过百余人，仍在山林中未归的修士被阵法弹出，一齐回到了紫霄广场。这些人败兴而归，每人获赠了一株品相不错的灵草，总算不是全无收获，再不情愿也只能离开。

剩下通过试炼的百余人又被挑出一二十个，玉屏上回放了他们在林中使卑鄙手段偷袭人、抢夺菩萨果的画面，这些人或不忿，或羞愧，也灰溜溜地被强行请离了。

之后便是灵根测试，紫霄广场上有测试灵根的玉碑，一众通过试炼的修士挨个上前，是何资质都会清晰地显示在那白玉碑上，一目了然。

太乙仙宗收弟子并不以灵根优劣论断，但真正轮到一众高阶修士挑人时，自然还是资质好的更抢手。

这百八十人中单灵根者只有区区六七人，属性各不相同，灵根亦有粗细，灵力颜色愈纯粹、灵根愈粗壮者，天资愈好，往往有数位高阶修士抢着要，不多时一众单灵根天才们已被抢空，只剩下一人立在阶下，分外尴尬。

是秦子玉，他是单木灵根，奈何灵力颜色格外浅淡，灵根更细如手指，即便是单灵根，资质却十分有限，还远不如那些具有一粗一细双灵根的修士。

余未秋见状有些着急，乐无晏也拉了拉身边人的袍袖，压着的声音拖长："仙尊——"

徐有冥偏头看他一眼，终于沉声开了口："秦子玉入我门下，为记名弟子。"

话音落下，一片哗然。

即便是记名弟子，那也是明止仙尊头一回收徒，能得他指点，却不比做其他人的亲传弟子差，怕是无人不乐意至极。

秦子玉被这一天上掉下的大馅饼砸中，有些晕头转向，回神后立刻上前一步，恭敬行礼道："弟子秦子玉，拜见仙尊！"

只是记名弟子，便不能口称师尊，但从此能入得宿宵峰，已足够叫人艳羡。

周遭议论声纷纷，有人心有不甘地咬牙道："仙尊分明从不收弟子的……"

声音传入耳，乐无晏看了眼，又是那个向志远，正愤恨地盯着阶下的秦子玉。乐无晏懒得理他，问徐有冥："你之前为何从不收徒？"

徐有冥神色平淡道："为何要收？"

乐无晏道："若不收徒，你所悟之道如何传承下去？"

他以为这些正道人士除了飞升，最在意的便是这个。

徐有冥收回目光，语气更淡然："道法自然，总会有我之外的人亦悟出。"

乐无晏心道狗屁不通，他真是吃饱了撑的，跟这人废话这些。

秦子玉这一出意外之后，弟子选拔继续。双灵根修士中资质较好的也大多投了师门，如此便有二三十人入了内门，剩下的就只能为外门弟子了。

选拔一结束，徐有冥便不再多逗留，与近前诚惶诚恐的秦子玉说了句"七日后前来宿宵峰"，之后也不再给乐无晏与人说话的机会，带着他乘云雾径直离开。

乐无晏回头看去，秦子玉怔怔仰头望着他们，像还未回神。

他推了一下徐有冥的胳膊，抱怨道："仙尊什么时候变这么急性了，我还没与小牡丹说完话。"

徐有冥没理他，往宿宵峰而去。

15

一回到宿宵峰，乐无晏便径直去了东间，与徐有冥说不进境他便不出来，之后"砰"的一声阖上了门。

徐有冥也未走，为之设了结界，在屋外檐下席地而坐，静心打起坐。

如此过了数日，第六日傍晚之时，徐有冥缓缓睁开眼，察觉到身后灵力波动得异常猛烈，他掐了个指诀，将自己的灵力输送过去，缓缓抚平那些躁动不安。

甘贰和一众妖修在山腰上远远看着，只见小屋之上红光乍现，像有火龙猛蹿起，于狂风中发出幽咽龙吟，如泣如诉。很快又有金龙显现，威力强大，远胜那火龙千百倍，却轻柔地罩于火龙之上，与之额相抵、尾相交。

一金一红的双龙在空中盘桓许久，直至火龙周身的灵力波动趋于平稳，再双双消失。红光尽收，又是晚霞漫天、平静祥和的薄暮黄昏时。

有小妖揉了揉眼，回神惊异道："方才的异象是什么？"

甘贰是一众妖修中最见多识广的一个，他兴奋地解释："传闻单灵根天才在进境之时，神识可化作龙形破体而出，仙尊和青道长都是单灵根，先前那一金一红的龙形，应当便是他们神识所化。青道长刚刚筑基，才有神识，但他灵根粗壮、天资卓越，所化龙形力量虽还孱弱，形状和颜色却清晰分明，而合体期以上的修士，神识所化的龙形已能自如控制，随时可放出体外，且威力强劲恐怖，仙尊的金龙便是如此。"

闻言，一众小妖纷纷慨叹，羡慕不已，妖修大多资质不佳，多是杂灵根，双灵根已属难得，单灵根者更少之又少，这神识化龙之异象，他们还是第一回亲眼所见。

尤其难得的是，当中还有一条龙形是明止仙尊的神识所化。

乐无晏一直到夜沉之时才出关，推开门见徐有冥端坐在屋檐下，脚步一顿，问道："仙尊不会这几日一直坐在这里吧？"

徐有冥抬眼，目光落向他，道："你觉如何？可已突破？"

乐无晏略微讪然，道："仙尊明知故问啊。"

他确实筑基了，过程却并不顺利。

那些小妖只道单灵根好，却不知天道从不会无条件地偏爱某一个人，天资越高之人，进境时也越困难艰险，稍有不慎便会就此陨落。

方才他在即将突破筑基、半梦半醒之时差点入了歧途，前世死前的情景不断重复出现，还是那个诡异梦境中的场景，反复交错，叫他分不清真假虚实，险些生出了心魔。

好在徐有冥强行将他拉了回来，在他堕入更深层次的梦魇中之前，是徐有冥将他拽出了深渊。

乐无晏心情复杂，自己应该感激这个人吗？

可徐有冥救的是他的共修者青雀，自己却是被徐有冥亲手诛杀于剑下的魔头，若非拜徐有冥所赐，他又何须重走一遍这危机重重的修行路。

乐无晏伸了个懒腰，道："我要吃东西，你叫人送来，我先去洗洗。"话说完他直接去了后边的岩洞。

步入汤泉中乍一放松下来，乐无晏便觉自己彻底活了过来，又去寒潭中游了个来回，心情顿觉好了不少。

反正，他不会承徐有冥的人情，是那狗贼该还的，他一点也不心虚。

两刻钟后，乐无晏再回来时，先前的那些不快已抛诸脑后，又是神清气爽。

他身上随意裹了件袍衫,敞着衣襟,还在淌水的黑发湿漉漉地耷下,用红枝半绾起,看徐有冥就盘腿坐在桌边,也歪着身子懒洋洋地坐过来,脸上堆起笑,道:"仙尊叫人做了什么?好香啊。"

徐有冥看他一眼,一抬手,乐无晏只觉一阵温暖的灵力拂过发端,湿发转瞬就干了。

徐有冥淡声提醒他:"将衣裳穿好。"

乐无晏不以为然,拎起酒杯先倒了一杯酒下肚,道:"我已经筑基了,现在身体里真的全是火了。"

徐有冥目光落至他袒露在外的白皙胸膛前,微微一顿,乐无晏不自在地轻咳了声,慢慢将衣襟拉好,嘴里嘟哝:"看什么看,外人知道仙尊这么老气横秋吗?"

徐有冥道:"老?"

乐无晏哼道:"仙尊三百多岁,我才十八岁,连你零头都没有,你不老吗?"

徐有冥默然,还似想了想,回答他:"仙途悠长,三百岁的差距不算什么。"

确实不算什么,若无意外,筑基之后一般修士的寿命便可增至三百岁,如徐有冥这样的渡劫期大能,寿元可长达三万余年,待飞升成功,那便是真正长生不老的仙人。

更别提徐有冥天资出众,二十岁便已结丹,外貌始终维持在风华之年,实在与"老"这字沾不上边。

但在挤对徐有冥这事上,乐无晏向来乐此不疲。

"若是凡界,你这个年纪早转世投胎四五回了,你怎好意思?"乐无晏满嘴胡言乱语,心想着这老头子坏得很,人面兽心,他在这人手中栽了一次,绝不会再栽第二回。

徐有冥只当他又喝多了在说胡话,夹菜给他:"别只顾着喝酒,吃东西吧。"

乐无晏笑了声,道:"仙尊没话说了吗?"

徐有冥摇头,不再作答。

乐无晏笑容更灿烂,扬扬得意。

他吃着东西,又似想到什么,问徐有冥:"小牡丹呢?怎么没瞧见他?别是你又把人赶走了吧?"

徐有冥沉声道:"明日才会过来。"

乐无晏闻言放下心,道:"你好好教他啊,他虽然笨了些,天资差了些,但虚心好学，会是个好弟子的。"

而且他当年养这牡丹花养得精心，没让小牡丹沾染到半点魔气，要不那小子也不能入正道不被人发觉。既有此机缘，他自然希望小牡丹从此以后能仙途通达，他日也能得道飞升。

"你待他很好。"徐有冥忽然道。

"那是自然……"话出口，乐无晏终于后知后觉自己对秦子玉的态度，怕会让这狗贼起疑心，改口道，"我对长得好看的人都好。"

徐有冥未多言，提醒他："你吃东西吧，菜要凉了。"

乐无晏心里有些不舒服，便不想再理这人，坐回去埋头继续进食。

徐有冥为他添酒，道："这酒是由深山灵泉所酿，有洗经伐髓之效，可多饮两杯。"

乐无晏拎起杯子一口喝下，再重重搁下，道："再来一杯。"

徐有冥将他酒杯添满，道："不可贪杯。"

乐无晏没好气道："你方才还说可多饮两杯。"

"可多饮，但不可贪杯。"

"你就是故意要与我作对吧？"

徐有冥轻拧起眉道："你不高兴了吗？"

乐无晏冷哂，就徐有冥这三棍子打不出个屁，不想说就避而不答的态度，他能高兴才有鬼。

"是啊，我不高兴了，仙尊能陪我多喝几杯酒吗？"

乐无晏话说完，已做好被徐有冥拒绝的准备，徐有冥沉默了一下，却道："好。"

他重新拎起酒壶，为自己与乐无晏都添满酒，道："你想喝，我陪你喝吧。"

看着他倒酒的动作，乐无晏心里那口气终于稍稍顺了些。

烛影幢幢，没入琼杯，酒水映着火色。

后头乐无晏又喝醉了，趴在小榻上昏昏欲睡。

方才，他恍惚间生出了错觉，以为这里还是逍遥仙山，徐有冥不是什么明止仙尊，只是过去的夭夭。

徐有冥道："试炼已结束，你也已顺利筑基。"

"嗯？"

"你才刚刚突破进境，本该再继续修炼几日，巩固境界，不应急着出关，如今既已出来便算了，我可用其他法子助你。"徐有冥道。

乐无晏道："什么法子？"

徐有冥的黑眸定定看着他道："低阶上品功法。"

"我醉了。"乐无晏哼哼唧唧道，"修炼不了。"

他坐没坐相地歪在地上，面颊贴着榻沿，迷瞪着眼睛摆了摆手，嘴里嘟哝："修炼什么修炼，我要睡觉。"

乐无晏始终闭着眼，像已然睡着了。他听到那人若有似无的叹息。

片刻后，脚步声逐渐远去，再是外间屋门开阖的声响。

乐无晏睁开眼，眼里已不见醉意，轻出了一口气。

屋外传来埙声，他躺在床上一动不动，安静地听。

缥缈的乐声叫人心里分外不好受，一点一点浸染进乐无晏的情绪里，他叹了口气，暗恼自己怎么也伤春悲秋了起来。

16

乐无晏到底喝多了，后头便在这埙声里渐渐睡去，再醒来已是天光大亮。

甘贰送水和朝食进来，洗漱时乐无晏听到窗外隐约的说话声，随口问了句："谁在外头？"

甘贰道："是仙尊收下的记名弟子秦公子来了。"

小妖的语气里不无羡慕，同是妖修，秦子玉既是秦城城主的养子，如今又得仙尊收入门下，这运气，一般人委实比不了。

乐无晏立刻出门去，果真见屋外秦子玉正恭恭敬敬地弯腰拜见徐有冥，他高兴地叫了句："小牡丹。"

秦子玉一抬头，微微一笑，也与他行了一礼，道："见过青道长。"

乐无晏笑容满面，手肘撞了撞身边的徐有冥，道："记名弟子也是弟子，送礼。"

徐有冥瞥他一眼，递了见面礼给秦子玉，是一件中上品的灵器，于秦子玉这样的修为已是不可多得的宝物，秦子玉喜上眉梢，双手接过东西，再与他二人道谢。

乐无晏道："以后都是自家人，不必这般客……"

徐有冥道："你既也是剑修，试剑与我一看。"

被打断话的乐无晏一撇嘴，懒得跟他计较。

秦子玉去了下方空地，像有些紧张，手持着剑，深吸一口气，在徐有冥与乐无晏一冷一热的目光注视下，抽剑而出。

一套干净利落的剑法演示下来，乐无晏摸了摸下巴，他虽不是剑修，却也看得出这小子尚不能释放出剑意，但剑气凝练，颇有气势，于炼气期的剑修而言，已属难得。

最后一招剑气释出，斩断野草一片，秦子玉收剑回鞘，既忐忑又期待地望向徐有冥。

徐有冥面上看不出满意还是不满意，微微颔首，道："你身形瘦弱，手上力气不足，刚入门时不必强行用重剑，适得其反，一会儿自行去灵宝阁，选一把轻便合用的剑。"

秦子玉领命应下。

乐无晏手肘再次撞了撞身边人，道："仙尊，新弟子入门，你不该说几句鼓励的话吗？"

徐有冥没理他，吩咐了甘贰带人去安顿，转身回屋。走了几步，又回头，叫住欲与秦子玉说话的乐无晏："你也回来。"

乐无晏犹豫了一下，冲秦子玉使了个眼色，不情不愿地跟上去。

"仙尊叫我回来做什么？"一进门乐无晏先问道。

徐有冥道："既不辟谷，便按时进食，先吃东西。"

乐无晏去桌边坐下，吃就吃呗。

徐有冥也坐过来，乐无晏随口问他："仙尊下一次讲学是什么时候？"

徐有冥为他倒茶，道："你有兴趣？"

乐无晏心道，当然没兴趣，嘴上却说："是啊，什么时候？"

"先前忙于选拔弟子之事耽搁了，讲学的日期应会安排在这个月月底。"徐有冥道。

那便是只有不到半个月了，乐无晏心里有了数，不再说这个，还给徐有冥夹了块糕点，搁进他面前的碗碟中。

"你也尝尝。"

见他笑容灿烂，徐有冥稍一犹豫，用竹箸夹起糕点，送到嘴边，慢慢吃下了。

乐无晏瞧着他的动作，啧啧有声，这狗贼吃起东西都比旁人要斯文得多，端的一副优雅贵公子的派头，杀起人来又眼都不眨，如同索命恶鬼。

"我一会儿同小牡丹一起去灵宝阁，去看看还有没有什么好东西。"乐无晏道。

徐有冥闻言微蹙起眉，乐无晏看着他道："仙尊不会这么小气，不肯让我去吧？"

徐有冥到底没说什么，只道："早去早回。"

用过朝食，徐有冥先一步离开，他为乐无晏守关六日，今日才有空去将弟子选拔的结果告知宗主。

乐无晏伸着懒腰出门，远远瞧见山腰往上的一处溪流边多了个小院，过去看，果然是秦子玉在布置他的住处。

秦子玉见到乐无晏便过来与他行礼，被乐无晏挥手打断："你选的这地方还挺好。"

秦子玉自己就是牡丹花，选的住处也在花团锦簇处，在临水的地方建了这小院，离徐有冥和乐无晏不会太近，也不会太远。

秦子玉再次与乐无晏道谢，他已经听余未秋说了，仙尊肯收他，多亏了这位青道长。

乐无晏不耐听这些，道："谢不谢的别一直说了，你以后跟着仙尊早日成才，才算对得起我。"

秦子玉道："多谢青道长。"

乐无晏无语。

算了。

先前在山林里试炼，没来得及多说什么，这会儿趁着秦子玉收拾住处，乐无晏顺口问起他："秦城在哪里，你一个妖修是怎么成为城主养子的？"

秦子玉既已入了徐有冥门下，乐无晏问什么他自然答什么，不敢有丝毫隐瞒。

"秦城地处南地，是南地最大的城池，自成一派。城主亦是妖修，我与他机缘巧合结交，曾在一处秘境里一起经历生死，侥幸逃出后城主与夫人便收了我为养子。说来惭愧，城主一直希望我能传承其所学，是我自己向往剑道，仰慕仙尊天下第一剑修之名，执意要来太乙仙宗的。"

乐无晏问："去秦城之前呢？你是哪里的牡丹花化形？"

秦子玉面露尴尬道："我自己也不清楚，因记忆有损，许多事情都记不得了，甚至连自己的来历都忘了。"

乐无晏略失望，他其实想多打听一些自己被杀之后，逍遥仙山上发生的事情，又怕惹人怀疑，轻易不敢问旁人，好不容易见到个故人，却是一问三不知，也不知道逍遥仙山如今变成什么样了。

二人正说着话，又有人来，是余未秋。

"恭喜青小师叔顺利筑基。"余未秋也是个懂眼色的，还给乐无晏带了贺礼来。

乐无晏毫不客气地收下东西，秦子玉闻言也与乐无晏道喜："几日不见，青小师叔如今已是筑基期修士了，委实叫人钦佩。"

乐无晏不以为意地笑笑，这算什么，他还嫌进度太慢呢。

听到乐无晏说要与秦子玉一块儿去灵宝阁，余未秋立刻说要一起去。

乐无晏倒是不介意，点了头。

之后余未秋放出了一件飞行灵器，他们三人登上，飞往灵宝阁所在的峰头。

路上乐无晏随口问起余未秋："我听人说你之前时常偷溜出山门，一个人去外头山下玩耍，怎的都没人发现吗？"

余未秋"嘿"一声，笑着解释："我爹忙于宗门事务，根本不管我，而且去紫霄山外的道不止一条，还有好些可以不被人发现的小道……"

余未秋本就是话多之人，这便侃侃而谈起自己曾经偷溜出山玩的各种经验，说得那是口沫横飞、眉飞色舞，十分的详尽。

乐无晏不动声色地听着，一直未打断他。

落地前，乐无晏又问余未秋："师侄能否借我些宗门贡献点，实不相瞒，我想送仙尊个礼物，可我刚入宗门囊中羞涩，换不到什么好东西，待之后我一攒到贡献点便会立刻还你。"

"这有什么。"余未秋大方道，"青小师叔要多少尽管拿去，还不还的以后再说便是。"

这位财大气粗的"仙二代"果然阔绰得很。

乐无晏笑笑，再叮嘱面前二人："多谢，那你们先别与仙尊说啊，我想给他个惊喜。"

落地之后，余未秋跟着秦子玉去开阳楼淘剑，乐无晏单独去了天玑楼，这里收藏着各种灵器。

他的目标很明确，他如今已成功筑基，有了一定的自保能力，乾坤袋里宝物不少，还有凤凰骨，内门弟子的身份铭牌可以让他自由通过太乙仙宗的护山法阵，余未秋还提供了好几条可供选择、鲜为人知的离开宗门的道路，他还需要的是，一些能快速遁走和藏匿行踪的灵器。

　　乐无晏心头略定，大步走进楼中。

17

　　徐有冥到太极殿时，怀远尊者和几位宗门长老已在此等候他多时。

　　徐有冥进门，先将此次弟子选拔的结果说了一遍："此次宗门共招收内门弟子二十八人，外门弟子八十七人，其中单灵根者七人，金、水、火各一，土二，木二，分别拜入苍耳峰、飞云峰……与我宿宵峰门下，双灵根者三十六人，为……"

　　徐有冥虽说得简洁但详致，从人数到资质、师门，皆清晰明了。

　　单灵根修士百里挑一，宗门一次能收入七位，实属难得，其他双灵根，又或是有特殊本事的杂灵根者也大多不错，怀远尊者和一众长老都颇为满意，听得频频点头。

　　待徐有冥说完，有人问他："听闻你自己这回也收了一名记名弟子，虽是单木灵根，但先天不足，灵根孱弱，且是妖修？"

　　徐有冥未有隐瞒，道："秦子玉是秦城城主养子，一心向往剑道，且与青雀十分投缘，我将之收入门下，也算成全了他的心愿。"

　　闻言，殿中众人眼神里纷纷多出了丝微妙。徐有冥真要收徒，本该收那位与他灵根属性相同的单金修士最为合适，偏他收了个最不叫人看好、灵根细得几近于无的单木妖修，众人还道是这妖修有什么特别的本事被他看上了，结果竟只是因为共修者？

　　怀远尊者皱眉问道："传言你那共修者在林中故意施法，迷惑其他参与试炼之人，骗得他们被毒蜂蜇伤，弹出阵法之外时险些丧命，可有此事？"

　　徐有冥镇定道："确有此事，是那几人先对青雀出言不逊，且他们先前就已对其他人下过杀手，青雀不过出手反击。"

一时间殿中议论纷纷，便有人道："你这共修者小小年纪，行事岂能如此偏激狠辣！"

徐有冥抬眼望向说话之人，眉目沉冷道："以德报德、以怨报怨，青雀不过爱憎分明。"

那人神情间有几分不快，到底没再说什么，他们这些人虽是长老，但不过是资历深而已，真要论起修为，连怀远尊者都差了徐有冥一截，更别提他们。

徐有冥有心维护自己的共修者，他们便不好再揪着不放，只能作罢。

亦有人道："听闻月前洛城的春风楼出了一根凤凰骨，将东西拍下之人修为深不可测，那几日徐师弟你恰巧出了山门，可是你将那凤凰骨拍下，送给了你那共修者？"

徐有冥道："是，且他已将那凤凰骨用了，日前已顺利筑基。"

一众长老闻言，有不善掩饰的，面上已流露出暴殄天物的扼腕之态。

凤凰骨，便是他们这些大乘期的修士亦视若至宝，入药炼丹服下，辅以修炼，虽不能让他们立刻突破渡劫，修为却可由大乘初期直接跃至中期，或由中期跃至后期甚至巅峰，节省数百年的修炼时间！

如此神物，竟被个炼气期的小修士拿去筑基了，可不是牛嚼牡丹，浪费！

他们倒没怀疑徐有冥说的，乐无晏那日试炼时有意压了自己的修为，展现出来的实力只在炼气六七层，如今半月不到直接突破筑基了，他们便以为，必然是那凤凰骨的功劳。

偏那春风楼虽开在洛城太乙仙宗的地界上，实则背后之人不归属任何门派，行事还如此不羁，招呼也不提前打一个，就将凤凰骨拿出来了。

只恨当日他们不在那春风楼里，否则便是付出百倍千倍的灵石，也定要将东西抢到手。

怀远尊者轻咳一声，打断了众人的心思，道："那日弟子选拔，混进了众多邪魔修，近日山门外各城镇也上报了邪魔修频繁出没之事，虽还未出什么大的乱子，但事出反常，不能不防，宗门之内还是得加强警戒，以防不测。"

有人提醒道："宗主，外头已有了些不好的传言。"

怀远尊者问："是何传言？"

说话之人看一眼徐有冥，摇头道："都是些无稽之谈罢了，说徐师弟那共修者是魔头再世，方才招来了那些邪魔修。"

殿中响起哗然声，徐有冥神情依旧，淡定道："青雀出自四方门，从未沾过魔气，昔日魔尊已死，元神俱灭，再世一说，从何言起？"

那人尴尬道："我自然也知晓都是些荒谬的流言，但挡不住悠悠之口……"

一时间余的人又低声议论起来。

怀远尊者沉声打断众人："这事便不要再说了，师弟那共修者既已入我太乙仙宗，是太乙仙宗弟子，我等自当护他周全，如何能与外人一般只因流言蜚语便猜忌于他。"

宗主既开了口，其他人便也再不得说什么，讪然表示受教。

徐有冥与怀远尊者行了一礼，将选拔弟子之事禀报完，转身大步而去。

怀远尊者目送着他离开的背影，深深一叹。

近晌午之时，乐无晏几人换得东西，离开灵宝阁。

乐无晏将寻到的合用之物收进乾坤袋里，心下满意。

秦子玉也换到了一柄轻便的中品剑，他才入宗门，初始贡献点不够，一样是余未秋帮付的账。

看着他们一个不停道谢，一个连连说不用，乐无晏只觉好笑。

半路，余未秋被他爹派来的人叫走，秦子玉还在爱不释手地看他那柄剑，乐无晏顺嘴便问："你知道那位宗主家的纨绔子想报答你养父的救命之恩吗？"

秦子玉一愣，道："知道，但我已明确告诉过他，养父那日相救只是出于道义，来宗门参加弟子选拔前我并不知他是宗主之子，贡献点日后我会还给他，不是要占他便宜……"

"有便宜为何不占？"乐无晏不以为然，"那小子虽然天资看着不怎么样，但会投胎，前途无可限量。你养父既有恩于他，你不如多与他相交，别人千金难求的修炼资源，你都能随便挑，还愁将来？"

秦子玉闻言皱了皱眉，沉默片刻，摇头道："我不想走捷径。"

乐无晏嗤了声，颇有些恨铁不成钢。

宿宵峰上，徐有冥已先一步回来，在木屋前的空地上练剑。

剑意带起剑罡，所过之处，生灵惊动、片草不生。

他远远瞧见乐无晏他们回来，才收敛了周身威压，明止剑回鞘。

飞行器落地，乐无晏悬着的一颗心落下，方才那一瞬间，被明止剑的剑意波及，他差点想转身逃跑，面上却没表现出来。

乐无晏跳下飞行器，笑嘻嘻道："仙尊回来得好早。"

徐有冥一点头，道："嗯。"

身后秦子玉上前一步，恭敬地与徐有冥行礼，将自己挑选的剑双手呈给他看。

徐有冥扫了眼，吩咐道："今日起，每日将十三式基础剑法各重复两千组，不可懈怠。"

秦子玉一愣，恭顺应下："弟子领命。"

乐无晏却嚷了起来："各重复两千组，那不得从早练到晚？他还要不要修炼了？"

徐有冥没搭理他，转身回屋去。

乐无晏喊了句"喂"，没好气地跟上。

一进门，乐无晏手中飞出十几只花花绿绿的蝴蝶，扑向徐有冥，绕着他飞了一圈，落至发间。

徐有冥并未驱赶，就这么动也不动地站着。

乐无晏"扑哧"一声笑了，徐有冥发间本只有一白玉冠束发，衬着他的冷脸，如今这些色彩斑斓的蝴蝶自他发髻一路延伸至垂下的发尾，像姑娘家的发饰一般，清冷脱俗中显出了几分艳丽之色。

徐有冥平静地问他："这是何物？"

乐无晏道："去灵宝阁逛了一圈，没看到合心意的东西，就这小东西还有点意思。这些蝴蝶都是仿生的，却能以假乱真，很得女修们喜欢，随便落在发间还是衣裳上，都好看得很。"

徐有冥手指轻轻一掸，几只蝴蝶飞回了乐无晏身边，在红枝上上下翻飞。

"分你一半。"徐有冥道。

本想捉弄人的乐无晏哼笑了声，一挥手，将那些蝴蝶收了起来。

徐有冥道："就只换了这一样东西？"

乐无晏随意"嗯"了声，往榻上一坐，推开窗，此时秦子玉已回了他自己的住处，他在院落前开辟了一片空地，远远能瞧见他这边已经开始练剑了。

乐无晏看了一阵，问身边人："仙尊为何每日让他重复练习基础剑法？他自学剑道已有不少时日，又非刚入门。"

徐有冥淡淡道："他虽是单灵根，但灵根孱弱，难成大器，既一心向往剑道，不如专注此一项，若剑道上有所成，修为一样能提升上去。剑道之本在夯实基础，单调的重复练习是唯一之法，不可有丝毫懈怠马虎，待日后剑持于手，便如人剑合一，才算真正入了门。"

乐无晏闻言一挑眉，有些意外地看了徐有冥一眼，他先前还以为这人是不耐烦教小牡丹，故意用这种方式打发人。没承想，这人竟当真有几分为人师表的样子。

乐无晏笑了，道："那我替小牡丹多谢仙尊，这般为他着想。"

徐有冥看他的目光有些意味深长，道："你替他？"

乐无晏头往后仰着，午间的日光映着他的笑脸，愈发灿烂妍丽。

"也是，小牡丹是仙尊弟子，仙尊悉心教他是应该的。"

甘贰已将午间膳食送来，徐有冥敛了声音，提醒他："去吃东西吧。"

"哦。"乐无晏起身跟着徐有冥去了外间。

18

筑基之后，乐无晏又开始三天打鱼两天晒网地修炼，整日无所事事。

宿宵峰上冷清依旧。徐有冥是个闷葫芦，一众小妖躲在山腰下，无事不敢上来，至于秦子玉，那小子从早到晚地忙着练剑，与乐无晏一日也说不上两句话。

乐无晏躺在檐下的竹台上，望着头顶的蓝天，郁闷地叹气。

身后屋门开阖，徐有冥步出门外，在他身侧盘腿而坐，衣摆自然垂下。乐无晏斜眼看去，先瞧见了一截白袍，再抬起眼，是仙尊大人冷如玉的侧脸。

"仙尊不用修炼吗？"乐无晏随口一问。

徐有冥垂目望向他道："既觉无聊，为何不去修炼？"

乐无晏别开眼，丢出句："不想去。"

徐有冥似深思了片刻，问他："你在看风景？"

乐无晏漫不经心地点头道："啊。"又笑了，"仙尊是不是好奇，这样躺着看风景究竟有何好看的？你要不也躺下来试试？"

见徐有冥沉眸不动，乐无晏啧了声："算了，仙尊这样端方持重之人，又岂会做这等毫无仪态之事。"

徐有冥静坐于乐无晏身旁，再未言语。

乐无晏顶着秋日午间难得明媚的日光，沉入梦乡。

恍惚间，又回到了逍遥仙山的洞府，重复在梦里出现过无数次的场景。

徐有冥立于他的身前，明止剑凌厉迅疾，将蜂拥而至的正道修士一一挑落，剑尖染了血，却不沾他身上的白袍半分。

有人在痛心疾首地叱骂，那人却眉目冷冽，神情坚定，只有那一句："他若为魔，我亦然。"

再睁眼时，日头已偏西而去。

乐无晏怔神片刻，抬眼看去，徐有冥仍坐于身侧，阖着眼像已然入定了，却在听到些微动静时，将目光落向他。

乐无晏干笑了声，道："我睡了多久？"

徐有冥道："一个时辰。"

乐无晏伸着懒腰坐起身，远远瞧见山腰上秦子玉似要出门，便喊了他一句。

秦子玉上来，与他二人行了礼，乐无晏问："小牡丹你要去哪儿？"

秦子玉解释道："去明德堂上课。新入门弟子的内学课，自昨日起每日一个时辰，由宗门内各长老轮流授课，为期一个月，所有新弟子皆须到场，不得缺席。"

他说着小心翼翼地看徐有冥一眼，再道："昨日第一堂课，是由仙尊授讲的。"

乐无晏闻言转头问徐有冥："你和小牡丹昨日几时去上课了？我怎的不知？"

徐有冥淡淡看向他，道："我出门时你还在打瞌睡。"

乐无晏顿了下，又问："我能去吗？我也是新入门的弟子吧？为何不叫我去？"

徐有冥道："你是我的共修者，若不愿去，自可不去。"

乐无晏想了想，反正他也无聊，于是跳起来道："我跟小牡丹一同去。"

徐有冥招来两只仙鹤，让他二人一同乘仙鹤而去。

见乐无晏坐没坐相地趴到仙鹤背上，抱住了鹤脖子，徐有冥目光微微一沉，道："早去早回。"

乐无晏摆了摆手道："仙尊去忙你的吧。"

明德堂在主峰附近的另一座大峰上，是内门弟子念书之所，后头还有成片的藏书殿。

落地之后乐无晏四处瞧了瞧，便觉这地方建得恢宏气派，一看便知是宗门重地。

秦子玉一脸向往道："除了宗门内学课，门内各位大能长老也时常单独在此开课，每一次都是人山人海，尤其仙尊讲学时，听学之人能从山顶排到山底，甚至有人提前三五日便过来占座。"

乐无晏却不信，道："真的假的啊？你不是才入宗门？你又没见识过，有没有这么夸张啊？"

秦子玉笑道："都是这么说的，凡听学之人，能悟得仙尊只言片语中的深意，便能有所得，听仙尊一堂课，胜过自己闭关修炼三年。"

乐无晏翻了个白眼道："呵。"

他二人并肩走进明德堂大殿，周围不时有各种打量的目光落过来。

一个是仙尊的共修者，一个是仙尊的弟子，走到哪里都格外引人注目。秦子玉还有些不自在，乐无晏却老神在在，随意找了个位置拉着秦子玉前后坐下，问他："昨日仙尊授课讲了什么？"

秦子玉道："昨日第一堂课，讲的都是宗门规矩，因这次弟子选拔是由仙尊负责，故而由他与众人宣讲。"

乐无晏心道那幸好自己没来，不然课上能直接睡过去。

二人说了几句话，原本喧哗的课堂骤然安静下来，端着脸从内殿走出来的男子，是今日的授课师傅——泰阳尊者，大乘初期的长老。

乐无晏瞧了一眼，这老头个头瘦小，面有沟壑，观其外貌，结丹应在三十岁以后，天资只能算平庸，能混到如今的修为和地位，想来也有几分本事。

但见他身后还跟着四五名弟子，且各个神情倨傲，另有仆从十数人，排场也是真大。

乐无晏还在其中看到个熟悉的面孔，是那个向志远，他也是这泰阳尊者的弟子。

乐无晏皱了皱眉，早知道就不来了，晦气。

泰阳尊者冷漠地扫视堂下一众学生，视线落至乐无晏时稍顿了顿，又移开。

一众新弟子起立行礼，乐无晏不情不愿，做得分外敷衍，腰都没弯，一拱手又坐下了。

向志远就立在泰阳尊者左手下侧，瞧见这一幕，沉下脸冷哼了一声。

之后的授课内容讲的全是炼气基础，一众新入门的弟子听得聚精会神，唯乐无晏一个，几次打哈欠。

他已经后悔了，宁愿对着徐有冥那张冷脸发呆，都好过来这里受折磨。

泰阳尊者目光几次略过乐无晏，隐隐不快，修为至化神期以后，他已有数千年未再尝过被人轻视的态度，偏这个筑基期的小子敢如此。

但想到那日在太极殿，徐有冥对他这位共修者维护的态度，又生生忍下了。

最后两刻钟，是随堂测试，泰阳尊者先一步离开，留了他的几个弟子下来监考。

考卷发到手中，乐无晏扫了一眼，兴致缺缺，连笔都懒得提，撑着脑袋打瞌睡，打算一会儿直接交白卷。

直到一阵喧哗声响将他吵醒，是那向志远，他就站在前座秦子玉的桌边，一手按住了他的考卷，冷言问他：“你方才在偷看前座人的考卷？”

秦子玉一愕，下意识为自己争辩：“我没有。”

"我亲眼所见，你还敢说没有？"向志远拔高声音，"新弟子内学课上竟敢公然舞弊，仙尊知道你是这种德行败坏、投机取巧之人吗？待我将事情禀报师尊，再上报宗门，你这种人合该被逐出宗门才对！"

秦子玉闻言白了脸，焦急道："我真的没有……"

"你哪只眼睛看见他偷看别人的考卷？"身后乐无晏不紧不慢地插进声音，"说话得有证据吧，少在这里拿着鸡毛当令箭，故意借机排除异己。"

向志远瞪向他，道："你什么意思？"

"我什么意思很难理解吗？"乐无晏好笑道，"我说你，妒忌小牡丹能被仙尊收为弟子，故意找他麻烦。"

向志远怒道："你胡说八道！"

这一闹，殿中的目光都聚集到了他们这里。乐无晏站起身，随手点了坐于秦子玉左侧的弟子，道："你来说说，你方才有没看到秦子玉看别人考卷？"

那人似生怕惹祸上身，赶紧摇头，道："我一直在答卷，没注意到他做了什么。"

乐无晏又点了其右侧人，道："你呢？"

那人也道："我什么都没看到。"

连着问了几个，都是同样的答案，乐无晏瞥一眼神色阴沉、还要叫嚣的向志远，转向了在场的另外几个泰阳尊者的弟子，道："你们也说说吧，总不能只听这位向师侄一面之词。"

他故意这般说，提醒着一众人他是仙尊的共修者的身份。

这里人论辈分都是乐无晏的师侄甚至侄孙，愈发不敢放肆，那几人面面相觑，尴尬地问向志远："小师弟，你当真看到了他偷看别人考卷吗？或许是一场误会……"

"不可能！"向志远说得斩钉截铁，"我亲眼所见，他确实看了！"

他再怒斥乐无晏："倒是你，身为仙尊的共修者，却如此不分青红皂白地维护德行有亏的弟子，若是他日这人做出什么更加辱没仙尊门楣之事，毁及仙尊声誉，你也有责任！"

秦子玉急红了眼，道："我真的没有，你冤枉我……"

乐无晏一手按住他的肩膀，示意他少安毋躁，讥诮道："奇了怪了，你也知道我是仙尊的共修者啊？我不替仙尊维护他弟子，难不成要跟着外人一起随意泼他弟子脏水？"

向志远冷笑道："当日是你撺掇仙尊收的这人吧？如今又百般维护他，你安的什么心思只有你自己知道，你这种人，有何资格做仙尊的共修者？"

乐无晏好似恍然大悟一般道："我说呢，原来你不但妒忌小牡丹，还妒忌我，妒忌仙尊弟子我还能理解，你是想另投仙尊师门，妒忌我是为何？你也想做仙尊的共修者？"

此言一出，周遭都是窸窸窣窣的议论声，连向志远那几个同门师兄看他的眼神都分外微妙，欲言又止。

向志远涨红了脸，被乐无晏当众揭穿想另投师门，甚至对仙尊有非分之想，饶是他确实有此隐秘念想，面上也挂不住，道："你休要胡言乱语……"

"是不是胡言乱语你心里清楚。"乐无晏嗤道，"我对你的龌龊心思没兴趣，不过……"

他上下扫向志远一遍，哼笑道："就你这修为，我劝你还是省省吧。而且，你应该还没结丹吧？别到了四五十岁都结不了丹，脸皮都垮了，往仙尊跟前一站，别人还当你是仙尊他爹呢。"

有弟子实在没憋住，笑出了声音。

向志远的脸涨成了猪肝色，胸膛不断起伏，竟是气得再说不出句完整话来：“你，你……”

乐无晏没再理他，示意秦子玉道：“小牡丹，我们走。”丢出这句，他转身就走。

秦子玉的考卷还未答完，只犹豫了一瞬，便起身跟了上去。

19

自明德堂出来，秦子玉神情中盛着担忧，犹豫地问乐无晏："今日之事，是否会给仙尊添麻烦？"

"怕什么。"乐无晏不以为然，"谁敢找仙尊麻烦？再说了，本来就是别人故意找碴，难不成你要逆来顺受，真担下这作弊的名声？"

秦子玉面色讪然，乐无晏顺势教育他："人善被人欺，你是仙尊的弟子，即便是记名弟子，那也是仙尊唯一收下的弟子，别人欺负你就是不给仙尊面子，你只要理直气壮，怕他们作甚，天塌了还有仙尊顶着呢。"

"我知道了。"秦子玉虚心受教。

乐无晏"嗯"了声，他现在自顾不暇，能提点小牡丹的也只有这些，只希望这小子自己能长进吧。

他们回到宿宵峰时，徐有冥仍在檐下打坐，仙鹤落地，徐有冥缓缓睁开眼，望向吊着眉梢、背手走过来的乐无晏。

"一个时辰还未到。"徐有冥道。

乐无晏面有薄怒，语调千回百转："仙尊可得为我们做主啊！"

徐有冥神情微动。

乐无晏气呼呼地说起方才明德堂之事，重点提及那位泰阳尊者的弟子如何目中无人，不但信口开河诬蔑秦子玉，更对他这位仙尊的共修者毫无敬重。

他神色幽怨，言语间含嗔带怨，仿佛受了莫大委屈。

秦子玉都看呆了，心道青道长先前分明不是这样的！

徐有冥闻言轻蹙眉，问秦子玉："作弊之事，是真是假？"

秦子玉低了头，语气却坚定："弟子敢以性命修为担保，绝无此事。"

乐无晏推了徐有冥一把，道："你什么意思啊？我都说了小牡丹是被人冤枉的，你是不信我说的吗？"

徐有冥没理他，与秦子玉道："既没做过，此事便不是你之过，不必多虑，下去吧。"

秦子玉心头大松，谢过徐有冥，告退离开。

徐有冥转眼看向乐无晏，道："当真委屈？"

被这人目光盯上，乐无晏也装不下去了，哼了声，懒洋洋地往后一倒，双手枕到了脑后，道："日子过得太无聊了，逗个乐子罢了。"

徐有冥神情稍顿，言语间似有犹豫："你与他，之前就起过冲突？"

"是啊。"乐无晏没好气道，"两三次吧，那小子说话总是阴阳怪气的，我几时得罪他了？余师侄说他是什么飞沙门向家的传人，或许是因那魔头迁怒于我吧。"

见徐有冥眸光闪烁，乐无晏要笑不笑地问他："仙尊是不是该给我一个解释？"

徐有冥沉默片刻，道："三十年前，飞沙门向氏一门，尽数命丧于逍遥山魔尊之手。"

他的嗓音平缓，语气里听不出情绪，眼神也是平静的，一如当初，自己亲口将这事说与他听之时。

乐无晏想，这人果真是会装的。

乐无晏道："听闻那魔头原本修的是正魔道，因这事逍遥山一夜间扬名天下，玄门中人这才知晓这座深山里原还藏着个修为已达大乘期巅峰的魔头，从此将之视作心腹大患。仙尊也是这般想的吗？所以当年故意设计接近那魔头，与其成为共修者，取得他信任，最后带着玄门百家攻上逍遥山？"

乐无晏的声音里带出讽刺的笑意："仙尊果真是这样盘算的吗？"

徐有冥未答，脊背始终挺拔笔直，侧脸轮廓的线条更锋利冷冽，乐无晏看不清他眼中神色，只能瞧见那狭长的眼尾，在那一瞬间微微垂下。

许久之后，他听到身边人低声道："他是正魔修，在那之前并未做过滥杀无辜之事，他的父母与他一样，虽与玄门正派所修道法不同，但并非邪魔外道。他的父母在一次下山游历之时，因一时心软，从异兽之口救下了一个孩童，便是那向家子，向家家主为感激他们，极力邀请他们前去家中做客，他二人去了，却被向家人设计杀害，夺了全部法宝。他去屠了飞沙门，不过是报杀亲之仇。"

乐无晏愣住，猛坐起身，用力握紧了拳头。

徐有冥竟然承认了，这人竟然敢说！

他强忍住心头翻江倒海的愤怒，问道："既然有这般因由，仙尊为何还要亲手诛杀他？玄门正派又凭什么说他是邪魔外道？"

徐有冥的视线落向他，浓黑的双眼中盛着难以言喻的情绪，道："你以为，当真无人知晓内中因由？知道了又如何？他父母终归是魔修之人，谁会相信他们的双手是真正干净的？飞沙门被屠了满门，玄门中人只会站在向家这边。"

"更何况，他是大乘期的魔修，天下正道修士少有人修为能与之匹敌，一众魔修皆以他为尊，即便他什么都没做过，玄门也不可能容得下他。"

乐无晏冷笑道："好，就算玄门中人都为了己身利益，是非不分，那仙尊呢？仙尊也觉得他该死，该被你亲手诛杀？"

他看着徐有冥时，眼尾已不自觉地泛红，像是真正委屈了，或许他自己都未察觉。

有暗光沉入面前人的瞳底，徐有冥闭了闭眼，涩声道："人总要为自己做过的事情付出代价。"

乐无晏几欲呕血，好一个要付出代价，多么冠冕堂皇的借口！

乐无晏站起身，居高临下地望向徐有冥，轻蔑哂道："原来仙尊也不过是一个凡夫俗子。"

徐有冥却道："青雀，我辈皆不过肉体凡胎，即便修炼千年万年，得道飞升又如何？人生不如意之事十之八九，便是仙人亦不能免俗，在人心与法礼之上，还有天道，谁都逃不掉。"

乐无晏一怔，道："天道？"

徐有冥定定地看着他，沉声道："是，天道。"

那一息之间，乐无晏脑子里闪过无数个念头，终究什么都没抓住。

山风吹起，眯了他的眼，叫他分外难受。

在眼睛疼得受不了之前，乐无晏终于敛下那些沸腾翻涌的心绪。狗屁不通，他差一点又被这人骗了，徐有冥说得再多，都不过是他为自己找的借口罢了！

"仙尊不必与我说这些。"乐无晏冷道，没有看到徐有冥眼里黯下的神色，"我不想听了。"

半晌，徐有冥仿佛叹息一般道："好。"

乐无晏转身回屋，再不想与他说。

翌日，待修炼结束，乐无晏才走出东间，甘贰进来禀报，说仙尊请他出去，外头来了人拜访。

"什么人？"乐无晏随口问。

甘贰答："是泰阳尊者的弟子，说来与您和秦公子道歉。"

乐无晏下意识看看窗外的日头，不是打西边出来的啊。

屋外，徐有冥和秦子玉都在，向志远低着头站在阶下，正与秦子玉低声道歉，说昨日之事是他看错了，一场误会，希望秦子玉不要与他一般见识。

秦子玉有些不知所措，乐无晏忽然插进声音："哟，昨日不是还一口咬定亲眼看到了小牡丹作弊吗？今日怎的就突然改了口？"

向志远抬眼看到他，眼里有转瞬即逝的恼恨，又立刻掩去，面上堆着不自然的笑，讪道："确实是我看错了，昨日一时情急，出言不逊，还请青道长勿怪。"

乐无晏翻了个大白眼，并不想搭理他。

这厮从小就不是个东西，当初他父母将这人从异兽嘴里救出送回飞沙门，结果这小子端着一副天真无邪的面孔，将下了散灵丹的果露盛给他父母，他父母看他是个孩子放松了警惕，因而中了向家人设下的毒计，被虐杀致死、魂飞魄散。直到他娘临死前放灵鸟回逍遥仙山求救，他才知道。

他只恨当初让向志远这个罪魁祸首跑了。

低三下四的话说了，乐无晏却不给半点反应，这样轻视的态度让向志远分外恼火难堪，偏还不能表现出来，只得硬着头皮再次与他道歉。

最后被徐有冥打断："此事过去便算了，你回吧。"

徐有冥声音格外冷淡，向志远心中不忿，却只能道："多谢仙尊。"

向志远抬头看去，徐有冥眼里却并无他的影子。

向志远心不甘地握紧拳头，不得不告退而去。

人走了，徐有冥也未再说什么，转身回了屋。

乐无晏吩咐甘贰："赶紧到处都撒些除臭粉，去去晦气。"

甘贰领命，这就带人去干活了。

秦子玉犹豫道："他今日怎跟变了个人似的？"

乐无晏没好气道："你当他是真心来道歉的？"

秦子玉想了想，摇头道："看着不像。"

乐无晏道："还算不瞎，你别理他。"

他俩说着话，又有人来了，这次是余未秋那小子。

他才听闻昨日之事，怕秦子玉受了委屈，特地赶来安慰，结果来的路上碰到向志远离开，落地便直接问道："向志远那老小子是跑来宿宵峰道歉的？"

乐无晏道："你怎知道？"

余未秋道："果然，刚听说仙尊特地为昨日之事知会了泰阳尊者，这还是仙尊第一次替人出头。泰阳尊者脾气不大好，估计挺生气的，且昨日青小师叔你是不是还当众揭穿了那老小子想另投师门？今日这事宗门内就已经传开了，泰阳尊者肯定觉着脸上挂不住，那老小子若是不来道歉，怕是要被逐出师门了。"

乐无晏闻言稍显意外道："是仙尊特地去说的？"

余未秋道："是啊，泰阳尊者毕竟是宗门长老，仙尊还是第一次对人这般不客气。"

乐无晏干笑："他难道不应该做吗？"

余未秋一愣，也是，为自己的共修者和弟子出头，是再正常不过之事，但高不可攀如明止仙尊，做这种事总让人觉得格外与众不同。

乐无晏没兴趣再说，徐有冥是为他出头？怕只是为自己的面子吧！

20

入夜，徐有冥在外间的矮几前席地而坐，秉烛书写教案。

明日便是他一年一度的讲学之日，全宗门的弟子都关注着。徐有冥虽是剑修，于道法上同样是宗门第一人，其他诸如符箓、丹药、道器、阵法亦有涉猎，每一次他授课，门中未闭关、未出外历练的弟子大多会去听学，人总是最多的。

徐有冥其人虽冷淡，但于分内之事上，从来恪尽职守、一丝不苟。

乐无晏百无聊赖，坐在一旁不时弄出些动静来。

一时捣鼓烛台上的灯芯，弄出噼啪声响，一时摆弄笔架上长长短短的笔，一时又拿起镇纸从这只手扔到那只手，再重复扔回来。

徐有冥只偶尔瞥他一眼，并不多言。

乐无晏大约还是觉得无趣，拿起徐有冥刚写完的一张纸，上头是几个阵法示例，他随意扫了一眼，撇嘴道："你提的这些阵法也太浅显了，这不随便一看就能看出破解之道吗，仙尊不是糊弄人吧？"

徐有冥目光落向他，道："浅显吗？这些阵法大多出自地阶以上的秘境或上古大能的遗迹里，能破解之人境界至少在炼虚期以上，或是专攻阵修有所成者。"

乐无晏一哽："是吗？哦，那就是我自以为是了。"

差一点就露馅了，乐无晏心下讪讪，将那张纸搁下。

这些阵法于他而言确实算不得什么，他前世不但修为已达大乘期巅峰，在阵法这一块更颇有心得，如今却不能过于表现了，免得再惹人，尤其是惹面前这人怀疑。

"或许你于这方面有天赋，才觉得浅显。"徐有冥却道。

乐无晏扯了扯嘴角道："承仙尊吉言。"

徐有冥看着他欲言又止，稍一犹豫，到底没再说下去，收回了视线。

乐无晏松了口气，便觉没意思，趴到矮几上不动了。

身边人提醒他："若是想睡，进去里间睡吧。"

乐无晏没理人，哼都没哼一声，眼睫毛动了几下，慢慢阖了眼。

暖色烛光衬得乐无晏眼睫毛更浓、唇色愈红，面部线条也仿佛更柔和了几分，如流光暖玉，恰到好处。徐有冥捡起乐无晏随手扔在榻上的大氅，帮他披到身上。

乐无晏没有睡太久，腿脚酸麻时便受不住转醒过来，哼哼唧唧地抱着腿往后仰，被身侧的徐有冥一伸手，扶住了。

乐无晏感受到熟悉的灵力入体，滞塞的经脉重归通畅，舒服得脚指头都蜷缩了起来。

"以后别这样趴着睡了。"徐有冥松开手，叮嘱他道。

乐无晏踢了踢两条小腿，再坐直身抻了抻脖子，顺嘴问他："仙尊还要写多久啊？"

徐有冥道："你回屋去睡。"

乐无晏道："不，我睡不着了。"

徐有冥想了想，再次搁了笔，道："走吧。"

乐无晏一愣，道："去哪？"

徐有冥已站起身，道："既睡不着，便去外边走走。"

二人自小屋出去，往峰顶走了一段，再转向另一个方向。

他们去的地方，是宿宵峰的另一面。

除了第一次在这边峰顶的祭台上举办大典，乐无晏再未来过这里。

山腰处有一片开阔的草场，潺潺水流从中穿过，在月色下泛着盈盈波光。

二人并肩在水边坐下，徐有冥捡了些枯枝来，生了个火堆。

乐无晏裹紧身上的大氅，这边的风好像更大一些，景致倒是不错，夜幕低垂，抬头便可见繁星漫天，仿佛触手可摘。

"这里的星星还挺好看的。"乐无晏随口感叹了句。

徐有冥手里捏着根枯枝，慢慢拨弄着面前的火堆，火光映在他的黑眸里。

乐无晏手肘撞了撞他的胳膊，拖长声音："仙尊怎不理人啊？"

徐有冥道："逍遥山上，也有这样适合看星星的地方。"

他的嗓音低沉，近似呢喃。

乐无晏嘴角笑意滞住，这是第一次，徐有冥主动与他说起逍遥山。

乐无晏怔神间，徐有冥始终盯着那跃动的篝火，慢慢说道："当年我下山游历寻找机缘，误入了一处危险重重的秘境，受重伤侥幸逃出，后昏迷不醒倒在了逍遥山脚下，我因受了伤记忆有损，忘了自己的姓名和来历，从此留在了逍遥山中。他是在一棵桃花树下捡到的我，所以给我取名夭夭，我与他成为共修者，一起在逍遥山中修炼了七年。不是忍辱负重，从来不是。"

乐无晏喉咙滚了滚道："然后呢？"

徐有冥道："然后我亲手杀了他。"

乐无晏道："你后悔吗？"

晦暗沉入徐有冥眼底，他道："不后悔，不能后悔。"

乐无晏道："哦。"

他能说什么？徐有冥说着自己不后悔，声音里听起来却满是哀伤，这算什么？杀了人又故作矫情，还有何意义？

二人无言片刻，乐无晏实在受不了这沉闷的气氛，嘟哝了一句："堂堂仙尊被人叫作夭夭，这名字你当真喜欢？"

徐有冥点了点头，道："没什么不好的。"

乐无晏心里却腾地一下蹿起了火气，他宁愿徐有冥更冷漠无情些，也不愿见他表现出对前世的自己不舍，否则自己的死算什么？一场笑话吗？

"仙尊是忘了自己说过的话吗？"乐无晏冷声提醒他。

徐有冥偏头，看向他的眼里盛着疑惑。

乐无晏道："你说的，你与他之事，不必再言。"

徐有冥眸光动了动，乐无晏似笑非笑道："所以你今日与我说这些做什么？我又不是他，还是你将我当作他了？"

徐有冥看着他道："你不是他，你只是你。"

乐无晏无语，心中却有无名火升起。

徐有冥再没说什么，安静坐了片刻，带着他御风而回。

21

清早，屋门开阖，脚步声走远，床上的乐无晏也睁了眼。

他顺手推开窗，只见到徐有冥乘云踏雾而去的背影。天色熹微，初升的朝阳在他身后拖下一道橘红色的影子。

乐无晏怔神片刻，收回视线，打着哈欠翻身下了床。

他推门走出屋，正伸着懒腰，瞧见山腰上秦子玉匆匆出门的身影，便喊了他一句，秦子玉稍一犹豫，上来与他行了一礼。

乐无晏道："你要去听讲学？仙尊刚刚走了。"

秦子玉面露尴尬道："没想到仙尊会去得这么早，我起晚了。"

乐无晏道："你又不像他，你还没筑基，要睡觉的，这才什么时辰，哪里晚了？反正这讲学去不去听随意，急什么。"

"怕去晚了占不到好位置。"秦子玉无奈道，又问他，"青道长要去吗？"

"我不去，有这工夫不如自己修炼。"乐无晏说完，扔了一个小的乾坤袋给秦子玉，"送你。"

秦子玉目露惊讶，灵力探进那乾坤袋里，眼神中更多了几分诧异。

乐无晏道："东西太多了，我用不完，分你一些。"

秦子玉道："无功不受禄……"

乐无晏道："我乐意给你就给，拿着就是，废话怎么那么多。"

言罢他轻咳一声，缓和了声音道："小牡丹，你虽然天资不怎么样，但勤能补拙，如今做了仙尊的弟子，前途还是有指望的。还有那位宗主家的纨绔子，虽然你不需要他的报答，也得跟他保持好关系，别将人得罪了，日后在这宗门里也好多个倚仗。欺软怕硬、捧高踩低是大多数人的秉性，你也得自己立起来，该强势就强势，不必处处退让，只要让人觉得你不好欺负，自然不会再有人敢欺负你，听明白了没？"

"听明白了。"秦子玉应着，满心疑惑不解，不知乐无晏突然说这些是何意。

乐无晏点点头道："给你的东西里头还有一本玄阶上品功法，你替我转交给余未秋，说贡献点我暂时还不起，这本功法先赔给他，其余的东西你拿着，你去吧。"

秦子玉道："可……"

乐无晏打断他："别可不可的了，拿去。"

秦子玉受之有愧，但乐无晏坚持，便不好再推辞，只想着日后再报答他，便将东西收下了。

再三道谢后，他不再与乐无晏多言，匆匆赶去了明德堂听学。

乐无晏又将甘贰叫来，扔了一袋灵药给他，道："你和其他人每人一株，拿去分了吧，之后这段时日我要去山顶的洞府闭关，你带着其他人在下边守着，便不要上来了。"

甘贰大喜过望，接过那袋灵药道谢，领命而去。

乐无晏轻出一口气，回屋收拾东西。

所有宝贝，包括那根凤凰骨尽被他收进乾坤袋中，屋子里能带走换灵石的东西他也不客气地一齐收了。徐有冥欠自己一条命，拿他点东西而已，乐无晏做得没半点心理负担。

他出门时像又想到什么，顺手摘了枝窗外开得娇艳欲滴的花枝，回去搁到了外间的长几上，拍拍手，没有任何留恋地转身离开。

怕被人察觉，乐无晏没有选择乘飞行灵器，而是走的另一边的山道，悄无声息地下山。

太乙仙宗内有一条贯穿整个宗门的河流，流经门内每一座山峰的脚下，是门内众多低阶修士进进出出惯常选择的路线。

乐无晏身着太乙仙宗弟子统一穿的白锦袍，头戴帷帽，天大亮时，出现在远离宿宵峰的一处小码头上。

等了半刻,便有船过来。

船上人不多,三三两两坐在一块儿,有乘船去其他峰头的,也有和乐无晏一样,打算出宗门的。

乐无晏寻了个位置随意坐下,便听身边人议论起今日明止仙尊讲学之事,纷纷扼腕有事在身,实在抽不出空,错失了这次跟随仙尊悟道向学的机会。

乐无晏拉了拉帷帽,并不担心会被人认出来。太乙仙宗光是内门弟子就有数万人,他虽是仙尊的共修者,且与当年的魔头长得一样,实则见过他长相之人寥寥无几。

有性子外向的修士见乐无晏不说话,顺嘴问了他一句:"这位师兄是哪座峰头的?"

乐无晏随口胡诌:"泰阳尊者座下记名弟子,今日替师兄们出外摘些灵药。"

乐无晏心道,反正那老头气得闭了关,借他名头一用也无妨。

船上余的人闻言,纷纷肃然起敬,看他的目光里便多了几分艳羡。

记名弟子虽不及亲传弟子地位高,但师尊是大乘期长老,毕竟宗主怀远尊者也只是大乘期巅峰的修为,放眼整个太乙仙宗,如今修为达大乘期的修士,统共不过十余人。

乐无晏老神在在,心里更放心了几分,秦子玉做了徐有冥这位唯一的渡劫期仙尊的记名弟子,在宗门内是何地位,怕只有那小子自己还不清楚,除了如向志远那样没长眼的,应该不会再有人敢欺负他。

至于徐有冥会不会翻脸不认人,他却是不担心的,秦子玉修为低下,徐有冥没必要针对他,人既已收下,徐有冥那狗贼总得顾忌着自己名声。再说还有余未秋那小子在,小牡丹从此能在这太乙仙宗内安身立命,再好不过。

之后乐无晏便不再与人多交谈,阖目养神。

船行了半个时辰,出内门之后人多了起来,外门弟子鱼龙混杂,且有十数万人之多,整个外门更像一座大型城镇。

乐无晏提前下了船,用灵力抹去内门弟子袍领和袖口上独有的标识纹路,轻易便混入一众外门弟子中。

出紫霄山的大道一共三条,他都放弃了,选择了一条人迹罕至,需要穿山林而过的小道。

这是余未秋指点给他的,如这样离开宗门的小道还有数条,一般弟子不会选择走这些地方,这是给在宗门内为仆的妖修进出的。

乐无晏走到山林小道尽头，杂草丛中立着一块半人高的石碑，上书"太乙仙宗"四个字，远不如当日徐有冥带他乘鸾车入宗门时，看到的耸立在紫霄山之巅的那巨石恢宏。

乐无晏试探着往前跨了一步，手中的弟子铭牌上有红光闪过，他已顺利通过了紫霄山的护山法阵。每一道门都会留有门内弟子的进出记录，但等徐有冥发现他不见，想到要来查这些偏门的记录时，总归要耽误些时间。

只要能在那之前回到逍遥仙山，他就有办法让徐有冥再也找不到他。

面前便是下紫霄山的道，乐无晏深吸一口气，大步而去。

22

出紫霄山后，乐无晏在路过的一个小镇上买了身不起眼的衣袍，换掉了身上的太乙仙宗弟子服，外头罩上他在灵宝阁换得的可藏匿人气息的法衣，顺便拿带出来的东西多换了些灵石，以备不时之需。

之后他便不再耽搁，赶在晌午之前到达了洛水畔。

这里依旧与他来时一样，云雾渺渺，宛若天上水。

这洛水很有些奇妙之处，水上大约设了法阵，飞行灵器皆不得过，便是那些能腾云驾雾的合体期以上的修士，在此也施展不出本事来，水路是唯一的通道，以此作为太乙仙宗地界对外的一道天然屏障。

码头边已有修士在排队等待灵船，乐无晏也老老实实走去了队伍之后。

一刻钟后，灵船靠岸，一人二十灵石渡资，便能登船。

灵船起锚时，乐无晏坐下舒了口气，总算出太乙仙宗的地界了。

乐无晏对面坐了个身材魁梧的汉子与他搭话，问他是否也是来太乙仙宗选弟子不成，打算离开的。

乐无晏不太想理人，那人自顾自地慨叹道："我本也没觉得能成功，不过是来碰碰运气，太乙仙宗也算大方，那密林里不但有不少好东西，拿到了就归我们自己了，临走还送我们一人一株中品的灵草，总算不虚此行。"

乐无晏随意一点头道："嗯。"

那人继续道："小修士可要去其他地方也碰碰运气？下个月极上仙盟也要选拔弟子，我打算再去那边试试，小修士要同去吗？"

极上仙盟？乐无晏想了一想，忆起甘贰说的，是那盟主为另一渡劫期仙尊的大派。他虽有那么点兴趣，但并不打算去给人做小弟，只想先回逍遥仙山看看再说，便一口回绝了。

"真不打算去试试？若能入得极上仙盟，前途必不比进太乙仙宗差……"身边的大汉似颇为他惋惜，说起极上仙盟那是侃侃而谈、推崇至极，极力想劝他同去。

乐无晏漫不经心地听着，忽然想到什么，问了句："从这里去南地，最近的路怎么走？"

那大汉一愣道："小修士不识路吗？"

乐无晏含糊地"唔"了一声。

大汉闻言好笑道："不识路你怎的不买张全舆图，我这里恰巧多备了一张，三块灵石便宜让与你，要吗？"

对方说着已将那全舆图递了过来，由异兽皮纸所制，十分结实，乐无晏顺手展开。

天下全貌，尽收眼底。

大陆五分，除西侧大陆的凡俗地界与另四地以忘川海遥遥相隔，未显现在这全舆图上，其余四块大陆上的山川河流、宗门城镇皆标得清晰明了。

太乙仙宗地处东大陆最东边，是整片东大陆上占据地方最广阔的大宗门，这里还有大大小小的门派近千个，大多依附太乙仙宗而生。与东大陆隔着一片汪洋的中部陆地同样幅员辽阔，最显眼的便是如众星捧月般处于正中间，被众多中小门派拱卫的极上仙盟。往下去，南地势力则较为分散，有五六个势均力敌的大宗门派互相制衡，秦城便是其中之一。而最上边的北境，因地势奇险、风水诡谲，固守在此的门派较少，却有最为出名的北渊秘境在此。

天下玄门何其多，当年能攻上逍遥仙山的百家，已是其中能叫得上名字的大宗门派。

乐无晏目光一一扫过，很快在其上找到了他逍遥仙山的所在地。

东大陆与南地之间以一狭长海峡相隔，逍遥仙山就在其中的一片海岛上，本是一处世外桃源，奈何魔气丛生，养出了他这么个叫人闻风丧胆的大魔头，因而名扬天下。

大汉笑问道："如何？这全舆图小修士可有需要？"

乐无晏敛回心神，扔了三块灵石给他，将东西收起来。

灵船靠岸，乐无晏再次谢绝了大汉同行的邀约。待船上下来的人陆续离开后，他放出了自己的飞行灵器。

这东西也是借余未秋的宗门贡献点从灵宝阁换来的，以灵石就能催动，但每两三日就得停下让之歇养四个时辰。乐无晏估算着全舆图上的距离，如此大约十余日就能到东大陆海边，之后乘船出海，从此天高海阔，一别两宽。

其实最快遁走的方式是用传送阵法，可惜以他如今的修为，阵法倒是摆得出来，但灵力跟不上，催动不了，便只能作罢。

之后两日，乐无晏一直在飞行灵器上打坐修炼，直至第三日傍晚，才选择了全舆图上一处不属于任何门派的小型城镇落地，好让飞行灵器得以歇养。

他到底是贪图享乐之人，没有去荒郊野外露宿，而是找了间上好的客栈，先要了一桌子好酒好菜打牙祭。

堂中还有三两桌过路的修士在歇脚打尖，时不时地闲聊，乐无晏正喝酒吃东西，耳朵里便飘进了那位仙尊大人的尊号。

"哎你们听说了吗？那太乙仙宗的明止仙尊，前些日子与一个修为不到筑基的低阶修士结为共修者，还收了个修为更低的妖修做记名弟子，你们说这位明止仙尊到底在想什么？怎的就有人有这般好运气能被他看上了？"

立刻便有人接嘴道："这事早传遍了，说明止仙尊那个共修者其实跟当年那魔头长得一模一样，谁知道仙尊他怎么想的，还说那妖修也是因仙尊的共修者的缘故，才被仙尊收进门下呢。"

"世风日下啊。"说话之人扼腕叹道，"明止仙尊这般，就不怕毁了自己清名，叫人怀疑他当年委身逍遥山的动机？"

"当年极上仙盟的云殊仙尊与一个凡界俗人结为共修者，就已经够出格的了，这些大人物心里在想什么，果然不是我辈之人能琢磨出来的。"

"可这两位都是玄门正道的表率，如此行事，岂不叫天下修士看了笑话？"

亦有人摇头道："到了他们那个地位，自然是随心所欲，不在乎旁人如何想，便是笑话又如何，谁敢当着他们的面去说吗？我等也不过在此私下议论几句罢了。"

几人说到这里大约有些讪然，正要结束话题，又有人道："我倒是听说，最近各地都冒出了不少邪魔修，尤其是太乙仙宗地界内，竟是连弟子选拔都有邪魔修混进去，你们说这些邪魔修突然出没，且这般胆大直奔太乙仙宗，为的是什么？"

闻言，一众修士对视了一眼，便有人猜测道："与明止仙尊那共修者有关？"

"可不是巧了吗！"先前那人道，"明止仙尊才与那人共修，这些邪魔修就冒了头，谁知道这当中有什么联系。外头已经有了传言，说当年那魔头并未死绝，明止仙尊这位共修者就是那魔头转世，一众邪魔修受到感召，才纷纷冒了头，甚至有说明止仙尊也是知情的，传得那叫有鼻子有眼。"

"不可能吧？"余的人闻言咋舌，不敢置信，"明止仙尊那般人物，岂会做这等事情，且当年明止仙尊亲手诛杀魔头，也是百家亲眼所见啊。"

"谁知道呢，反正这消息是传开了，就算太乙仙宗地界上压着不让说，出了洛水，谁不是这么想的。据说那人还和当年那魔头一样是单火灵根，一样的脸，一样的资质，这世上哪来那么多的巧合？"

乐无晏回头看了眼，说话之人喝得醉醺醺的，语气里满是不甘，说这话时又表现出几分快意，大约也是那想入太乙仙宗而不得，生出了愤懑，因而编派徐有冥之人。

被人说中了来历，乐无晏却半点不忧，反正倒霉的不是他一个，这等流言蜚语再传下去，那狗贼顶天立地、光风霁月的形象得大打折扣，自会想办法将流言按下去，他有什么好急的。

乐无晏漫不经心地往嘴里送酒菜，暗忖着徐有冥的讲学是整三日，这会儿应当已经结束回宿宵峰了，也该知道他跑了，就是不知那狗贼会作何感想。

罢了，怎么想也不干他的事了，日后再见，应是他修为上去，能当面一讨前生血债之时。

乐无晏这么想着，又有些食不甘味，一桌酒菜浪费了一大半，上楼回了房中。

进屋便设下了结界，在外头到底不敢随意睡下，他盘腿于榻上打坐，只等子时飞行灵器能再用时，好趁夜色离开。

说是打坐，却进不去状态，他心神不稳，完全无法修炼，试了几次不得不放弃。

他倒在榻上，干瞪着头顶的房梁，心里已将徐有冥骂了个千百遍。若非拜那狗贼所赐，他何须如此憋屈，他堂堂魔尊，不说号令天下，本也是一呼百应，如今却不得不如丧家之犬一般偷偷摸摸地潜逃。

可就这么留在太乙仙宗，日日对着徐有冥那张脸，他也憋屈，怎么都不好过。

夜色渐沉时，乐无晏耷着眼皮有了些微困意，忽觉一丝细微的风动。

他心下一凛，猛坐起身，结界在几息之间已破。房门遽然开了，那人乘月色而来，衣袂与袍裾在夜风下猎猎翻扬。

乐无晏愕然看去，徐有冥已落至门外廊下，身后绢纱灯的光影映着他紧绷起的侧脸，眼瞳里是乐无晏从未见过的阴郁和沉冷。

　　"砰"的一声响，乐无晏狼狈地自榻上跌落，尚未翻身而起，只觉一只无形的手猛攥向他，他下意识释放灵力抵挡，却在出体的一瞬间被强行打散。

　　下一瞬，他被那只手猛攥而起，徐有冥一句话未说，带着人御风而起。

　　冷风凛冽，刮在面颊上，乐无晏受不住，拼命地挣扎起来。

　　徐有冥将周身设下结界，为乐无晏挡去寒风，带着他，以最快速度回太乙仙宗。

23

　　二人回到宿宵峰也才刚至寅时正，宿宵峰上灯火高悬，是少见的情景。

　　乐无晏十分泄气，他跑了三日，徐有冥两个时辰就把他捉了回来。

　　一众妖修战战兢兢在山腰下不敢上来，秦子玉等在木屋前，看到徐有冥带着乐无晏下来，眼里流露出担忧，想上前说话，徐有冥没给他机会，冷言丢出句"你下去"，进门再次设下了结界。

　　乐无晏被扔在榻上，在徐有冥发作前先道："等等！我屁股疼、腰疼、背疼、手脚也疼，哪哪都疼！"

　　徐有冥微眯起眼，眼神里沉淀的情绪叫乐无晏愈加想逃。

　　他的声音弱了些，莫名心虚道："真的。"

　　徐有冥哑声问他："为何要跑？"

　　乐无晏心道，不跑等着哪天再被你杀一次吗？

　　他没好气道："我为什么不跑？从一开始与你结为共修者我就不是自愿的，是四方门门主收了你两件上品灵器把我换给你，我又不是货物，凭甚你想与我结为共修者我就一定要答应？"

　　徐有冥提醒他："那日我问过你，你答应了。"

　　乐无晏道："我那是被逼无奈！我当时说不想，你就肯放我走吗？你大典都准备好了，那么多同宗修士过来观礼，你会放我走？要是我临阵脱逃，怕是到时我的下场会比那魔头还惨吧！毕竟你要杀了我比碾死一只蚂蚁都容易！"

　　"不会。"徐有冥道。

乐无晏道："我就知……"

徐有冥道："我不会杀你，绝不会。"

乐无晏像听笑话一般道："你说得好听，你之前也是这么哄骗那魔头的吧？我信你个邪！再说了，就算你不会杀我，我就一定要待在这吗？凭什么？"

徐有冥扣住了他一只手，慢慢加重力道，眼底竟似覆着一层挥之不去的浓重悲伤。

乐无晏看不明白，只觉莫名其妙道："你……"

片刻，徐有冥闭了闭眼，松开了钳制住他的手，低声道："别闹了。"

乐无晏心里才压下去的那口气腾一下又冒了起来，道："我几时闹了？你以为我在跟你闹着玩吗？"

"你还是想走？"徐有冥看着他。

乐无晏道："是！我想走，所以你能放过我吗？"

"不能。"徐有冥的语气并不重，但异常坚定。

他道："你我已是共修者，我不会放你走。"

乐无晏气结。

他推开人跳起来，在原地转了几圈，再次瞪向徐有冥，道："你有必要执着于我这么个人吗？你想要可以与你共同修炼的修士，阴火体质的单火灵根虽少，但天下之大，总能找出合你要求的。上回宗门弟子选拔，不也有个炼气八层的单火灵根入了内门？那人灵根虽不及我的粗壮，颜色也浅一些，可用起来有差吗？"

"我算什么？我有何特别的？说到底就是跟那魔头长了一张一样的脸，你就非要扯着我不放？"

乐无晏话说完自己都觉得荒谬，几乎要气笑了，他转头对上徐有冥看向自己时难以言喻的目光，却又愣住。

他不可置信道："你这是什么眼神，你什么意思啊？你不会被我说中了吧？"

徐有冥道："你若是非要这般想，随你。"

乐无晏闻言愈发气不打一处来，道："既然如此，当初何必那么决绝将人杀了，你有毛病吗？"

徐有冥眉头拧得更紧，似不知要如何作答。

乐无晏却已然气炸了，手中红腰不管不顾地甩出，直冲徐有冥胸前而去。

徐有冥并不闪避，寸步不退，任由那沾了火的鞭子抽上自己的胸口，烈焰炙烤着皮肉，倒刺深扎进肉中，白袍转瞬染红。

乐无晏眼瞳一缩，收回了灵力，红腰重回手中。

一道刺目的血痕突兀地横亘在徐有冥胸口，乐无晏用力一握拳，恨恨地问他："你为何不躲？"

徐有冥神情依旧，仍是那句："随你。"

乐无晏道："你这算什么？不躲不闪，故意让自己受伤，表演苦肉计给谁看呢？"

徐有冥往前走了一步，乐无晏手中的红腰又动了，边缘处蹿着火苗刺刺作响，呈现向上弯曲的防备姿势，像随时会二次出手。

徐有冥不以为意，一步一步走近。乐无晏心悬到了嗓子眼，忍无可忍，红腰再一次脱手而出。

火蛇转瞬已冲至徐有冥面前，徐有冥一抬手，轻易将那沾了火的鞭身抓入掌心，手掌瞬间被一团火焰包围，白皙修长的手指紧握住红腰，指缝间很快亦有血水渗出。

乐无晏瞪眼看着他，试图将红腰召回，鞭身却在徐有冥掌中抽不动半分。

乐无晏气极道："仙尊就只有这点本事吗？你修为远在我之上，我斗不过你，你就算赢了，也不过胜之不武！"

徐有冥沉眸看他，乐无晏只余冷笑。

片刻后，徐有冥松开手，周身的威势跟着敛下，他将修为直接压至了筑基初期，与乐无晏一样。

乐无晏猛一挥鞭，红腰周身火光大亮，直冲徐有冥而去，与他未出鞘的明止剑剑身撞在一块儿，铿铿作响，霎时间赤火合着金光一齐迸发，又各自弹开。

乐无晏本就一肚子气，如今更被激出了压不下去的火，不管不顾地甩着红腰朝徐有冥扑过去。

徐有冥侧身避了一下，明止剑第二次与红腰相接。

一时间屋中铿锵声大作，不时火光四溅，四处的桌椅案几被掀翻，器物摆件倒了一地，琉璃瓷器四分五裂，一片狼藉。

乐无晏又一鞭子出手，鞭身卷住了徐有冥一条手臂，将他带倒在一旁的榻上。

不等徐有冥起来，乐无晏直接翻身而上，胳膊死死抵住了徐有冥脖子，狠道："你不许动，我弄死你！"

他低喘着气，因为恼火又动作过大，双颊一片绯红，显得整张脸生气勃勃。

徐有冥一句话不说。

乐无晏不甘地问他："你是怎么找到我的？"

他明明已经做了万全的准备，三日的时间也早该出了徐有冥的神识范围，竟还能被这人轻而易举地抓回，显得自己跟个笑话一般。

　　徐有冥低声道："红枝。"

　　"红枝？"乐无晏一愣，抽下了发髻上的红枝，眼瞧着这分明是死物一件，不解其意，"说明白。"

　　徐有冥道："红枝如今处于歇眠状态，若被宵小之徒盯上，你不一定能保住。"

　　乐无晏道："所以？"

　　徐有冥道："所以我在红枝上下了个禁制，我就是寻着这个禁制找到的你。"

　　乐无晏无语。

　　狗贼果然阴险得很！

　　他本以为，他这一去便是泥牛入海，滑如走珠。殊不知，于徐有冥而言，万丈红尘不过是一望即知的尘埃，只有他是那一点红。

　　要找到他，何其容易。

　　徐有冥握住他的手背，手腕一转，强行接过红腰，扔下地。

　　"不许再逃。"徐有冥沉下的声音里含着警告的意味，落在乐无晏耳边。

　　乐无晏闭了闭眼道："你管不着。"

　　这回算他倒霉，但若再有下次机会，他还敢。

　　徐有冥看向他的眸色愈黯，乐无晏愤恨地骂道："你算个什么东西？你以为你是太乙仙宗的明止仙尊，天下唯二的渡劫期修士，正道修士人人都敬仰你，你就能为所欲为，我就必须听你的？我告诉你我偏不！我跟你结为共修者根本不算数，祭了天道又如何，我从来不在乎什么狗屁天道！"

24

　　不待他说完，徐有冥释放出庚金灵力与他的阴火灵力缠在一起，顺延着身体的经脉，流经丹田交换，在彼此身体间形成回路，一遍一遍循环往复。

　　乐无晏挣扎的幅度渐小，丹田内的灵力一点一点增加，他感受到了这具身体里前所未有的力量，通畅的感觉蔓延至四肢百骸，抚过他每一寸经脉。

　　他与徐有冥一同修炼，本就是天造地设。

当徐有冥的神识也包裹住他的时，乐无晏闭着眼艰难地吐出声音："不，不烙共修印记……"

他不想。前世他与徐有冥修为相当，彼此神识间烙下共修印记，他对徐有冥不设防。徐有冥尚且算计了他，如今以他之低下修为，若以共修印记入神识，他在徐有冥面前便再藏不住任何想法，绝不能。

徐有冥用灵力在他神识间打下了一个点。

乐无晏又要挣扎，徐有冥沉声落在他耳边："不是共修印记。"

乐无晏咽回声音："那是什么？"

徐有冥道："让我可随时知道你在何处的标记，你若是想，也可为我种下同样的标记。"

乐无晏一觉醒来，已是天光大亮之时。

他瞪着头顶房梁发呆片刻，想起昨夜之事，他动了动身，再伸出手，灵力缠于手掌，显而易见地更壮了几分，修炼还是有成效的。

于是他心里的郁结顿时顺畅了，乐无晏翻身而起。

既然被徐有冥在神识里打了个标识，他短时间内别想再跑了，既来之则安之，快速精进修为得了。

反正，那狗贼也就这么点用处了。

他走出门外，秦子玉正在外头等候。

看到乐无晏出来，秦子玉上前来，担忧地问他："青道长，您还好吧？"

乐无晏随意一点头道："你一大早就来这里了？"

秦子玉道："仙尊昨日傍晚回来，发现您不见了，脸色十分难看，后头便出山去找您了。甘贰他们自知失职，已主动领了罚。仙尊今儿一大早就被宗主叫走了，我也才敢上来看看您。"

听他这么说，乐无晏不禁有些讪然，道："是吗？"

秦子玉犹豫地问他："青道长，您为何要不辞而别，您不愿留在这里吗？"

乐无晏伸了个懒腰，往檐下竹台上随意一坐，再拍了拍身边的位置，示意秦子玉陪自己一起。

秦子玉稍一迟疑，在他身旁坐下，乐无晏懒洋洋道："小牡丹觉得仙尊是个合适的共修者吗？"

秦子玉微微一愣，想了想答："仙尊是我辈楷模……"

"正道楷模与共修者有什么联系？"乐无晏不以为然，"你觉得他那个冰冷性子,有几个人受得了他?更别说,他还曾当着全天下人的面,杀了他之前那位共修者,与这种人成为共修者,不恐怖吗?"

秦子玉闻言皱眉道:"可那位是魔尊,听闻仙尊当年是忍辱负重,为了除魔卫道才入的魔窟。"

乐无晏"嗤"了声道:"你听谁说的?他亲口说过自己是忍辱负重了?真想除魔卫道,方式多得是,他堂堂仙尊,天下第一剑修,有必要做这种牺牲?怕是他自己乐意的吧。"

"再说了。"乐无晏幽幽道,"你看我这张脸,见过那魔头长相的都说我与他长得一模一样,仙尊特地选中我,你猜他是什么心思?"

秦子玉想要反驳,到嘴边的话却突然说不出口了,他盯着乐无晏的笑脸,心里逐渐生出了动摇。

乐无晏趁热打铁道:"我并非有意破坏仙尊在你这个弟子心目中伟岸光辉之形象,可我说的都是事实,仙尊当年入逍遥山,若当真只为正道,我还高看他一眼,可他既要遵循所谓的道心,又逃不过一己私心,最后以我这个替代品来完成他心中执念,你说他这算什么?我又算什么?"

"若是哪一日他觉得我这个替代品没价值了,碍着他的道途了,你说他会不会手起剑落,也将我杀了?所以我能不未雨绸缪,先跑为敬吗?"

秦子玉失魂落魄地走了,像是心中崇敬的神明一夕之间崩塌,以致受打击过大、怀疑人生。

乐无晏在后边挥手道:"我也只是随便说说啊,你是他弟子,倒不必因此就对他生出芥蒂,于剑道之上,他还是能教你颇多的,别人求都求不来的机会,你别傻得放弃了啊!"

待人走远,乐无晏才笑吟吟地收回手,就该这样,他养的花,怎能傻乎乎被那狗贼骗了去!转回头,却见徐有冥不知何时已经回来,就站在不远处沉眼地看着他。

笑意在嘴角滞了一瞬,乐无晏一撇嘴,起身回屋去。

徐有冥进来时,乐无晏已趴到榻上,扭过头不想理他。

"身体可有不适?"徐有冥低声问他。

乐无晏翻了个大白眼,徐有冥未再询问,只道:"昨日的低阶上品功法修炼是最基础的方式,持续的时间也不长,待你慢慢习惯了,可试一试那本低阶上品功法,或有更多进益。"

乐无晏"喊"了一声。

他见徐有冥身上又是一尘不染的白袍，忽然想到什么，翻身而起，伸手去扯他的衣襟。

乐无晏三两下将徐有冥衣袍扯散，便见他昨日被红腰抽中的地方已恢复如初，连一丝疤痕都未见。

乐无晏问他：“这是去腐生肌膏的功效？为何这般快？”

徐有冥解释道：“突破渡劫之后，只要不伤及根本，肉身上的这种小伤无须生肌膏，一两刻便能自行长好。”

乐无晏无语。

昨夜他压根没注意到这个，现下听徐有冥这么说，只觉妒忌，常言渡劫期修士等同半仙，便在于此，天下能伤他之人本已寥寥无几，他更有金刚不坏之身，只待顺利飞升，便能与天同寿、长生不老。

乐无晏没法不妒忌，若非徐有冥从中作梗，他本也该如此，何须像今日这般，憋屈地寄人篱下、任人鱼肉。

想到这个，乐无晏顿觉意兴阑珊，趴回了榻中。转过头去，又不理人了。

徐有冥岔开话题：“青雀，你想出门吗？”

“去哪？”乐无晏兴致不高，"又去山下城镇？没兴趣。"

"去北地。"徐有冥道，"北渊秘境每百年开启一次，下一次的开启时间就在半年之后，今日宗主叫了我和一众长老前去，说的正是此事，本宗有三百个进入秘境的名额，你若想去，我带你去。"

乐无晏闻言似终于起了丝兴味，回过头道："北渊秘境？"

徐有冥道："之前那根凤凰骨，也是出自北渊秘境，但凡能从秘境中活着出来的修士，修为都能精进不少，亦能有许多机缘，你想去试试吗？"

乐无晏一拊掌道："好啊！带上小牡丹一起！"

徐有冥微微沉了脸。

乐无晏扬眉道："怎么？你不愿意？"

徐有冥到嘴边的话咽了下去，在乐无晏期待的目光中点了头，道："好。"

卷二

旧时境

25

过了两日，秦子玉又上来，像已从之前的打击中恢复，若无其事地与徐有冥讨教。

他在徐有冥面前不再那般紧张和诚惶诚恐，态度放轻松了许多，徐有冥则依旧是如常的冷淡态度，指点弟子却也尽心，并不藏私。

乐无晏心中满意，就该这样才对。

午后，徐有冥回屋中打坐，这是他每日这个时辰必做之事。

先前乐无晏一直以为他是在修炼，有一回不小心闯进去，发现他只是入定，灵力丝毫未动，便顺嘴问了一句，徐有冥回答他只为静心，乐无晏不明所以，更觉这狗贼是个怪人。

从前在逍遥仙山上这人身上还有几分烟火气，如今是越来越不可理喻了。

秦子玉也要回山腰继续练剑，走前将乐无晏之前送给他的那个乾坤袋递还回去，道："先前不明白青道长突然送我这些做什么，如今倒是知道了，承蒙青道长厚爱，子玉诚惶诚恐，眼下您既然不走了，东西还是还给您吧，要不我这心里总觉着受之有愧。"

乐无晏却没接，伸手一敲他脑袋，道："说了给你就给你，废话忒多。"

秦子玉犹豫道："您有这些东西在身边，即便用处不大，总能多一些自保能力。"

乐无晏笑了，小牡丹果然还是向着他的，都开始担心他在那狗贼身边的自保问题了。

"放心，哥哥我命大得很。"乐无晏不在乎道，"东西给你你就拿着，你要是多长长本事，不也能帮我。"

秦子玉舒了口气，只能再次与他道谢。

二人又说了几句话，秦子玉便去了山腰，乐无晏进屋去。

徐有冥就坐在里间榻上，闭着眼正打坐，乐无晏跳上榻，往他身侧一坐，徐有冥岿然不动，并未理他。

沉默了一阵，徐有冥摇了摇头，带着人飞身出了木屋。

甘贰带人正在外头收拾花草，见到他们出来就要上前行礼，徐有冥丢下句"各自去修炼"，便上了山顶，进入洞府中。

乐无晏气呼呼道："做什么？"

徐有冥道："闭关。"

乐无晏道："不闭关，你闭关了小牡丹怎么办？你还没怎么教他呢。"

徐有冥黑了脸。他深吸了一口气，传音将甘贰叫上来，递了本剑法过去，道："去送给秦子玉，让他自行研习，半年之后来将所得演示与我看。"

甘贰领命而去。

之后徐有冥在洞府大门处设下结界，再次示意乐无晏道："闭关。"

乐无晏一撇嘴，打量起这一处洞府。

修行之人，洞府多做长期闭关之用，也是藏宝处。他从前在逍遥仙山的洞府便修建得十分恢宏气派，内有奇珍异宝无数，可惜应该已被徐有冥带人瓜分干净了。

这么想着，乐无晏颇有些不忿，见这洞府内只开拓了一个山洞，大部分地方还是纯天然、未经雕琢之态，又有几分嫌弃，嘴上嘟哝："在这种地方闭关，得多无聊。"

虽是这么说，他心里却隐约觉得此处有几分熟悉，仿佛从前来过，分明他今日才第一回上来，怪哉。

徐有冥道："洞府做修行用，岂有贪图安逸享乐之理？"

乐无晏"嗤"了声。

徐有冥稍一犹豫，手中明止剑出鞘，乐无晏吓了一跳，下意识往后避了一步。徐有冥看他一眼，明止剑已脱手而出，分化成无数柄，冲四面八方的山石而去。

一时间剑光大作，地动山摇。

几息之间，整个洞府便已完全变了样，亭台楼阁、水榭溪桥，无一不足。

明止剑回鞘，乐无晏也终于回神，面色讪然几分道："我也就随口说说而已。"

徐有冥带着他飞身到水中的石岛上。

四处都是袅袅而升的雾气，将这一处石岛拢在其中。徐有冥的声音落至乐无晏耳边："这里的灵气远胜外间千百倍，在此修炼，当可一日千里。"

不等乐无晏说什么，他又道："从今日起，我们一起试习那低阶上品功法。"

乐无晏当即就要反对，徐有冥道："你若当真想去北渊秘境，须得将修为提升至筑基中期。"

乐无晏没话说了，问他："你洞府里藏了什么好东西？给我瞧瞧。"

见徐有冥不吭声，乐无晏以为他不愿意，立刻道："怎么？舍不得啊？给我看一眼都不成？"

徐有冥移开眼，没有提醒他此刻眼里写满的贪婪太过明显，轻咳了一声，掐出一个指诀，一簇白光自他指尖而出，打向前方。

顷刻之后，乐无晏只觉脚下的石岛震了震，几丈之外，有巨石拨开水雾自水下缓缓升起，石上的结界之内堆着的，尽是各样的法宝。

乐无晏的双眼瞬间亮了，迫不及待地跃身而起，踩水过去，落至那巨石上。

面前的法宝随意堆积成山，东西之多竟叫人眼花缭乱，随手捡起一件，便是上品、极品之物。

乐无晏翻拣东西时，徐有冥也飞身过来，落至他身侧，乐无晏坐在那一堆法宝中，每只手上抓着几件，抬眼看向他道："还有其他的吗？"

徐有冥道："都在这里了。"

乐无晏的眼神里分明写着不信。

这里好东西虽多，仍比不上他逍遥仙山的洞府所藏的宝贝，且这些东西里头，除了他当年亲手送给夭夭的，竟无一件是本属于他之物，怎可能？

徐有冥道："真的。"

乐无晏干脆直接问了："那仙尊这些宝贝，有几样是从那魔头处抢来的？"

徐有冥道："没有，除了他主动送我的，我没拿他的东西。"

乐无晏变了脸，骗子，红枝就是你拿的。

"不应该啊。"乐无晏讥讽道，"那魔头怎么说也是天下第一的魔尊，手里能没几样好东西？他进境的时候猝不及防被仙尊杀了，东西肯定都落你们手里了吧？你这个带头人不得多分些？"

徐有冥眸中神色微动，在乐无晏似笑非笑的目光中沉默片刻，道："没有，仙门百家，见者有份，东西全部被分了。"

饶是乐无晏早料到是这种结果，此刻亲耳听到徐有冥说，仍气了个仰倒。

他咬住牙根，愤恨道："别人都拿了，就你没拿？仙尊怎的这般大度？还是你看不上那些东西，拿了最重要的那样，凤王骨？"

徐有冥紧拧起眉，乐无晏心知自己根本没有凤王骨这东西，却故意激他："仙尊拿了凤王骨，其他的就让给仙门百家了，好堵住他们的悠悠之口。毕竟拿人手短，那些人是仙尊带上逍遥山的，能得几件极品宝贝，就算怀疑你独吞了凤王骨，也不好当面质疑你，仙尊还能因此得个正道表率的美名，果真打的一手好算盘。"

徐有冥却道："他的东西大多沾了魔气，于我无用，便是给你用，也得先炼化，过于麻烦，你想要什么尽可在这里挑，这些东西全送给你便是。"

乐无晏气得眉毛都跳起来了，这狗贼慷他人之慨，将他的东西都给人分了，竟还敢大言不惭说他的东西不好！

徐有冥仿佛没察觉到他的怒意，继续道："至于你说的凤王骨，当初是有传言逍遥山中藏了凤王骨，我没见过，亦无任何人亲眼见过。"

"你说没有便没有吧，反正魔头死了，都是死无对证之事。"乐无晏冷道。

徐有冥问他："凤王骨于我有何用？"

乐无晏道："若得凤王骨，便可直接飞升……"

徐有冥道："以我现今修为，若一心求得道飞升，只须闭关苦练，不需百年，就能得天道感召，何须凤王骨？"

乐无晏被噎了一瞬，好像是这么个理。

"那谁知道呢，飞升时失败从此陨落的修士又不是没有，仙尊即便是天才，前头三百年顺风顺水，没准就栽在这最后一环了呢，到时便是身死魂灭，后悔药都没用了。仙尊是怕了吧，若有凤王骨，可不就能免了这一环，谁说这东西于你就无用了？"

话说完，乐无晏心里又镇定下来，没错，肯定是这样的，这狗贼面上装得再云淡风轻，终究还是怕死的，而且死了可就没机会再投胎转世了，飞升历劫失败，那是元神都会溃散的！

徐有冥竟似被他说中了，那双浓黑的眸子里有黯光沉下，道："你怕吗？"

乐无晏一愣，徐有冥眼中转瞬即逝的情绪他没看明白，心里却莫名不舒服，道："我有什么好怕的，我才刚筑基，飞升那是成百上千年之后才要考虑的事情。"

"嗯。"徐有冥道。

嗯什么？

对上乐无晏疑惑的目光，徐有冥却岔开了话题："这些东西你挑喜欢的，放进乾坤袋里，余的还留在这里，若有想要的，随时来拿便是。"

乐无晏不确定地问他："真的随便什么都能拿？"

徐有冥道："嗯，只要你看得中。"

乐无晏的视线晃过他腰间的明止剑，弯起唇角道："这是仙尊的本命剑吧，我若想要这柄剑呢？"

话说完他已经做好被徐有冥严词拒绝的准备，他当然是看不上这柄剑的，甚至无比厌恶这明止剑，想也不会有人对杀自己的凶器抱有好感，有朝一日他真能将这玩意拿到手，第一件要做的事情就是熔了它。

乐无晏恶狠狠地想着，颇有些咬牙切齿。

明止剑在徐有冥手中，仿佛感觉到了乐无晏周身释放的恶意，嗡嗡作响，被徐有冥按下。

片刻，徐有冥道："可以。"

乐无晏到嘴边的讽刺之言直接哽住了："真的？"

徐有冥道："你若想要，可以给你。"

乐无晏道："它是你的本命剑，听余师侄说还是你师尊赐给你的剑。"

徐有冥神情不变道："嗯。"

乐无晏道："真给我？"

徐有冥已将明止剑递到他面前，道："要吗？"

乐无晏瞥一眼那沉甸甸的剑身，厌恶之感油然而生，徐有冥就算真把剑给他，也不会允许他将剑熔了吧？

算了，君子报仇，十年不晚。

"拿走，我不要了。"乐无晏撇开脸。

徐有冥将剑收了回去，未再说什么。

乐无晏心里不痛快，胡乱捡了几件极品的灵器，又拿了几本天阶功法，尽挑好东西，也不管自己用不用得上，将乾坤袋塞得满满当当，心里那口恶气才算顺畅了些。

待他挑挑拣拣完，徐有冥带着他回到石岛上。

乐无晏不想理他，盘腿席地而坐。

徐有冥道："修炼吧。"

26

山中不知岁月。

乐无晏破水而出，甩着湿漉漉的长发，趴到了水潭边上。他将湿发绾起，用红枝随意别住。

乐无晏转过身与徐有冥说道："这都多久了，半年还没到吗？"

徐有冥道："明日。"

这半年他二人一直在这洞府中闭关修炼，那低阶上品功法已运用得炉火纯青，习得了其中精髓，乐无晏不知徐有冥收获几何，自己修为精进确实一日千里，这么短的时间内已进阶至筑基中期。

二人走出洞府时，秦子玉和甘贰带着一众妖修正在下边等待，迎接他们出关。

见到秦子玉，乐无晏脸上终于有了笑，跳过去跟他打招呼，又被徐有冥拽回来，乐无晏哼了声，只能算了。

听闻乐无晏修为已至筑基中期，秦子玉分外诧异，连连道喜。那一众小妖修更是惊愕不已，对乐无晏便多了几分发自内心的敬畏。

不怪他们是这反应，毕竟寻常修士，筑基后十年之内结丹，已是天资出众之人，筑基初期至中期这一段，耗费的时日还要格外多些，便是天才如徐有冥，十六岁筑基，二十岁结丹，自筑基初期进阶中期，也花了两年半的时间。

但是乐无晏仅仅用了半年。

"不必对外多言。"徐有冥吩咐道。

秦子玉几人回神，立刻便应下了。

天资过于耀眼，难免引人妒忌，在尚未有足够实力之前，自然还是低调点好。

乐无晏却不在意这个，问秦子玉："小牡丹你剑练得如何了？"

秦子玉谦虚道："这半年研习仙尊赐下的剑法，略有所得。"

徐有冥瞥他一眼，便已看穿了他如今的修为，道："炼气九层。"

乐无晏闻言十分高兴，刚想夸秦子玉两句，徐有冥已开口示意："将你所悟得的剑法演示一遍。"

秦子玉恭谨领命，去了下方空地。

一套剑法演示下来，果然剑气比半年前更加沉稳凝练，且已隐隐悟出剑意，只是还不能成形，在剑道之上，这小子天赋并不差。

徐有冥提点了几句，秦子玉认真地听，仿佛有所感，便也说想去闭关苦练一段时日，徐有冥却道："闭关之事，延后再说。"

秦子玉不解其意，徐有冥未多解释，怀远尊者那头已派人来，叫他过去。

待徐有冥离开，余未秋也来了宿宵峰，是听闻乐无晏他们今日出关，特地来道贺的。

不过他来晚了一步，徐有冥已去了太极殿那边。

"我爹叫小师叔过去，是商议下个月入北渊秘境之事吧？"余未秋随口道。

乐无晏闻言好奇，问了句："这北渊秘境，真如传言中一般，有无数至宝和机缘？"

"那是自然。"余未秋眉飞色舞道，"北渊秘境于万年前出现在极北之地，自那以后每百年开启一次，为期一年，每次仅容三万修士进入。秘境里虽变幻莫测、凶险无比，却也有莫大的机缘，但凡能活着出来的，都能有所获，因而这三万个名额，各门各派争抢不休。后来各大宗门便达成共识定下规矩，在每一次秘境关闭的翌年，会有一次玄门大比，按大比的结果分配下一次进入秘境的名额。我太乙仙宗每一次都是第一，因而有三百个名额。"

乐无晏不解道："为何是秘境关闭翌年大比，不该是趁着开启前比吗？"

余未秋解释："北渊秘境关闭后，各门派最出众的弟子历练归来，实力大增，正是最志得意满之时，自然愿意在这时比试，早早定下下一次入秘境的名额。其后百年风云变幻，或有新的门派脱颖而出，旧势力岂愿意将机会轻易拱手让人？怎么也得等再一次的历练结束之后再说。"

"这不就是倚老卖老。"乐无晏不屑哂了哂，这些所谓的名门正派，心眼也忒多了。

秦子玉道："我也听我养父说过这个，秦城有一百个名额，他本意是要带我去的，可我如今已入了太乙仙宗，自然不好再占秦城的名额，只能作罢了。"

"不用担心。"乐无晏一拍他肩膀，"仙尊已经答应了带你我同去，他叫你将闭关之事延后，便是因为这个。"

秦子玉顿觉受宠若惊，激动得红了脸，道："多谢仙尊和青道长！"

乐无晏摆了摆手，道："有何好谢的，你是他唯一的弟子，他不带你去带谁去？"

余未秋也道："我爹和小师叔都有五个名额，小师叔就算自己去，带上青小师叔和子玉你们一起也不过占了三个名额而已，应该的。"

他们这么说，秦子玉便放下心来，唯恐自己给徐有冥和乐无晏添麻烦。

余未秋没在这里待太久，又说了几句话便走了，秦子玉也回了山腰去继续练剑。

暮色四合时，乐无晏回屋叫甘贰送来酒菜，刚坐下准备大快朵颐，徐有冥已回来。

乐无晏没理他，徐有冥自行坐过来，也给自己倒了杯酒。

"月末本宗入北渊秘境历练的弟子会一同出发，前往北地，这几日你还得加紧修炼，做多些准备。"徐有冥先开了口。

乐无晏好笑道："仙尊既然说了一起去，我有何好担心的，你还在我神识里做了标记，我不就等于拴在了你裤腰带上，怕什么？"

徐有冥轻拧起眉道："有备无患，不可掉以轻心。"

"什么有备无患？"乐无晏不以为然，"那秘境就有那般凶险，连你这个渡劫期仙尊也这般谨小慎微？"

徐有冥道："我未去过。"

乐无晏道："没去过？"

徐有冥道："没有，前两次秘境开启时，我都在闭关。"

乐无晏奇怪道："仙尊果真非凡人，别人求都求不来的机会，你竟然丝毫不上心，既如此，今次又为何要去？"

徐有冥看向他，对上徐有冥的目光，乐无晏仿佛福至心灵，突然就明白了他的意思，道："为了让我长长见识，快速增进修为？"

徐有冥点头道："嗯。"

乐无晏没话说了，他确实没想到，徐有冥的用意竟是这个。

"那秘境里即使再险恶，也有大把修士能活着出来，仙尊又何必杞人忧天，你就这点胆量？"乐无晏没好气道。

徐有冥却道："险恶的不是秘境，是人心。"

"这又是何意？"乐无晏问他，"仙尊是觉得会有人算计你我不成？谁有本事算计你？至于我，一个筑基期的低阶修士罢了，有何算计的意义？"

徐有冥道："外头的传言，你应该听说了。"

"什么传言？哦……"乐无晏拖长声音，似笑非笑，"说我是那魔头转世吗？仙尊觉得呢？"

"不是。"徐有冥说得斩钉截铁，格外咬重了语气。

乐无晏一怔。

徐有冥这样紧蹙着眉的神情，像是明明白白在说，他只能接受自己的共修者是出自四方门的小修士青雀，而不是那位恶名昭彰的魔头转世。

乐无晏回过味来不由得心冷了几分，面上冷笑，可惜他偏偏阴魂不散，还占了青雀的身子，徐有冥若发现真相，也不知是先杀了他，还是先气死自己。

徐有冥举杯，将杯中酒饮尽。

乐无晏心中不快，语气里的讥诮之意也更甚："仙尊修为天下第一，竟还担心那些宵小之徒针对你的共修者，你就这般没本事，连自己的共修者都护不住？"

徐有冥搁下手中杯子道："谁说我修为天下第一？"

乐无晏道："难道不是？那什么极上仙盟的盟主，他能比你还厉害？你不会连赢他的自信都没有吧？"

"没有。"徐有冥道，"他与我同是渡劫期修士，若真交上手，谁都没有绝对胜算。"

不待乐无晏再说，徐有冥提醒他道："极上仙盟的盟主脾气古怪，日后见了他，你离他远些，若无必要，不必招惹他。"

"脾气再怪能怪过你啊？"乐无晏喊了声，并不将这话当回事。

徐有冥再次拧了眉，片刻之后微微摇头，不欲再说。

后头乐无晏喝多了又开始胡言乱语："我说我是魔头本人，你信吗？"

徐有冥不错眼地看着他，眼中情绪在乐无晏不清明的视线中变得模糊。

徐有冥问道："你是吗？"

乐无晏回视他道："不是吗？"

徐有冥坚定道："你不是。"

乐无晏皱了一下眉，心里腾地冒出了火气，气呼呼地瞪他，道："谁说我不是？我就是。"

徐有冥道："你喝醉了，又在说胡话。"

乐无晏起身坐直，猛地抽出了徐有冥的明止剑，塞进他手中，道："我就是魔头，你就是用这柄剑杀了我，我都记着呢，我又活过来了，你是不是很失望？你有本事再杀我一次，来啊，我不躲，我也躲不了，你不如现在就杀了我，一了百了。"

徐有冥垂眸看了片刻手中的剑，握住剑柄的手用力收紧，明止剑消失在他手掌中。

乐无晏愣了愣，凑过去扒他的手，道："剑呢？怎么不见了？"

"收起来了。"徐有冥道，"你不喜欢便不要看它。"

乐无晏目露疑惑道："你怎知道我不喜欢？"

徐有冥只"嗯"了一声。

"嗯什么？"乐无晏不满道，"你这人说话总是说一半，太讨厌了。"

27

卯时正，天色熹微，三百名修士齐聚紫霄广场，皆是一身太乙仙宗独有的内门弟子服。

因这次是由明止仙尊率队前往北渊秘境，众修士都格外兴奋些，天未亮便已在此等候。

徐有冥带着乐无晏落地，身后是乘仙鹤跟随而来的秦子玉，立时便有齐刷刷的视线落向他们，余未秋第一个上前去打招呼。

乐无晏和秦子玉与之说了几句话，徐有冥淡声示下："出发。"

一众伸长脖子等着徐有冥多说几句的修士们略微失望，便也只能如此，纷纷放出了飞行灵器。

余未秋热情邀请他们三人与自己同行，乐无晏没什么所谓，直接跳上了他的飞行灵器，秦子玉见徐有冥没有反对的意思，也跟了上去。待徐有冥也默不作声地上来，于乐无晏身旁坐下，飞行灵器腾云雾而起，转瞬冲入云霄。

乐无晏看了一眼身后的阵仗，笑着揶揄余未秋："师侄出行好大排场。"

余未秋汗颜道："我爹不放心我一人前去，让冯叔带人跟我一起，我一个人就要占去三个名额，实在惭愧得很，要不是这次带队去的人是小师叔，我爹估计不会答应让我也去。"

陪余未秋去北地的护卫便有十数人之多，其中还有两人要跟着他进秘境里，足见怀远尊者对这个老来子有多看重。

乐无晏道："有何好惭愧的，这说明你前辈子积了德，投了个好胎，别人只有羡慕妒忌的份。"

这话果真说到了余未秋心坎上，他哈哈一笑，摆手道："青小师叔谬赞。"

果然也是个脸皮厚的主。

乐无晏顺嘴又问他："怎么这些去秘境的修士看着修为都不太高，都没见几个长老啊？"

余未秋解释道："除了我爹和小师叔一人能有五个去秘境的名额，余的十二位大乘期长老每人三个名额，合体和炼虚期的大能分剩下一百五十四个名额，这些大能长老多半不会自己去，都会把名额给门下有潜力的弟子。最后一百个名额则由门内所有弟子公平竞争，去岁的宗门擂台赛上前一百名人人有份，这个擂台赛一般也不会有炼虚期以上的修士去参加，所以最后真正前去秘境中历练的，大多是修为不高但潜力无限的年轻修士。"

乐无晏闻言转头问正阖目打坐的徐有冥："那你这个渡劫期仙尊跑去占小辈的名额，是不是不太好啊？"

徐有冥没搭理他。

余未秋笑道："这倒也不是，为了尽可能确保众弟子安危，每次去秘境都会派三位大乘期以上的长老带队，这次是由小师叔和另外两位长老带队，我爹也是同意了的。"

乐无晏继续追问徐有冥："那仙尊你多出来的那两个名额呢，给了谁？"

徐有冥终于出声道："擂台赛获胜者往后顺延两名。"

乐无晏"啧"了声，心道这狗贼不声不响的，还挺会收买人心。

他眼珠子一转，看到后方某处飞行灵器上的人时，不由得目露厌恶，道："怎的向志远那老小子也来了？泰阳尊者上回不是差点逐他出师门吗，这次竟还将去秘境的名额给了他？"

余未秋闻言也瞧了一眼，摇头道："泰阳尊者闭关了，名额应该都给了他最得意的大弟子分配，向志远别的不行，但毕竟是飞沙门传人，手里好东西还是挺多的，人也阔绰，怕是花钱收买他大师兄给了他一个名额吧。"

乐无晏无语。

早知今日，当初就算看不上飞沙门那些东西，他也该全收走了才是，总好过如今便宜向志远这个恶心人的玩意。

乐无晏哂道："他就不怕有命去，没命回？"

他这么说着，心里不禁起了心思，秘境那种地方，随便死个人太正常了，向志远，呵呵⋯⋯

身侧的徐有冥忽然瞥了他一眼，像是洞穿了他心思一般，乐无晏轻咳一声，若无其事地移开目光。

余未秋道:"他既然敢去,应该是自信有保命的法子吧。"

秦子玉闻言也好奇问了句:"北渊秘境真有那般险恶吗?"

"谁知道呢,总归是危机与机缘并存。"余未秋一脸心驰神往,"我也是第一回去,定要不虚此行。"

乐无晏伸手戳了戳身边人,道:"其他人不管,你得负责好我和小牡丹的安全。"

徐有冥淡淡瞥他一眼,乐无晏一抬下巴,道:"听到没有啊?"

半响,徐有冥"嗯"了一声。

秦子玉摸了摸鼻子,深觉自己又给人添了麻烦。

余未秋却觉得乐无晏与徐有冥这相处方式实在有趣得很,目光在他们之间来回转,嘿嘿笑起来。

徐有冥重新闭了眼,丢出句"静心打坐,抓紧修炼",提醒乐无晏,也是提醒另外两人。

后头秦子玉和余未秋也听话入定了,乐无晏找谁说话都不理他,他气得翻了个白眼,大氅往身上一裹,坐定睡觉去了。

自太乙仙宗往极北地的北渊秘境,整整行了二十日。

北渊秘境的结界入口在一处雪山中,开启时间就在三日后,太乙仙宗的修士到时,已有众多门派一早就已过来,等候在此。

鹤唳声响彻山川云海,雪山上无数修士齐齐抬头仰望。

太乙仙宗不愧是天下第一派,浩浩荡荡的三百名修士加上随行扈从总共上千人一齐出现,其阵仗之大,见者无不惊叹。

待徐有冥出现,更有此起彼伏的惊呼声。

"是明止仙尊!明止仙尊竟然也来了!"

"真的是明止仙尊啊!我等今次竟有这般好的运气,与两位仙尊同入秘境中!"

"快哉!这次总算有机会一睹两位仙尊的风采了!"

太乙仙宗的大部队落地,立刻便有相熟门派的宗主长老们前来问候,见到徐有冥,这些人各个激动不已。

乐无晏回头一看,徐有冥还是那副冰山冷脸,对着谁都是惯常的冷淡疏离,仿佛神圣不可攀,忒会装模作样。

他一撇嘴,便又有各样的议论声远远近近地入耳。

"明止仙尊身边那个,就是传闻中和那魔头长一个样的共修者吗?竟生得如此出众?"

"听闻那逍遥山魔头本就生得不错,这倒也不奇怪。"

"他不会真是魔头转世吧?听说连灵根天资都跟那魔头一样,要不最近各地怎会突然冒出了那么多的邪魔修。"

"怎可能,真是魔头转世,明止仙尊能认不出来?他还能有命活到现在?"

"说得也是,可事情怎会这般凑巧,世上竟有如此相像之人,当真奇怪……"

这些自诩正道的玄门修士,一个个的却都嘴碎得很,乐无晏心中不快,便是有人来与他问候,他也一概不理。

众人见徐有冥丝毫不在意他共修者这般傲慢无理之态,有那些对乐无晏看不顺眼的,面上堆着笑脸都不敢表现出来了。可心里怎么想的,那又是另一回事。

秦子玉见状隐隐有些担心,犹豫着之后得找个机会提醒一下乐无晏。

身后修士忽然一阵喧哗,便听到有人低声说了一句:"极上仙盟的云殊仙尊过来了。"

乐无晏和秦子玉同时抬眼看去,来人一身黑衣黑袍,腰缀金玉,墨发以金冠半束起,剑眉下是一双细长多情的桃花眼,嘴角衔着抹漫不经心的笑,分明生得俊美绝伦,却莫名给人一种十分不适之感。

乐无晏嗤了声,刚想说什么,转头却见身后的秦子玉怔怔地看着来人,像失了魂一般,乐无晏叫了他一句:"小牡丹,你发什么呆呢?"

秦子玉回神,低头道:"没,没有。"

乐无晏又瞥了眼那正朝他们走来的人,再看向已然低了头的秦子玉,心中惊疑。

对方已走近他们,端着那副在乐无晏看来极其虚伪的笑脸,先与徐有冥打了招呼:"明止仙尊,好久不见。"

徐有冥神情淡漠,只点了一下头。

周围所有的视线都落向了他们,处于视野焦点中的二人却并不如众人想象中那般其乐融融,一个冷淡拒人于千里之外,一个似笑非笑仿佛不怀好意。

那云殊仙尊倒也不在意徐有冥的态度,仍在笑着,目光晃过乐无晏时,格外意味深长道:"这位就是明止仙尊的共修者?幸会。"不待乐无晏说什么,又道,"确实与那位逍遥山魔尊长得一模一样,传言果真不虚。"

周围隐有倒吸气声，便是所有人都是这般想的，但敢这样当着徐有冥的面说出来的，这位云殊仙尊是唯一一个。

徐有冥轻蹙起眉，乐无晏反而老神在在，也笑了，道："是吗？为何是我与他长得一样，不是他与我长得一样？"

对方眉峰一挑，笑容愈深，道："你比我想象中更有意思。"再自报了家门，"在下谢时故，极上仙盟盟主。"

乐无晏不感兴趣地敷衍道："听说过。"

徐有冥几不可察地上前一步，挡在了乐无晏身前。

谢时故又笑了一笑，还欲说什么，目光不经意落向乐无晏身后的秦子玉时，忽地一顿。

秦子玉也下意识地看向他，四目对上，谢时故微眯起眼，眼里多了几分打量之意，秦子玉心跳如鼓，慌乱地移开了视线。

片刻后，谢时故转身而去。

秦子玉听到乐无晏叫他的名字，怔然回神，乐无晏凑近过来，压着声音问他："小牡丹，你认识那位云殊仙尊？"

"不认识。"秦子玉立刻否认。

乐无晏道："我不信，你神情看起来分明是认识他。"

秦子玉道："真不认识。"

乐无晏再提醒秦子玉："不认识就不认识吧，但是小牡丹我跟你说啊，刚那位，看着就不像好人。"

秦子玉眼睫毛缓慢动了动，下意识道："是吗？"

乐无晏猛点头道："是啊，我还能骗你不成？"

话才说完，前边徐有冥叫了他一句："你过来。"

乐无晏不情不愿地上前去，问道："作甚？"

徐有冥在他周身画下一圈结界，眼见乐无晏就要跳脚，自己也跨进去，将他拉坐下，提醒他道："趁着最后三日，抓紧修炼。"

"我不要。"

"修炼。"

"你烦不烦，都到这秘境门口了，三日时间临时抱佛脚有何用，让我歇歇怎么了？"

徐有冥沉眼看向乐无晏。

乐无晏懒洋洋地就地一躺，道："爱谁炼谁炼吧，反正我不炼，刚过来我看到这附近还有个城镇,等会儿我去找间酒楼打牙祭再说。"

沉默了一阵,徐有冥起身道:"走吧。"

乐无晏一愣道:"去哪儿?"

徐有冥道:"你说的,打牙祭,之后这一年在秘境里,须得辟谷。"

乐无晏立时眉开眼笑,跳起身来,呼朋唤友:"小牡丹、余师侄,走走,跟仙尊喝酒吃肉去,仙尊请客。"

徐有冥微微沉了脸,余未秋已兴高采烈地拉着秦子玉过来,道:"小师叔真的请客吗?那我们不客气了啊。"

乐无晏道:"自然,你们仙尊有钱。"

徐有冥压着声音里的情绪,道:"走吧。"

28

之后的两日,乐无晏与余未秋在山外的城镇吃喝玩乐、不亦乐乎,徐有冥负责付账,虽脸色一直不好看,总算没多言。

其间秦子玉被秦城叫走,直到秘境开启前,才回到太乙仙宗的聚集地,乐无晏他们也刚回来。

太乙仙宗的几位长老和一众修士看乐无晏的眼神愈发不满,这小子自己不修炼便算了,还拐带了他们仙尊和少宗主,委实是个祸害!

乐无晏只当作没看到,拉着秦子玉问道:"小牡丹,你养父、养母也来了?"

秦子玉摇头,道:"没有,他们对这个没兴趣,只派了几个叔叔带队过来。"

余未秋不好意思道:"先前我在秦府叨扰了许久,得秦城主热情款待,今次再见到秦城来人,本该去打个招呼⋯⋯"

秦子玉摆了摆手,道:"算了,一会儿结界就开启了,别浪费工夫了,先进去里边再说吧。"

前边徐有冥叫了一句:"青雀。"

乐无晏抱臂上前去,道:"仙尊大人有何吩咐啊?"

徐有冥在他手腕上绑了一根绸带,乐无晏扬眉道:"这是何意?"

徐有冥解释道:"进入秘境之时,秘境结界会将众人随意抛至各处,若是几人结伴而行,须得以阵法护持,才能确保不被秘境结界冲散,这一绸带便是阵法一角，戴着吧。"

他的手上戴了同样的绸带，余未秋还拿着一堆这样的绸带正到处分发，乐无晏不喜道："仙尊是要带多少个拖油瓶一起？"

徐有冥道："我与另外二位长老每人带一百人。"

乐无晏道："都跟着你，他们还历练什么？"

徐有冥道："三日之后待所有人都适应了，便会分散开。"

这还差不多。

乐无晏随即想到什么，又问了句："这秘境少说也开启有上百次了，就没人把它摸透吗？"

"没有。"徐有冥道，"北渊秘境每一次开启之后，里头的所有情境都与之前的不同，从无规律。"

乐无晏道："所以它的最终目的是什么？"

徐有冥道："不知。"

乐无晏哼道："那就是玄门正道修士太无能了，都一万年了，还搞不清楚这突然出现的北渊秘境究竟是为何而来。"

徐有冥道："嗯。"

乐无晏本还想再讥讽几句，岂知这人眉头都未多皱一下，竟然承认了，没劲。

徐有冥道："也许是机缘未到，等待有缘人。"

言罢他已在那绸带上打了个漂亮的环结，松开了乐无晏的手。

乐无晏道："仙尊这意思，你是那有缘人啊？"

徐有冥看向他道："为何不能是你？"

乐无晏像听笑话一般道："仙尊莫不是忘了，我就是个筑基中期的小修士而已，若非与你成为共修者，连进这北渊秘境的资格都没有，哪比得上仙尊你这渡劫期的大能，机缘在谁身上也不会在我身上吧。"

徐有冥却道："机缘与否，从来不与修为直接相关，你不必妄自菲薄。"

乐无晏心道他才不是妄自菲薄，他就是不讥刺徐有冥几句，心里不舒坦而已。

于是也懒得再说，把秦子玉叫来身边，他再次提醒徐有冥："小牡丹得一直跟着我们，他还没筑基，修为低下，你不许故意把人甩了啊。"

徐有冥皱眉道："他是我的弟子。"

乐无晏道："你知道就好。"

秦子玉却心不在焉，目光落向前方，极上仙盟的聚集地在前边不远处。

谢时故站在一棵梅花树下，目光落在靠坐于树干边的人的面颊，那人神情冷淡甚至麻木，不置一言。

谢时故微微一顿，眼瞳轻缩，片刻，意味不明地一掀唇角。

乐无晏转头时正看到这一幕，视线落至那坐于地上之人，便多看了两眼。

是个年轻男子，容貌只能算清秀，面相却不错，淡漠眉目间却无戾气。

"那就是极上仙盟那位盟主的共修者？"他顺嘴问徐有冥，"怎么你们仙尊都喜欢强人所难的吗？那人看着不情不愿的。"

徐有冥只提醒他："别人的事情你少管。"

乐无晏确实懒得管，他自顾不暇，还管别人呢。

他再抬手在秦子玉面前晃了晃，道："小牡丹，回魂了。"

秦子玉面露尴尬，低了头，无意识地在心里念了一遍"云殊"这两个字，轻出一口气，强迫自己将那些怪异心绪屏除。

乐无晏揽过他，道："走了走了。"

秘境结界已开。

乐无晏尚来不及反应，只觉被一阵迅猛罡风裹住身体，转瞬便已飞入结界中。

落地时脚踩在一片湿滑泥泞的地上，乐无晏差一点滑倒，四遭是此起彼伏的惊呼声，有人伸手扶住了他身体，叫他勉强站稳身形。

他喘着气回过神，心头略定，抬目看去，四周是一望无际的沼泽，只有他们脚下一小块平地形成了孤岛，落在岛上的修士不过二三十人，其余运气不好的全部摔进了沼泽中，正在狼狈挣扎。

乐无晏一眼便看到秦子玉也落进了沼泽里，就在离他们不远处，身体已沉下去快一半，欲挣脱而出却不得。

见状，乐无晏就要出手帮忙，余未秋也刚从地上爬起来冲上前想救人，齐齐被徐有冥拦住，下一息有剑罡猛烈释放而出，将秦子玉连同掉落在他附近的十几名修士一起卷起，拖回了岛上。

之后又连续刮起几次剑罡，陆续将在沼泽中苦苦挣扎的一众修士拖回。

乐无晏试图运转灵力，这才发现丹田之内竟无一丝动静，再看其他人也都与他一样，灵力尽失。非但如此，连灵石在这鬼地方都变成了普通石头，所有灵器，无论是靠灵力催动还是灵石催动的，皆不得用，故而一众修士落进这沼泽中，无论如何都挣脱不出。

幸亏有徐有冥这个天下第一的剑修在，便是他此刻体内灵力同样无法运转，挥剑之间带起的罡风也能瞬间将人拖出泥潭。

若非有他在，太乙仙宗这一百名修士，今日怕是要在这里折损七成。

自鬼门关走了一遭回来的众修士爬上岸，各个惊魂未定，更有倒霉些的随身的兵器也掉了，北渊秘境之险恶，他们总算见识到了，再不敢掉以轻心。

"这什么鬼地方，不会整个秘境里都这样，不能运转灵力吧？"乐无晏嘴上抱怨，倒无惧意，只是这地方恶臭扑鼻，空气里都是咸腥味，叫他十分不喜而已。

"不会。"徐有冥道，"出了这片沼泽应当就能恢复。"

有明止仙尊这话，众修士稍稍放下心，又面面相觑，现在要如何出去？

期待的目光落向徐有冥，徐有冥却一言不发，乐无晏道："喂，大家都等着出去呢，仙尊能不能别故作高深啊？"

徐有冥道："没有办法。"

乐无晏无语。

算了，他就不该指望这人。

一众修士闻言，或多或少都有些失望，但不敢表现出来，如今也只能集思广益再想法子了。

余未秋关心地问秦子玉有无哪里受伤，秦子玉摇了摇头，但他形容狼狈，衣袍上全是淤泥，在这里也无法清理。

余未秋道："冯叔是主水系灵根的，待离开这里我让他弄干净的水给你。"

秦子玉与他道谢。

余未秋唉声叹气，进秘境之前的豪情壮志已少了一半。

乐无晏站在岸边朝下看，这沼泽之上漂浮着无数污秽之物，沼气上涌，咕噜作响，唯一可见的活物只有一些野草和浮萍。

他看了一阵，将秦子玉叫来，问："小牡丹你是不是收集了很多花木种子？有没有能在这沼泽田里生存，短时间内快速开花的？"

秦子玉想了想道："不确定，这沼泽田太过古怪，我也不知道什么种子能在其中生存，不过可以试一试。"

乐无晏点头道："那便试吧。"

秦子玉挑了几种他以为可能性较大的种子出来，一一扔下沼泽试验。余未秋过来，好奇问道："青小师叔打算做什么？"

"这不很明显吗？"乐无晏露出"你怎么这么笨"的眼神，解释道，"让小牡丹试试能不能快速种出花来，若是能行，仙尊剑罡一扬，将这些种子撒开，铺出一条道，我们踩着花不就能出去了。"

余未秋闻言惊喜道："真的能行？"

乐无晏道："行不行的，试试不就知道了，反正也没其他法子了。"

众修士听闻，也有过来瞧的。

乐无晏不耐烦被一堆人围着，走去徐有冥身边，问道："仙尊当真不知道出去的法子？"

徐有冥瞥他一眼，没吭声。

乐无晏便换了个话题："若是方才你掉在这沼泽里，又恰巧跟那几个倒霉蛋一样，被野藤捆住手脚，丢了明止剑，能出得来吗？"

沉默了一阵，徐有冥反问他："若是出不来呢？"

乐无晏道："我才不会救你。"见徐有冥沉了眼，他嘴角一撇，又道，"我也没本事救啊。"

乐无晏心说若真是那样，他只会放鞭炮庆祝，大仇得报。

徐有冥"嗯"了声，再没说别的。

乐无晏道："嗯是什么意思啊？"

徐有冥道："没什么意思，你若是闲得无聊，那边有块稍微干燥些的地方，过去坐下歇会儿吧。"

乐无晏瞪他一眼，走了过去。

徐有冥也过来，默不作声地在他身侧坐下。

乐无晏懒得再理他。

一个时辰后，秦子玉过来，告诉他们："我试验了二十颗不同的种子，有七颗存活了，三颗发了芽，因不能用灵力催生，能不能迅速开花还不好说，得等一些时候再看看。"

乐无晏道："那就等着吧，也做不了别的。"

徐有冥未说什么，默认了乐无晏的话。

众人便只能安下心来等，灵力动不了不能修炼，顶多入定打坐。

乐无晏却不耐烦做这些，直接躺下，睡觉去了。

中间他醒了两回，百无聊赖地逗徐有冥一阵，又接着睡去。

二十个时辰后，余未秋大呼小叫"开花了，开花了"，将乐无晏吵醒。

他迷迷糊糊睁开眼，就见岸边一堆修士围着小牡丹，个个神情激动。

徐有冥低了眼，看向他道："醒了？"

乐无晏坐起身，扭了扭脖子，伸着懒腰站起来，走去秦子玉那头。

那三株小芽有两株开出了花，其中一株的花瓣格外大些，盛开在翻涌的沼气之上。

秦子玉道："这是黑芙，似莲非莲，无叶，但花瓣格外大，最喜沼泽泥泞地。我恰巧带了一包黑芙种子，刚数了数有四百八十八颗，不知够不够。"

乐无晏问身后跟过来的徐有冥："这里离真正的岸边有多远？"

徐有冥道："一百里。"

他是渡劫期的半仙，即便灵力被压制了，视力也远好于其他人。

乐无晏点头道："每三十丈种下一颗种子，你做得到的吧？"

徐有冥道："只送种子，可以做到。"

乐无晏伸手示意道："仙尊请吧。"

徐有冥在众目睽睽之下走上前，明止剑出鞘，一众修士退去他身后，乐无晏更下意识地多后退了两步。

徐有冥持剑极缓慢地在空中画出一个半圆，便有剑罡沿着剑锋过处向前涌去，便是立于徐有冥身后的众人，也感觉到了其间强大的威压，这还是徐有冥的灵力被完全压制的情况下，若是他灵力未失，这剑罡有多恐怖，众人更不敢想。

几息过后，明止剑回了鞘，徐有冥回身平静道："好了。"

乐无晏松了口气，他是真讨厌这柄剑的威压。

迟早他得把这玩意给熔了。

如此又过了二十个时辰，沼泽上了顺利开出了绵延百里的黑芙，迎风招展，虽分外诡异，却叫一众修士欢欣鼓舞。

众人便不再耽搁，由余未秋的护卫——那位合体期的修士冯叔打头阵，第一个踩着黑芙向外踏去。

虽没了灵力，但凡俗界武者苦练数年便能习得的轻功，于这些修行之人自然不在话下，之后便一个接着一个，沿着这一条花路踏出了沼泽。

待小牡丹和余未秋走了，岛上只剩徐有冥与乐无晏两人时，徐有冥提醒乐无晏："你也走。"

乐无晏哼笑一声，才不与他客气，这就走了。

才踏花而出，身后忽地传出一声巨响。

乐无晏惊讶地回头看去，就见那原本平静一片的孤岛，顷刻间竟已沉入了沼泽中，无数藤蔓疯长而起，转瞬将徐有冥的身体缠住，狠狠拖了下去。

29

　　沼泽田的变化就发生在一息之间,转瞬徐有冥已被拖入泥潭中,没了顶。

　　乐无晏愣了一下,下意识出了手。

　　他先前一直未说,这个沼泽田中蕴含着魔气,那些正道修士因体内灵力被压制没有察觉到,他前世是魔修,却在落进这里的第一时间便意识到了。

　　正魔修修炼时混用魔气与灵气,炼化进自身体内的仍是灵力,只是不那么纯粹而已,邪魔修却是以魔气提炼魔息炼化己身。魔息这玩意于低阶修士而言,威力其实远胜于灵力,筑基期的邪魔修便有与金丹中期的玄门修士一战的本事,虽为旁门左道,其实也是捷径。乐无晏是正魔修,但邪魔修的修炼路子,他也一清二楚,且有瞬间自魔气中提炼魔息为己用的法子。

　　待到他自己反应过来时,他已开始抽取这沼泽田中的魔气了。

　　也不过一两息的工夫,乐无晏隐隐后悔,手上的动作却没停。

　　徐有冥先前沉下去的地方,突然暴出巨大能量,淤泥卷着野草藤蔓疯狂转动着下陷,乐无晏惊讶地看着那人举剑破泥潭而出,明止剑的剑光耀目生辉,带起罡风阵阵,须臾已将缠住他周身的藤蔓斩断。

　　乐无晏愣住,竟忘了收手,徐有冥已飞身过来,直接御剑罡,不过片刻便带着他飞出了这片沼泽。

　　先一步上岸的众修士惊愕地看向他们,明止仙尊带着自己的共修者自沼泽中飞身而出,满身淤泥、形容狼狈,是众人从未见过的模样。

　　徐有冥带着乐无晏落地。

　　乐无晏下意识后退了一步,心跳如鼓。

　　预想中的斥责甚至杀伐之剑并未落下,他心念几转,高悬到嗓子眼的心跳又猛地坠下。他忘了,方才徐有冥也失了灵力,应该没察觉到他动用了魔气才对。

　　乐无晏悔得恨不能抽自己一巴掌,他是发了什么癫,竟然想去救这个狗贼,徐有冥如此本事,根本不需要他救,他却因此差点把自己暴露了。

　　见徐有冥神色沉冷,余未秋犹豫地问他:"小师叔,方才你们在里头,发生了什么?"

徐有冥道："无事。"

也有其他人来问，徐有冥只是摇头，并不多做解释。

乐无晏则有些魂不守舍，秦子玉过来小声问他："青道长，您还好吧？"

乐无晏回神，干笑了声道："死不了。"

众修士的灵力已恢复如常，有人过来提醒，说前边不远处有个大的山洞，已经检查过了，没有异常之处。天晚了，怕夜里露天席地还会碰上麻烦，不如都过去歇一晚，大伙也好收拾一下身上。

徐有冥点了头，其他人自然没意见，便纷纷去了那山洞里。

此处山洞果然十分宽敞，容下百名修士也不显得拥挤，众人三两聚在一块儿，纷纷祭出了法宝。

夜明珠高悬起，山洞中的情况便一目了然，除了阴冷了些，确实就是座普通的洞穴，更里头一些，还有一间小的内山洞，以巨石与外隔开。

有水系灵根的修士弄出干净的清水来，分给众人，徐有冥没要，示意乐无晏："去里边。"

乐无晏不情不愿地跟上去，回头想叫上秦子玉，徐有冥皱眉道："他与余未秋等人一起，不会有事。"言罢直接在巨石处设下结界，挡住了外头的视线。

乐无晏没好气地往地上一坐，不大想搭理他，仍在懊恼自己先前的举动。

说好了不救的，他怎么能对仇人心软呢！

听到徐有冥弄出来的动静，乐无晏抬眼看去，便见这人竟在这山洞里凿出了个水潭来。

徐有冥虽无水灵根，但身为半仙，即便不能呼风唤雨，弄些水出来自然轻而易举。乐无晏见状愈发心有不快，讥讽道："仙尊今日还是头一回将自己弄得这般狼狈吧？还被那么多门内弟子瞧见了，只怕面子都丢干净了。"

徐有冥却只看着他，神色平静如常道："你过来。"

乐无晏本不想去，但方才被徐有冥带出来时身上也沾到了淤泥，挥之不去的都是那股腥臭味，他到底是不会亏待自己的人，犹豫之后跳进了水潭里。

二人清洗干净后，坐在洞内干净的草垛上，过了水清洁如新的衣裳重新上身，在徐有冥灵力的作用下转瞬已变得温暖干燥。

乐无晏靠在草垛上懒得再动，撩起眼皮子睨一眼坐于身侧的徐有冥，哂道："仙尊既能御剑罡带人出那沼泽，先前为何说没办法？"

徐有冥道："我有办法，其他人没有。"

乐无晏道："你就不能把他们都带出来？"

徐有冥却反问他："为何要带？"

乐无晏闭了嘴。

行吧，当他没说。

徐有冥道："睡吧。"

乐无晏背过身，懒得再想那些有的没的，不多时便已没心没肺地睡了过去。

徐有冥垂眸看他一阵，手掌运转灵力，悄无声息地将乐无晏身上沾染到的那一点魔气抹去。之后他收回手，安静地坐于乐无晏身侧，凝神入定。

翌日，一众修士休整了一夜都已恢复精神，天亮之后自山洞出来，外头的情境又变了样，后方昨日他们经过的大片沼泽不见了，取而代之的是一片看不出什么异状的平地。

虽是如此，有昨日的教训，众人格外警惕，最后有几个胆子大些的修士自告奋勇说想过去看看，徐有冥一点头道："可以。"

那几人便去了，乐无晏自山洞里出来正瞧见这一幕，随口问道："这是做什么呢？"

余未秋提醒他："青小师叔，昨天那片沼泽不见了。"

话音才落，那几个去探路的修士兴奋地嚷起来："这里有好多宝贝！遍地都是！"

闻言，立刻有修士按捺不住，也不等徐有冥示下，便跑了过去。

眼见徐有冥未有阻拦的意思，越来越多的人跟过去，余未秋先前被自己的护卫拦着，其实早就想去了，当即也冲了过去，便是连秦子玉都有些蠢蠢欲动。

乐无晏提醒他："小牡丹你想去也去吧，别逗留太久，捡到几样好东西立马回来，别走太远。"

秦子玉领命，快步而去。

所有人都已离开，乐无晏懒洋洋地倚向身后的岩石，徐有冥侧眼看向他道："你不去？"

乐无晏也问他："仙尊怎不去呢？"

徐有冥摇头，乐无晏撇嘴道："那我也不去，死人的东西，拿了晦气。"

徐有冥道："嗯。"

他们只等了两刻钟，乐无晏打着哈欠正百无聊赖时，察觉到脚底有些微的地动，顿时醒了神。

只见徐有冥神情冷峻，已传音出去："所有人，立刻回来。"

有听话的未等徐有冥再多言，当下便已回来了，也有心存贪念跑得远的，舍不得就此放弃，收到了传音却置若罔闻，仍在低头寻宝。

一息之间，风云变幻，地动山摇之后，那原本满是至宝的平地陡然陷下，淤泥和着沼气翻涌而上，还未回来的修士狼狈奔逃，运气好些的赶在灵力被压制前退回了安全地带，运气不好的转瞬已被吞噬进沼泽中。

秦子玉第一时间就已退了回来，余未秋吓白了脸，被冯叔拎回。

余的修士全须全尾回来的不过半数，有自己察觉到不对劲就退了的，也有听到徐有冥传音赶紧撤离的，剩下的三四十人逃命而归，却弄得满身污脏、狼狈不堪，另有七八人已被那沼泽吞没，丧命于此。

众人惊魂不定，俱后怕不已。

徐有冥面色冷然，尚未说什么，乐无晏一声嗤笑，先开了口："瞧瞧你们这熊样，别说你们都没猜到啊，你们捡回来的这些东西，分明是从前死在这沼泽田里的修士留下的，这鬼地方大约就是以此迷惑人，骗你们进去，再趁机要你们的命。好歹你们自诩玄门第一派的修士，一个个的怎都这般不矜持，明知有诈，还不多长个心眼。"

秘境每一次开启之后，里头的情境虽不尽相同，但这沼泽从前必然也是存在的，或许只是以其他形态出现而已，也不知丢了多少人命在此，才会留下这满地至宝，但贪婪之人，世上永远不缺，所以永远有人前赴后继。

被乐无晏一顿冷嘲热讽，众修士面上挂不住，偏他说的又都是事实，他们也反驳不得什么，只能生闷气。

余未秋的面色更讪然，他方才也险些命丧于此，幸亏他爹派了人贴身护卫他，才将他拖了出来。

北渊秘境的危机与机缘并存，他算是深刻领会了。

因乐无晏这一席话，气氛一时有些僵持，徐有冥终于开了口，却只道："三日时限已到，自此刻起，我等分散而行，自行组队。如遇危险情况，可放出求救信号，附近若有同宗弟子，能救的须得尽量去救。望尔等牢记今日教训，切忌冲动莽撞、贪得无厌。"

众修士惭愧受教，之后便不得不三三两两地各自离开。

最后只剩徐有冥、乐无晏、秦子玉、余未秋和余未秋的两个护卫。

余未秋硬着头皮问徐有冥："小师叔，我可否与你们组队而行？"

徐有冥丢出句："随你。"

余未秋松了口气，放下心来。

乐无晏问他们："你们刚才都捡到了什么好东西？"

说起这个，余未秋又来了精神，他方才跑得远，收获颇丰，将东西全部自乾坤袋里倒出给乐无晏看，果然都是宝物，其中还有一件上品灵器，受这一趟惊吓也算值了。

秦子玉也捡到了几样品相不错的东西，同样兴高采烈。

乐无晏咂咂嘴，刚想说什么，徐有冥已带着他御风而起。

身后其他人赶紧跟上。

乐无晏站在徐有冥身旁，凑近他耳边道："方才你明知道会发生这种事情，为何不事先提醒他们，如此那七八个修士说不定能保住条命吧？"

徐有冥侧头，对上乐无晏幸灾乐祸的目光，淡道："前日我已救过他们一次，历练之事，各凭本事，我能提醒他们一回，提醒不了第二回，若收到传音时便回来，也能保住性命。"

乐无晏笑嘻嘻道："所以你故意见死不救？"

徐有冥道："不是不救，是救不了。"

这话倒也没什么错，那些丢了性命的修士，无非是死在一个"贪"字上，哪怕今日被徐有冥提醒了，在这危机重重的北渊秘境里，迟早逃不过一死。

可这般行事作风，实非徐有冥这样的正道楷模该有的，若是被其他人知道，还不知会怎么想他。

乐无晏的笑声愈发悦耳，道："仙尊大人，外人知道你是这样的吗？"

徐有冥收回目光，不再说，继续前行。

30

只往前走了一段，众人又不得不落地。

此处秘境里处处是结界，并不能任由他们纵横驰骋。

此刻他们脚下是一片茂林，徐有冥拧眉，回身朝他们来时的方向释放了一道剑意，剑意撞上结界，震荡了一阵，四散而开。

再往其他三个方向放出剑意，结果也一样。

乐无晏见状哼笑了声，道："自投罗网，有来无回。"

身后其他人自飞行灵器上下来，正听到这一句，余未秋颇为无语道："青小师叔，你自己也被困在这里头了，怎就一点不担心呢？"

乐无晏不以为然道："有你们仙尊在，怕什么。"

徐有冥却并未表态，不动声色地观察四周，秦子玉犹豫问："现在要怎么办？"

乐无晏正打算坐下歇会儿，徐有冥提议："先往前走吧。"

他的话，除了乐无晏，无人会不听，乐无晏再不乐意也只能跟上。

之后他们沿着一条溪流一路往下游走，这地方虽少有生灵，不见什么鲜艳之色，却也没遇上危险，如此一路走下去，便越走越放松。

余未秋说笑道："要是这里景致再好些，我们倒像是出来游山玩水的了。"

言罢，他随手拾起地上一株似花非花、似草非草，品相瞧着十分不好的植株，问秦子玉："子玉，你认得这是什么吗？我看这山林里头到处都是这种植株。"

秦子玉过去细看了看，摇头道："我见识有限，这种植株还是第一次见。"

乐无晏也要去看，被徐有冥拦住道："不要随意碰触不明之物。"

乐无晏"喊"了声，便也算了。

一行人正说着话，前边的山道后突然传出一声悲愤的唾骂，接着便有各种打斗声，灵光大作、剑气四溢，很快就见两名修士狼狈地摔出来，吐血倒在了他们前方。

乐无晏扬了扬眉，秦子玉想上前去看，见徐有冥和乐无晏都没有反对的意思，便走了过去，余未秋也赶紧跟上。

倒在地上的是一男一女，身着同一门派的弟子服，已奄奄一息。

后方追出四五人来，却是另一门派的修士，各个面貌狰狞，在看到徐有冥一行人之后齐齐愣了愣。

为首之人喝道："这二人欲夺我等身上法宝，我等不过出手反击，你们最好少管闲事！"

言辞虽强硬，其实底气不足，即便一时未认出徐有冥的身份，但他们身上那一袭太乙仙宗弟子服就已足够震慑人。

乐无晏本来确实懒得管闲事，听到这话反而不高兴了，走上前一步道："喂，你们当我们是三岁小孩呢？他们才两个人，你们五个人，而且你们几个看着修为分明更高一些，他二人除非脑子坏了才会去夺你们的宝吧！我看分明是你们几个见他们人少，想杀人夺宝，被我们撞破却还在这里颠倒是非、信口胡诌。"

对方为首的那个人脸色扭曲了一瞬，还欲争辩，身后有人惊恐地看向神色疏淡的徐有冥，战战兢兢开了口："明，明止仙尊……"

为首之人一愕，猛地转眼望向立于乐无晏身侧之人，双腿已开始打战。

他们只是小门小派出来的，先前在秘境外也没机会往太乙仙宗跟前凑，并非所有人都认得徐有冥，如今只是察觉到徐有冥周身威压，再见到他那张如传闻中一模一样的冷脸，做贼心虚的恐惧已要将他们吞没。

徐有冥也未否认，冷淡地说了三个字："四方门。"

乐无晏的目光倏地落回那几人身上，四方门？

他不就是四方门的外门弟子来着？

那摔在地上已快出气多进气少的女修挣扎着抬了头，得知来的是太乙仙宗的明止仙尊，眼神里有了些微光亮，死死攥住秦子玉的衣裳下摆，道："是他们，他们杀了我们师兄，又要杀我们……"

另一男修也艰难地试图撑起身体，控诉四方门那几人的恶行："我师兄妹三人进秘境后便落在了这里，与……与他们遇上后同行，但一直找不到破阵之法，昨日他们突然就变了脸，趁……趁我们不备杀了我们大师兄，夺了我们的法宝离开，我们追至这里，不敌他们……"

秦子玉和余未秋赶紧给他二人喂下救治内伤的丹药，让他们先别说话，护住丹田内的真元要紧。

四方门那几人中为首的立马跳脚道："你们胡说八道，分明是你们那大师兄对我们出手在先！"

他走上前，强装镇定，恭恭敬敬地与徐有冥行礼道："在下方才有眼不识泰山，没认出仙尊，还望仙尊勿怪，在下确是四方门门主，率门内弟子来此历练，凑巧与这三人落在同一处，便好意想邀他们结伴而行，哪知他们心怀不轨，意图暗算我等，我等才不得不出手反击。"

见徐有冥仍未出声，这人额头上已渗出汗来，又道："青道长从前也是四方门弟子，四方门门风如何，您应是了解的，我等向来持身守正、疾恶如仇，又岂会做那等卑鄙下作之事。"

被重伤的那一男一女闻言愈发悲愤交加，还要开口，被乐无晏抢了先：

"别别，少跟我攀亲戚，我以前不过就是你们一外门弟子，门主是哪位，我认得你，你也不认得我啊。再说了，你们收了仙尊两件上品灵器就把我卖了，你们问过我答应没有？我倒想问问门主你，我进太乙仙宗的时候，身上一穷二白什么都没有，我自己的东西呢？是不是都被你们拿走了？"

这事乐无晏可一直惦记着，先前没见到人就算了，如今这四方门门主就在眼前，可不得问个清楚。

对方不可置信地看他，像是没想到这小子做了明止仙尊的共修者，竟变得如此伶牙俐齿、目中无人似的。

在太乙仙宗派人来之前，他确实不知道自己门下还有这么个外门弟子，竟能叫那高高在上的明止仙尊看中了，人他当时也叫去见过，瞧着木讷不说话，像是丢了魂一般，就算天资不错，但能换得两件上品灵器，卖明止仙尊一个人情，也算划得来，却不承想数月不见，这小子竟变成这般，他方才几乎没认出来。

乐无晏随身的东西，也确实是他拿走了，他当时只当这小子木讷老实，以为好欺负来着。

乐无晏一瞧他这表情，便知被自己说中了，愈发理直气壮，伸出手道："东西还我，赶紧的。"

那四方门门主愤恨咬牙，在徐有冥面前却半分不敢放肆，仍在犹豫时，乐无晏手指一戳身边的人，故作委屈道："仙尊，你不给我做主吗？他分明拿了我的东西还不肯还我。"

徐有冥轻轻"嗯"了声，不含温度的目光冷冷扫了那门主一眼，道："青雀之物，还请门主物归原主。"

说是"请"，却无半分客气，对方愈加心惊肉跳，抖着手自乾坤袋中取出东西，递给乐无晏，脸上还要赔笑，道："都是一场误会，误会，当初你走得匆忙，东西落下了，我才替你暂时保管……"

"还有。"乐无晏一抬下巴，"别磨磨叽叽了，赶紧都还我。"

对方脸都绿了。

一件一件的东西回到手中，乐无晏心里痛快了些，面上笑意又多了几分。

最后一株灵药也送出去，那四方门门主咬紧牙根道："都在这里了，真的。"

乐无晏哼了声，收回手，这还差不多。

还了东西，对方厚着脸皮干笑道："仙尊，我等……"

徐有冥没再理他，走向地上仍在那疗伤的修士，淡道："将你们落至这里之后发生的事情，仔细说一遍。"

女修先开了口，道："我师兄妹三人出自艮山剑派，像我们这样的小门派都只有三五个人这北渊秘境的名额，我三人结伴而来，一进来便落进了这茂林里，被困在结界中走不出去，也寻不到破阵之法。后遇上四方门那五人，起初他们也表现得颇为和善，同是玄门中人，我等便放松了警惕，与他们结伴而行，哪知这几日下来，越走各人之间的摩擦越大，后头我们起了分道扬镳的心思，那几人却趁着入夜我们入定修炼之时，偷袭我们，我大师兄命丧于他们之手……"

身旁的男修皱眉抱怨了女修一句："那日我本就觉得最好不要与他们同路，是你劝得大师兄答应下来，若是当时没有一起走，大师兄必不会遭此横祸。"

女修气红了眼，道："你这话的意思是埋怨我吗？当时分明你们都同意了的，如今为何就怨我一个人？"

男修道："我也不是那个意思，可当时确实是你先提议的……"

他二人说着，眼瞧着便互相埋怨上了，被徐有冥打断："这几日你们在这山林里，可还遇到过别的人？"

"没有。"女修道，"除了四方门那五个和仙尊你们，再未见过其他人。"

徐有冥沉目想了想，目光掠过隐隐生出嫌隙的面前的二人，若有所思。

那头，乐无晏还在与那四方门门主说话，他瞥一眼徐有冥的背影，低下声音问："我从前在四方门，是怎样的？"

门主道："青道长天资出众、才德兼备……"

乐无晏打断道："说实话。"

对方尴尬赔笑道："我其实也只见过您一次，您当时不言不语，神情麻木，像是……像是……"

乐无晏道："像是什么？"

对方道："像是丢了魂。"

丢了魂？

乐无晏心里一瞬间翻涌过数个念头，尚未来得及捉住，前边徐有冥叫了他一句："青雀。"

乐无晏走上前去，徐有冥看向他身后的四方门门主，道："你们走吧。"

那几人如蒙大赦，这便赶紧走了，不多时已消失在他们的视野中。

被救下的修士面露不甘，盯着他们消失的方向，眼里俱是仇恨。

余未秋犹豫道："小师叔你就这么放他们走吗？他们可是杀了人的，一个个的都不是什么好东西。"

乐无晏却笑问："仙尊又在打什么坏主意啊？"

徐有冥道："此处应是一个缚心阵，进入此阵之人，心中恶念会逐渐放大，直至己身无法自控。"

余未秋等人闻言一愣，问："是幻阵吗？"

"不是幻阵。"徐有冥沉声道，"恶念是本身就有的，才会被放大，所以那四方门五人会出手杀人夺宝，他二人会互相生出怨怼。"

那同门修士二人闻言对视一眼，目露惭愧，徐有冥继续解释道："这里随处可见的非花非草的植株名为苦魃，这阵法便是依托此物而生。"

"那要如何破阵？"余未秋追问道。

徐有冥道："待到所有困于此阵中人心中恶念被无限放大，无论先前关系如何，必会走到自相残杀那一步，最后阵中只剩一人时，结界便会自行打开。"

众人闻言倒吸了口冷气，秦子玉皱眉道："好歹毒的阵法。"

其余人纷纷附和，心下免不得有些讪然，若无徐有冥在，只怕他们之后也要落到那般地步。

乐无晏"啪啪"拍手，笑嘻嘻道："仙尊果然见多识广。"

徐有冥看他一眼，未说什么。

这个冷僻阵法，曾在一本上古流传下的阵法秘籍里收录过，那秘籍机缘巧合之下被乐无晏收了，在逍遥仙山时，曾随手扔给徐有冥看。

乐无晏甚至曾经兴致勃勃地想弄到些苦魃种子试种，可惜没能如愿而已，只怕一开始刚入这阵法中时，他就已经认出了那些苦魃是何物。

"那总不能当真如这阵法所愿，我们自相残杀吧，这不肯定最后活着走出去的只有小师叔吗……"余未秋嘟囔着。

乐无晏目露鄙视，道："你怎么这么笨，不会强行破阵吗？"

余未秋一哽,道:"强行破阵?"

乐无晏道:"把这些苦魃烧了不就行了。"

乐无晏说着,已祭出火,将面前一块平地烧了出来,众人会意挪进去,徐有冥以剑在四周画下一个环形结界,以免之后烧起山火殃及他们。

有人问:"这山林里没有别人了吗?"

徐有冥道:"神识已探过,只有四方门那些人。"

余未秋不忿道:"如此破了阵,岂不是便宜那几人了?"

乐无晏好笑道:"怎会,我们又不用把整片山林的苦魃都烧了,只烧这一片的,让这阵法塌陷一个角,我们几个能出去就行。那几个人胆小如鼠,看到这边起了山火,若是敢过来,侥幸出去了算他们走运,若是不敢,那就只能怪他们自己命不好了。"

而且苦魃这玩意,"野火烧不尽,春风吹又生",半宿就能再长出来,待到苦魃长起、阵法重新补全,那几个人就真的只能自相残杀,到最后只剩一个人活着出去了。

乐无晏瞥一眼徐有冥冷冷清清的侧脸,心下啧啧,他敢打包票,徐有冥先前将那几人放走,不是要给他们改过自新的机会,定是打着这样的主意,他以前真真看错这狗贼了。

他的心一整个就是黑的。

众人闻言,都觉那几人是自作自受,他们并没有义务非将人带出去,便也不再多言。

艮山剑派的那两名修士满脸大仇得报的快意,更不用提。

乐无晏话才说完,徐有冥叫他道:"过来。"

乐无晏上前,其余人后退三丈,徐有冥沉声提醒他:"做好准备。"

"急什么。"乐无晏笑了声,问他,"仙尊,若是这法子行不通怎么办?那我们不就得自相残杀,只有一人能活着出去了?"

徐有冥道:"不会。"

乐无晏道:"万一呢?真那样你会杀我吗?"

徐有冥拧眉,乐无晏不依不饶道:"你以前说不会杀我,那是我没威胁到你自己的性命啊,若是当真你死我活,你能压制住心中恶念,对我手下留情吗?肯定不行吧,只有圣人才做得到……"

乐无晏话未说完，已被徐有冥打断："你废话太多了。"

他抓起乐无晏一只手，以庚金灵力入他的身体，使乐无晏放出阴火。

明止剑的剑罡转瞬已将这阴火送出去，所过之处，一片火海。

离得过近难免能感受到这剑带出的威压，乐无晏心中不喜，下意识拧眉。

徐有冥的声音忽然落在耳边，如风拂过面颊："我对你从无恶念。"

31

乐无晏愣了愣，偏头看去，徐有冥的神色在漫天火雾中格外凛冽，方才那一句，仿佛只是他的错觉。

便是没有恶念，那也是对青雀，而非自己这个魔头吧。

乐无晏自嘲，并不将这话当回事。

火势随剑罡蔓延，这一片山林尽没入火海中，热浪滔天。

被烧焦了的苦魃散发出异香，很快化为灰烬，但有那么几株，在被烧尽之后却多出了另一种颜色鲜艳的五彩晶石，结界中的众人都觉惊异，余未秋第一个按捺不住，施法捞了一个回来。

"这是什么玩意？"他摸着那还带着些温度的晶石，好奇地问道。

徐有冥和乐无晏没工夫搭理他，其余人都不认得，还是冯叔这个合体期的修士见识多些，解释道："这是五魄晶，不分灵根属性，皆可以之补充灵力，一颗五魄晶可抵一千灵石的灵力。这东西小巧方便，还能入药，且甚少见，拿去集市上卖，三千灵石一颗也卖得。"

余未秋立刻道："那这是好东西啊！"

冯叔点头道："是好东西。"

且这地方五魄晶还不少，每烧大约一百株苦魃就能烧出一颗，这山火一起，放眼望去，竟是遍地都有这种晶石。

一时间众人都激动起来，见徐有冥没有反对的意思，纷纷放出法宝，往结界外尽可能多地捞这五魄晶。

当然，若能破阵而出，功劳最大之人当属徐有冥和乐无晏，待他们出去便把捞得的晶石多分些给他二人便是。

如此众人也算看明白了，这阵法虽歹毒，却并非全无破解之法，即便不认得苦魃是何物，若是能机缘巧合发现其中藏的这五魄晶，猜到阵法根源在这苦魃上，便不是难事。

北渊秘境中虽危机重重，但不会完全不给人生路。

山火烧得愈旺，绵延不绝。

四方门一行人回头远远瞧见，不由得咋舌，有手下问那门主："那边起火了，那位明止仙尊和太乙仙宗那些人能出得来吗？"

门主吊起一侧眉梢，道："怎么，你还想去救？管好你自己吧，他仙尊大人渡劫期的半仙，太乙仙宗人也各个自诩本事滔天，需要你我这些小人物操心？"

说罢再一伸手，示意众人，道："那艮山剑派小子的东西都拿出来，重新分配。"

先前问话那人不服气道："之前都分好了，为何又要重新分配？"

门主阴了脸，道："我的话，你敢不听？"

被那狗仗人势的死小子要回了那么多宝贝，他正肉疼着，怎么也得找补回来。

僵持片刻，几人虽心有不甘，但到底不敢反抗，不情不愿地交出了夺来的宝贝。

门主拿回了大半东西，之后一挥手，道："走吧。"

一众手下神色各异，只能将心头不满生生压下，最后回头看一眼那还在朝外扩散的山火，带着点幸灾乐祸，头也不回地远去。

处于火海中的一行人已感觉到脚底隐隐的震动，心知这一角的阵法正在塌陷，既兴奋又没来由地紧张，纷纷召回了收晶石的法宝，下意识地朝彼此聚拢。

乐无晏因有徐有冥的庚金灵力源源不断地入体，他自己并未消耗多少灵力。

这也是那本低阶上品功法中的一章，徐有冥得以将己身灵力化为彼之灵力，为乐无晏所用。

不多时，脚下的震荡愈发猛烈，土地龟裂，连徐有冥设下的结界也开始出现裂痕，众人互相搀扶着已快站不稳。

脚底结界彻底破了，四分五裂的土地猛陷下去，众人甚至来不及施展本事，已被地底蹿起的强大气流拖下。

掉下去的瞬间，乐无晏反手攥了身后的秦子玉一把。自己也被徐有冥紧抓着，周身被那股诡异又强势的气流裹住，五脏六腑都仿佛被疯狂搅动，乐无晏甚至怀疑自己身体快被搅碎了，最后他重重地摔在一片平地上，吐出一大口血。

乐无晏趴在地上，半日没能缓过劲。

周围一片漆黑，直至有光亮缓缓映入眼，是不远处的秦子玉，他嘴角也出了血，受的内伤似乎比乐无晏轻一些，已爬起身取出了照明灵器，看到乐无晏后立刻过来将他扶坐起。

"青道长，您还好吧？"秦子玉焦急地问道。

乐无晏艰难地摆了摆手，喉咙里哽着血，实在不想说话。

秦子玉喂了颗存元丹给他，再塞了两颗五魄晶过去，提醒他："您先坐一会儿调理一下内伤，我去看看仙尊如何了。"

言罢，他又起身朝后跑去。

乐无晏下意识转头，这才发现徐有冥倒在他们身后几丈处，像已陷入昏迷中。

乐无晏眉头一拧，试着运转体内灵力，察看起自己的伤势。

确实五脏六腑都受了重伤，修为也被压制了，虽不像在沼泽田里那样灵力全失，但修为已被压至了筑基初期。

乐无晏在心里骂了一句，吐出哽在喉咙里的血，哑声问秦子玉："仙尊他怎么样了？"

秦子玉担忧道："仙尊受了重伤，灵力十分不稳，还在昏迷中，我也给他喂了存元丹。"

乐无晏又问他："你自己呢？伤势如何？"

秦子玉坐下，试着调理了一下内息，道："还好，不是很重，但是修为被压制了，现在只有大约炼气七八层。"

乐无晏顿时了然，这鬼地方大约也是看人下菜的，修为越强大之人掉下来所受攻击越猛，伤势也越重，因而徐有冥才会变成这般，估摸着他就算醒来，修为也得被压下一大截。

不过能将渡劫期的大能弄到昏迷不醒，此处所蕴含的能量决计不容小觑。

乐无晏叮嘱秦子玉多拿几件照明灵器出来，将四周映亮，这才看清楚这地方的全貌。

是一间石室，四四方方，长宽皆不过几丈，四壁光滑，无一装饰之物，一眼能望到头，且石室中仅有他们三人。

秦子玉道："余师兄他们，应是与我们落在不同处了。"

他说着又取出罗盘，想要辨别方位，却见手中罗盘疯狂转动，显然已不能用了。

乐无晏道："别费力气了，你先四处看看，有无出去的法子。"

秦子玉领命去了，乐无晏撑着身体，慢慢挪去徐有冥身侧，手指在他鼻息下探了探，察觉到他温热的呼吸，心头一松，说不上是放心还是失望，总之没多少痛快。

乐无晏手握五魄晶，入定调息片刻，体内乱窜的灵力稍稳。他睁开眼，看身边人一阵，将他扶坐了起来。

灵力探入徐有冥体内，方觉他内伤果真十分严重，先前徐有冥说若未伤及根本，一两刻身上伤势便能自行恢复，但这地方如此诡谲，他们修为都被压制了，也不知徐有冥这内伤还能不能好。

这么想着，乐无晏回神时，已开始运转起灵力，源源不断地送往徐有冥体内。

阴火滋养庚金，这也是共修者修炼的好处之一。

但他自己也受了伤，额上很快就渗出了冷汗，身体摇摇欲坠。

徐有冥忽然睁开眼，眼神仍是涣散的。他望向面前人，嘴唇动了动，苍白无血色的薄唇轻吐出声音："青雀、无晏……"

乐无晏愣住，忘记了接着运转功法，交融的灵力在徐有冥体内流转时突然滞住，再猛地冲撞而出。

乐无晏猝不及防，与徐有冥同时被这股错乱的灵力震开，狼狈地跌向一旁，雪上加霜，又一口血吐了出来。

秦子玉正在找寻离开这石室的法子，乍一听到动静吓了一跳，转头看到这一幕更惊愕万分，赶紧过来先扶起了乐无晏。

乐无晏不得不再吞了一颗存元丹下肚，秦子玉又去扶徐有冥，方才已然有苏醒迹象的徐有冥再次昏死过去。

乐无晏懊恼不已，再不敢轻举妄动，重新调理起内息。

两刻钟后，待内息稳下，乐无晏将灵力收回丹田，再次睁开眼。徐有冥仍未醒，秦子玉过来问："青道长，您好些了吗？"

乐无晏轻轻点了点头，问他："可有发现？"

秦子玉道："我试着将灵力打入四壁，误打误撞下开了一扇门，门后一片漆黑，我没敢贸然过去。"

乐无晏也已看到正前方的大门，没多想道："走吧，总比一直在这儿坐以待毙强。"

话说完他站起身，便要去背徐有冥。

秦子玉道："您受了伤，还是我来吧。"

乐无晏没肯，道："你看看你这小胳膊小腿的，算了吧。"

秦子玉到嘴边的话默默咽回，其实，青道长也不比他高大强壮多少吧？

乐无晏已咬牙将比他高了有半个头的徐有冥背起，心想着，不是他舍不得这狗贼，狗贼毕竟是他们的最强战斗力，待这人醒了，还得靠他保自己和小牡丹的性命。

嗯，就是这样。

秦子玉以灵力在墙壁上做了个法印，又扔了两块灵石在墙边，跟上乐无晏。

走进门中的瞬间，身后石室轰然阖上，他们已没有了回头路。

秦子玉有些紧张，乐无晏深吸一口气道："往前走吧。"

门外是一条只容一人行走的小道，并不长也无岔路，只走了半刻钟，他们又看到了前方出现的另一扇门，走进去，是另一间与方才一模一样的石室，身后的门也再次阖上了。

秦子玉拧眉，与先前一样往墙壁打入灵力，果然对面的墙上又有一扇门缓缓开启。

再次留下标识，他们没有停留地继续前行。

如此一直走了半个多时辰，他们已足足走过十间一模一样的石室。

新的一扇门打开，乐无晏没再往前行，将徐有冥放下，自己也喘着气坐下了，提醒秦子玉："先歇会儿吧，别忙活了。"

秦子玉有些气馁，道："这要什么时候能走到头？走了这么久都是一样的石室，偏偏还都不是之前走过的。"

乐无晏却道："你怎知不是先前走过的？"

秦子玉一怔，道："我每间石室都留了不同图案的法印和数目不等的灵石，但这一路过来，每间新的石室里都是空的。"

"那也不一定就是先前没经过的，这地方如此古怪，没准将你留下的法印和灵石都吞了呢。"乐无晏道。

秦子玉道："那要怎么办？"

乐无晏想了想道："活物总不至于直接吞了，留个人下来。"

秦子玉立刻道："我留下来吧，您带仙尊先走。"

乐无晏直接拒绝："不行，你修为过于低下，真出点什么事不够死的，我俩一起，把仙尊留下来吧。"

他其实方才就已起了这样的心思，秦子玉还想劝，乐无晏摇头道："我试过他内息了，最多再半个时辰就能醒。要论单独行动的自保能力，谁能比得过他啊，不必担心。"

秦子玉道："那不如等仙尊醒了再说……"

乐无晏道："不用了，就现在吧，别耽搁了。"

无论出于什么心思，他都不觉得徐有冥醒了会同意跟他分开行动。

秦子玉没话说了，可留个昏迷不醒的人在这里，他心里总归是不安，乐无晏示意他："你转过身去。"

秦子玉不明所以，但听话照做了，背过身去。

乐无晏深吸一口气，双手扶住徐有冥的肩膀，与他面面相对。

他的灵力进入徐有冥神识中，这人即便在昏睡中也未对他设防，乐无晏闭了闭眼，徐有冥难得有这样手无缚鸡之力时，若是此刻施法摧毁这人的神识，便能杀之于无形，他就大仇得报了。

片刻后，乐无晏在徐有冥的神识中打下了一个标记，与徐有冥之前做过的一样。

做完后乐无晏退开，扶着徐有冥靠回墙壁上，在他周身设下一圈结界，冲秦子玉道："走吧。"

秦子玉还是不放心，乐无晏哼道："别管他了，他这种修为的人，没那么容易死的，我俩顾好自己吧。"

也只能这样了，秦子玉点点头，跟着乐无晏一起走进下一道门中。

之后两人都未再说话，一路走得飞快。秦子玉几次看乐无晏，见他嘴上说着"不必担心""别管他"，其实不自觉地一再加快步伐。

其实，青道长还挺口是心非的吧？

32

　　二人一间一间石室地继续往前走，乐无晏始终盯着神识中标记的徐有冥的位置，距离先长后短，最后又绕了回去。

　　他的猜测果然没错，先前他们其实一直就在原地打转。

　　走至第五间石室时，秦子玉再次往对面墙壁打入灵力，墙上的门却未开启，周围的景象还陡然变了，几乎就在灵力入墙的下一息，四周墙壁灵光大作，同时射出无数裹着那灵光的箭矢。

　　乐无晏反应极快，在墙上灵光闪现的那一瞬间红腰已甩了出去，沿着他与秦子玉周围快速划过一圈。赤芒急遽向外散去，与那些冲他们而来的箭矢撞在一块儿，火光四射，裹在箭矢外的灵光被冲散，箭矢纷纷落地，赤芒也很快消弭于无形。

　　他们却来不及松口气，周遭墙壁上的箭矢源源不断地射出，乐无晏只能不停地甩动红腰抵挡，秦子玉回过神，也手忙脚乱地抽剑开始回击。

　　一时间，各种灵力光芒和剑气交替齐闪。

　　箭矢过于密集，两人的灵力消耗都极大，好在进来之前秦子玉捞到了不少五魄晶，可以快速帮他们恢复灵力，但一直这么下去没完没了，显然也不是个办法。

　　激战正酣时，神识中的标记忽然动了，乐无晏一愣，便有箭矢已急射至他面前，他抬手一挡，箭矢擦着他手臂而过，箭本身并未触碰到他，只有那裹在其上的幽紫色灵光沾到了他衣裳，顷刻间便已钻入他体内。

　　乐无晏只觉一股极其霸道又凶猛的灵力在身体中横冲直撞，几乎要将他的经脉和穴位都碾碎一般，他立刻坐下调整内息，强撑着以己身灵力与之对抗，好在那股灵力只有那么一缕，他的意志也坚定，终是将之强硬驱出了体外。

　　秦子玉一人挥剑对抗四面而来的箭矢，已快支撑不下去，几次也差点中招。

　　乐无晏咬牙撑起身，目光快速扫过四壁，观察着四面墙上灵光的变化。

　　那灵光总是随意地出现在墙上一处，再向外扩散，布满整面墙壁时又消失，接着出现在另外一处，看似无任何规则。

乐无晏与秦子玉丢下句"你来挡这些箭矢"，便出了手。

待墙上灵光消失又出现的那一瞬间，他指尖赤芒直射向那一点，灵光闪动了两下，果然未再向外散开，瞬间消弭，接着出现在下一处地方，乐无晏立刻跟上，又是一簇赤芒过去。

一次接着一次，那幽紫色的灵光每一回闪现，立刻被乐无晏指尖的赤芒击中，颜色便浅淡一分。

如此上百个回合，乐无晏的动作一刻未停，已累得满头大汗，直至最后一击，那浅得已快看不见的灵光闪了几闪，彻底消失。

四射的箭矢也倏然停下，阵法已破。

石室又恢复成了先前空荡荡的模样，前边墙上的门也开了。

乐无晏艰难地喘了口气，提醒同样气息不稳、还有些蒙的秦子玉："赶紧走吧。"

秦子玉上前扶住他，一起朝前走去。

刚踏进门中，身后忽然传来一声响，两人同时回头看去，石室已然塌了，一片漆黑中唯见一圆形晶亮之物浮于半空，乐无晏伸出手，以灵力将之攫取至手中，身后那扇门立刻便已阖上。

秦子玉好奇去看乐无晏手中之物，待看清那是什么，眼里流露出惊喜，道："是妖灵乳。"

这妖灵乳是上品的天材地宝，对妖修而言是不可多得的至宝，于修为精进大有益处，十万灵石都难换得指甲盖那么一小块，更别提乐无晏手中这一颗浑圆剔透，足有鸟蛋大小。

乐无晏随手扔给他，道："你拿着吧。"

秦子玉受之有愧，道："方才是青道长您破的阵。"

"你也出力不少。"乐无晏不以为然，"难不成要把这玩意掰两半？岂不暴殄天物，我也用不上，给你就是了。"

秦子玉略一犹豫，道过谢便收下了，要从这里走出去，大约这些石室中的阵法得一一攻破，说不得之后都会有宝物出现，他不再拿别的，多出些力便是。

之后两人快步朝着下一间石室走去，门开之后乐无晏却拧了眉。

秦子玉见他神情难看，问道："青道长，可有不妥？"

乐无晏道："先前仙尊就在这间石室里。"

秦子玉愣了愣，道："确定吗？"

乐无晏一点头，打量起四周。

自然是确定的，方才在第五间石室时，他给徐有冥打下的标记动了，但只在很小一块范围内活动，应是徐有冥醒了过来，仍留在石室里未往前走，或许是从给自己的标记里看出了他们就在附近，在等他们过来，又或许是被阵法困在了这里，无可奈何。

走进这一间之后，那个标记也明确显示就在这里，徐有冥人却不见了。

乐无晏尝试传音却不得，结果在他意料之中，若是能传音，徐有冥先前肯定已给他传了，必然是因于阵法行不通。

乐无晏将标记之事说出，秦子玉问道："既然仙尊在这里，我们却看不到，那是障眼阵吗？"

乐无晏道："未必。"

他走到神识中徐有冥所站的位置，伸手却什么都触碰不到，道："看不到，也听不到声音，连摸都摸不到，这不是障眼，是两间石室在同一个位置重叠了。"

秦子玉松了口气道："至少不是攻击阵法。"

乐无晏撇嘴道："但也没那么好破阵。"

言罢，忽然有剑意自他们所站的位置释出，乐无晏一凛，是明止剑。

尚未等他二人反应，那并不带杀意的剑意已转瞬消弭。

秦子玉怔道："既是两间石室，为何我们能感受到明止剑的剑意？"

乐无晏暗暗咬牙，该死的，徐有冥就算要试验，能不能换个温柔点的方式啊？

于是他也一鞭子挥出去，火光刺刺作响，仿佛泄愤一般。

那边人果然老实了。

"这个阵法应该只针对活人。"乐无晏皱眉道。

他话说完，地上出现了一柄短剑，是他曾在徐有冥的洞府中见过的，乐无晏拾起，也扔了样东西出去，转瞬就已不见，应是被徐有冥捡走了。

果然如他所言。

秦子玉了然，道："这种阵法破阵的关键，是不是要两边人同时施法？"

"还不算太笨。"乐无晏说罢席地坐下，"我与仙尊修为差太远，要同时施法须得有人帮忙，你帮我护法。"

秦子玉点头，道："好。"

乐无晏很快开始运转体内灵力，手上不断掐诀，莹润修长的手指变化间迅速化作一片虚影，一息之间竟掐出了近百指诀，动作之快，直叫人眼花缭乱，目光甚至跟不上他手指转动的速度。

秦子玉暗暗心惊，他从未见过如乐无晏这般能耐的筑基修士，再抬眼看向那分明时时嬉皮笑脸，此刻却格外正经严肃的面庞，更觉自己从前似乎看低了这位青道长。

敛回心绪，秦子玉不再多想，专心为他护法。

手中法印已结成，乐无晏屏气凝神，等待那边徐有冥的推演。

就是现在！

即使无法交流，乐无晏却仿佛有所感，没有任何犹豫地出手，一赤一金两道一样的法印同时打向虚空，时机分毫不差。

若是换作其他人，绝无这样的默契。怕是得试验无数次才能做到这一步。

两道法印重叠在一起，快速旋转起来，金赤交合的光芒愈甚，不断扩大，逐渐覆盖整间石室。

待光芒收尽、法印消失时，徐有冥的身影出现在乐无晏身前，与他相对而坐，正沉眸目不转睛地看着他。

乐无晏将灵力收回丹田，嘻笑了一声道："仙尊醒了？"

内伤本就未痊愈，又连破两阵，灵力几乎要耗尽，乐无晏此刻分明是在强撑。

徐有冥一句话未说，带他走进前方已打开的门中。

秦子玉赶紧跟上，身后石室跟着坍塌，这一回他们得到了一部火属性的天阶下品功法，秦子玉将之递给乐无晏，徐有冥帮他把东西收进了乾坤袋中。

乐无晏问："你内伤好了？"

徐有冥道："好了。"

乐无晏道："修为呢？"

徐有冥道："被压到了化神期。"

乐无晏哼了声道："修为被压到化神期，内伤还能自行痊愈？"

"修为只是被压制，并不是消失了，若非内伤颇重，不需要这些时间。"徐有冥道。

说话时他还在不断往乐无晏体内送入庚金灵力，为他疗伤。

乐无晏干笑，道："仙尊也太没用了，堂堂渡劫期仙尊，落进这里竟然昏迷了两个时辰，说出去岂不笑掉人大牙。"

徐有冥闻言看他一眼，道："你在幸灾乐祸？"

跟在他们后面的秦子玉以为徐有冥误会了乐无晏，赶紧帮忙解释："仙尊，青道长他一直很担心您，先前还背着您走了一个时辰，后头看您快醒了，为了试验才将您单独留下……"

"小牡丹，你话太多了。"乐无晏打断他，"胡说八道。"

徐有冥"嗯"了声，也不知是同意他们谁的话。

乐无晏道："我那是担心你一命呜呼了，我和小牡丹也出不去。"

徐有冥还是那句："嗯。"

乐无晏闭了嘴，他何必对牛弹琴。

下一道门开启前，徐有冥忽然低了头，道："多谢。"

乐无晏愣住了。

他真的没有担心这狗贼，怎么就是没人信呢？

之后一路上，皆由徐有冥来破阵。

这石室中的阵法大约并非是固定的，而是因阵法开启时走进其中的人不同，威力也不同，再遇到攻击阵法时，别说秦子玉了，以乐无晏之修为，都几乎没有还手的能力。他二人只能从旁辅助，给徐有冥提示，让他能在最短时间内破阵。

当然，每一次破阵后，所得也算物有所值。

三人耗费整整四个时辰，六间石室的阵法才被逐一击破。

最后一间石室塌下后，他们置身于那一片黑暗中，尚未做出反应，脚下突然灵光大作，无数法印、图腾和符文显现，杂乱无章地在他们脚底快速转动起来，四周云生雾绕，久久不散。

秦子玉讷讷道："这是什么？"

乐无晏眉头紧锁，徐有冥已以灵力打入其间，与阵法对冲，提取其中有用的信息，快速演算起，道："天芮入坤二，九地在六癸。其形正方，其体莫测。动用无穷，独立不可，配之于阳！"

乐无晏立刻反应过来道："是八门地阵。"

他当即提起声音："小牡丹，你往离位，配合仙尊。"

同时他自己往坤正位跑去，此阵并非强攻击阵法，但若不能在最短时间内破阵，便会将他们困死在其中！

秦子玉也已明白过来，虽罗盘不能用，但徐有冥将位置推演了出来，他这便快速退去了离位，与身处兑位的徐有冥一起，构起一道灵力壁，阻断这一地阵与其他阵法之间的联通。

这不是独立的单一阵法，阵外还有阵，他们只能一一破解！

而乐无晏此刻立身于坤正位，再次速度极快地掐起指诀，甚至以身体为诀，一刻不停地以己身阴火灵力转化阴爻，送入这阵法中。

坤位全为阴爻，不能独立成阵，若无其他阵法的阳爻互补，且不断灌之以阴爻，此阵必破！

那无数的法印和符文冲起，几乎要将乐无晏身体裹挟其中，乐无晏的动作却一刻不停，灵力迅速流失，惨白的脸上大汗淋漓。

徐有冥撑着灵力壁，不能上前，更不能分出灵力送与他。

且不说要阻断外来阵法之阳爻消耗甚巨，他的庚金灵力至阳，若这时入乐无晏身体，只会适得其反、功亏一篑。

乐无晏只觉身体里的灵力即将被抽干，丹田中似乎一丝真元都不剩，浑浑噩噩间连停下来都做不到了，只是凭着本能重复同样的动作，身体摇摇欲坠。

徐有冥浓黑似墨的双眼死死盯着他。

在乐无晏倒下去的那一刻，徐有冥飞身上去，用力将人背起。

结界已破，灵光尽收，那些纷杂的法印和符文齐齐消失。云雾散去，眼前出现了两条通往不同方向的路。

乐无晏已昏迷不醒，秦子玉见状分外担忧，道："青道长他……"

徐有冥道："灵力消耗过多，先走吧。"

秦子玉问："那……我们往哪边走？"

徐有冥道："哪条路都一样，你选吧。"

秦子玉看向那两条路，原本该通往离位与兑位的路却移了方向，应是这里的大阵又起了变化，方位已没了意义，总归是要将所有阵都破了，才能离开这里。

他深吸一口气，道："那我们就朝前走吧。"

两刻钟后，与先前经过无数次的一样的门出现在他们面前。

秦子玉回头看一眼徐有冥，见他没有反对的意思，后退一步以灵力打入门中，石门开启。

步入其中，仍是一模一样的石室，不同的是，门中还有三人。

三人皆是一袭极上仙盟的黑衣黑袍，为首之人见到他们进来，弯起唇角，声音里拖出笑："当真是人生何处不相逢，没想到还能在这里碰上，好巧。"

正是那极上仙盟的盟主，谢时故。

33

见到眼前人，秦子玉愣了愣，徐有冥没理他，放乐无晏坐下调理内息疗伤。

秦子玉回神也赶紧坐下了，他方才灵力消耗也颇大，并不比乐无晏好多少。

谢时故满面兴味地看他们三人，嘴角噙着笑，眼神里像藏着什么，目光几次掠过徐有冥和乐无晏，晃向他们身后的秦子玉时，顿了一顿。

"单木灵根。"他道。

听着谢时故似别有深意的语气，秦子玉心里莫名不舒服，移开目光。

乐无晏在昏睡中察觉到温暖的庚金灵力入体，慢慢抚过他每一寸经脉，耳边像有个声音在不停地轻喊他，一时是"青雀"，一时是"无晏"。

他缓缓睁开眼，面前是徐有冥沉沉望向他的眼眸，乐无晏的目光缓慢动了动。

时间仿佛静止了一刻，直到身后秦子玉忽然一阵猛咳，吐出一大口血来。

乐无晏闻声回过身，赶紧将人扶住，皱眉问："怎么回事？"

秦子玉摇了摇头。

他方才运转灵力调理内息时走了神，致灵力逆行，而导致他分神的罪魁祸首此刻正笑吟吟地开了口："这位小公子看着也受了内伤，方才调理内息时还心神不稳，再这般下去怕是要走火入魔，我们还困在阵法中不能出去，如此这般可不是什么好兆头。"

乐无晏这才注意到身边多了几个人，对上谢时故那双招摇的桃花眼，没好气道："出不去那是盟主你没本事，何必在这儿说风凉话。"

在秘境外他就看这人不顺眼，果然不是个好东西，嘴上说着像是关心之言，语气却是十足的幸灾乐祸。

谢时故倒不在意他的态度，仍是那副碍人眼的笑脸，道："青道长误会了，我是真关心这位小公子。"

乐无晏翻了个白眼，懒得再搭理这人。

他扶住秦子玉，将存元丹喂过去，秦子玉此刻无法调动丹田内的灵力，非得自外补充，奈何五魄晶已用完了。

乐无晏想要以灵力助他，却被徐有冥阻止："我来，你歇着。"

乐无晏皱眉道："金克木，你的灵力能为小牡丹所用吗？"

徐有冥道："真元出体，炼化剥除其中灵力属性，成为无属性真元，便能纳入体内转化为己身所用，效果差一些，聊胜于无。"

"我看不行。"谢时故却又插进声音，"这小公子修为太低，伤得太重，你这聊胜于无的法子，待他慢慢调理过来，少说得半日一日，这里的小阵最多再半个时辰就会开启，到时候这小公子非但帮不上你们半分，还会成累赘。"

他漫不经心地说着，话虽不好听，却是事实。

徐有冥也拧了眉，谢时故笑问他道："你们刚破了几个阵进来的，看出这是个什么阵法了？"

徐有冥沉声道："八门合阵，破地阵入。"

谢时故闻言喷了声，道："原来是从伤门进来的，难怪一个个的都弄得这么狼狈，我比你们运气好些，与我这两个手下自开门入的阵，破了龙阵，再进了这里，这八门大阵变化多端，须得每一阵回到本来位置，阵中小阵才能开启。"

这也没什么好隐瞒的，都是彼此心知肚明之事，且修为达化神期之后，便有了推演演算之力，谢时故能算得小阵开启的时间，徐有冥自然也能，但因修为被压制，他们能推算出来的东西，也仅此而已。

所谓八门合阵，其实是个九阵六十四小阵的合阵，十六个中阵拱卫阵眼，另八阵每阵各六小阵，分守八门，这八门又有生、开、景三吉门，入则生，伤、惊、休三凶门，入则伤，而杜门、死门，入则必死。

乐无晏他们三个运气不好，从伤门掉进阵中，所以刚入阵便被重伤，这极上仙盟几人却是从吉门入的阵，因而毫发无损。至于和他们分开的余未秋几个，与那艮山剑派修士二人，却也不知运气如何，掉进了哪个门中，若是入了杜门、死门，只怕已无力回天。

乐无晏不耐烦地催促徐有冥："你别理他，尽说废话，就按你说的办吧，让小牡丹能恢复一点是一点。"

他倒没想逗能非得自己来，且不说他也才刚恢复，以他阴火灵力助秦子玉，本也无甚作用。

谢时故却道："为何不理我？我是单水灵根，水生木，若以我之灵力助这位小公子，能叫他在最短时间内恢复如初。"见乐无晏眼里满是怀疑，他又添上一句，"真的。"

乐无晏微眯起眼，盯着面前嬉皮笑脸之人，像是在评估他这话里的可信度，道："条件？"

他不是傻子，这人分明不怀好意，突然说要助小牡丹，乐无晏并不觉得他是闲得没事干助人为乐。

谢时故笑道："青道长好生奇怪，这小公子似乎是明止仙尊的弟子吧，瞧着你却比明止仙尊对他还要上心些。"

乐无晏不愿与他浪费口舌，忍耐着重复道："条件。"

谢时故嘴角笑意一敛，道："你。"

徐有冥脸色骤然沉下，谢时故欣赏着他的表情，这才又慢悠悠继续道："……的随便一样东西。"

乐无晏听着他这语气，愈发对这人没好感，但眼下这人又确实是能尽快助秦子玉恢复的唯一人选，料想有徐有冥盯着，他也不敢动什么手脚。

拿定主意后，乐无晏将先前得到的一件中上品灵器扔了过去。

谢时故伸手接了，嘴上说着"青道长大方"，顺手扔给了身后的属下。

乐无晏放开了人，往徐有冥身边坐回去了些，双眼却虎视眈眈地盯着谢时故的动作。

谢时故与秦子玉面对面坐下，秦子玉低了眼，有些不敢看他。

面前之人笑道："小牡丹，我有这般可怕吗？连看都不敢看我？"

乐无晏一听这话就皱了眉，不悦地提醒他："这位云殊仙尊，请别废话了。"

谢时故没理他，温润的水灵力缓缓淌入秦子玉身体内。

秦子玉怔了怔，一瞬间几乎忘了反应。像是干涸了千万年，终于等到了那一缕春风化雨一般，但还远远不够，他近乎贪婪地渴望汲取更多。

他终是没忍住抬了眼，谢时故俊美邪肆的面庞就在面前，那眼中藏着隐隐光亮，正饶有兴致地看向他。

他眼睫毛颤了颤，紧张地闭起眼，再不敢与面前人对视。

乐无晏这边，徐有冥继续为他输入灵力。

乐无晏撩起眼皮子，神情一顿，忽然凑近过去，低声问："仙尊还记得昏迷之前，叫了我什么吗？"

徐有冥淡道："不记得了。"

乐无晏磨了磨牙，沉声提醒他："你喊，无晏，那个魔头的名字。"

徐有冥略一沉默，道："忘了吧。"

两刻钟后，乐无晏和秦子玉的灵力都已恢复，秦子玉小声与谢时故道谢，坐回了乐无晏身边。

谢时故仍坐在原地，懒洋洋地歪着身子，忽然冲乐无晏叫了一句："青雀。"

徐有冥陡然沉了脸，乐无晏转眼看向他，没出声。

谢时故似浑然不觉尴尬，兀自道："先前闻得青道长的名讳，一直觉得挺有意思，青雀这名字还挺少见的。"

乐无晏不高兴道："你不许叫我的名字。"

谢时故目光转向面色冷然的徐有冥，弯起唇角，似笑非笑道："不知明止仙尊与青道长的共修者契约书上，写的又是哪两个名字？"

话音才落，石室内遽然卷起罡风，众人猝不及防，被吹卷至半空，又狠狠摔下。

阵法已提前开启。

徐有冥与谢时故同时动了，一手一个攥住己方人，使他们平稳落地，速度极快地画下结界，又同时跃身而起，罡风中裹挟着浩瀚杀戮之气，袭向他二人。

徐有冥的明止剑出鞘，瞬间分化成无数柄，剑影重重，似虚似实，每一道都带着绝强的剑意，与那罡风中的杀戮之气对撞，在空中炸开，整个石室都被耀眼的金光笼罩。

而谢时故却以一柄铁扇为武器，看似不起眼，但铁扇开合间，带起分外可怖的飓风，撞上那杀戮之气，转瞬便能将之冰封住，再碎裂成无数块，纷纷洒洒落下。

结界中的几人也不轻松，杀戮之气一刻不停地搅动着摇摇欲坠的结界，那二人自顾不暇，他们只能自行苦撑。

秦子玉满头大汗，不断往结界输出灵力，才充实的丹田又将耗尽。

乐无晏不比他好多少，却仍在这个时候分出了心思观察起四周。

极上仙盟的那两人修为不知如何，但此刻看着大约也只有筑基期的本事，要支撑结界并不比他们轻松多少。

乐无晏心里隐约松了口气，虽是一同破阵，但谢时故此人过于古怪，不能不防，三对三，只要修为不是差得太多，他便有一战之力。

之后他便不再看那二人，注意力落回了徐有冥身上。

眼见着徐有冥和谢时故同时对抗那杀戮之气，却未占到任何上风，乐无晏眉头一拧，好似突然明白了这鬼地方刻意压下他们修为的原因。

若是这二人同时以渡劫期修为入阵，阵法只怕能强大到瞬间就将他们这些低阶修士绞杀，便是如今他二人都只有化神期修为，同入一阵，这阵法也比他们之前经过的那六个小阵要可怖得多。

徐有冥和谢时故不停歇地对抗着那杀戮之气，体内灵力流失已过半，杀戮之气却未有丝毫衰减，仿佛生生不息、无休不止。

乐无晏盯着那不断卷起的罡风看了许久，忽然道："虚无生一炁，一炁产阴阳。五行元炁，杳杳冥冥。混沌太始，闻声知名。罡风灏炁，遮天蔽日！"

此言一出，立时所有人都明白过来，这一阵法破阵的关键不是这杀戮之气，而是裹挟着杀戮之气的罡风，罡风与元炁本无二致，阴阳五行皆由此生，既要破这罡风，反过来抽取其中的阴阳五行之气便是。

他们这里有金、火、木、水四个单灵根，另两位极上仙盟的修士皆是双灵根，其中一人便是水、土双灵根，由此五行属性齐全，要同时抽取五行之气并非难事。

徐有冥和谢时故一起收了手，快速退回各自结界中，两道结界合为一道，他二人以灵力撑起结界壁，带着其余三人同时作法，由另一位极上仙盟的修士从旁护法。

徐有冥一声"动"，五道法印一齐打向结界之外，迅速交叠轮转，合而为一，撞上那山呼海啸而来的罡风，彼此推拉吞噬。

几息之后，罡风开始源源不断地灌入那道法印中，再一分为五，被结界中的五人不断抽回。

众人体内原本已快流失殆尽的灵力开始暴涨，且这罡风中所蕴含的五行之气最是纯粹无秽，于他们是百利而无一害！

两刻钟过去，原本激烈迅疾的罡风威势开始减缓，众人因灵力提升，抽取五行之气的动作愈发轻松自如，这一石室的小阵法已到了破阵的边缘。

谢时故忽然睁开眼，望向坐于对面正全力施法的徐有冥，眼里有一闪而过的精光，腾出了一只手，真元霍然出体，全力打向徐有冥。

34

谢时故的真元击出，这一滴真元中蕴藏的却是最纯粹饱和的水灵力，威力无穷，且谢时故动作疾如闪电，无半分保留，真元直冲向徐有冥。

众人只闻得一声巨大的炸响声，惊愕地睁开眼，便见一金一黑两道极其猛烈的灵力于半空中相撞，骤然释放出巨大能量，试图碾压吞噬彼此，互不相让。

谢时故似笑非笑，徐有冥神色始终沉冷，两道灵力僵持对峙许久，最终齐齐散尽。

不分胜负。

石室之内原本吹刮不止的罡风也陡然停了，阵法已破。

谢时故收回手，勾唇笑道："明止仙尊好本事。"

徐有冥面色淡漠，并不理他。

乐无晏却跳了起来，冲着谢时故直接骂道："你有毛病吗？大家都在破阵，你突然偷袭人做什么？"

谢时故一掸衣摆，淡定起身，仍是那副讨人厌的笑脸，道："青道长误会了，我不过与明止仙尊开个玩笑罢了。"

说是这么说，谁都看得出他方才那一下分明有与徐有冥一较高下的意思，更像是试探，若是他能占了上风，只怕还不止这简单的一击。

乐无晏冷嗤，狠狠在心里给这人记上了一笔。

谢时故不以为意地笑笑，半分不将方才之事放在心上，带着自己手下先走向前方已经开了的门。

乐无晏没好气，回头冲身后的秦子玉做了个抹脖子的动作，只希望这傻乎乎的小子能看清楚那厮是个什么玩意。

秦子玉皱了皱眉，似不理解谢时故为何要故意针对徐有冥。

乐无晏哼了声。

"赶紧走吧。"徐有冥低声提醒他。

乐无晏也压下了声音，问他："方才你尽了全力没？"

徐有冥道："尽了。"

乐无晏闻言略失望，那也就是说谢时故那个混账玩意和徐有冥的修为确实不相上下，若真正对上了，徐有冥并无绝对胜算。

不过方才那一试探之后，彼此知道了底细，还在这阵法中时那厮应该会收敛些。

所有人都进入门中后，身后石室一如之前那般，迅速坍塌。他们也收到了破此阵法后的奖励，一盒没什么大用处的中下品丹药。

费了老大力气才破的阵，换回的东西却如此普通，这鬼地方根本不按常理出牌。

别说见多识广如乐无晏几人，便是秦子玉和另外两个极上仙盟的修士也不太看得上这东西，颇觉失望，其他人都不要，最后他三人客气一番，直接把东西分了。

谢时故展开方才的铁扇摇了摇，一副风流纨绔相，笑道："这里的阵法故意要我们玩呢。"

乐无晏和徐有冥都没理他，唯秦子玉看了一眼他手中的扇子。谢时故注意到他的目光，扇子在手中开合了一下，笑着解释："这是铁冰晶所制，世上独一无二，你有兴趣？"

秦子玉不自在地一摇头，移开视线，不再看他。

之后一路破阵，出力最多的始终是徐有冥和谢时故，谢时故也没再搞什么小动作，总算相安无事。

但每一次破阵所得东西却皆是不值钱的玩意，如此便谁想要谁拿去，并无纷争。

直到第六间石室塌下时，黑暗中浮起了一根两指长、晶莹剔透，隐有赤色光芒的兽骨。

竟是凤凰骨！

乐无晏迅速反应，当下灵力便出了手，直冲那凤凰骨而去。

他自己有了，还可以给小牡丹弄一根，这种好东西人人都想要，绝无拱手让人之理！

极上仙盟的修士落后一步，却也同时出了手，他们修为比乐无晏高一些，在乐无晏的灵力触碰到凤凰骨之前拦住了他，便要去抢，又被乐无晏甩出的红腰截断。

对上修为只比自己高一两个境界的人，乐无晏并不怵，这便与那二人缠斗在了一块儿，秦子玉见状，立刻冲上去帮忙。

一时间黑暗的空间内各种灵光闪现，赤火裹着秦子玉掌心生出的藤蔓，所过之处，一片焦灼，又有浸过水的结实黑土如山洪倾斜而下，迎面重击上那火藤，被抽散的尘土漫天飞扬。

两方都铆足了全力，使出看家本事，攻击着对方。

徐有冥和谢时故只在一旁观战，同时警惕着彼此，若是谁敢轻举妄动，另一个立刻便会出手。

正当此时，空间中的阵法蓦地轮转起来，狂风肆虐，四角陡然生出四条形容可怖的巨大风蛇，冲天而起，以首尾相连，高速回转，带起阴风阵阵，猛烈吹刮着处于阵法中的众人。

只是瞬息，四条风蛇齐齐张大血盆大口，吐着蛇信子，发出令人头皮发麻的嘶嘶声响，又猛地俯冲下来，直冲一众修士。

八门蛇阵！

徐有冥与谢时故同时祭出剑和扇，跃身而起，周身灵光大作，动作间快得几乎只剩残影。

他二人各对付一条风蛇，其余人见状，强忍着那不断刺激他们神识，叫人分外难受的嘶叫声，又交上了手，仍在争夺那根凤凰骨。

乐无晏被那声音搅得头疼欲裂，思绪反而愈发清明起来，他看到徐有冥裹在金白灵力中迎面冲向那风蛇的身影，深吸一口气，扔了件上品的防御灵器给秦子玉，大声提醒他："你先拖住他们，别叫他们拿到凤凰骨！"

秦子玉只来得及说一句"好"，将那防御灵器释放出。

乐无晏趁势稳住身形，盘腿席地坐下，双手成剑指，灵力集中于指尖，随着他笔走龙蛇的动作，虚空中一道赤色灵力符逐渐成形。

他嘴里不断念念有词："道法原力，与我合一。聚精运气，以通天地。风来火降，凝沙聚石。蹈海奔云，狂舞苍穹。急急如律令，敕！"

最后一掌灵力猛击而出，敕风符成，疾冲向前方极上仙盟二人。

乐无晏眼睁睁地看着，自知胜负已定。

硬碰硬的斗法，他与小牡丹对上对方修为都比他们高的两人，根本毫无胜算，他只能用些非常手段，这八门蛇阵以风成阵，他便也要借这阵中之风一用。

只见那敕风符一出，空间中的狂风随之聚形，带着冲霄而起的烈火，如摧枯拉朽一般，猛扑向那已惊恐瞪大眼的极上仙盟修士。

火趁风威，风助火势，愈演愈烈。

那二人转瞬已被风火海包围，无处不在的风，便有无处不在的火，避无可避。

凄厉惨叫声声入耳，再是求饶声，乐无晏不为所动，秦子玉已趁势夺了凤凰骨，收入囊中。

待到那二人奄奄一息，连叫也叫不出来时，乐无晏这才慢慢收了手。

因风势被借，那四条风蛇威力稍减，与之缠斗已有许久的徐有冥二人寻着机会，各自出手，狠狠打中了其中两条风蛇的七寸，四条风蛇锐减一半。

但不待他们喘口气，余下两条风蛇突然张大嘴，竟一口将另外两条吞入了腹中，霎时间暴长数丈，威力大增！

两条风蛇仍是首尾相接的姿态，将他们所有人困于阵法之中，且范围还比先前缩小了，与其他八门阵一样，若他们不能在短时间内破阵，必困死于其中！

徐有冥与谢时故见状，神情都凝重了几分，再次跃身而起，剑意划空、铁扇破风。但以他们现下被压制的修为，合力也只能对付一条长大之后的风蛇，想要同时将其击杀，已无可能。

乐无晏和秦子玉不断祭出各种灵器、灵符，勉强牵制住另一条，至于极上仙盟那二人，则已昏迷不醒。

徐有冥抓住机会，猝然释放出一道绝强剑意，将那风蛇狠狠卷住。谢时故飞身而上，铁扇化而为刀，直刺入风蛇七寸，黑水灵力钻入那风蛇体内急遽蔓延、穿膛破肚。那风蛇发出更加痛苦的嘶叫声，疯狂扭动身体，欲要挣脱却被徐有冥的剑意禁锢而不得。

最后一声近似呜咽的嘶叫之后，第三条风蛇终于被二人合力绞杀，徐有冥和谢时故筋疲力尽，被重重地甩下地，而原本被牵制住的最后那一条风蛇陡然发出一声极其刺耳的嘶吼，挣开了禁制，将之前那条猛吞入腹，再次暴长了数十丈，身形庞大至极，将阵法中的众人齐齐罩住，遮天蔽日。

只见它以己首咬尾，再次将阵法范围缩小，徐有冥他们勉强撑起身体，却几乎已无力再与之一斗。

乐无晏眉头紧拧，心知若不能在一刻钟内破阵，他们必死无疑，只犹豫了一瞬，他拔高声音，冲徐有冥和谢时故道："再拖它一拖，只要能定住它一两息便可，你们可能做到？"

徐有冥以剑尖点地，起身站直，并不问乐无晏想做什么，一点头，祭出丹田内最后一滴真元，再次飞身冲了上去。

谢时故咬咬牙，丢出句"你最好有办法"，也跟了上去。

秦子玉担忧地看向乐无晏，乐无晏没多解释，只说了句"你给我护法"后重新坐下，快速施法运转起体内灵力。

他不断掐诀的指尖渐生出了一团火，犹如幽冥之光，跃动于他翻飞的手指间。

待那团火变得足够茁实，乐无晏的额间已隐有冷汗渗出，他咬破舌尖，喷出一口心头血，浇于其上，火焰霎时燃烧得更旺盛几分。

风火相生，但至阴之火却可克风。

他是阴火体质，丹田之火便是至阴之火，他前世只动用过一次这丹田火，便是在被徐有冥的明止剑洞穿之后，放出了丹田之火自焚，那显然不是什么好的回忆，若非万不得已，他并不想用这个法子。

徐有冥与谢时故同时送出仅剩的灵力，一前一后镇住了那条不断翻腾的风蛇，留给乐无晏的时间只有一息半。

乐无晏果断出手，那团丹田火自他指尖急射向那风蛇七寸处，分毫不差。

风蛇在同一时刻挣脱了徐有冥他们的灵力束缚，愤怒地不断扭动身体在空中翻滚，空间阵法震动，处于其中的人被狂风吹卷得无立足之地。

那小小的一团火即便打中七寸，原本并不能伤到如此庞大的风蛇，但那是至阴之火，只需撕裂开一个口子，阴火便迅速席卷那风蛇全身，疯狂将之吞噬。

徐有冥落地时一把将已满脸惨白的乐无晏扶住，拼着最后一点灵力，放出了护身法衣，将他二人同时罩住，以免被那失控的风蛇带动的震荡波及。

另外两人也各自用法子护住了自己，灵力耗尽，再做不了什么，只能被动等待这山呼海啸一般的震荡过去。

不知过了多久，察觉到外头的震动终于逐渐减弱，风势也在不断收敛，乐无晏疲惫地闭了闭眼，彻底松了口气。

风势敛尽的瞬间，整个空间重归黑暗，阵法已破。

徐有冥放出了照明灵器，扶起乐无晏，与他一起调理起内息。

谢时故与秦子玉各自运功打坐，也抓紧时间恢复。

两刻钟后，除秦子玉，其余三人都已恢复如初，谢时故看到自己那两个手下，一皱眉，给他们喂了丹药，将二人扶起，以灵力为之修复了几乎被烧焦的皮肉，人醒了便不再管，让他们自行调理。

乐无晏看向面前出现的两条路，冲徐有冥使了个眼色，待秦子玉一睁眼便将人叫上，不再等极上仙盟那三人，朝其中一条道走去。

谢时故叫住他们："你们这就打算走了？"

乐无晏没好气道："与你们同行，阵法一个比一个难破，时不时还要被你们偷袭，不如就此分道扬镳吧！"

徐有冥道："走吧。"

谢时故仍倚坐在地上，也不知对这话作何感想。秦子玉最后回头看了他一眼，回过身，快速跟上了乐无晏他们。

道路尽头，乐无晏以灵力打入墙壁，石门开启。

三人就要跨入其中时，身后忽有灵力遽然靠近，徐有冥当即出手，对方却不与他正面交锋，直接避开了。

秦子玉只觉肩膀被人用力按下，有人拉过他，不待他反应，那张俊美的笑脸出现在眼前。

秦子玉一愣，谢时故已揽着他快速朝后退去。

乐无晏眼睁睁地看着秦子玉在自己眼皮子下被人劫走，气得红腰当下就出了手，谢时故已将秦子玉拖进了另一条道路尽头的门中。

乐无晏立刻追上，徐有冥皱眉，跟了上去。

35

乐无晏和徐有冥追进去，石室门轰然阖上，谢时故仍将秦子玉钳制在身前，嘴角噙着不怀好意的笑，对上气急败坏就要出手的乐无晏。

徐有冥将乐无晏按住了，冷言冲谢时故开口："将人放开。"

乐无晏咬牙骂道："我弄死你！"

秦子玉面色有些白，谢时故手中扇子就抵在他脖颈边，倒不是害怕，只是懊恼自己放松了警惕，给乐无晏他们添麻烦。

谢时故低了头，贴近他耳边，带笑的嗓音钻进秦子玉耳朵里："小牡丹，你也不愿跟我一起走了？"

秦子玉一摇头，没吭声。

谢时故抬头，望向面前的徐有冥和乐无晏，忽然道："小雀儿，你不认识我了吗？"

徐有冥瞬间沉了脸，乐无晏皱眉道："少跟我攀关系，你什么东西，我从来就不认识你。"

"好吧。"谢时故无所谓地笑笑，再问面色冷如冰霜的徐有冥，"你先前还没回答我，你们共修者契书上写的是哪两个名字？"

徐有冥冷声道："与你何干？"

谢时故道："好奇。"

他微眯起眼，眼中有精光划过，似笑非笑，用唇语念出了那两个字："扶盱。"

徐有冥霍然出手，杀伐剑意横扫向那一再挑衅之人，谢时故弯起唇角，并不抵挡，而是将被他钳制在手的秦子玉按到身前，秦子玉一动不敢动，紧闭起眼。

乐无晏立刻拔高了声音："收手！"

剑意在离秦子玉身前寸余处滞住，瞬间散尽。

谢时故笑道："开个玩笑而已，何必这般动气。"

乐无晏还要骂人，另一侧墙壁上的门突然开了，有人自门外进来，竟是余未秋和他的两个护卫。

见到乐无晏他们，余未秋嘴角的笑还来不及扬起，又看到了被人挟持在怀的秦子玉，当即变了脸色，冲上前去，道："你做什么！你给我放开子玉！"

冯叔他们甚至来不及阻止，余未秋已持剑冲到了谢时故和秦子玉面前，谢时故轻蔑一哂，一道灵力释放出，余未秋毫无抵抗之力，被那高了他无数境界的黑水灵力击中身体，狠狠撞向身后的墙壁再摔至地上，一大口鲜血吐出。

秦子玉惊呼出声："余师兄！"

冯叔二人立刻过去将人扶起，攻击灵器猛甩向谢时故，还未碰到便已被谢时故的灵力碾压至粉碎。

他二人不敢再轻举妄动，只能忍耐下去，先把余未秋扶坐起，运功为他疗伤。

乐无晏冷嘲道："堂堂仙尊、一盟盟主，就是这般卑鄙无耻的行事作风，传出去你极上仙盟日后还有何颜面在玄门正道中自处？"

谢时故不以为意道："明止仙尊敢冒天下之大不韪，与你这个疑似魔头转世之人结为共修者，我这般行事又算得了什么？"

言罢，他再次将矛头对准了徐有冥："明止仙尊，当年围剿逍遥山魔窟，你其实拿到了凤王骨吧？"

此言一出，四座皆惊。

连乐无晏也紧拧起了眉头，到嘴边的话忍了一下，下意识看向徐有冥，想听他会如何作答。

徐有冥神色不动半分，道："没有。"

谢时故分明不信，道："先前我一直想不通，当年你为何要带玄门百家上逍遥山，趁着那位魔尊闭关修炼最不设防时，要取他性命，你一人足矣。"

说着他忽然瞥了乐无晏一眼，眼中那抹笑更意味深长，道："如今倒是想明白了，你不但拿到了凤王骨，还……"

明止剑出鞘，一道绝强剑意再次猛冲向谢时故，在触碰到秦子玉时直接将人掀去了一边，谢时故手中铁扇挥开，抬手一挡，剑意擦着他面颊而过，在他脸上擦出了一道深红的血痕，头发也被斩断了半截。

谢时故用指腹抹过自己的脸，看了眼手上的血，轻嗤了声，收起扇子，终于闭嘴了。

点到为止，徐有冥也收了手。

阵法尚未启动，他以明止剑画出结界，将整个石室一分为二，己方六人与对方三人，泾渭分明。

乐无晏将秦子玉扶起，问他有无受伤，秦子玉摇了摇头，跟乐无晏道歉，话才出口，被乐无晏打断："你有什么好道歉的，脑子有病的又不是你，坐下歇着吧。"

那边余未秋也已恢复，主动说起他们自山林掉下来之后的事情，他三人运气不错，掉进了景门并未受伤，之后很是花了些工夫破了守景门的天阵，再择了一条路进入这间石室，没想到在这里能遇上他们。

"你们还好吧？有仙尊在，你们一路破阵是不是很顺利？怎会和极上仙盟那些人在一起？"余未秋好奇地问他们。

乐无晏干笑，道："有仙尊在破阵顺不顺利，你一会儿就知道了，至于碰上极上仙盟那些人，是我们倒霉。"

余未秋没听出他话里的弦外之音，注意力落到了秦子玉身上，关切地问他："子玉你有没有受伤？落进伤门里是不是十分危险？你们怎么出来的？"

秦子玉没力气多言，只言简意赅地将他们经过的几个大小阵法说了一遍，余未秋三人却听得心有余悸，若落进伤门的是他们，只怕现下根本没可能平安无事地坐在这里。

余未秋闻言，将先前在外收集到的五魄晶都拿出来，一股脑塞给秦子玉，道："你都拿着吧，你们的肯定都用完了。"

秦子玉没肯要，道："余师兄你自己收着吧，我身上也有其他补充灵力的丹药，不必非用这五魄晶。"

余未秋仍往他手里塞，道："那些丹药哪有这五魄晶好用，你别跟我客气啦。"

秦子玉几番推拒，余未秋非要给他，他收也不是，不收也不是，分外尴尬。

结界对面，谢时故兴致勃勃地瞧着这一幕，忽然插进声音："我看人家压根就不想收你东西，你不如省省吧。"

余未秋先前的火气还没出，当即跳起来，道："跟你有什么关系？你别以为你是极上仙盟盟主，就能多管闲事！"

谢时故没理他，只问秦子玉："小牡丹，我说得对吗？"

秦子玉愈加尴尬，支吾着说不出话来，谢时故弯起唇角，道："看来我说对了，你并不想收这位太乙仙宗少宗主的东西。"

余未秋也略感尴尬，心有不甘外加气愤，声音更提起来："你够了吧，谁许你这么喊子玉的？我与他的事，轮得到你指手画脚吗？"

谢时故笑笑，看完热闹便又闭了嘴。

余未秋坐回去，犹犹豫豫地与秦子玉道："子玉，我……"

话才出口，被乐无晏打断，乐无晏叫了秦子玉一声，秦子玉暗暗松了口气，赶紧起身过去。

乐无晏没说什么，就让他在自己身边坐着。

之后乐无晏便没再多管闲事，他自己现在也烦得很。

谢时故那厮话里有话，似以前就认识他，不，应该是认识青雀，与徐有冥更不知在打什么哑谜，听着便叫人生气。

还有扶曱这个名字，徐有冥之前说也是他的名字，谢时故竟也知晓，这让乐无晏愈发心气不顺。他本来是不在意的，眼下却觉着徐有冥浑身上下都是秘密，但就是不肯说出来，实在讨厌得很。

乐无晏正气闷时，耳边忽然有徐有冥的传音过来："你，不高兴了吗？"

乐无晏本不想理他，徐有冥接着道："你想问什么便问吧。"

乐无晏回道："我问了你就会答？那好啊，你说，你有没有骗过我？"

徐有冥沉默了，乐无晏抬眼看向他，这人虽未出声，看向自己的眼神却像是明明白白在说，他骗过。

他本该继续追问骗了什么，话到嘴边却没了兴致，他不是青雀，他是乐无晏，他更想问的是徐有冥有没有骗过他乐无晏，但他不能问。

乐无晏一撇嘴，又道："你跟谢时故那厮什么仇什么怨，他为什么屡次针对你？"

原以为这人又不会说，片刻，徐有冥的传音再次过来："从前认识，有过过节，他想要凤王骨。"

乐无晏一愣，道："他要凤王骨做什么？"

谢时故和徐有冥修为相当，也只有几百岁，要飞升怎么看都是很容易的事情，总不能当真是怕飞升时出意外，想躲过天劫，才非要凤王骨不成吧？那厮看着不是那般胆小如鼠之人啊。

徐有冥沉下声音："他的共修者，是个凡人。"

乐无晏道："所以？"

徐有冥道："凤王骨，可使凡人生出灵根，有了灵根，才有修行的可能，否则只能一直为凡人，经受生老病死、轮回之苦。"

乐无晏眉头一皱，道："那你手里到底有没有凤王骨？方才他为何那般笃定你有？"

徐有冥又不说话了，乐无晏看着他扬眉。

徐有冥道："你之前已经问过我。"

乐无晏道："那你也说你骗过我啊，我怎知道你之前说没见过是不是骗我的。"

又沉默一阵，徐有冥道："没有了。"

不是没有，是没有了。

乐无晏觉得这话不对，还欲说什么，石室里骤然暗下，不待众人反应，只听轰隆一声响，惊雷落下，正劈在极上仙盟其中一位修士身上，那人甚至来不及发出一星半点的声音，便已倒地不起。

谢时故阴下脸，伸手过去探了探，这人心跳已停，丹田俱碎，已无力回天。

徐有冥和乐无晏见状，神色齐齐凝重了几分，余未秋等人尚惊魂未定，便听雷鸣电闪，不断有惊雷炸响，击向阵法中的众人。

徐有冥第一个反应，释出结界，谢时故立刻跟上，余下的人纷纷放出各种防御之物抵挡。

上品灵器也只经得起雷电一击，而徐有冥与谢时故联手撑起的结界才经历了三轮雷电侵袭，已开始出现裂缝，摇摇欲坠。

石室里多了三个人，且冯叔和另一护卫本身的修为在合体和炼虚，皆属高阶修士，因而这阵法威力又比先前更强了几分。

处于阵法之中的众人只能被动抵御，徐有冥和谢时故倒是有试着释放攻击，但无论释放的是剑意还是灵力，皆如泥牛入海，撼动不了这阵法中的雷电半分。

眼见着所有人的灵力都在急速流失，乐无晏心知这样下去他们这些人都得死，到嘴边的话却没有第一时间说出口。

那边谢时故大声道："何必再磨磨蹭蹭，明止仙尊是我们当中唯一一个单金灵根，眼下只能由他以己身为引雷针，将雷电引入地下，才可破此阵，否则大家都是一个死字！"

余未秋当即驳斥他："凭什么！你怎么不自己去做引雷针！凭什么让我们仙尊来做这种事！"

谢时故冷笑道："不过是提前体验一回飞升渡雷劫的感觉罢了，他不肯做，那我们就一起留这里陪葬好了。"

徐有冥一贯冷清的脸上看不出更多的情绪，朝着谢时故扔了一样东西过去，道："你服下，我来引雷。"

乐无晏皱了皱眉，到底没说什么。

谢时故看一眼手中东西，嗤了声，干脆利落地送进了嘴里。

徐有冥给他的是封灵丹，不似散灵丹会将灵力完全散尽，这一封灵丹只为将谢时故的修为压下几个境界，好叫冯叔他们能有与之一战之力，以防他在自己引雷之时再偷袭乐无晏他们。

徐有冥眼见着谢时故将丹药服下了，让他一人强撑着结界，自己退回石室正中间站定，开始施法。

他快速掐动着指诀，周身逐渐被金白色灵力覆盖，身体变得如钢铁一般坚硬。

结界彻底破开的一瞬间，徐有冥竖起剑指，猛地将那汹涌而至的雷电自天灵盖引入体。

转瞬，他的身体已自上而下被雷电完全包裹住，整个石室中的雷电都汇聚至此处，自徐有冥头顶疯狂往下灌，处于其外的人连他的影子都再也看不到，只有柱形的深紫色雷电一刻不停地倒灌而下，源源不断地没入地底。

众人紧张地盯着，全都捏了把汗。

秦子玉讷讷道："仙尊他……"

片刻后，乐无晏移开眼，轻哼了声，道："死不了就好。"

36

石室阵法破除的瞬间，乐无晏和余未秋的另一位有土灵根的护卫同时出手，将己身灵力送往徐有冥。

阴火滋养庚金，土亦能生金，以助徐有冥修复他经历雷电重击后千疮百孔的身体。

徐有冥仍伫立在原地，身体呈钢化之态，紧闭起眼，仿若一尊钢铁人俑。

他的周身被阴火灵力包裹，那赤红的灵力缓缓抚过他身体的每一寸，使之逐渐软化。

终于能感知到徐有冥的身体穴位时，乐无晏立刻将灵力送入他体内，他稍稍松了口气。可这一探才觉，他除了护住丹田和几个重要脏器，体内已焦灼一片，伤势比之前自伤门掉进来时还要严重得多。若非徐有冥有这般修为，提前经历这雷劫，只怕此刻他已万劫不复。

起先只是乐无晏他们单方面输入灵力，帮徐有冥修复内里，约莫过了两刻钟，庚金灵力终于重新在他体内运转起来。

眼见着徐有冥的皮肉颜色渐渐恢复正常，周身灵力波动也趋于了平稳，太乙仙宗一众人大大松了口气，不免有些劫后余生的庆幸。

谢时故冷眼看着，嗤道："你们担心什么，他修为是被压制了，又不是没了，渡劫期修士只要没被一击击毙，肉身总能自行修复，根本不必浪费灵力，多此一举。"

余未秋只有一句："关你屁事。"

他倒是一点不怵这阴阳怪气的极上仙盟盟主，极上仙盟如今就剩两个人在这里，这人修为还被压制得跟冯叔差不多，根本不足惧。

谢时故或许确实有些不痛快，面色也阴了几分，但没人再搭理他。

徐有冥已坐下调理内息，不再需要乐无晏他们帮忙，乐无晏将灵力收回，才停下手，谢时故一抬下巴，冲他道："我服了封灵丹，你们是不是也都得服下？"

不待乐无晏说，余未秋第一个反对："凭甚我们也要服封灵丹？这里的阵法已经破了，你……"

谢时故连眼风都不屑给他，只问乐无晏："青道长以为如何？"

乐无晏也是那句："凭甚我们也要服？"

谢时故弯起唇角，道："青道长是聪明人，需要我说得那般明白吗？只怕你自己更早就起了心思，来不及说出来而已吧？"

乐无晏冷哂，没有立刻表态。

确实在方才余未秋三人进来时，他便有过这样的想法，他们所有人都服下封灵丹，将修为压至更低，好让阵法威力减弱，低阶修为应对低阶阵法，无非是多费些工夫而已，总不至于每一次都面对杀机四伏。

但是一来他信不过谢时故，二来之后还不知会在这阵法里遇上什么人，不能不防，三来要自行压下修为，若非万不得已，他自个都不愿意，更别提其他人，所以先前他按下了心思没说。岂知阵法一开，竟比他想象中还要棘手，这还只是第一个小阵，之后还有五个小阵和一个大阵，他们这些人想要一一破阵，且不再折损人命，几乎没有可能。

乐无晏没好气道："方才在阵外，我等若是分道扬镳了，何至于此？你自己手下说不定也不会一命呜呼。"

"何必再言先前之事。"谢时故不以为然，"只说当下，所以青道长意下如何？"

除了一个看谢时故极其不顺眼的余未秋还没转过弯，嚷嚷着不能如了谢时故的愿，余下人都已明白过来他二人话语间的意思，纷纷犹豫起来。

乐无晏沉默了一下，问其他人："你们以为如何？"

半响，秦子玉第一个道："若能减轻之后破阵的压力，我觉得可以一试。"

冯叔和另一护卫也道："我们听仙尊和青道长的安排。"

徐有冥将灵力纳回丹田，缓缓睁开眼，望向坐于他身前的乐无晏。

乐无晏一扬眉，嗤笑道："仙尊怎这般不中用？又叫人看笑话了。"

徐有冥安静地回视，眼里只有面前他一人的影子。

乐无晏轻咳一声，道："看什么看？"

谢时故不耐烦道："明止仙尊，我方才说的你以为如何？"

徐有冥却只问乐无晏："你可愿意？"

乐无晏无所谓道："仙尊若觉得可行，我随意。"

反正他修为本就够低了，再压也压不到哪里去，倒是徐有冥若服下封灵丹，修为再压下去，就得和谢时故那厮一样，退至元婴初期，损失颇大。

不过徐有冥本事也大，在沼泽那里即便灵力尽失，剑势依然滔天，何须他操心。

徐有冥点点头，掌心里多出了六枚封灵丹，余未秋也没话可说了，太乙仙宗六人每人服下一枚，之后谢时故另一个手下也跟着服下了封灵丹。

至此，所有人的修为又都压下了一截，最高不过徐有冥和谢时故这两个元婴初期，更有四人修为直接掉至了筑基以下。

众人走进早已开启多时的石门，身后石室一如既往地塌了，他们得到了一大盒五魄晶，每人分得一些，未再起纷争。

之后一路往前，各个小阵法的威力果然降了下来，徐有冥等人修为虽压下了，但高阶修士的经验和各种手段尚在，破这些威力普通的小阵法，实在轻而易举。

第六间石室的阵法也破除之后，众人照旧置身于一片黑暗的空间内，等待这里的空间大阵开启。

谢时故忽然笑了声，感叹道："凡事果然不能只看表象，这八门阵法虽威力无穷，仿佛有灵智，到底也只是个阵法罢了，这般就被我们骗过了，果然一切皆可骗。"

乐无晏冷言问道："你此话何意？"

谢时故慢悠悠地开合了一下手中铁扇，道："随意慨叹一句罢了，不过嘛，若当真一切皆可骗，天道呢，可也骗得？"

乐无晏闻言下意识拧眉，谢时故笑看向徐有冥，问他："明止仙尊以为呢？"

徐有冥没理他，只提醒众人："阵法开启了。"

他话音刚落，众人脚下一阵地动山摇，原本平平无奇的黑暗空间里生出了九霄山川，再化而为猛虎，身形巨魁、力大无穷，更有虎啸声震天，直冲他们而来。

余未秋见状吓了一跳，道："这是真虎啊！"

乐无晏放出攻击灵器试探，却根本无法触碰到这猛虎的形体，释出的攻击打向了虚空，他道："假的，只是一个幻象。"

言罢他便收了手，不再浪费力气。

另外几人见状面面相觑，连碰都碰不到，要怎么破阵？

乐无晏懒得多解释，徐有冥和谢时故的神识同时化形为龙，冲体而出，正面迎上了那头猛虎。

余未秋等人见状惊愕地睁大了眼，从前只听说过高阶单灵根修士神识可化龙而出，除了冯叔其他人却还是第一回亲眼见到，震惊过后便是不加掩饰的惊叹和艳羡。

秦子玉盯着与那猛虎缠斗在一起的一金一黑两条巨龙，眼里隐有亮光，他虽灵根孱弱，却也是单灵根，若有朝一日修炼至合体期以上，是否也能释出这样的神识化龙？

至于余未秋，他本身是双灵根，只有看着流流口水的份，顺嘴问起乐无晏："不是说合体期以上才能随时释放出化形的神识吗？仙尊他们现下修为只有元婴啊。"

乐无晏实在觉得这位师侄不太聪明，耐着性子回答他："说了他们修为是被压制，不是没有了，被压制的只是灵力而已，与神识何干？"

余未秋嘟哝了一句："那龙虎相争，也不定哪边能赢啊。"

自然是徐有冥他们能赢，此处的八门虎阵阵法威力并不强，所以现形的唯这一头猛虎而已，二对一，他们绝无输的道理。

这一点乐无晏完全不担心，他观察着那一金一黑的巨龙，暗暗做起比较，两者无论身形、颜色深浅，乃至威力，都相差无几。先前是他不死心，如今终于不得不承认，谢时故那厮，修为大约当真与徐有冥不相上下，日后或许会是个大麻烦。

众人还在津津乐道时,那头幻象化作的猛虎已被两条巨龙合力绞杀撕碎,不过半刻钟,这一处阵法便已破了。

面前仍是两条不同的道路供他们选择,太乙仙宗一行人的意思自然是要跟谢时故他们分头走,谢时故却不肯,直言:"我们所有人加起来一共破了五个大阵,如今最多还剩下三个大阵,且守杜门、死门的虎阵、蛇阵已破,再往下走,必会碰到从其他门进来的人,我这边如今只有两个人,修为又压得这般低,势单力薄,岂好单独行动?"

余未秋讥诮道:"云殊仙尊这是怕了不成?"

谢时故一摊手道:"是啊。"

众人无语。

说是这般说,但见他一脸玩世不恭,嘴角还衔着漫不经心的笑,眼神里哪有半分惧意。且他这话本也不可信,身为当世修为前二的修士,哪怕在这阵法里修为被压至元婴期,碰上任何对手,他的胜算都在九成以上。

乐无晏懒得搭理他,身边徐有冥低声提醒众人:"走吧。"

太乙仙宗一行人朝前走去,至于谢时故,已无人在意他是否跟上。

唯秦子玉一个,犹豫地回头看了眼,便见谢时故已跟了过来,对上他目光时,笑着冲他眨了眨眼。

秦子玉转回头,也不想理他了。

新的一道石门开启,众人跨进门中,一进去,便有一道剑气冲向他们,被徐有冥抬手挡开。

他接着释出剑意,将门内正缠斗不休的两方分开。

一方是艮山剑派那男、女修二人,一方竟是向志远那老小子,地上还有两人,被烧得看不出本来模样,已然没命了。

乐无晏翻了个大白眼,当真晦气,一个个都上赶着来了。

原本狼狈不堪的向志远见到徐有冥却格外激动,大声嚷道:"仙尊,他们二人杀了我大师兄和二师兄,你快替他们报仇!"

艮山剑派的女修恨道:"你血口喷人,分明是你趁你两位师兄破阵重伤之际,杀了他们,被我们看到了便欲灭我们的口!"

向志远跳脚道:"你才胡说八道!哪里来的阿猫阿狗,在这里乱吠,明明就是你二人妒忌我等是太乙仙宗弟子，趁我师兄他们不备下了狠手，还敢当着我太乙仙宗仙尊的面，推罪于我！"

乐无晏抬手掏了掏耳朵，轻蔑地丢出四个字："丢人现眼。"

向志远跟个炮仗似的，一点即炸："你什么意思？你说谁丢人现眼呢！"

乐无晏道："谁心虚声音大，就是谁咯。"

向志远恨得磨牙，徐有冥终于开了口，却先问那艮山剑派二人："你二人落进这阵法中发生了何事，烦请详说。"

他二人未有隐瞒，当下便全交代了。

他们是从生门入的这八门阵，因为吉门并未受伤，且他二人修为一般，阵法威力也不强，花了些工夫便破了六小阵和鸟翔大阵，再进到这里时，却正好瞧见向志远这厮将破阵后重伤的两位师兄杀害，还夺了他们的法宝。

"这人大约也没想到会有人进来，撞破他的所作所为，慌乱之下便与我们交起手，欲要灭我们的口，之后仙尊你们便进来了。"女修没好气道，看向那向志远的眼神里尽是鄙夷。

男修也道："我二人并无火灵根，如何能将他们烧成这样，分明是这人自己纵的火。"

向志远当即反驳："你莫要诬蔑我，我师兄弟三人落进这里便受了重伤，困在这里出不去，艰难才破了两个小阵，并不知晓这是什么阵法，之后你们便进来了，趁着我们伤势不愈，起了歹心，下杀手害了我两位师兄，还要对付我，幸亏仙尊他们来得及时。你们是没有火灵根，你们用的是火属性的灵器罢了！"

他说着竟红了眼，情真意切地冲徐有冥道："仙尊，看在同是太乙仙宗弟子的分上，还请仙尊定要为我两位师兄报仇，向他二人讨一个公道，也好还我清白！"

乐无晏"啪啪"拍手，称赞道："信口雌黄、颠倒是非，数日不见，向师侄这本事是愈发见长了。"

向志远陡然沉了脸，道："青道长是要帮着外人一起诬蔑我？"

乐无晏道："谁跟你外人内人的，你谁啊你？"

向志远用力一握拳，问面无表情的徐有冥："仙尊也不信我吗？"再问其他人，"你们呢？也都信这两个小门小派出来的人信口胡诌，冤枉我？"

秦子玉没出声，因之前的事情，他对这人全无好感，并不想多管闲事。余未秋对这老小子自然也是嫌弃万分，压根懒得搭理他，他那两个护卫便更不会说什么。

徐有冥不表态，乐无晏一直冷嘲热讽，六个同门在此，竟无一人站在他这边。

跟进来的谢时故免费看了场热闹，似乎还嫌不够，咂咂嘴，开了口："喂，小子，你也是太乙仙宗人，人缘怎的这般差？"

向志远这才注意到还有极上仙盟的人在此，且还是这位云殊仙尊，当即道："盟主明察，先前我与明止仙尊的共修者和弟子有些误会，他们不待见我，故而有意帮着外人欺压于我。"

谢时故一脸同情地点头，道："那你还挺惨的，得罪谁不好，偏得罪这位睚眦必报、心眼比针眼还小的青道长。"

乐无晏笑了，冷飕飕地问谢时故："敢问这位盟主，这事跟你又有何关系？要你在这儿阴阳怪气？"

谢时故也笑道："青道长误会了，鄙人只是喜好路见不平罢了。"

"你路见不平个什么劲？"余未秋气道，"你知道这老小子是个什么德行的人吗？"

谢时故道："不知道啊，但他什么德行不要紧，这事没任何证据，你们便认定是他在撒谎，不就是先入为主，这不好吧？"

被谢时故这一搅和，艮山剑派那二人有些急了，像是怕太乙仙宗人当真会以为是他们动的手，一再解释，甚至以性命修为起誓，坚称他们绝没做过伤天害理之事。

冯叔去看了看那两具尸身，已被火烧焦，惨不忍睹。

他冲徐有冥摇了摇头，徐有冥神色冷了几分，道："先破阵吧，这事待离开这里之后再说。"

37

余未秋取出三枚封灵丹，叫艮山剑派那二人和向志远也服下，那师兄妹二人问明了原因，很痛快便吃了，向志远不情不愿，面色更阴沉，但被众人盯着，再不乐意也只能把丹药吞下。

乐无晏在旁冷眼看着，先前来时他只是偶然起了心思，这会儿才真正有了想法，他们眼下同在这阵法里，无疑是最好的机会，倒不如当真一不做二不休……

身侧人沉声道："青雀，走吧。"

乐无晏一抬头，对上徐有冥看向自己的目光，莫名有种被他看穿了的错觉，他干笑了声。

徐有冥转身先走，他一撇嘴，跟上去。

一众人各怀心思，余未秋絮絮叨叨地嘟哝："原来这八门阵的入口，不止是那个山林里有啊。"

秦子玉犹豫了一下，道："本来就不止那一处山林，盟主他们……就是从别的地方进来的。"

谢时故原本落后几步走在最后边，听到这话跟上前去，走在秦子玉身后，笑问："你说我？确实，我和我几个手下是从一片湖中掉下来的。"

因这石室间的过道狭窄，只能容一人行，如此近的距离，秦子玉有些不自在，下意识侧了侧头。

余未秋回头瞪了谢时故一眼，示意秦子玉先走，他后退了一步，隔在两人中间，冷笑问："盟主说的几个手下是几个？"

谢时故扬了扬眉，不想搭理这小子，他仅剩的那手像是想要长己方威风，哼道："我极上仙盟十个人同入的阵，如何？"

余未秋道："不如何，盟主掉进门中身边只剩两人，其中一个方才还送了性命，说明这运气实在太差，我等分别自五个门进来，便是说只剩最后一个凶门、杜门和死门，若你极上仙盟剩下那些人进的是凶门还好说，若是进了杜门、死门，呵呵……"

闻言，对方修士脸色乍变。

这小子说的并非不可能，且可能性极大，那七人当中亦有本身修为在炼虚期以上的，若进的是最后那一个凶门，便是再艰难，这么久了也早该破阵了，必能与他们碰上，不会至今连个人影都没瞧见。

除非他们一开始就掉进了杜门和死门，进来的瞬间已被这八门大阵绞杀了。

那人下意识看向谢时故，道："盟主……"

谢时故把玩着自己的铁扇，脸上神色不动半分，始终是那副似笑非笑态，慢悠悠道："那又如何？"

那修士见状，只能将心头的不安强压下，点了点头，不敢再说。

谢时故这反应，分明早已料到此事，余未秋没看到他变脸，自觉没趣，嗤了声，转身往前走了。

走在前头的乐无晏听罢，用手指戳了戳身前的徐有冥，道："余师侄竟然变聪明了，稀奇。"

徐有冥只提醒他："门要开了，别分心。"

之后一行人一路破阵没再遇到什么麻烦，向志远跟他那俩师兄已经破了两个小阵，他们只耗费了一个时辰，就将剩下的四个小阵尽数破开，再次进入黑暗的空间里。

空间阵法一启动，便有狂风大作，是八门风阵。

疾风肆意，刮得一众人东歪西倒，施法才能勉强站稳。

这风阵也非强攻击阵，而是意图以阵法之力将他们困于阵中，一样需要在短时间内破阵，方能脱困。这风非罡风元炁，亦不是蛇阵那样的成形之风，整个空间里无处不在的风，无形无相，不辨方向。

风眼即为阵眼，但此处的风阵却无风眼可寻。

也不是当真寻不到，不过得多费些工夫而已，乐无晏心思一动，道："找不到便算了，就用先前之法，我以至阴之火对付这风，你们各自做好防护。"

话说完他坐下便开始施法，迅速调动起丹田之火。

徐有冥看了他一眼，没有提出反对之言，余下人手忙脚乱，或设结界，或放出护身法器。

阴火出体，点燃一处，便迅速蔓延至整个空间，转瞬已毒燎虐焰，火光冲天。

为了尽可能多的燃尽空间里的风，众人只能尽可能地缩小结界，几乎都只护住了各自周身，置身于火海中，伸手不见五指，也看不见其余人是何状况，只能暗暗祈祷这阵能早些破了。

片刻后，乐无晏缓慢动了动眼珠子，腾出一只手，悄无声息地在虚空中画了一个无形之符，若有人恰巧在他身后看到，定要生出怀疑，他画符的手法极其诡异，画的分明是个邪符！

符成之时，乐无晏一掌将之猛击出，直冲向前方躲在角落处的向志远。

片刻后他听到了一声撕心裂肺的惨叫，接着是一声接着一声的痛苦哀号，向志远像正承受着什么非人的折磨，叫声愈发凄厉。

乐无晏画符的那只手撤回，终于尝到了几分快意。

分散于火海中的众人搞不清状况，听着向志远的惨叫声有些慌了，余未秋大声问："发生了什么？"

没有人回答他，其余人自顾不暇，也没谁会为了向志远贸然破开结界去看他一眼。

乐无晏画的确是邪符，从前自一落败于他手下的合体期邪魔修处学来的，这符十分诡异邪恶，只要沾上，便能抽取对方灵力为己用，画符者修为越高，符的威力也越大。乐无晏如今虽修为低下，但他不需要借用向志远的灵力，甚至不需要抽取向志远体内运转的灵力，他只想破向志远以灵力构建起的结界而已，足够用了。

不过半刻，向志远的哀号声渐小，声音逐渐微弱，已是濒死之态。

乐无晏正痛快着，身边忽然有人动了。

一道剑罡破开了仍在熊熊燃烧的阴火，庚金灵力冲向前，将那倒地痛苦翻滚、满身是火的向志远裹住。

乐无晏阴了脸。

向志远周身火势慢慢退去，浑身已焦黑如炭，却仍剩最后一口气吊着，苟活了下来。

阵法破开的瞬间，整个空间中的阴火跟着燃尽，众人这才看清楚向志远的模样，不禁愕然。

徐有冥收回手，保住了向志远的命，却没有帮他修复皮肉，这人浑身上下已无一块好皮，比先前他那被烧死的两位师兄还惨一些。

但这厮运气好，有徐有冥在，到底捡回了一条狗命。

余未秋咽了咽唾沫，不可置信道："他没给自己设结界吗？何至于弄成这样？"

徐有冥将人救下便没再管，也未解答余未秋的疑问。

最后是冯叔看不过眼，念着到底是同门，去给向志远喂了颗存元丹，将人扶起，开始往他体内送进灵力。

乐无晏仍坐在地上，沉着脸没吭声。

谢时故走去向志远身边绕了一圈，打量着他的惨状，嘴上啧啧，最后目光转向了乐无晏，笑问他："青道长，你方才做了什么？"

乐无晏冷言反问："什么做了什么？"

谢时故道："有一种邪术，是高阶邪魔修惯常用的，在虚空中以魔息或灵力倒行，施法画出的无形之符，名为夺灵符，轻易便可破人灵力壁，夺取比其修为低下的修士体内的灵力。"

被人戳穿，乐无晏面上却无半分心虚，道："哦。"

谢时故问他："青道长会吗？"

不待乐无晏回答，余未秋提起声音："你什么意思啊？你是怀疑我青小师叔不成？青小师叔又岂会知道这种邪术？"

谢时故只问乐无晏："你会吗？"

乐无晏好笑道："盟主好生奇怪，这种高阶邪魔修才能用的邪术，我一个筑基期的小修士，又岂会知道。"

徐有冥上前一步，站到了乐无晏身前，冷声冲谢时故道："你问题太多了。"

谢时故笑笑，道："好吧，那就当是我多此一问吧。"

没人再理他，一众人耐着性子等待向志远那老小子恢复，且这里的空间阵法虽已破除，却没再出现跟之前一样通往别处的道，他们也无处可去。

乐无晏十分不快，也懒得想方才徐有冥有没有看到他的所作所为，反正他是不会承认的。

他只恨棋差一着、功亏一篑。

徐有冥在他身侧坐下，乐无晏没理人，闭了眼，仿佛入定打坐。

片刻，耳边有徐有冥的传音过来："众目睽睽，我只能救他。"

乐无晏冷嘲："仙尊大人几时生出了慈悲心？先前在沼泽那里，不也看着内门弟子送死却没有出言提醒，今日怎的偏要出手救人？你明知那老小子是个什么玩意，他那两个同门师兄就是他亲手杀害的，他一把火把人烧了，自己也丧命于火海，不过报应罢了。"

徐有冥道："你与向志远有私怨，若他因你破阵时所放阴火而死，传出去恐于你名声有碍。"

乐无晏丝毫不承他的情，道："我非仙尊，不需要这些没用的名声，还是仙尊担心我被人猜疑，会坏了你自己的声誉？"

四目对上，一个目露讥诮，一个黑眸沉沉，就此僵持住。

静默一瞬，徐有冥再次传音过来："他不能死于你之手。"

乐无晏眉头一拧，徐有冥这话是何意？

徐有冥若看出了什么也不无可能，毕竟谢时故那厮都起了疑心，徐有冥又岂会毫无所觉。

可若他当真发现了自己方才动的手脚，他不但不与他对质，还帮他掩盖……怎么可能？

乐无晏心思转了几转，面上未多表现出来，镇定传音回他："他死那是他无能，最简单的结界也撑不起，还敢贸然入这北渊秘境，分明是来找死的，与我何干？"

二人无声对视片刻，徐有冥最终没再说下去："嗯。"

乐无晏吊起眉梢道："又嗯什么？"

徐有冥道："他修为低下，品性恶劣，迟早会死，不必脏了自己的手。"

乐无晏愈发不想理他。

徐有冥没再说什么，将灵力渡与他，帮他补充方才消耗过大的丹田。

乐无晏闭了眼，暗恼自己确实大意了，下次若还要做这等事情，须得更加谨慎才是。

那边向志远已有了神智，皮肉修复却无那般容易，徐有冥不出手，其他人没那个本事，只能帮他涂抹一层药膏，待他自行长好，说不得还要多少时间。

向志远又痛又恨，紧咬着牙根，那张被烧焦了的脸格外狰狞，冲着乐无晏嘶声道："你对我动了什么手脚？我分明释出结界了，为何会抵挡不住？你到底做了什么？"

乐无晏轻蔑哂道："技不如人，与我何干？"

他只当没看到这厮眼里的滔天恨意，再不搭理他。

太乙仙宗一众人自然不会怀疑乐无晏，更觉向志远这老小子不是个东西，才被仙尊救回来就找青道长的麻烦，当真白瞎了徐有冥救他。

余未秋直接岔开话题："现在没路了，我们要往哪里去？"

徐有冥道："等。"

也只能如此了，众人各自坐下，有入定打坐的，也有没话找话的。

谢时故忽然一敲手中扇子，问乐无晏："这一路过来，我眼瞧着青道长十八般本事，仿佛无所不知，你先前不过四方门一个外门弟子，入太乙仙宗前修为甚至尚不及筑基，这些都是从哪里学来的？"

乐无晏道："无可奉告。"

谢时故笑了笑，道："这般能耐之人，我先前也认识一个。"他故意拖长声音，"逍遥山魔尊。"

乐无晏冷笑，道："原来盟主认识那位魔头啊，不知盟主与那魔头又是什么交情，对他念念不忘。"

谢时故道："青道长果然伶牙俐齿，我与那魔头能有何交情？我认识他，他不认识我，不过是久仰大名，铭记于心罢了。"

他说着，目光又落向了乐无晏发髻间的红枝，意味深长道："青道长这头上的羽毛发簪看着也眼熟得很，仿佛是那魔头之物？"

"是又如何？"乐无晏坦荡承认，"当年你们上逍遥山围剿魔头，将魔头的法宝都分了，仙尊这个带头人还不能多拿几样好的？这东西合我用，仙尊便送给我了，有何不可？"

谢时故一笑，道："是吗？好吧，那就是我小人之心了。"

徐有冥打断他们，警告谢时故："前事不必多言，青雀之事更与你无关。"

余未秋也插进声音来，冲着谢时故没好气道："行了吧你，阴阳怪气的，你不就是想说青小师叔是那魔头转世吗，你有证据吗？没证据就闭嘴。"

谢时故难得理了他一回："小子，你这样的，实在不讨人喜欢。"

余未秋瞬间沉了脸，狠狠瞪了谢时故那厮一眼。

谢时故无所谓地一掀唇角，他本就是个看热闹的。

之后便没人再说话。如此又等了半个时辰，这一黑暗空间忽然间起了变化，脚下空间同时向三个方向延展，转瞬便已扩大了数倍。

众人当即起身，警惕四周。

片刻后，离他们最远的空间里，有数人朝他们这边走过来，秦子玉认出来人，目露惊喜之色，嘴里喊着"小叔"，大步迎了上去。

来者五人都是秦城的妖修，领头的是秦子玉的小叔，过来先问候了徐有冥和谢时故："明止仙尊、云殊仙尊，在下秦凌风，幸会。"

徐有冥点了点头，谢时故笑吟吟地与人寒暄了几句。

见来者是友非敌，众人都松了口气。

唯谢时故那手下神情有些难看，太乙仙宗七人在此，秦城这五人也与他们有交情，连那艮山剑派二人都信服他们，己方却仅有他与盟主两人还活着。

谢时故却一副没事人的模样，似完全不在意这个。

秦凌风讲述了一遍他们一行人进这八门阵的经历："我等五人是从一片荒漠中掉进的这里，进来时便已身负重伤。起初也不知这是个什么阵法，勉力破了六小阵后又接着破了云阵，才明白此处是个八门合阵，之后便遇到了你们，两位仙尊是已将其他七阵都破了吗？"

徐有冥道:"八门守阵皆破,如今只等中阵开启。"

秦城众人闻言,不免又惭愧又庆幸,倒不是他们本事不行,相反领头的秦凌风本身是合体期巅峰的修为,其余四人修为也皆在元婴之上,五人同入阵,又进的是凶门,受伤过重,故而耗费这许久时间,也才破了一个大阵而已。

好在如今八门守阵尽破,他们脚下这片空间便是先前经过的大阵空间合一,只待中阵开启,逐一破阵后,便可找到整个八门合阵的阵眼。

秦子玉关切地问秦城众人:"小叔你们身上伤势如何?"

对方有人道:"灵力损耗颇重,内伤也未愈,还需费些工夫才能恢复。"

徐有冥提醒他们:"中阵开启还有半日,可抓紧时候疗伤。"

众人这便放下心来,徐有冥的演算,他们自然是信服的。

半日时间稍纵即逝。

乐无晏已无聊得开始打瞌睡之时,黑暗空间正中间出现了一道白光,接着便有唯一的一条道路出现在众人面前。

原本打算分头破阵的众人见状不由得失望,谢时故倒是挺高兴的,摇着扇子道:"看来我等注定要一起行动了。"

乐无晏仿佛早料到如此,与愤愤不平的余未秋解释:"这就是此处阵法的阴谋,若入这阵中之人各怀心思,甚至有彼此互生怨怼的,就会打起来,破阵自然也万分艰难。"

如他们这般绝大多数人都能和平共处、互相牵制,且都肯自愿服下封灵丹者,实属难得,若是换一批人进来,只怕无论如何都破不了这阵。

秦城五人听罢他们的破阵之法,也爽快地服了封灵丹,总归阵中就这么些人了,也不怕再有心怀叵测之人来偷袭。

之后他们十六人同入中阵,中阵分内外两阵,外阵十二个,内阵四个,仍是与先前走过无数回一样的石室。

一路破阵下来,虽小麻烦不断,但众人修为都已被压至最低,应对的阵法威力不强,破阵无非是多耗些时间而已,并无大的危险。

如此耗费了整两日,最后一个小阵破除,他们再次回到黑暗空间里,身处最靠近中部的地方,却见一片漆黑,哪里有半点阵眼的影子。

余未秋失望不已,道:"阵眼都找不到,我们这要如何出去?"

徐有冥以灵力打入其中,转瞬被吞噬,一点回响没有。

在场的几个高阶修士试图演算推演，结果一无所获，不得不放弃，纷纷耐着性子坐下等待。

因不知道之后还会发生什么，众人没敢再入定，各自静坐，不时交谈几句。

秦凌风问起秦子玉："待历练结束，你可要回秦城一趟？"

秦子玉有些犹豫，他入太乙仙宗后只传音回去告知了养父，按理说有空确实得回秦城一趟，可若无师门允许，却不好擅自离开。

正拿不定主意时，就听徐有冥淡道："想去便去。"

闻言，秦子玉心中一喜，当即道："多谢仙尊！"

乐无晏问："秦城好玩吗？我也要去。"

徐有冥转眼看向他，乐无晏睨过去，道："干吗？我跟小牡丹去秦城玩，你也要反对？"

徐有冥沉下的眼里透出些无可奈何，道："一定要去？"

乐无晏道："我就去。"

徐有冥道："好吧。"

乐无晏似没想到他是这么个态度，反而有些意外了，道："真的？"

徐有冥道："嗯。"

那边余未秋也插进话来："我能去吗？我也想再去秦城一趟。"

秦凌风高兴道："青道长和余小公子若是想来秦城，我等自然是万分欢迎的。恰逢明岁是我大哥五千整寿，秦城会广发请帖邀请众玄门中人前来参加寿宴。今日我等同入一阵便是缘分，我便在此代大哥邀请各位道友，届时能赏脸莅临秦城，在下定会一尽地主之谊招待诸位，好叫诸位宾至如归，还望二位仙尊和诸位肯给在下这个面子。"

说是邀请他们所有人，但谁都听得出，这人的"醉翁之意"只在徐有冥和谢时故这两位渡劫期仙尊身上。秦城在南地也是一方大势力，和太乙仙宗、极上仙盟这样的大宗门却没得比，若城主寿宴能得两位仙尊同时大驾光临，今后他们秦城少不得要叫玄门中人高看一眼。

徐有冥已点了头，道："多谢。"

乐无晏无语。

他是想和小牡丹去秦城玩，没叫这狗贼也跟着好吧？

谢时故笑道："明止仙尊和青道长都答应赏脸去了，我又岂有不给面子的道理，到时候便叨扰你们了。"

其他人也纷纷应下了，秦城一众人喜出望外，与众人道谢。

谢时故把玩着手中扇子，忽然道："说起来，逍遥山倒是离南地不远，也不知这么多年过去了，那里变成了什么样，别悄无声息地又养出个大魔头来。"

秦凌风道："云殊仙尊说笑了，当年玄门在逍遥山设下禁制，已无人能再登那逍遥山，那里已与一块死地无异，无须多虑。"

谢时故哼了声："那可不一定，魔头的本事，又岂是我辈中人能琢磨的。"

乐无晏心道，这厮总是有意无意地将话题往魔头身上引，分明意有所指，便是没人理他也不尴尬，还能自说自话。

余未秋嗤道："盟主既这般好奇，不如自己去看啊。"

乐无晏却心思略沉，在逍遥山下了禁制？竟有这事……若是先前他当真跑回了逍遥山，岂非自投罗网？

这么想着，乐无晏不由得有些庆幸，就听谢时故接着道："啊，我是打算去看看的。"

闻言，众人俱目露惊疑，徐有冥面色冷然，谢时故笑了笑，解释道："上次玄门百家围剿逍遥山，匆匆去又匆匆回，逍遥山上不定藏了什么。如今这世道邪魔修涌出、怪事频生，岂知是何因由，总得去魔窟里看看。"

这话倒是挑不出什么错，可谢时故是这种心怀大道苍生之人吗？才怪！

不管别人怎么想的，谢时故老神在在，再问徐有冥："明止仙尊可有意同行？"

乐无晏先道："去便去，盟主说得这般大义凛然，仙尊又岂有不应邀之理。"

他不知谢时故这厮到底想干什么，但突然说要去他逍遥仙山，一准心怀不轨，他必须得去盯着，别叫这人把他老巢再给祸祸了。

"唰"一声，谢时故收起铁扇，道："青道长爽快。"

徐有冥传音过来："为何要与他同去？"

乐无晏道："外头都传我是魔头转世，我总得去逍遥山看看，说不定还能自证清白，他要去就去呗，只要他能闭嘴，其他人也能闭嘴。"

徐有冥道："你才说的，你不在意名声。"

乐无晏瞪他一眼道："你愿意被人当作魔头转世？"

徐有冥微微摇头，无奈道："你若当真想去，那便去吧。"

乐无晏又想起他先前说起凤王骨时的语气，问他："凤王骨没有了是何意？你当真见过凤王骨？"

徐有冥眼中神色沉下，看着他，半响才道："你一定要问？"

乐无晏道："不能说？"

徐有冥道："这事与你无关，何必刨根问底？"

乐无晏心头的火气一下又冒了起来，忍耐道："所以你之前说没见过凤王骨，果真是骗我的，既然事情与我无关，为何又要骗我，遮遮掩掩不能说实话？"

徐有冥被乐无晏勃发着怒意的双眼盯着，沉默片刻，低声道："不是有意骗你，不能说。"

乐无晏道："为何不能说？"

徐有冥仍是摇头，道："不能说。"

乐无晏似乎听懂了，又似乎没听懂，徐有冥总在与他打哑谜，他只能靠自己猜："所以你到底还骗了我多少不能说的事情？"

"没有。"徐有冥道，"我对你从无恶念，是真的。"

乐无晏一怔，问道："我？"

徐有冥道："是你。"

哪个我？

这一句差点便脱口而出，又被乐无晏生生咽下了。

传音至此结束，二人相对无言时，却听一声怪异的声响，身后本该是阵眼的位置骤然释放出了一道耀眼的白光。

众人回神，快速起身，纷纷做出防御之态。

只见那道白光呈圆弧状逐渐向外扩散，亮得叫人几乎睁不开眼，除此之外却未做出任何攻击。一众修士等了许久，直至面面相觑，不明所以。

余未秋第一个按捺不住，试探着想要上前，被徐有冥沉声制止住："不要轻举妄动。"

乐无晏皱眉道："这是什么鬼东西？"

话音才落，一道无形的力量突然疾冲向他，瞬间将他猛地攥住。

乐无晏下意识便要抵挡，释出的灵力却与那股力量相差过于悬殊，他几乎毫无还手之力，转瞬便已被拖入阵眼的白光之中。

徐有冥飞身而上，拉住了乐无晏一边手臂，想要将他攥回，却在触碰到那道白光时被骤然弹开，朝后重摔在了地上。

其他人也有想上前拉住乐无晏的，无一例外，都被那白光弹开了，且修为越高者，承受的震荡越猛烈。

不过三两息的工夫，突然出现的白光又突然消失，阵眼处恢复如初，变化快得仿佛刚才的情景是众人的错觉一般。

乐无晏却不见了，一同被拖进那道白光里的，还有向志远。

秦子玉等人不死心地以灵力、灵器几番试探，却和先前一样，什么都探不到。

余未秋喘着气找回声音，不可置信道："为何被拖进去的是青小师叔和那个向志远？"

没有人能回答他，直至一直没出手的谢时故忽然道："他二人是我们当中唯二身具火系灵根的。"

众人齐齐愣了愣，乐无晏确实是他们这些人当中唯一的单火灵根，向志远那老小子是个三系杂灵根，以火灵根为主，除他二人之外，他们剩余这十四人竟当真无一拥有火系灵根。

徐有冥以剑尖点地，撑起被重伤的身体，尚未站稳，忽又弯腰向前，吐出一大口鲜血。

38

乐无晏手指动了动，缓慢睁开眼，昏昏沉沉间只觉头疼欲裂。

半响，才想起先前之事，他被一道白光拖进了八门阵眼中心，之后便失去了意识。

他现在在哪里？

眼睛逐渐适应了面前的黑暗后，乐无晏强忍着不适撑起身体，试图运转灵力却不得，心思不由得更沉了几分。

非但如此，当他想拿出照明灵器，好看清周遭状况时，却发现身上空无一物。且这里只有他一人，身处一片黑暗中，再无其他活物。

乐无晏深吸了一口气，压下心头纷杂的思绪，抬眼朝前方看去，那里有一簇亮光，似远似近，仿佛在召唤他。

乐无晏明知危机不明，却似有所感，他终究没忍住，起身走了过去。

当他走进那簇亮光中时，眼前的景象却叫乐无晏愣在当场。

这里竟是他逍遥仙山的洞府，且面前还有一个他，是他前世的装扮，正心无旁骛地入定修炼，周身灵力波动得异常猛烈，分明已经到了进境的关键时刻。

他回过神，下意识地以为自己又入梦了，欲要破梦而出，却发现身体像被下了禁制，丝毫不受他控制。

乐无晏尝试了几次，不得不放弃，目光重新落回另一个自己，他隐约觉得，今日所见，与他寻常梦里的情境并不完全一样。

波动的灵力蔓延至整个洞府时，乐无晏眼睁睁地看着另一个他周身燃起熊熊赤火，身处于火焰之中的人面貌却格外安宁，浑身被一道红光完全包裹住，还在不断运转灵力，一刻不停地交换进丹田。

赤色火龙冲体而出，龙形庞大，颜色深红如血，龙吟声惊天。

不知过了多久，直至那赤火燃尽，红光变得愈加耀眼夺目，笼罩于另一个他的周身，处于其中之人竟犹如神祇。

乐无晏不可置信地看着，他这是突破渡劫了吗？

许久之后，另一个他眉峰忽然动了动，终将灵力平稳收回丹田，缓缓睁开眼。

乐无晏下意识地后退一步，对方视线掠过他未停留，应是看不到他，抬眼望向了洞府之外的方向。

那里的结界出现了震荡，且愈演愈烈，乐无晏也感觉到了，应是有人在洞府外争执，试图强行冲破。

他回头看向另一个自己，对方仍坐在原地，垂头似思考了什么，再抬起手，指尖送出了一道赤芒。

乐无晏愕然。

这与他前生经历过的情景完全不一样，打开结界的怎会是他自己？

不待他细想，已有无数人涌进洞府中，徐有冥也在其中，他手持着明止剑快步上前，走向另一个他。

另一个他皱眉看向那人，冷言问道："他们是来做什么的？"

徐有冥倾身向前，像乐无晏梦里重复过无数次的那样，沉默地看着他。徐有冥转过身去，染血剑尖指向了身后的玄门百家，沉声说出那句："他若为魔，我亦然。"

乐无晏看向那一片哗然的正道修士，其中亦有他熟悉的脸，太乙仙宗的长老、各大宗门的宗主，还有那不怀好意、他极其看不顺眼的极上仙盟盟主。

有人痛心疾首，有人在大声唾骂，有人叫嚣着"明止仙尊既已堕魔，我等又何须客气"，亦有人神色仓皇，大喊："魔头突破渡劫了，我等正道修士竟无一人修为在他之上！"

徐有冥手中明止剑动了，在有攻击灵器试图偷袭另一个他时，凛冽剑意轰然释出，冲在最前的一众修士齐齐被那剑意带倒，哀鸿遍野。

那人眉间覆了雪，眸色似冰霜，坚定立于另一个自己身前，声音却比冰霜更寒："速速退去，我不伤尔等性命。"

太乙仙宗的长老厉声诘问他："徐师弟，你当真要叛宗堕魔吗？"

那人道："若只能如此，那便如此。"

人群之中，有人大声叫着："那我等玄门中人，今日便清理门户、除魔卫道！"

在场唯一修为可与徐有冥匹敌的极上仙盟盟主飞身而上，手中铁扇大开，与明止剑猛击在一块儿。

乐无晏怔怔地看着面前场景，一幕幕的画面似虚似实，不断在他眼前轮转。

徐有冥与人缠斗不休，众玄门修士蜂拥而上，无数的攻击手段尽数向他。

是他，乐无晏回神时，才发现他的视角早已变了，他变成了另一个他，才进境的修为尚且不稳，但体内前所未有的灵力告诉他，他如今修为确实已达渡劫期。

从四面八方涌上来的修士一拨接着一拨，乐无晏无暇多顾，只能强撑起精神开始回击。

他如今是天下第一人，但才刚刚突破，对方人多势众，应付起来并不容易，徐有冥帮他拖住了最难缠的对手，还帮他挡开了数次背后来的偷袭。

他们用了整整七日七夜，终将玄门百家驱逐下逍遥山。

徐有冥说不伤那些人性命，他便下意识地留了手，至多将人重伤。

他们赢得分外艰难，终归是赢了。

乐无晏加固了逍遥山的护山法阵，那些人原本并不能轻易进来，是太乙仙宗的长老们独自上山来，告知失忆了的徐有冥他的身份和来历，恳求他回去，徐有冥一时放松了警惕，叫那些人寻得机会，攻进了法阵之中。

随后上来的，还有以极上仙盟盟主为首的玄门百家。

先是晓之以理，再是威逼利诱，徐有冥始终挡在洞府结界前，没叫他们如愿，直至乐无晏突破渡劫，自己打开了结界。

乐无晏不知道这是否仍是一场梦，可若是梦，不会这般真实，突破了渡劫期的他自己是真实的，护着他的夭夭也是真实的。

乐无晏试图问他："那你想起来了吗？你真是太乙仙宗的弟子？当真不打算回去了？"

"记得一些，不回去了。"徐有冥道。

乐无晏看着他，生平第一次真正尝到了难过的滋味，在被明止剑洞穿身体，以为自己即将魂飞魄散之时，他都没有这样难过过。

他并非不恨这个人，只是不想去恨，不想显得自己太过失败，只能苟且偷生、怨天尤人，所以他宁愿不恨。

如果这真的不是一场梦，孰为真，孰为假，他已不愿再去想。

经这一场浩劫，逍遥仙山满目疮痍，那些依附乐无晏过活的低阶魔修和小妖修全都跑了，唯小牡丹一个留了下来。

乐无晏骂他是个傻子，小牡丹笑笑无所谓道："我修为低下，跑也不知能去哪，不如留在尊上身边，大不了便是一死，说不得下辈子投胎还能换个天资更好的壳子。"

从来看他不顺眼的徐有冥，也难得改了态度，送了他一本剑法，让他以后跟着自己练剑。

从此逍遥山中仅剩下他们三人，日子过得愈发逍遥。

被玄门中人摧毁的殿阁和洞府重新建起，乐无晏与徐有冥日日在其中修炼，不过半年，徐有冥也突破了渡劫期，天下再无敌手。

徐有冥进境出关那日，太乙仙宗的宗主怀远尊者亲自登门，徐有冥只在山脚下见了人，无论对方如何苦口婆心，甚至以早已飞升的师尊之言规劝，徐有冥始终沉默不语。最后他将明止剑递还，那是当年他结丹之时师尊亲赐给他的本命剑，如今他将之还给他的大师兄，从此恩断义绝。

他不但叛出了宗门，更叛出了师门。

怀远尊者痛心疾首，道："你宁愿与整个正道为敌，也要堕魔？"

徐有冥却问："何为正，何为魔？"

怀远尊者握紧手中的明止剑，提醒他："即便他有苦衷，但他所作所为，天道不容，你当真以为你们能轻易这般飞升？"

徐有冥闭了闭眼，再不多言，后退一步，弯腰最后与怀远尊者行了一礼，转身离开。

乐无晏在山门口等他，徐有冥的神色始终平和，从正道楷模沦落为与魔头为伍，为天下人不耻，于他却仿佛无半分触动。

乐无晏问他："若当真为天道不容怎么办？"

徐有冥看向他道："人定胜天，总能有办法。"

乐无晏怔了怔，那个徐有冥不是这样说的，那人说"在人心与法礼之上，还有天道，谁都逃不掉"，那时他目光沉黯，像压抑着某种极其痛苦的情绪，绝不是面前这个自信满满，说着"人定胜天"之人。

为什么？

"别怕。"徐有冥的声音拉回了乐无晏的思绪，他道，"会有办法的。"

乐无晏并不怕，生生死死，经历过一次，还怕什么，他也从来不觉天道可怕。

那以后正道还围剿过他们数次，以极上仙盟为首，始终不放弃针对他们。

乐无晏与徐有冥联手，从不落下风，再未让人破开过逍遥山的护山法阵。

世间传言逍遥山中藏了凤王骨，乐无晏问徐有冥，徐有冥却摇头，说他从未见过此物，不知流言蜚语缘何而起。

徐有冥提起这些时目光格外坦荡，眼中唯有疑虑，不是遮遮掩掩一时说"未见过"，一时说"没有了"，他是确实不知道。

乐无晏闻言深吸了一口气，也罢，或许这确实只是一场梦，一场美梦，他既愿在梦中不复醒，又何必追究太多。

他们如今追求的，唯共同飞升而已。

二人修为至渡劫期后，离成仙便只差最后一步，一旦得天道感召，便能渡雷劫飞升，这一过程少则十数年，多则上千年，因各人所悟之道不同、道心纯粹与否，所需耗费的时间不一。

怀远尊者说他们想得道飞升不会那般轻易，乐无晏信，徐有冥也信，他们想同时飞升，要做万全的准备，乐无晏比徐有冥更难，魔修者飞升所渡雷劫要比玄门修士多整整二十七道，渡劫时陨落者十之六七，甚至这万年以来，已久无魔修之人成功渡劫。

但乐无晏是不怕的，他有绝对的自信，徐有冥翻遍上古古籍，搜罗魔修者成功渡雷劫的旧例，其中亦有邪魔修者，天道并非不容他们，只是加诸他们身上的雷劫威力更强，但总有能耐之人，能成功破劫。

他们可以，乐无晏必也可以。

无论阵法、符箓，又或灵器、法宝，只要是能助乐无晏抵挡雷劫之物，他二人都能从上古流传下的只言片语中，自行钻研出来。

日子一天天过去，二人在这个地方生活了太久，久到乐无晏已快忘了从前被徐有冥剑杀之事，甚至将那当成自己的一场噩梦忘却了。

他如今只愿二人能一同得道飞升，从此长生永乐。

斗转星移，百年时光倏然而过。

他们再没下过逍遥山，玄门中人也从未放弃找他们麻烦，护山法阵一阵叠加一阵，将那些恶意的窥探挡在山外。

尽管一再压制修为，拖延时间，他二人还是到了不得不渡劫之时。

小牡丹的修为已提升至金丹中期，有了足够的自保能力，乐无晏抹去他周身沾染到的魔气，将自己与徐有冥日后再用不上的法宝尽数送与他，将人放下了逍遥仙山。

最后山上只剩下他与徐有冥二人，他们一起登上了山顶最高峰。

乐无晏先渡劫，待二十七道天雷过后，徐有冥再跟上。

"我先去山腰。"徐有冥道。

乐无晏笑着点头。

徐有冥一步三回头地退去了山腰。

乐无晏回身看去，那人的身影笼在日光下，仿若不真实。

他心底没来由地生出了几分不安，他没有多想，屏除杂念、放空思绪，开始施法。

闭眼又睁开时，乐无晏察觉自己的视角变了，他惊愕地看向前方。

那里是另一个他，仍毫无所觉地在全力做法，他想上前，脚下却仿佛被禁锢住，动弹不得。

徐有冥在山腰上，一动不动地盯着即将召唤天雷的另一个他，一样未有所觉。

乐无晏心底的不安急遽扩大，他看到另一个他已将灵力全力打出，直冲九霄。

下一刻，天雷降下。

是整整一百零八道天雷，同时降落，处于雷劫之下的另一个他甚至做不出任何抵挡的动作，肉身一瞬间已被打散。

魂飞魄散，元神俱灭。

39

乐无晏当场愕然。

眼前情境迅速转换，又是逍遥仙山的洞府，面前仍是另一个他，正在全力进境中。

乐无晏试图上前，却始终被困在原地不能动。

他心里已生出了直觉，这与前一次他看到的情境并不一样。

一切如他所料，尚未等到另一个他灵力出体，洞府结界突然被剑意破开，大批玄门修士涌入。

乐无晏下意识握紧拳头，身体竟不自觉地开始微微颤抖。

他看到另一个他周身灵力还在高速运转，杂乱无章地在体内横冲直撞，再被强行压回丹田。

另一个他不可置信地睁开眼，吐出一大口鲜血，徐有冥手持明止剑，正一步一步走近。

周遭人在叫嚣着"替天行道、魔头必死"，另一个他强撑起羸弱的身体，嘶声问那人："你是谁？"

那人没有作答，墨色眼瞳里结了寒冰，沉着最深不见底的情绪。

有人大声喊："他是我们太乙仙宗的明止仙尊，是他带我们上的山，今日便是你的死期，魔头你受死吧！"

另一个他却只问那人："你要杀我？"

徐有冥始终未出声，手中明止剑已抬起，破魂之剑瞬间洞穿了面前人的身体。

另一个他似没有反应，半响，眼睫毛才缓慢颤动了一下，慢慢低下头，望向插入胸口的那柄剑，灵力正在自那一处急遽流失，元神一点一点散去。

他手掌覆上明止剑的剑刃，想要拔出，却已无力回天。

徐有冥闭上眼，再不看他。

"你骗了我。"另一个他自喉咙里滚出声音，他笑着，带出连他自己都没有察觉到的哽咽。

至阴之火很快包裹住他的身体，处于其中之人也闭了眼，肉身终被烈火吞噬。

乐无晏眼睁睁地看着，绝望情绪排山倒海而至，将他吞没其中，或许是之前那场梦太美，现实才更显得恶意昭昭。

悲愤涌上心头，身体也仿佛被撕裂，他崩溃大喊，眼前的情境幻化成一片虚影，逐渐模糊，直至彻底回到黑暗。

乐无晏昏昏沉沉地再睁开眼时，已不知过了多久。

他刚一动，便察觉有灵力靠近，且浸满恶意。

乐无晏立刻抬手回击，两方灵力猛撞在一块儿，他的灵力很快碾散了对方的，便听有重物落地的声响，再是痛苦地咳嗽和闷哼。

乐无晏皱了皱眉，发现身上的乾坤袋重新出现了，当即放出了照明灵器，这才看清楚眼前的情景。

也是一片黑暗空间，却非那八门阵中，其他人都不见了，这里唯有他和方才试图偷袭他，此刻已趴在地上爬不起来的向志远。

乐无晏阴了脸，想起之前的事情，他被那道白光拖进阵眼中，之后应是进了幻境，直到这会儿才破幻境而出。

至于幻境中的场景，到底只是他臆想出来的，还是曾经真实发生过的，他却辨不出来，更不明白自己为何会入了那样的幻境，总归是与这里诡异的阵法有关。

幻境百年，其实只是一瞬。

乐无晏按下心头思绪，暂不去想。

向志远艰难地抬起那张焦黑狰狞的脸，恶狠狠地望向他，咬牙切齿道："你果然是魔头转世，你方才入了幻境，我看到了，你就是他，你没死，我要告诉仙尊，啊——"

向志远话未说完，乐无晏手中红腰已朝着他猛抽过来，本就已无一块好肉的背上顿时又皮开肉绽，他痛得大声哀号，在地上连滚带爬地躲避。

乐无晏这会儿正不痛快，面前恰好有个给他泄愤的，不由得冷笑道："是又如何？你能奈我何？这里只有你我二人，你如今这样，以为你还有命活着出去？"

他再道："你既知道了我是魔头转世，新仇旧恨，我又如何会放过你的狗命？"

闻言，向志远眼里终于流露出惊惧之色，挣扎着想要往后退，道："你要做什么，你不能杀我，我是太乙仙宗的弟子，我师尊是泰阳尊者，你若敢动我，太乙仙宗和我师尊必不会放过你……"

"那便试试吧，反正今日先死的必是你。"乐无晏上前一步，不耐烦听他这些废话，红腰卷着散魂符，第二次抽下去。

散魂符是他亲手画的，只能用于修为比他低下者，这向志远刚好便是。

他已打定了主意要杀这人，不但要杀，还要抽散他的魂魄，使他再不能投胎转世。

向志远惊恐尖叫，危急关头拼着一口气，咬牙扔出了件灵器，尽全力一挡。

那看似不起眼的灵器中，竟藏着一道大乘期修士的绝强攻击之力，乐无晏反应极快，当下释出了徐有冥给的护身符箓，以藏于其中的明止剑意抵挡。

符箓祭出，对方的灵器瞬间被剑意碾压至粉碎，向志远勉强躲过这一下，却再无还手之力，喉咙里只剩轻微喘气声，浑身都在打战，抖如筛糠。

红腰还在他面前耀武扬威地伸展着，其上阴火刺刺作响。乐无晏轻眯起眼，望向那碎成粉末的灵器，问他："方才那件灵器，是你师尊泰阳尊者之物？"

向志远艰声道："与你……与你何干？"

乐无晏道："看来是了，泰阳尊者不喜你这个弟子，我却不信他会给你这样好用的护身灵器，这是你师兄的东西吧？是你将他们杀了，还夺了他们的法宝，那艮山剑派二人果然没有冤枉你。"

向志远瞪大眼睛，不肯承认："你胡说，不是……不是我……"

虽如此，他眼中的心虚和惶恐却已然出卖了他。

乐无晏冷嗤，这人当真死不足惜，他将人杀了又如何，不过替天行道而已。

红腰再次甩了下去，出手的瞬间，却风云突变。

整个黑暗空间开始高速旋转，一股极其庞大的力量将他二人吹卷起，再迅速往两个方向扯去，处于这股力量裹挟中的二人完全做不出任何反应，瞬间便已失去了意识。

　　乐无晏不知自己被抛向了何处，头疼欲裂再次醒来时，周遭的景象又变了，仍是一片漆黑，他拿出照明灵器，却发现自己此刻身处一处山洞里，只有他一人，连向志远那厮也不见了。

　　这山洞不大，只有几丈深，一眼能望到头，唯一的出口被巨石封堵，灵力打过去，无一反应。除此之外洞中并无他物，只有洞岩上布满着壁画，看起来似虚似幻，仿若不真实。

　　乐无晏的脑子里仍是昏昏沉沉的，他用手掌心揉着自己的太阳穴，勉强撑起身体上前去，从左侧第一幅画开始看。

　　"天地交泰，日月祥应，瑶池绛阙，阆苑蓬丘，桃树花芳，千年一谢，云英珍结，万载圆成，鸾凤群集，瑞云亘天，鼓乐天音，凤笛龙箫……此长生国土无变之乡。"

　　这壁画中描绘的竟是仙界之景，游宴之上，泰平祥乐，春和景明，这样的长生永乐之所，便是当世修行之人所向往的极致。

　　乐无晏盯着看了片刻，无端生出了些许惆怅和唏嘘，尤其想到在幻境之中，自己被一百零八道天雷在一瞬间抽散元神，更觉这样的情境如梦幻泡沫，离他过于遥远。

　　可他心底又似有几分模模糊糊的熟悉感，仿佛他曾在哪一次不经意的梦中，见过这般场景。

　　脑子里仍晕眩得厉害，乐无晏下意识摇了摇头，走向下一幅画。

　　这一幅画中却是群魔乱舞、光怪陆离，竟是魔界之景。

　　魔界，是魔修者飞升后所去之处，上古流传下的古籍里，曾有魔者违背天规，私下凡界的记载，叫世人得以知晓魔界的存在。在那处幻境里，乐无晏也曾问过徐有冥，他们飞升之后若不能去到同一处地方，要如何办。

　　徐有冥当时言"若魔不能就仙，仙便就魔"，徐有冥说会随他一块儿去往魔界，他信了，只可惜最终没能如愿。

　　乐无晏看着眼前这幅画，却忽然愣了愣，心里隐约升出了疑问，仙与魔，当真能和平共处吗？

　　再下一幅画，所呈现的景象更彻底让乐无晏愣在了原地。

是凤凰，成千上万的凤凰，展翅翱翔于九霄。

领头的凤王、凰后体型极其庞大，身姿矫健而优美，五彩凤羽以赤为主，如赤红火焰染着金芒，比翼飞向红日，却比红日更耀眼。

乐无晏回神时，已抽下了发髻间的那根红枝，低头看去，他其实早有所觉，他的红枝便是一根凤凰尾羽，与这画中的一模一样。

他怔了怔，再次抬眼看向面前的壁画，这才注意到在那凤王、凰后之后，还跟了一只青鸾，青鸾是幼年凤鸟，凤王血脉，羽毛以青色为主，唯尾羽处与成年凤鸟无二致，一样五彩呈赤，绚烂夺目。

乐无晏木愣愣地盯着那只青鸾，下意识伸手想去触碰，那壁画之外却似隔着一层白光，将他挡在其外。

凤凰、凤王、传言逍遥山中藏着的凤王骨，这其中到底有怎样的联系？

乐无晏怔神想着，脑子里隐约有一个答案，却也似隔着一层什么，始终不能明白。

许久，他深吸一口气，继续往前走去。

这一幅画中却只有四人，皆是衣袂飘飘的谪仙，于凌霄树下围坐下棋品茗。

画中四人俱面貌模糊，其中侧身而坐的白衣仙人肩上停了一只青鸾，正趾高气扬地歪过脑袋，与那白衣仙人亲昵相依，五彩的尾羽在日光下熠熠生辉。

乐无晏的视线从那只青鸾鸟移至那白衣仙人，那种莫名的熟悉之感忽又生了出来，更有难以言喻的失落，挥之不去地在他心间翻涌。

他闭了闭眼，不知这幅画想表达什么，心头却仿佛涌起无限的悲凉，不断拉扯着他的情绪。

重新睁开眼时，目光再次落向那白衣仙人，触不得，摸不到，他只能看着，许久，才强迫自己继续往前走。

再下一幅画，画风骤换。

不再是舞乐笙箫、平静祥和，仙魔大战一触即发，风云色变。

之后连着十几幅壁画都是一样的情景，仙与魔混战，九霄震荡、苍穹翻覆。及至最后，魔界彻底倾覆，无数仙人陨落，凤凰一族置身于毁天灭地的火海之中。

乐无晏怔怔地看着，画边渐浮起几行小字。

卷二 旧时境

"仙魔鏖战，生灵涂炭，四天尊陨落其三，凤凰灭族，魔界倾覆，天道规则自此改。"

那一瞬间，乐无晏心头悲凉前所未有，尤其当看到凤凰全族尽灭时，那种近似于绝望的哀痛疯狂席涌而上，几乎要扯断他脑中正不断嗡鸣的那根弦。

他浑浑噩噩地再往前去，还有数幅不同的壁画，主角皆是先前那幅画中的四人和那只青鸾。

绝望、怨怼、争斗，乃至天罚，一个接着一个陨落，乐无晏被那些画面中的情绪带动，几近崩溃。

最后一幅，画中曾经悦泽无忧的仙境变成一片荒芜，斯人皆已往，再无鼓乐天音。

一切戛然而止。

乐无晏用力按住自己的太阳穴，断断续续的画面在眼前一再重复轮转，搅动着他的神识，叫他痛苦、哀伤，甚至绝望。

几经挣扎，他下意识释出了灵力，猛击向那些壁画，赤色灵力覆上那道笼于壁画之上的白光，迅速四散开。

也不过几息的时间，灵力与白光融合，剧烈震荡之后一齐消弭于无形。

其后的画面陡然变了，原本的壁画仿佛随着那道白光被尽数拂去，墙壁之上重新出现的，是无数的功法和心诀。脑中那些纷杂的画面也终于消散，乐无晏坐下，强迫自己入定。

在这处山洞里，他的修为也终于恢复了。

不知过了多久，他体内的灵力波动终于趋于平稳，心绪也逐渐沉下时，才又睁开眼。

仍是和之前一样的场景，唯有他一人的山洞里，四周的墙壁上尽是那些以赤色灵光凸显的功法和心诀。

乐无晏深吸一口气，起身走上前。

墙壁之上，皆是火灵根属性才可用的功法，复杂且庞大，乐无晏凝神看了许久，慢慢抬起手。手指触碰上去的瞬间，赤色灵光与他的灵力交融，那些功法、心诀便如洪泄一般，进入他的神识中。

那是，凤凰族的传承。

40

　　整整三日三夜，乐无晏终于接收完所有传承。
　　杂乱无章的功法充斥在他的神识之中，叫他头疼欲裂，浑身都是冷汗，身体更摇摇欲坠。
　　直至墙壁上的赤色灵光收尽，其上内容皆消失，变成再普通不过的山岩，他才猛收回手，滑坐在地。
　　乐无晏入定打坐，如此过了半个月，他接受传承后身体上的不适终于消退，他开始运转体内灵力，梳理神识中那些零乱的功法。
　　本以为会很困难，真正开始尝试时才觉一切皆有迹可循，这是一套完整的功法体系，火系灵根越纯粹粗壮者，越能习得这套功法中的精髓，将其威力发挥至最大。
　　于乐无晏而言，这套功法仿佛是为他量身定制的一般，便是前生三百年，他也从未得到过这般合用的火系功法。
　　除去功法，他所接受的传承中，还有许多与凤凰族有关的记忆，其中亦有关于凤凰骨的内容。
　　凤凰骨是凤凰一族的护心骨，确实有传说中神乎其神的作用，尤其是凤王及其血脉的护心骨，名为凤王骨。以之入药炼丹，可使凡人生出灵根，可使修行之人修为直接提高数个境界，但若想以凤王骨避天劫飞升，却远没有那般容易。
　　唯有火系灵根者以完整的凤王骨入体，替换己身胸前护心骨，并习得凤凰族的全部功法，方能被凤凰族认作族人，浴火而生成为真正的凤凰，直入仙界。
　　这样的前例，千百万年来也不过二三而已。
　　但如今凤凰已灭族，便是有火系灵根者得到了凤王骨，机缘巧合之下习得凤凰族功法，也再无可能避开雷劫直接飞升。
　　且凤凰灭族，是凤王、凰后与一众凤凰族人自己的选择。
　　为了终止那一场持续千年的仙魔之战，凤凰全族赴死，与众魔同归于尽。
　　一幕幕画面在眼前轮转，乐无晏读着这些记忆，尝到了生平从未有过的悲痛。

他不是多愁善感之人，前世情绪最激烈的一次，是当初父母被人杀害，他去屠了飞沙门满门，即便后来被全心全意信任的共修者背叛，差一点身死魂消，他都能忍耐住自己的情绪，装作满不在乎。

他本以为，这个世上再不会有任何事情，能叫他尝到如此悲痛滋味。

原来不是，那种仿佛发自神魂深处的绝望和痛苦，即便他有意不去想，但从他接受了这些传承的那一刻起，便无时无刻不在侵扰着他。

乐无晏只能将这些记忆封存至神识最深处，不再去触碰。

他深吸一口气，将全部注意力放回到那些功法之上。

黑暗空间里，众人已被困在此多日，余未秋焦躁地来回踱步，道："都半个月了，青小师叔他们不知去了哪里，我们被困在这鬼地方出不去，到底要怎么办啊，小师叔你倒是想个主意啊。"

徐有冥将体内波动的灵力沉入丹田，缓缓睁开眼，眼神中没有波澜，只有一个字"等"。

等等等，能推演到的只有一个"等"字，至于等待到何时，谁都不知道。

余未秋十分泄气，又一屁股坐了下去，那句"青小师叔会不会有危险"，到嘴边转了一圈又咽回去，他虽然咋咋呼呼，但并非不通世故，眼下这种情形，徐有冥想必比他们更担忧，若有办法，他绝无可能在此坐以待毙。

秦子玉劝了他一句："余师兄，你别总烦着仙尊了，静心修炼吧，仙尊既然说了等，青道长肯定能平安回来。"

余未秋道："也只能这样了。"

徐有冥掐诀，重复每日一次的推演，结果一如既往。

神识中给乐无晏打下的标记始终没有动静，仿佛消失了一般，他只能等。

谢时故懒洋洋地把玩着手中的扇子，随口道："急什么，这种情况，他二人十有八九是得了什么大机缘，我们这些人才是来这做陪衬的。等他二人出来，估摸着这里的阵法便能开启，我们自能出去。"

余未秋嘴角抽动了一下，虽然这话确实没什么毛病，青小师叔得了大机缘那是极好的，但向志远那老小子，凭什么？

谢时故的目光落向秦子玉，忽然问他："小牡丹，我以前是不是在哪里见过你？"

秦子玉一怔，不待他说，谢时故弯起唇角道："逍遥山。"

秦子玉愕然睁大眼。

闻言，众人齐齐愣了愣，唯徐有冥神情略沉，谢时故兀自说下去："当年百家围剿逍遥山，除了那魔头，山上那些妖魔死的死、跑的跑，我曾捉到一小妖，原本我一根手指头就能将他碾死，当时他泪眼汪汪地瞧着我，我见他长得好看，身上也未沾到什么魔气，便动了恻隐之心，将他放了。如今想起来，就是你吧？"

话才说完，余未秋先跳了起来，大声道："你胡说八道！子玉是秦城出来的，与那逍遥山魔窟有何关系？"

秦凌风一行人也皱了眉，为首的秦凌风沉声道："盟主说这话，还是得有证据得好，子玉是我大哥的养子，是我秦城之人，如何会与那逍遥山扯上关系？"

谢时故却反问他："他是何时被你大哥认作养子的？又是何来历你们可有查清楚过？"

眼见着秦凌风神情间出现了犹豫之色，谢时故唇角更上扬几分，道："看来被我说中了，你们不清楚。"

秦凌风坚持道："子玉秉性淳朴，性情和善，因之前受过伤，记忆有损，我等确实不知道他从前的来历，但我等相信他绝无可能出自逍遥山。"

谢时故轻嗤了声，秦子玉面色发白，下意识道："我不记得，我……"

余未秋冲谢时故冷道："说来说去，你不就是想说青小师叔是魔头转世，故意将他身边人也与那魔头扯上关系，这事不过是你的一面之词，无凭无据，你说是便是吗？"

谢时故没理他，转头问徐有冥："明止仙尊来说说吧，小牡丹当年是不是逍遥山中人？"

秦子玉下意识看向徐有冥，其余人也都将视线落向他，无论是笃定不信，还是隐有疑虑的，都希望能从徐有冥口中得到一个确切的答案。

徐有冥神色漠然，反问谢时故："你也会动恻隐之心？"

余未秋赞同道："就是，听他胡说八道。"

谢时故笑笑，道："有何不可？"

徐有冥冷淡丢出四个字"无稽之谈"，便再不搭理他，重新闭眼，入定了。

闻言，秦子玉松了口气，秦城众人自然万分信服徐有冥的话，这段时日相处下来，都觉这位极上仙盟的云殊仙尊性情有些不敢恭维，他们潜意识里就更愿意相信徐有冥。

余未秋狠狠剜了谢时故一眼，认定他是在胡言乱语。

谢时故终于闭了嘴，低下头，手中扇子漫不经心地在地上敲了敲，轻蔑一哂。

整整十个月，乐无晏一直在那山洞中修炼功法，他的修为也跟着迅速提升，待到最后一章功法被他研习透彻，可以纳为己用之时，他自身修为已达到了筑基巅峰。

若非为求稳固，不想在这个地方突破进境，他直接在此结丹亦无不可。

筑基至金丹，别人或许需要耗费数十年的时间，他只用了短短不到两年。

乐无晏再次将体内运转的灵力收回，慢慢睁开眼，长出一口气，抬眼望向四周。

他得想办法从这山洞里出去了。

思索片刻，乐无晏并起双手，掐指成诀，开始施法。

灵力出体，缠绕于他周身，快速轮转，比从前更纯粹，其间隐有灵光流淌。

这灵光是凤凰族独有的护身真灵，肖似灵力，却不同于灵力，所有针对灵力的攻击术法于这真灵皆不能起作用，修为高出他至少三个大境界者，才有能力撕开这一层真灵，且这真灵与灵力并无依存关系，是他运转功法时自带出的，即便灵力耗尽，只要他还有一口气在，就能护住自己。

手上指诀不断变化，指尖也渐生出一团赤色真灵，翻飞于他白皙修长的十指间，待那团真灵变得足够茁实之后，乐无晏猛睁开眼，将之往前方虚空急射出去。

速度快如闪电，至某一点时猝然炸开，散成无数斑驳的光点，光点中心升起了一团火，从一开始的浅淡逐渐变得浓郁，呈五彩之色，以赤为主，外覆金芒，与凤羽一模一样。

是凤凰真火。

凤凰真火浮于虚空，燃烧时极其耀眼夺目，瞬间映亮了原本阴寒幽暗的山洞。

许久之后，那团火如有灵智一般，渐渐靠向了乐无晏，乐无晏仍在不断掐诀，凤凰真火落于他指尖，在他手指间跃动不停。

及至那火没入他体内，沉入丹田，与丹田之火互相排斥、试探，再逐渐融合，成为一体。

丹田之火至阴，凤凰真火至阳，从此以后，他可克天下万火。

待到灵力收回体内，周身真灵也逐渐散去后，乐无晏原本光洁一片的眉心出现了一个小巧的赤色火焰纹。他再次睁开眼，凤凰族的最后一样传承已被他接收。

同一时间，发髻间的红枝忽然动了，乐无晏已能感应到它，他将红枝取下，咬破食指指尖，滴血上去。

真灵拂过红枝周身，不待乐无晏做什么，它已自行回到了乐无晏的发髻间，认了主。

乐无晏心头畅快了几分，尚未结丹就能让红枝重新认主，算是个意外之喜了。

片刻，脚下忽然间地动山摇，乐无晏只以真灵护住己身，未再做其他动作。

几息之后，他重回黑暗空间里，面前仍是才将将恢复、苦大仇深的向志远。

见到乐无晏，向志远立刻站起身，警惕着他。

"你去了哪儿？"向志远粗声粗气地问道。

乐无晏周身威压变化明显，额间还多出了特殊的火焰纹标志，他不是瞎子，不可能看不出来，这人必是在这里得了什么大机缘，不像他自己，困在这鬼地方十个月，除了恢复身上伤势，一无所获。

这魔头怎就有这般好的运气！向志远咬牙暗恨。

乐无晏轻蔑道："你猜啊。"

他已打算将这厮当作得了凤凰族传承后第一个练手的人。话音落下，不待对方反应，乐无晏一声冷笑，手中凤凰真火释出。

"啊啊啊！"

向志远根本来不及抵挡，也毫无抵挡之力，瞬间已满身是火，摔倒在地上不断打滚，发出一声又一声的惨叫。

凤凰真火至阳至烈，无一克星，向志远这小子修为低下，片刻后便已到了濒死的边缘。

乐无晏冷眼看着，忽然一愣，神识中消失已久的标识重新出现了，位置就

卷二 旧时境

189

在他身旁，说明徐有冥他们就在这里，却看不到人。

他立刻想起了他们之前经过的一个小阵，也是这样的空间重叠阵法，但那一小阵只针对活物，这里的空间阵法针对的却是所有，若要破阵，方式却差不多。

徐有冥那边应也感知到了，但不能以死物试探，想要确定彼此确切位置却不易，且碍于这阵法，他们还不能传音。

乐无晏想了想，目光落回那奄奄一息的向志远，收回了凤凰真火，暂且饶了他一条狗命。

向志远花了十个月才勉强修复好的皮肉经这一遭，又变得焦黑一片，蜷缩在地，正颤动着发抖。

乐无晏有些嫌弃地踢了他一脚，扔了一张符过去，向志远以为那又是什么邪门的符，惊恐大叫，符纸贴至他身上，很快有一团白光将那厮裹住，将人禁锢其中。

这其实是一个禁制符，但能突破空间障碍，也是乐无晏前生自行捣鼓出来的，只给徐有冥见识过，若非不得已，他是真不想用。

之后若是徐有冥问起，装傻便是。

向志远试图挣扎但无用，在那团光中的滋味十分不好受，连灵力都被禁锢住，与废人无异，更别说他才被烧至重伤，体内没了灵力护持，只是疼痛就能要了他的命。

他不停地哀号，乐无晏懒得理，红腰抽过去，将他当皮球一样抽着玩。

向志远裹身在那团白光中，被红腰抽得在整个空间里四处乱撞，惨叫连连，至某一位置时，却忽然像是看到什么，猛地瞪大眼，大声喊："仙尊救我！"

乐无晏当即将他定住，大步走过去。

"你是不是看到了仙尊？"

向志远只看向他身后的方向，涕泗横流挣扎着大喊："救命！魔头要杀我！"

乐无晏又一鞭子抽过去，但没让人再动弹，恶狠狠道："你给我老实点，他能看到你，但听不到你的声音，你现在只能听我的，告诉我仙尊现在在我身后多远。"

另一边的黑暗空间里，余未秋等人惊愕地睁大眼，那突然冒出来的白光着实吓了他们一跳，半日才看清楚其中还裹了个不成人形的人，竟是向志远那老小子。

向志远瞪着眼睛正冲着徐有冥大声喊着什么,他们却听不到那厮的声音。

余未秋道:"这是怎么回事?"

徐有冥站定在原地未动,冷若冰霜的神情中却终于有了一丝松动。

他立刻坐下开始施法。

41

向志远那厮起初不肯配合乐无晏,再被狠抽了几顿,见徐有冥他们无一理自己的,终于老实了,乐无晏问什么他说什么。

乐无晏退至向志远嘴里与徐有冥位置重叠处坐下,开始与身处另一空间的人共同施法。和之前在那间石室中一样,两道法印一齐打出,于空中迅速交叠轮转再扩大。

光芒收尽、法印消散时,消失了已有十个月之久的乐无晏终于出现在人前。

众人上前,徐有冥目光定在他身上。

乐无晏轻出一口气,闭了闭眼,脑子里闪过幻境中的那一幕幕,心下五味杂陈。

谢时故敲了敲手中扇子,问:"青道长是不是该说说,这十个月你们去哪里了?"

乐无晏神色淡定道:"哪里都没去,入了一场幻境,做了一场美梦,梦醒就回到这里了。"

谢时故自然是不信的,连余未秋都察觉到了乐无晏的变化,惊异道:"青小师叔,你额头上那是?"

乐无晏本就长得好,颜姿殊丽,额间多了那一道火焰纹,更衬得他容貌张扬明艳,余未秋这一问,众人便都注意到了,看着乐无晏纷纷目露惊疑。

徐有冥不易察觉地拧了眉,神情中有几分不快。

谢时故啧道:"看来青道长果真得了大机缘,也不肯说出来让我等艳羡一番。"

话才落下,那还被白光禁锢住,直接被众人忽略了的向志远忽然叫嚷起来:"他是魔头!他是魔头转世!我看到了!他入了幻境!看到了那个魔头的记忆！"

这厮方才在阵法破除时受了震荡，晕了一阵，才醒过来，见众人都围着乐无晏，无一人关心自己，受了刺激，一时犹如疯癫。

谢时故一抬手，灵力驱散了那团白光，向志远掉落在地上，趴着喘气，艰难地抬了头，恶狠狠道："我亲眼看到他入了幻境，成了那魔头，他自己也亲口承认了，他就是魔头转世。他要杀我，你们都被他骗了！"

"你胡说八道什么！"余未秋想上去抽人，被冯叔拦住。

乐无晏面上却无半分惊慌，只是略略可惜方才要借这个人的口破阵，没来得及杀他，道："我几时承认了？逗你玩的你也信？我真要杀你，你还有命在这里胡言乱语？倒是你，先前想要偷袭我，还用你师尊送给你师兄的护身法器对付我，你师兄他们分明就是被你杀害的，法宝才会落在你手中，你还有何狡辩的？"

"我没有！"向志远底气也很足，"是你冤枉我！我从没拿过师尊给师兄他们的东西！"

乐无晏直接出了手，他才懒得讲什么君子之道，先前要是就搜身了，这老小子哪还能这么得意地在这里叫嚣。

向志远猝不及防，身上的乾坤袋、纳戒之物全被乐无晏夺了去，里头的东西倒出来，扔了一地。

向志远怒道："你做什么？这都是我的东西！"

冯叔与另一护卫上去看了看那些东西，又摇头："看不出异状。"

向志远滚过去将东西都捡起来，咬牙恨道："我说了我没杀师兄，没拿他们的东西，是艮山剑派这二人和这魔头冤枉我！"

他心下暗自庆幸，之前被乐无晏发现了那件灵器，他已将夺来的法宝都扔在了那边的空间里，虽然可惜，总好过丑事彻底败露。

那艮山剑派二人闻言，也立刻将身上东西都取了出来，坦荡地交给众人看，以证清白。

向志远还在叫嚷，乐无晏冷哂："你偷摸把东西都扔了吧。"

向志远立刻反唇相讥："你说是便是，反正都是你信口雌黄的！"

徐有冥忽然插进声音，提醒众人："都别说了，阵法快要开启了。"

众人闻言神情一凛，再没有心思管向志远的事情，纷纷警惕起四周。

这是最后的阵法了，一旦开启，他们便能从这八门合阵中出去。

徐有冥和谢时故快速演算起，脚下已有了动静，不断有各种灵光自他们身处的位置飞速向外扩散开。

片刻后，谢时故忽地一笑，道："八门会在一刻钟后回到原本位置，同时开启。"

不待众人松口气，他又道："这个八门阵只有从三吉门出去才能平安无事，但八门每个门只能容至多两人出去，之后便会彻底关闭，也就是说，我们这十六人中，只有六人能从吉门离开。"

众人闻言愕然，下意识看向徐有冥，见他神情凝重，显然推演出的也是一样的结果。

"那要怎么办？"有人问。

谢时故不在意地摇了摇扇子，道："还能怎么办，各凭本事，抢到吉门的走吉门，抢不到的走凶门，虽说凶险了些，出去估计得丢半条命，也只是半条而已。至于凶门也抢不到的，那就没办法了，要么就去杜门、死门寻个痛快，要么就困在这里头，说不准等到下个百年，这里的阵法会重新开启呢。"

这人的语气实在讨人厌得很，这会儿却谁都没心思再反驳他。

若当真各凭本事，能平安离开此处的大约只有徐有冥和谢时故各带一人，其后修为最高的是秦凌风，再是冯叔，那艮山剑派二人，还有那人人嫌弃的向志远，怕是连一丝抢到生路的可能都没有。

向志远当下明白了自己的处境，趴在地上痛哭流涕哀求徐有冥。徐有冥没理他，乐无晏烦不胜烦，甩过去一张符纸，封上他的嘴巴，叫他闭了嘴。

艮山剑派二人神情很是难看，但没出声，余下人面面相觑，全然不知该怎么办。

时间一点一点过去，整个空间里如死寂一般沉默，连一贯话最多的余未秋，几次话到嘴边也都咽了回去。

但隐隐地，众人各自都与身边人隔开了距离，两两站在一块儿，警惕着其他人。

谢时故自是跟他那仅存的手下一起，余未秋被冯叔按住，另一护卫跟在了他们身后。

秦凌风将秦子玉叫去身边，让他跟着自己，秦城另外四人两两一组。

吉门不行，凶门总能搏一搏。

徐有冥站在乐无晏身侧，仍在演算中。只等时刻一到，八门开启的瞬间，带着他走最近的吉门离开。

谢时故忽又偏头看了看乐无晏，问他："青道长当真没其他法子了吗？你消失了十个月回来，不但修为精进迅猛，整个人周身气势都不一样了，必是在此处大阵里得了莫大的机缘，这最后的破阵之法，你当真一点头绪都无？"

众人闻言一齐看向了乐无晏，目光里隐有希冀，乐无晏嗤了嗤，并未搭理人。

谢时故笑笑，乐无晏不说便算了，反正旁人死活也与他无关。

时间到时，徐有冥与谢时故同时飞身而起，动作分毫不差，各带一人分别往生门、景门去。

余的人盯着他们的动作，反应快的高阶修士如秦凌风和冯叔，立刻便从他二人所去的方位推断出了八个门的方向，只慢了一两息的工夫，就要去争夺仅剩的那个吉门。

破门而出的瞬间，乐无晏突然朝着空间内扔出了一团赤色真灵，大声道："里头包裹的心诀中有逆转凶门、死门为吉门之法。"之后便头也不回地跟随徐有冥离开。

落地是在一片平原之上，乐无晏一屁股坐到地上，长出了一口气。

片刻后他抬眼，徐有冥站于他身前，面庞在逆光下有些模糊不清，正垂首看向他。

乐无晏身体往后仰，抬头冲他笑道："仙尊一直看我干什么？"再一撇嘴道，"我方才又不是有意不提前说的，不想让那些人一直追着我刨根问底而已。"

那八门合阵是凤凰族留下的一处遗迹，他得到的传承里便有最后破阵离开之法，只要等到某个特定时刻，不同的门移至特定的方位，凶门、杜门、死门都能扭转为吉门，至于那些人信不信他，那是他们的事，反正他知道小牡丹肯定会信他能活着出来就行了。

乐无晏道："坐坐，让我歇会儿。"

徐有冥也在他身前席地坐下，目光落至他的脸，慢慢扫过。

乐无晏对上徐有冥看向自己的眼神，想跟之前一样讥讽他几句，又想起幻境里的那逍遥百年。

"你看什么？"乐无晏嘟哝了一句，再轻咳一声，"你修为恢复了吗？"

徐有冥道："嗯，这十个月你去了哪里？"

乐无晏犹豫了一下，直接说了："被拖进了一个山洞里，上面有几十幅壁画，都是仙魔之战的情景，凤凰灭族，魔界倾覆，三位天尊陨落……"

他看到徐有冥眼睫毛微微动了动，问他："万年前的仙魔之战，仙尊可有听说过？"

片刻，徐有冥沉声道："仙魔大战，祸及人间。当时整个修真界都因此动荡不安，玄门与魔修者亦争斗不断，持续了近千年，事态才逐渐平息。仙魔之战的最终结果无人知晓，但高阶修士卜算出的皆是吉卦，其后这万年，修真界也确实一片祥和安然，渐渐这事便不再有人提起。"

"唯独近百年来逍遥山出了一个魔头是吗？"乐无晏讽刺道。

徐有冥道："万年之前，更有无数作恶多端的高阶邪魔修为祸人间，他的所作所为，算不得什么。"

乐无晏道："但是天道规则改了。"

说着他自己先愣了愣，在那处幻境中时，他与夭夭做了那么久的准备，自认为万无一失，分明上古时确实有十恶不赦的邪魔修者成功渡劫了，为何轮到他时会是一百零八道天雷同时降下？是与天道规则有关吗？

幻境之中的场景，竟会这般真实？

乐无晏一时走了神，便没注意到徐有冥的手微微收紧，徐有冥自喉咙里艰难滚出声音："嗯。"

乐无晏看向他道："你知道？"

徐有冥道："仙魔之战后，万年来无一魔修者成功渡劫。"

乐无晏道："为什么？"

徐有冥道："不知，魔修者本就特立独行，大多独来独往，飞升渡劫时怕遭人暗算，都会寻找广袤无人之处施法，外人只道他们渡劫失败就此陨落了，并不会因此多想，且万年中一共不过六七个魔修者修为至渡劫期之上，便是最终都飞升失败了，也属寻常。"

乐无晏皱眉问："魔修者渡劫成功的把握是三成，按理说，这六七人中理应有一二人能成功飞升，全都失败了就从来没有人怀疑过吗？"

徐有冥道："玄门中人深恶魔修者，尤其是邪魔修，只会因此觉得快意，并不会深究。"

乐无晏心头略沉，不说玄门中人，在那个幻境里，即便他与夭夭也只是就此嘀咕了几句，同样未深究其中的因由，转而去翻阅上古时魔修者成功渡劫飞升的前例，他们确实都疏忽了。

乐无晏不可置信道："所以天道规则改了的意思，是指魔界倾覆后，再不许魔修者飞升吗？那正魔修呢，正魔修也不能吗？"

徐有冥道："天道规则中，正魔修双手一旦沾染杀孽，便等同于邪魔修。"

乐无晏一愣，心头蓦地翻涌起一股压不住的愤怒，道："正魔修杀了人就变成了邪魔修，再无飞升可能，那玄门修士呢？玄门修士难道就各个高风亮节、清白干净？如向志远那样杀害同门师兄的小人，他又有什么资格有朝一日得道飞升？"

徐有冥却道："天道规则不以人的意志为转移，公与不公，都只能接受。"

乐无晏满腔愤懑，一口气吊着上不去下不来，陡然间又似想起什么，拔高了声音："所以天道规则之事，你又是如何知道的？"

42

沉默一阵，徐有冥闭了闭眼，还是道："不能说。"

乐无晏的手已不自觉地握到了红腰上，竭力忍耐着道："我非要你说呢？"

徐有冥坚持道："不能说。"

红腰出手，徐有冥不躲不闪，长鞭擦着他胸前过，那一片转瞬皮开肉绽、鲜血淋漓。

下一鞭子重重抽在了地上。

明知这人身上伤口片刻就会痊愈，看在乐无晏眼里依旧刺目至极，他愤恨地咬牙道："你这个骗子。"

徐有冥没有反驳，灵力探进他体内，片刻后道："临近金丹，你没有在阵中着急结丹是对的。"

乐无晏道："跟你有什么关系？"

"你是我共修者。"徐有冥道。

乐无晏听到这话却更生气。

"抱歉。"徐有冥低下声音，"又让你不高兴了。"

乐无晏更多要脱口而出的气话哽在喉咙里，瞪向面前人。

乐无晏道："我就是气性大。"

徐有冥仍是那句："抱歉。"

二人僵持一阵，乐无晏最终还是将那口气咽了下去。气死自己划不来，他忍了。

他继续说起他在阵中的经历："之后我接受了凤凰族的传承，全部。"

这事他本也没打算瞒着，他瞒得了别人但瞒不了徐有冥，不如明说。

徐有冥眸光微动，道："凤凰族的传承？"

乐无晏一点头，语气略得意："凤凰族的全部功法、心诀，可能我上辈子是只凤凰也说不定呢，所以得了这机缘。"

这么说着他无端地想起壁画中的那只青鸾，心里隐隐生出几分怪异之感，一时却捉摸不透。

闻言，徐有冥眼中有复杂的情绪转瞬即逝，在乐无晏抬眼看过来时，却只道："你是单火灵根，合凤凰属性。传闻凤凰族有许多玄妙功法，若能研习透，必能助你修为快速提升，既有此机缘，便不要浪费了。"

乐无晏道："不用你说。"

"还有那凤王骨，根本不是人人能用得的，火灵根、凤王骨、凤凰族功法，三者缺一不可，只有全部得到了，才能被凤凰族认可，避天劫飞升，浴火为凤凰。那些玄门修士知道他们心心念念的东西，其实绝大多数人就算拿到了也不能如他们所愿吗？"

徐有冥神色如常，道："传言从来夸大其词，这个世上也从没有什么事情能一蹴而就。"

乐无晏噘了声，没意思，他还想从这人脸上看到点失望的表情呢。

"那你说的'没有了'又是何意？你真的见过凤王骨？又随便祸祸了？"

乐无晏还是不死心，问完见徐有冥又沉默不言了，啧道："哦，又是不能说。"

"算了。"他接着信口胡诌道，"我在那阵法中，让向志远那厮突破空间障碍的法子，也是从凤凰族传承中学来的。"

徐有冥道："嗯。"

乐无晏放下心来，狗贼没起疑就好。

徐有冥站起身，道："走吧，别一直坐在这里了。"

卷二　旧时境

197

乐无晏回头看身后，除了他们始终没有其他人的影子，想必是出八门阵后各自掉在了不同地方，不必再等。

乐无晏站起身："现在要去哪儿？"

徐有冥道："往前走吧。"

之后他们便漫无目的地一路往前去，不时能碰到成群结队的异兽路过，往往还没靠近他们，那些异兽就已撒腿跑了，像是感知到了徐有冥身上的渡劫期修士威压，压根不敢往他们跟前凑。

时不时地也能看到追着异兽跑，或被异兽追着满地跑的修士，各门各派的都有，除非有人命悬一线，徐有冥轻易不会出手，乐无晏更就是个看热闹的，偶尔还会偷偷帮那些异兽一把，以戏耍玄门修士为乐。

日暮之时，他们在一处景致尚算不错的溪水边坐下。

远山近水，天边落日与初升的明月交替，再远一点还有斑驳星光。即便在这秘境之中，眼前所有的一切都是虚构出来的假象，依然美得令人感叹。

乐无晏生了个火堆，手指间释出一点真灵，不断变幻形态，聚成一团，又或是散落成星点，再捏成不同的形貌，他甚至捏出了一柄剑，暗暗想着自己现下修为太低，等修为上去了，这真灵铸成的剑说不定与真剑相差无几，也能生出剑气，甚至剑意。

由此，他或许可以捏出不同的兵器法宝，且不需要消耗灵力，这真灵的大用处，还得细细参悟神识中吸纳的那些功法才是。

徐有冥在一旁安静地看，盯着那一团真灵，半响没吭声。

乐无晏玩了许久，将之收回体内。

偏头对上徐有冥的目光，他一扬眉，道："向志远说我在阵法中进了幻境，看到了那魔头的记忆，仙尊就不好奇？"

徐有冥沉声道："他胡言乱语，不必当真。"

乐无晏道："若他说的是真的呢？或许我当真就是那魔头转世呢？"

"你不是。"徐有冥立刻道。

乐无晏就知道他会说这句，哂了哂："你说不是就不是吧，不过我确实进了幻境，做了一场梦，沉浸在那幻境之中，不愿醒来。"

若不是最后身死魂消的结局，乐无晏甚至想，哪怕永生永世被困在幻境里也好，至少他是高兴痛快的。

徐有冥道："幻境终究是幻境，迟早要醒来。"

乐无晏不乐意听这话，道："我在幻境里也有个共修者，他好得很，为了我敢与天下人反目，你不如他。"

徐有冥平静道："我确实不如他。"

乐无晏无语了。

行吧，当他没说。

他心里其实有种说不清道不明的感觉，幻境中的一切，他始终不觉得是一场他虚构的美梦，所以有意试探。

徐有冥的反应也在他意料之中，这人就是个锯嘴葫芦，什么都是"不能说"，要不干脆就是沉默。撬不开这人的嘴，他只能暂且忍耐着。

各自无言时，前方远山之后忽有灵光大作，异兽的咆哮与打斗声不断，且有愈演愈烈之势。

空中骤然炸开了一朵十分显眼的火焰云，竟是本宗的求救信号。

徐有冥眉头一拧，飞身快速掠了过去，乐无晏不情不愿地跟上。

几息之后，他二人掠过山头，山后的情形却大大出乎他们的意料。

上百头异兽正在围攻十几个太乙仙宗的修士，且这些人中领头的还是一位大乘期的带队长老，被逼至穷途末路，不得不放出求救信号。

一众太乙仙宗弟子已陷入绝境之中，不断有人倒下，直至那道白色身影从天而降，有人先看到了，双眼立时绽放出光亮，大声喊："仙尊！是仙尊来了！"

众人闻言，纷纷抬头朝徐有冥的方向看去，见来人果真是明止仙尊，顿时士气大振，又各自强撑起灵力几近枯竭的身体，继续与那源源不断涌上来的异兽群搏斗。

徐有冥看到兽群中正与异兽之首纠缠的长老，飞身过去帮忙。

乐无晏停下观察了一下，这一群异兽都是少见的天阶异兽，且那异兽之首能将大乘期长老逼得如此狼狈，甚至隐有败象，修为应不下于他。这里上百头异兽，若非徐有冥就在这附近，这些人今日估计死定了。

徐有冥对付那异兽之首，灵力已快耗尽的长老又转而去帮其他弟子，乐无晏见他们十来个人对付上百头异兽，看着实在够呛，想了想，到底出了手。

他有自知之明不会去挑战异兽之首，余的这些他方才观察下来，修为应在人修的金丹期左右，虽比他高了一个大境界，但这一群都是火属性的异兽，勉力可以一试。

凤凰真火出体的瞬间，离乐无晏最近的太乙仙宗弟子愕然睁大眼，只见呼啸山风带着那五彩绚丽的炽热火焰扑面而来，他下意识就要抵挡，周围原本围攻他的三头异兽却忽然齐齐掉转头去，愤怒地朝着乐无晏的方向喷出了烈火。

两股火势于空中猛烈相撞，火焰冲霄，几乎映亮半边天空。

凤凰真火瞬间已将另一股火势吞噬，如摧枯拉朽一般朝着那三头异兽猛扑过去，那三头异兽见势不对就要跑，转瞬间却已置身在凤凰真火的禁锢之中，只能徒劳地挣扎，发出凄厉的嘶吼。

待到凤凰真火燃尽时，那三头异兽竟只剩三具骨架，轰然倒地。

乐无晏额头隐有细汗渗出，这一击耗了他体内八成灵力，结果却十分不错，能一次烧死三头修为等同金丹期的异兽，凤凰真火的威力已远超出了他的预想。

其他人显然都注意到了这边的动静，俱目露惊异，不过此刻他们也无暇多顾，仍在手忙脚乱地对付那些难缠的异兽。

徐有冥很快解决了那头异兽之首，回身看向乐无晏的方向，见他身处远离异兽群的地方，虽灵力消耗颇多，但并无危险，又转头去继续解决剩下的异兽。

没了异兽之首，余下的异兽数量虽多，在徐有冥手下却不堪一击，他没有一次将之全部绞杀，见有人陷入危险时才会出手营救，剩下的便留给这些弟子练手。

乐无晏之后又释放了几次凤凰真火，每回只攻击一头异兽，待灵力恢复大半，再接着释出下一次。

如此数次下来，他隐约能感觉到自己释出的真火愈发凝练纯粹，心下暗自满意。

最后一头异兽解决之后，一众太乙仙宗弟子累得毫无形象地瘫坐在地，喘气片刻后，接着抓紧时间恢复灵力。

徐有冥回到乐无晏身边，问他："可还好？"

乐无晏不在意道："比这些没用的宗门弟子总要强些。"

徐有冥不再说，带着他就要离开，原本在席地打坐的长老起身走过来，叫住了他们。

"今日之事，多谢仙尊和青道长及时出手相救，我等才能侥幸脱险，捡回一条性命。"

这位名为玉真尊者的长老先前也看乐无晏不太顺眼，如今却改变态度，十分诚恳地与他二人道谢。

乐无晏本无所谓，这下倒是对这人高看了一眼，同是大乘期长老，这人显然比那眼睛长到头顶的泰阳尊者要识时务些。

徐有冥淡道："同宗弟子，理应如此。"

对方看向乐无晏，也瞧见了他额间的火焰纹，略略惊讶，又想到乐无晏方才的表现，分明只是筑基期的修士，却能一击击溃三头金丹期异兽，委实令人心惊。

但在这秘境之中，什么样的机缘都有，他自然不会没眼色地多问，只道："今日之事，算我欠了仙尊和青道长一个人情，日后自会回报。"

虽是同宗修士，救命之恩却不能就此揭过，尤其这人本身是大乘期的长老，自有傲气，他既坚持如此，徐有冥也不会说什么，点了点头，带着乐无晏先一步离开。

天色彻底暗下来时，他们在一处背风的山脚下歇息。

徐有冥设了结界，乐无晏正打算再生一堆火，忽然感觉到脚底不同寻常的震动，不多时四面八方开始地动山摇，更有无数灵光滑过原本漆黑平静的夜空。

徐有冥立刻起身，望向远方夜幕，沉声道："秘境要提前关闭了，做好准备。"

43

秘境结界关闭的瞬间，所有还活着的修士一齐被阵法弹出，回到雪山之外。

大多数人都狼狈不堪，因结界提前关闭全无准备，被弹出来时人还是蒙的，完全搞不清楚状况。

徐有冥带着乐无晏平稳落地，再次碰到玉真尊者他们，落在各处的太乙仙宗弟子陆续齐聚到他们身旁，一直在外等候的随行扈从也迎了上来。

三百太乙仙宗修士入秘境，活着出来的不过二百五六十个，死伤颇多，但活下来的人各个收获不小，到手的各样天材地宝和功法且不说，在秘境中十个月，修为精进更如有神速。

别的宗门情形大抵如此，不过此刻众人却没心情欣喜这些，在场的高阶修士纷纷推演起秘境突然提前关闭的原因，却一无所获，反而这一存在已有万年之久的北渊秘境，今日竟彻底感知不到了。

"怎会如此？秘境竟然消失了？是我演算出了错吗？"有人不可置信地颤声问。

"确实不见了，我也感知不到了。"接腔的人神情凝重，眉头紧锁，这里已然变成了一片再普通不过的雪山，不像之前，即便秘境关闭，在外也能感知到它的强大威压。

北渊秘境今日，竟然彻彻底底地不见了。

这一消息很快在众门派修士中传开，顿时议论纷纷，一片惶恐。

乐无晏小声问徐有冥："当真不见了？"

徐有冥点头道："嗯。"

乐无晏一扬眉，他们今日才从那八门合阵中出来，秘境就提前关闭，然后彻底消失了，为何这么巧？

他抬眼望向前方巍峨的雪山，忽然想起入秘境之前，自己和徐有冥关于这北渊秘境出现在此的因由的讨论，心里没来由地生出丝微妙，或许不止那八门合阵，这整个北渊秘境都是凤凰族遗留之物，如今他已接受了凤凰族的传承，所以这秘境便也没有存在的必要了。

想到这些，乐无晏愈发唏嘘，原来他真是那个"有缘人"，但得到了凤凰族传承，他所感知到的沉重却远大于欣喜。

"小师叔、青小师叔！"余未秋的声音在背后响起时，拉回了乐无晏的思绪。

他回头看去，这小子已拉着秦子玉一块儿回来了。

他们先前在阵中依着乐无晏给的心诀自行演算，最后都顺利自吉门离开，并未受伤，后头又在阵外碰到，这便一起出来了。

"秘境怎么突然就提前关闭了。"余未秋嘴上嘟哝着抱怨，他们在八门阵里耗了十个月时间，竟然就这样出了秘境，以后可能也没机会再进去了。

乐无晏说了句"既来之则安之"，没多解释。

秦子玉却有些心不在焉，前方极上仙盟修士的聚集地里，谢时故正与一直等在秘境外的共修者说话。听不清他说了什么，但能看到他玩世不恭的笑眼里藏着的少见的正经。

秦子玉目光顿了顿，又移开。

谢时故垂眼看向坐在地上，见到他出来了面上也无半分波澜的共修者，问他："看到我活着出来了，很失望吗？"

青年面色麻木，并不理他。

谢时故眼中笑意淡去，低下声音："时微，你到底什么时候才能想起从前的事情？"

青年漠然闭起眼。

太乙仙宗这边，众修士大多受了伤，尚在休整。

向志远一睁开眼，便跟魔怔了一般，疯了似的大声嚷嚷起来："魔头转世了！魔头转世了！青道长就是魔头转世，我亲眼瞧见了！他进了幻境！他就是那个魔头！"

一片哗然。

这厮是被余未秋的另一个护卫从那阵法中拖出来的，之前就已吓破胆晕了过去，出阵后冯叔他们将他扔给偶遇的其他太乙仙宗弟子，后头才被人带出秘境来。

向志远张牙舞爪，瞪着眼睛，状若疯狂，众太乙仙宗弟子听着他的疯言疯语，不由得将信将疑，一时间周围落向乐无晏的目光里尽是警惕和打量。

乐无晏忍着翻白眼的冲动，暗恨在阵法中没来得及弄死这人，还未开口，徐有冥已上前一步，手指一抬，向志远那厮的嘴巴被封住，只发得出"唔唔"声响，再不能胡言乱语。

另二位长老过来问怎么回事，徐有冥沉声冷道："青雀与他同落进一处阵眼中，起了争执，他有杀害同门师兄的嫌疑，他的话不可信。"

他简单将向志远与艮山剑派那二人起的争执说了一遍，余未秋也立刻帮腔："艮山剑派那二人这十个月一直与我们待在一起，人品信得过，一准是这老小子在说谎，落进阵眼里后，他还试图用泰阳尊者给他师兄的法宝偷袭青小师叔，被青小师叔识破，才倒打一耙诬蔑青小师叔是魔头转世。"

听罢，一长老尚有犹豫，玉真尊者先道："向志远此子的无稽之言过于荒唐，自不可信，至于他那两位师兄是否确实为他所杀，回去我等将人交给他师尊，便由他师尊去定夺吧。"

玉真尊者在宗门地位仅次于宗主怀远尊者，有他一锤定音，其他人便不好再说什么了。

此事到此作罢，众人即使心里还有怀疑，也不敢再提。

之后便是等待，北渊秘境提前关闭又突然消失的原因不得而知，没人愿意走，各大门派暂且都在这雪山上驻扎下来，想再多待些时日。

乐无晏觉得没什么意思，让徐有冥画下个结界，挡去那些窥探的视线，闷头睡大觉去了。

如此又过了几日，几万修士仍留在原地，打坐修炼，不时推演试探，却再探不到秘境的影子，便是再不甘心，大多数人心里都已隐隐有了定论，这北渊秘境或许当真彻底消失，不会再出现了。

但谁都不愿意先说出来，太乙仙宗和极上仙盟的人未走，其他门派即便有有心想离开的，也都暂且留了下来观望。

这日，乐无晏睡了一觉刚醒来，就听到结界外的喧哗声。

他伸着懒腰爬起身去外头看，才踏出结界，就听到惊天动地的声响，所有人都仰头在看同一个方向，乐无晏不明所以也抬了头，这一看却愣住了。

远处天际，徐有冥和谢时故那厮一个腾云，一个驾雾，正大打出手。

剑意冲霄，轰然释出，山川云海一齐震动。

便是那二人远在天边，雪山上的一众修士都似被那剑意震到，齐齐往后避了一步。

如此凌厉骇人的剑意，仿佛瞬间就能将被攻击之人碾压成泥，谢时故却不紧不慢，挥开手中铁扇，顷刻间带起狰狞狂啸的飓风，撕裂空间，生生将那剑意搅散。

山上众人被这股狂风带起的风沙吹得睁不开眼，再定睛看去时，就见那飓风的旋涡中心已猛扑向徐有冥，如最凶恶的猛兽张开血盆大口，欲要将他吞噬。

徐有冥身形不动半分，镇定地抬起明止剑，在空中画出一道半弧，刹那间剑光迸射，疾如闪电，与那股飓风猛撞在一块儿，发出山呼海啸一般的巨大声响。

众人只觉脚下山石猛震了三下，苍穹颠动，天地都为之色变。

黑色与金色灵光同时迸发，拼命试图吞噬碾压彼此，无边无际地蔓延至整片天际，将其下所有观战的修士都笼罩其中。

其后又有一金一黑的双龙自他二人体内祭出，直冲九霄，激烈地厮杀缠斗在一块儿。

龙吟惊天，久久不歇。

乐无晏皱眉问身边人："这是做什么？他俩怎又打起来了？"

秦子玉抬头看得入了神，甚至未听到乐无晏的问话，余未秋兴奋道："还不是极上仙盟那位盟主，无缘无故又跑来挑衅仙尊，也不知道跟仙尊说了什么，然后他们就打起来了。"

不怪他这么兴奋，这雪山上的每一个人此刻都分外激动，两位渡劫期仙尊斗法，那是千万年都难得一见的奇观，今日他们能有幸亲眼看到，往后足够跟人吹嘘三百年。

空中的斗法还在继续，人们议论纷纷，惊叹艳羡声不断。

乐无晏看了一阵，这二人真正斗起来，果然比先前在阵中修为被压制时气势更骇人，但依旧是不分胜负。

乐无晏的目光自徐有冥落向谢时故，暗暗想着若自己是那幻境中的渡劫期修为，与这人斗法时是否能彻底压制他，又撇嘴，眼下看反正是没戏了。

眼瞧着这二人越斗越激烈，丝毫没有停下来的意思，乐无晏觉得无趣，传音给徐有冥："别打了。"

片刻后，徐有冥最后一道剑意轰然释出，与谢时故手中铁扇卷起的飓风再次撞到一块儿，搅动得天动地摇，谢时故还要回击，徐有冥却收了手，丢下句"不打了"，飞身下去。

谢时故一掀唇角，跟了下来。

一众观战的修士意犹未尽，七嘴八舌地议论着方才的战况，有悟出什么的，当即画出结果，就地坐下入定。

乐无晏抱臂看着徐有冥走近，嗤道："仙尊当真越活越回去了，别人激你几句，竟就当众与人大打出手了。"

徐有冥上前道："嗯。"

乐无晏瞪了面前人一眼，问他："那厮说了什么刺激得你大动肝火？"

徐有冥微微摇头，并不打算说。

那边谢时故也才落地，远远叫了乐无晏一句："青道长想知道，不如直接问我啊。"

徐有冥的明止剑再次上了手，沉眼盯向那人，乐无晏却在他握住剑的瞬间下意识往后退了一步，徐有冥回头看他，眸色微动，乐无晏笑了笑。

谢时故"啧"了声，道："罢了，反正也与我无关。"

他再问乐无晏："青道长，你如今已是筑基巅峰的修为吗？是不是快要结丹了？"

此言一出，周围隐有倒吸气声。

太乙仙宗的弟子们不可置信地将目光落向乐无晏，眼中打量之意比先前更甚，毕竟谁都知道，青道长一年多前入太乙仙宗门时，修为还不到筑基，这才短短一年半，他竟然就要结丹了？

当年他们仙尊四年之内从筑基到金丹，已是人人仰慕的不世天才，这位青道长……怎可能？

这下连玉真尊者那二位长老眼中都流露出了惊讶神色，玉真尊者的声音里压不住激动，与乐无晏和徐有冥确认："青道长当真已是筑基巅峰修为？"

既然被谢时故说中了，再掩饰也没了意义，乐无晏坦然承认："是。"

玉真尊者连连点头，道："好，好，好！"

前一次自炼气至筑基，徐有冥说他是用了凤凰骨，如今自筑基往金丹，能在这么短的时间内突破，足以证明是这位青道长本身天资卓越。他既是太乙仙宗弟子，将来能成为第二个明止仙尊，甚至青出于蓝，于宗门便是无上的荣耀和底气。

这一消息很快在众门派修士中传遍，风头甚至不亚于方才两位渡劫期仙尊斗法，各种议论声落进徐有冥耳中，他的神识扫过众生百态，钦佩、惊叹、艳羡，乃至妒恨，无一错漏。

他再看向身侧神色一如既往的懒散的乐无晏，道："走吧。"

乐无晏道："去哪儿？"

徐有冥道："回去。"

徐有冥开了口，二位长老本也觉得没有必要再等下去，这便同意了。于是传令下去，仅半刻钟，众太乙仙宗弟子便已准备就绪，纷纷放出飞行灵器。

临走时谢时故叫住徐有冥，提醒他："明止仙尊，别忘了逍遥山之约，到时不见不散。"

徐有冥没理他，带着乐无晏径直离开，一众太乙仙宗弟子跟上，与来时一样，在其余门派修士目送中，浩浩荡荡而去。

行了一段距离，乐无晏问："那厮到底跟你说了什么？"

徐有冥淡声道："没什么。"

乐无晏压根不信，这人又在跟他打哑谜了。

徐有冥转开眼，眼中有转瞬即逝的黯然，再无言语。

一行人往太乙仙宗所在的东大陆飞去。

44

回到太乙仙宗是大半个月之后，阔别近一年，宿宵峰上还是老样子，虽冷清但不萧条，甘贰带人将这里打理得很好。

仙尊和青道长顺利结束修炼回来，众妖修们兴高采烈地来与他们道贺，乐无晏很大方地将秘境中得到的好东西拿出来，分给他们每人一样。

青道长如此慷慨好相处，更叫这些小妖们欢喜。

看乐无晏被众妖修围着，徐有冥将人都打发了下去，问他："你打算何时结丹？"

乐无晏打了个哈欠，道："休息几天再说。"

他现在更想祭五脏庙，辟谷的日子实在太难熬了！

徐有冥便不再提这个，传音让甘贰他们将膳食送来。

有好酒好菜，乐无晏才觉自己终于活了过来，往地上一坐，直接拎起酒壶先往嘴里倒了一大口，开始大快朵颐。

徐有冥帮他斟酒夹菜，自己也偶尔吃上一些。

乐无晏吃饱喝足，便有些心不在焉，不时瞥眼看身边人。

这一段时日，他总是不经意地想起那幻境中的种种，心情格外复杂，对着徐有冥，似乎也不如之前那般理直气壮了。

乐无晏暗骂自己心软，幻境中夭夭做过的事情，跟面前这个狗贼又有什么关系呢？

他拎起酒壶道："喝酒喝酒。"

后头秦子玉上来，将之前在八门阵中抢到的那根凤凰骨还给乐无晏，乐无晏不在意道："你自己抢到的，你拿着就是了。"

秦子玉坚持不肯要，道："凤凰骨太贵重了，若非有青道长在，凭我一人之力拿不到这个，我不能要。"

他说罢已双手将那根凤凰骨递上。

乐无晏还未动，徐有冥手指一抬，凤凰骨到了他手中，再递给乐无晏，道："你收着。"

乐无晏有些幽怨地看他一眼，到底将东西收下了。

在得到凤凰族传承以后，他对凤凰一族的感情变得格外微妙，秦子玉要将凤凰骨还回来就算了，他手里如今已有两根凤凰骨，却不打算再用了。

秦子玉还了东西，终于松了口气。

乐无晏招呼他也坐下一起喝杯酒，他却道："不了，我想去闭关一段时日。"

乐无晏闻言有些意外，问他："你的修为是不是也提升了不少，什么时候能筑基？"

秦子玉点头道："在北渊秘境中确实精进颇多，估摸着不需多少时日就能筑基，所以我想趁此机会先闭关，也好梳理一下秘境中的所悟所得。"

其实还有一个原因，是他近来道心不稳，脑中杂念过多，迫切需要静下心来，这一点却没好意思说出来。

之后徐有冥指点了秦子玉几句，同意他去闭关。

人走之后乐无晏搁了竹箸，忽觉没了意思。

徐有冥看他一眼，道："不吃了？"

乐无晏摇头，不想说话。

如此又过了几日，余未秋来宿宵峰找秦子玉，听闻他闭关去了没见到人，颇有些失望，便又上来找乐无晏说话，和乐无晏提起这两日宗门内沸沸扬扬的传闻："青小师叔你听说了吗？向志远那老小子被他师尊逐出师门了！"

乐无晏道："当真？"

余未秋猛点头道："可不是，泰阳尊者三个弟子去秘境，最得意的两个大弟子却有去无回，就向志远那老小子侥幸回来，泰阳尊者得到消息据说当场吐了血。玉真尊者将我等在阵法中发生的事情告知了泰阳尊者，冯叔还特地去给做了证，向志远那老小子自然不认，坚决不承认他杀了自己的师兄。泰阳尊者估计也不信他，但死无对证又不能扒了他的皮，最后只能将他逐出了师门，还知会了我爹，那老小子如今已被宗门除名了。"

乐无晏道："就这？"

余未秋道："没办法啊，没有确凿证据，只能这样了。"

乐无晏哦了声，逐出师门而已，太便宜那老小子了。

他还要说什么，徐有冥自外进来，道："师兄要见你，你随我同去。"

乐无晏一愣，道："你师兄？宗主啊？"

余未秋也问："我爹见青小师叔做什么？"

徐有冥没多说，道："走吧。"

他三人一起去了太极殿，进门后余未秋便被怀远尊者打发走，殿中只留下了徐有冥和乐无晏。

乐无晏抬眼看向立于前方之人，普通中年面貌的修士，众人眼里高深莫测的太乙仙宗宗主，在他看来不过尔尔。

他跟着徐有冥一起行了礼，怀远尊者目光落向他，隐有打量之意，乐无晏神色镇定，坦荡回视过去。

怀远尊者先开了口："有人说你在北渊秘境的阵法中入了幻境，看到了当年逍遥山魔尊的记忆，可有此事？"

徐有冥微拧起眉，乐无晏却笑了，道："谁说的？向志远啊？我确实入了幻境，看到的不过是一些风花雪月的风流韵事罢了，向志远被我识破他杀害同门师兄，诬陷我而已。听闻他已被自己的师尊逐出师门，宗主您也将他从宗门除名了，便是不信他所言，如今又何必再来试探我？"

怀远尊者道："外头人传言你伶牙俐齿，性格张扬，看来是真的。"

乐无晏点头道："我天性如此，不懂得掩饰。"

怀远尊者又问他："你如今已是筑基巅峰的修为？"

乐无晏道："是，过几日就打算闭关结丹了。"

"你天资与师弟不相上下。"怀远尊者提醒他，"这样的天资千万年也难出一人，你确实有骄傲的本钱。但盈满则亏，慧极必伤，尤其我等修行之人，还是要懂得收敛锋芒，约束自己，仙途才能通达顺畅。"

乐无晏对这话颇不以为然，便是前生死得轰轰烈烈，他也只觉得是自己运气不好，要他就此改了脾气，那不可能。

他嘴上却道："多谢宗主提点，不过宗主有句话说错了。"

怀远尊者看着他，道："哪一句？"

"千万年难出一人。"乐无晏道,"至少我与仙尊便是两个了。"

其实还不止他俩,还有谢时故那个脑子有病的,真要说起来,还有前生的他呢,但玄门百家不会承认罢了。

怀远尊者面露少许尴尬,显然也想到了这一层,他轻咳一声,再未说什么,只道:"你的弟子铭牌给我。"

乐无晏不解其意,将弟子铭牌扔了过去,怀远尊者接过,伸手在上面一抹,只见一道白光闪过,再扔回给他。

"剩下的让师弟给你解释吧,你们可以走了。"对方道。

乐无晏看了看手中的铭牌,仿佛没什么变化,但当他的灵力送进去时,便能看到铭牌中间除了显现出他的名字,旁边还有一个特殊的符文标志。

徐有冥已替他向怀远尊者道谢,怀远尊者点点头,道:"去吧。"

他们自太极殿出来,乐无晏仍在看他那铭牌,问徐有冥:"这是什么?"

徐有冥道:"核心弟子标志。"

乐无晏十分意外,道:"核心弟子?"

徐有冥解释:"宗门内或天资极其卓越,或有特别所长,或对宗门有极大贡献者,得宗主认可,可为核心弟子。"

乐无晏没想到方才那老头看着冷冰冰的,竟然认可自己为核心弟子。

"有什么好处吗?"他问。

徐有冥道:"惯例的修炼资源翻倍。"

乐无晏道:"还有呢?"

徐有冥道:"你随我来。"

徐有冥带着他又去了灵宝阁,过那七座楼再往前走,有一片茂林,走进茂林中时,他二人腰间的弟子铭牌同时亮了一瞬。

"这边只有核心弟子能过来。"徐有冥道。

林中风烟霭霭,幽静怡然,却少见人影。

走了一段路,乐无晏抬眼看去,前方掩映在林深雾绕间的竟还有一栋楼,比外边那七座楼阁更恢宏气派,他前几次来却从未瞧见过。

这便是紫微楼了。

一样是七层,每一层藏的东西都与外边的七座楼中的一座相似,但这里的法宝至低都是上品,功法也都在天阶以上,更有许多世间罕见的稀奇之物。

乐无晏兴致勃勃地从第一层慢慢往上逛，有瞧中的便直接拿了，他的宗门贡献点不够，徐有冥却多得很。

"你们太乙仙宗不愧是天下第一派啊，好东西真不少，还就这么大大方方地拿出来换给门内弟子，果然阔绰。"乐无晏啧啧感叹道。

徐有冥沉声道："你也是太乙仙宗人。"

乐无晏自知差点又说漏嘴了，笑着打哈哈而过："托了仙尊的福。"

上到第七层，这里藏的都是兵器，徐有冥问乐无晏还要不要再挑件称手之物，乐无晏直接拒绝了："红腰挺好用的，以后我再炼化炼化它，修为上去了也能用，仙尊当我是那等喜新厌旧之人吗？"

徐有冥微微摇头，走向了前方那一排排的剑架。

乐无晏跟过去，见他认真在挑剑，好奇问道："你还要剑？你不是已经有明止剑了吗？"

且寻常剑修，大多有自己的本命剑，自金丹期起就会定下，若非万不得已再不会更换，剑与人合一，随着人的修为提升，剑的威力也会淬炼得愈发强大。

徐有冥的本命剑是他师尊赐下的，世人皆以此剑之名为他尊号，他怎可能随意换剑？

徐有冥却道："想换了。"

乐无晏一愣，道："你要换了明止剑？"

徐有冥点头，淡道："换了。"

乐无晏道："为何？"

徐有冥道："没有为何，想换便换了。"

他略一犹豫，看向乐无晏，解释道："真正实力强大的剑修，不该拘泥于手中一把剑，任何剑在手里，都能有剑甚无剑，才是真正的人剑合一。"

乐无晏还是第一次听到这种说法，他虽不是剑修，却从未见过有剑修是如徐有冥这般，连手中的剑都不在意的。

"难怪你的剑养不出剑灵呢。"乐无晏撇嘴道。

合体期以上的高阶剑修大多本命剑都已能孕养出剑灵来，但也有例外，若剑修本身性格极其强势，剑在手中，便始终只能是一件附庸之物，无法养出有自我意识和灵智的剑灵。

徐有冥便是这一类人，更别说他还不在意自己的剑，说换便当真打算换了。

所以他的明止剑从来就只有一点模糊的意识，却养不出真正的剑灵来。

徐有冥很快挑中了一柄通体乌金的长剑，剑刃薄如雪片，凛寒锋利无比。

他将之拿到手中一个虚晃，便有剑光耀目生花，气势半分不输明止剑。

乐无晏问："就这柄？"

徐有冥道："就这柄。"

乐无晏总觉得他这剑挑得太草率了，虽然这也是柄极品灵剑吧……

徐有冥道："此剑材质为天外陨石，蕴含九天之力，至阳，可用。"

见徐有冥已打定主意，乐无晏也懒得再说了。

虽然他确实想熔了明止剑，但没想到徐有冥会主动把剑换了。

换了也好，免得他对着那柄剑总是不得劲。

徐有冥已将那剑收起，提醒他："回去了。"

他转身先走，乐无晏回神跟上去，道："喂，你这剑不取个名字吗？"

徐有冥道："你取吧。"

乐无晏好笑道："你的剑，为什么要我取名？"

徐有冥道："那便算了。"

"算了是什么意思？"乐无晏一听这话倒不乐意了，"你不打算给这剑取名字了？"

"为何一定要有名字？"徐有冥反问他。

乐无晏一时语塞，说是这么说，但这些随身用的东西，尤其是收为本命之物的兵器灵器，一般修士都喜欢给取个名，好似这样用起来便更顺手，也更合用一般。

乐无晏道："你这人也太冷心冷情了。"

徐有冥道："不过是身外之物而已。"

乐无晏愣住。

徐有冥的语调仍旧如常："走吧。"

卷三

雾里花

45

　　清早，甘贰带人将新采集来的灵药送上来，徐有冥正在木屋前的平地上练剑。
　　小妖们不敢靠得太近，怕被剑势波及，一如既往地感慨明止仙尊不愧是天下第一剑修，一招一式皆叫人惊叹，又隐约好奇，为何这段时日似乎再没见仙尊用明止剑？
　　不过新换的这柄也是好剑，到明止仙尊手中时日尚且不长，便已炼化磨合得不逊于明止剑了。
　　最后一剑横挑出去，剑意如浪涛一般迅速四散开，波及宿宵峰周围数个无人的小峰。
　　笼罩在那股威压极强的剑意之下，众小妖们齐齐打了个寒战，腿都软了。
　　徐有冥已将剑收回鞘，示意他们："上来。"
　　甘贰等人赶紧领命过来，恭敬地问徐有冥："仙尊可有何吩咐？"
　　徐有冥道："备好膳食。"
　　甘贰闻言面露欣喜，道："青道长要出关了吗？"
　　徐有冥抬眼望向山顶的方向，未再言语。
　　乐无晏闭关进境，已有数日。
　　晌午之时，宿宵峰顶忽现大片赤色灵光冲天，遮云蔽日、耀眼非常，灵力亦波动得异常猛烈，远远近近的山头上霎时间灵鸟齐鸣，无数仙鹤绕着宿宵峰振翅翱翔，鹤唳长空。
　　小妖们都被眼前这一幕惊呆了，附近其他峰头亦有修士纷纷停下修炼，出门观看这一奇景。
　　火焰冲霄而起，五彩呈赤的凤凰真火熊熊燃烧，赫赫炎炎，罩于整片宿宵峰头。

"那是什么火？为何是那样的颜色？我竟从未见过！"

"青道长竟要结丹了？他才入宗门时分明还未筑基，竟然这么快就要结丹了吗！"

"青道长究竟是何来头，竟有这般惊人的天资？"

远近的声音传进徐有冥神识里，他抬手掐了个指诀，很快有云雾聚集过来，宿宵峰上不多时便已云生雾绕，处于其外之人再不能窥得内里景象半分。

凤凰真火收尽的瞬间，有赤色火龙猛冲上半空，无论颜色、形状都比前一次更清晰，威压也更甚，是乐无晏的神识又一次化龙了。

小妖们啧啧惊叹，徐有冥出神地看着那条火龙，神情渐松。

待一切归于平静，宿宵峰上云雾也逐渐散开时，又有霞光万丈，染尽整面天空，成群的灵鸟仍在峰头徘徊唱鸣，久久不散。

洞府之内，乐无晏缓缓睁开眼。

他的丹田中已多出了一颗赤色丹珠，珠身剔透饱满，无一丝杂质，其外被凤凰真火包裹，再之外是他的丹田阴火，这便是他才结成的元丹了。

金丹期已成。

傍晚之时乐无晏破开结界走出洞府，徐有冥已在外等候多时。

乐无晏才刚进境，身体还有些虚弱，浑身懒洋洋的，长发随意被红枝绾起，散落的发丝衬着他如有芙蓉色的面庞，笑眼中映着晚霞，道："仙尊不会一直在这等吧？"

徐有冥移开视线，道："没有。"

"我要先沐身。"乐无晏嘟哝了一句。

其实修士的修为到了金丹期以后，肉体已超脱凡胎，容颜不老，也不会再产污垢，不过是乐无晏自己毛病多，贪图享受罢了。

坐进汤泉里，乐无晏舒服得长出了一口气，眯起眼，趴靠在潭边的岩石上，不再动。自后颈一路没入水中，乐无晏白皙的肩背上隐有赤色灵光显现，勾勒出似有似无的凤体。

他才刚刚进境，境界尚且不稳，所以肩背上会呈现出这一异状。

徐有冥安静地看着，并未提醒身前人。

青鸾已非幼鸟，待他突破渡劫时，便能成为真正的凤之王。

沐身后回到屋中，乐无晏身上随意裹了件宗门弟子服的外袍，趴在榻上不动。

甘贰将膳食送来，顺便递了张请帖给他们，说是秦城派人送来的，请仙尊和青道长亲启。

徐有冥接过，灵力一拂，密封的请帖在他们眼前展开，果然是秦城城主的寿宴邀请函，时间在三个月之后。

徐有冥看罢问乐无晏："当真要去？"

乐无晏笑道："你都在秘境里答应人了，出尔反尔不好吧？仙尊要是不愿纡尊降贵，那不如就我一个人去吧。"

徐有冥不跟去，他求之不得。

徐有冥没再多言，只吩咐甘贰："明日我写好回帖，你去寄出。"

甘贰领命，又送上一样东西，是一截玉竹传音，徐有冥眸光顿了顿，手指轻敲上去，谢时故带笑的声音传出："扶旰、青雀，下个月月末，逍遥山不见不散。"

乐无晏皱了一下眉，看向徐有冥，就见他已神色微冷。

乐无晏将甘贰打发下去，问："扶旰到底是你何时用过的名字？"

徐有冥微微摇头。

乐无晏道："不能说？"

徐有冥沉默应声："嗯。"

乐无晏没好气道："那憋死你好了。"

他扭过头去，不想再搭理这人，片刻，乐无晏转回身去，他眼珠子一转，问："你的新剑，用得如何了？"

徐有冥道："尚可。"

乐无晏道："取名了吗？"

徐有冥道："没有。"

乐无晏似笑非笑："你让我取名，那我取一个好了，就叫窈窈吧。"

徐有冥无语。

乐无晏眉峰挑起，道："不满意啊？至道之精，窈窈冥冥，夸你呢，你为冥，它为窈，有何不好？"

徐有冥沉默了。

乐无晏取名，向来是这个水平，比起夭夭，窈窈其实已经不错了，红枝、红腰也不过如此。

乐无晏哼道："不喜欢下次别再说让我取名。"

徐有冥沉声道："可以，就叫窈窈吧。"

乐无晏道："真的？"

徐有冥道："你取的名，很好。"

乐无晏这才满意了，算这人识趣。

徐有冥道："逍遥山一定要去？"

乐无晏点头道："去啊，怎么，仙尊不敢去？是心虚不敢面对，还是怕触景伤情啊？"

"那里什么都没有了。"徐有冥道。

乐无晏心道还用你说，想也知道什么都没有了。

徐有冥没再继续这个话题，将他拉起。

乐无晏问："干吗？"

徐有冥道："吃东西吧，膳食要冷了。"

一桌子酒菜，一直吃到夜沉时分。

乐无晏醉眼蒙眬，以手支颐，捏着竹箸在桌上慢慢敲，嘴里哼起小曲。

徐有冥看着他，低声道："去外头吧。"

乐无晏眯着眼睛嘀咕了一句："做什么？"

徐有冥道："走走。"

出门时有冷风拂过，乐无晏清明了几分。

徐有冥带他走上了西侧的水榭。

身后瀑布水声潺潺，声声入耳，乐无晏安静下来，抬眼朝前方看去。

天幕中忽有烟花炸开，斑驳色彩映亮了半面夜空，映进乐无晏略惊讶的眼瞳里。

"今日是凡俗界的新年。"徐有冥道。

乐无晏"啊"了一声。

徐有冥解释："每年这一日夜里，宗门都会放烟花，去岁我们还在闭关中，所以没看到。"

乐无晏不知该说什么，半日憋出一句："太乙仙宗，还挺别具一格。"

可不是吗，别的宗门，多自诩修真界比凡俗界高人一等，对凡俗界种种习俗向来不屑一顾，不会在意凡俗界的新年。反倒是太乙仙宗这个修真界第一大派，并不避讳这些，还会在这一日夜里放烟花庆祝。

乐无晏偏头，见徐有冥仰头看向那不断炸开的烟花入了神，绚色光芒交替划过他向来冷清的侧脸，明灭在那幽深的瞳仁里。

乐无晏道："仙尊在想什么啊？仙尊是何时入的宗门？"

半晌，徐有冥转眼看向他，道："为何问这个？"

乐无晏没话找话："好奇呗，就是突然想到仙尊俗姓徐，不知还有没有家人在？"

"至亲没了。"徐有冥淡道，"我出身东大陆海边的一个小渔村，家中父母长辈皆无灵根，靠捕鱼为生。十二岁那年师尊出山游历经过渔村，见我天资不错，征得父母同意后将我带回宗门，其后三十年他二人相继故去，与我之间亲缘已断。"

乐无晏心道这人确实心够冷的，说起生身父母时面上神色都无一丝波动，只有一句冰冷的"亲缘已断"。难怪对着共修者都能毫不留情地痛下杀手，真要论起没心没肺，自己哪比得过他。

"既然亲缘已断，仙尊方才盯着烟花似有所感，是在留恋红尘吗？"乐无晏故意揶揄他。

沉默了一阵，徐有冥慢慢说道："若为凡人，生老病死、百年轮回，或许要经历无数世，才有一世能侥幸生得灵根，天资却也不知几何，便是能得机缘顺利走上修行路，也有无数次可能中途陨落，最后能成功渡劫飞升者，少之又少。可即便如此，仍旧人人向往得道成仙、与天同寿。"

乐无晏撇嘴道："谁不想长生不老，仙人虽也可能因外力陨落，至少寿元是永恒的。"

徐有冥道："嗯，只有彼此都得到了永恒的寿元，才不惧尘缘再被斩断。"

乐无晏些微意外，这人不是不在意亲缘断了吗？

乐无晏怔了怔，不期然地，又想起幻境中的那个人，宁冒天下大不韪，不顾一切也要保护他的那人，和面前这个说话总是欲言又止、仿佛藏了无数秘密在心中的人，究竟是不是同一人？

你是夭夭吗？乐无晏话到嘴边，用力一抿唇，低了头。

乐无晏吸了吸鼻子，压下莫名生出的情绪。他觉得自己大约还是醉着的，竟会想自曝身份。

耳边响起埙声，乐无晏抬眼看去，徐有冥手中陶埙置于唇下，吹奏出的埙声总有种挥之不去的压抑之感在其中。

卷三　雾里花

"你为什么总吹这个？"乐无晏问。

埙声散进漫无边际的凉夜中，半晌，身边人才将手中之物放下，低声道："静心。"

乐无晏将他的埙抢过去，在手中看了看，道："这分明是件极品灵器，杀人的东西，你竟拿来当乐器用，暴殄天物。"

见徐有冥没有将东西要回去的意思，乐无晏直接把埙收了，道："给我吧。"

他再不要听徐有冥吹这玩意让自己难受了，再不！

46

之后一个月，乐无晏加紧稳固刚刚进境的修为，待体内新结成的元丹彻底平稳后，便准备出发，去往南地。

这一次去，只有他和徐有冥两个人。

离开之前乐无晏留了口信给甘贰，让他告知尚在闭关中的秦子玉："两个月后秦城城主寿宴，到时我们在秦城见。"

甘贰应下，并保证会料理好山上诸事，恭恭敬敬地将他二人送出了山。

因不着急赶路，他们一路慢行过去，半月之后才到达东大陆最南侧的海边。

出海之前，他们在经过的一座中型城池歇脚，找了当地最大的一间酒楼打牙祭。

二人才吃饱喝足，酒楼掌柜的便带了东家过来，是个样貌看着平平无奇的青年男子，欣喜满面前来拜见徐有冥："竟不知仙尊来了定城这里，祖父方才收到消息，立刻派小侄前来迎接仙尊和青道长，还望二位能纡尊降贵，随小侄前去家中一叙。"

乐无晏闻言有些诧异地望向徐有冥，徐有冥淡声解释："这里的城主是我堂叔，走吧。"

得到了徐有冥的首肯，来迎接他们的青年愈发激动，已在楼外备好车驾，恭敬地迎他二人上车。

坐进车中，乐无晏小声问徐有冥："你还有堂叔健在啊？"

徐有冥点头道："堂叔当年得了师尊指点，自行悟道，已小有所成。"

两刻钟后，车停在一处大宅邸门口，他二人自车中下来，徐氏众人早已在此等候多时，为首的是一身形魁梧高大的男子，见到他们当下笑容满面地迎了上来，正是徐有冥的那位堂叔。

"先前不知仙尊和青道长今日来了定城，没出城迎接，还望仙尊和青道长勿怪，家中已经备了酒菜，为二位接风洗尘，这边请。"

徐有冥淡淡点头，道："叨扰了。"

他二人被众星捧月一般迎进门，徐堂叔十分热情，进屋之后直接将他们请上座。

这人爽朗大方，恭敬却不谄媚，乐无晏对他印象不错，便是已祭了五脏庙，也不介意再跟人多喝两杯。

席间推杯换盏，乐无晏很快跟人熟络起来，反倒是徐有冥话很少，只听乐无晏与人谈笑风生。

这位徐堂叔名徐善，是个三系杂灵根，以土为主，天资只能算一般。当年这里还没有定城，只有一个不大的小渔村，几十户徐氏族人在此繁衍生息，身具灵根者寥寥无几。徐善早年出外游历，想入大宗门为弟子，因天资不行始终不能如愿，他心气颇高，不愿屈身小门小派，后头便干脆回了村中，自行修炼。

徐有冥才出生那会儿，徐善便看出他天资不凡，对他照拂有加，直到徐有冥十二岁那年，被路过的太乙仙宗前任宗主带走。徐善的资历虽不够入太乙仙宗，当时徐有冥师尊看他品性不错，便给了他一些指点，还送了他一本中品的土系功法，之后那些年徐善修炼愈发刻苦，还一直帮着徐有冥照顾他父母，为他们养老送终。

后头他自己的修为也终于上去，到如今三百多岁，境界已达金丹巅峰，并一手建起了这座中型城池，开宗立派。

徐有冥最后一次回来这里，还是当年他母亲去世之时，修行之人寿元悠长，若非至亲，亲缘确实大多淡漠，更别提徐有冥本身就是冷淡的个性。

饶是如此，世人皆知明止仙尊出身此地，仅凭着这一点，徐善的修行之路便比寻常的杂灵根者要顺畅得多。

说是叙旧，其实也没什么好叙的，若无乐无晏在，只怕还要冷场。

见乐无晏是个好口腹之欲的，徐家众人频频与他劝酒，乐无晏来者不拒，十分痛快，最后被徐有冥抬手拦住："别喝了。"

乐无晏放下杯子，不以为然道："这酒挺好的，不烈，没那么容易醉。"

徐有冥没理他，转而问徐善："方才来时，见城中戒备森严，修士大多神情紧张，可是出了什么事？"

徐善面露稍许尴尬，照实说了："这一年来各地邪魔修频出，定城这里也不例外，先前发生过几起邪魔修杀人夺宝之事，我等无能，叫那些犯事的邪魔修跑了，只能加强城中守备，免得再发生同类事件。"

徐有冥闻言蹙眉，道："稍后我可帮你们加固护城法阵。"

徐善等人闻言大喜过望，连连与他道谢。

酒宴过后，徐善那先前去迎他们的孙子将他二人带去城中至高处的瞭望台，这一处便是整个护城法阵的阵眼所在。

徐有冥没有立刻动手，示意带他们上来之人："你们且先下去。"

对方自然不敢有异议，这便退下了。

乐无晏举目四眺，定城全貌尽收眼中。

这座城池算不上多富庶，但也不差，规模还不小，徐善一个杂灵根的散修，能建起这样一座城池想必不容易。

"仙尊背后没少帮他们吧？"乐无晏回头问身边人。

徐有冥看他一眼，道："能帮便帮。"

乐无晏心道原来自己误会了他，这人也不是当真就不管从前家人的死活了。

"你说这些邪魔修到底想做什么？之前不都夹着尾巴做人，如今怎的又敢来挑衅玄门中人了？连你明止仙尊的本家都敢来找麻烦？胆子够大的。"乐无晏奇怪问道。

徐有冥神色始终沉冷，但没说什么，示意乐无晏："你后退一步。"

乐无晏朝后退开，徐有冥开始掐诀施法，几息之后，庚金灵力自他们身处之处迅速向四方蔓延开，很快罩住了整座城池，法阵已成。

等在瞭望台下的徐氏众人见状松了口气，有了徐有冥布下的这一法阵，从此他们不说高枕无忧，也可放松许多。

徐有冥二人下来时，一众人再次与他们道谢。

徐善的孙子问他们是否愿意在家中小住几日，徐有冥道："明日要去往南地。"

对方立刻道："那今夜便在家中歇下吧，总比在外头客栈落脚方便些。"

不等徐有冥再说，乐无晏先道："好啊。"在徐有冥看过来时，他眨了眨眼，道："住家里确实比外头好吧，难道不是？"

徐有冥便不再多言，他们又跟着徐善的孙子回了徐宅。

徐家人给他们安排了一处十分清幽的小院，招待他们极尽心思，即便他们只住这一夜。

徐善再来道谢，徐有冥叫他将家中身具灵根的小辈都叫来，在院中提点了他们一番。

徐善的孙子得到徐有冥指点剑招，如获至宝，即刻就要去闭关参悟，被乐无晏叫住。

对方恭敬地过来问："青道长有何吩咐？"

乐无晏瞥一眼仍在教授其他小辈的徐有冥，问他："你们仙尊小时候是什么样的？说来听听。"

日暮之时，一众徐家小辈被打发走，徐有冥转身，便见乐无晏笑嘻嘻地倚在廊边，已不知看了自己多久。

徐有冥走上前来，问："笑什么？"

乐无晏道："原来这里人都以为你是仙人转世啊？"

徐有冥眸光动了动，再未接腔，提步先进了屋。

乐无晏跟上去，追问他："仙尊觉得是吗？"

徐有冥微微摇头，不想再继续这个话题。

乐无晏瞧着他这样，忽然怔了怔。

仙人转世吗？

先前徐善那孙子眉飞色舞的言语还在耳边："听我祖父他们说，仙尊母亲怀上他之前，曾有一日海边有异象降世，天光漏下，罩住了整个村落，久久不散。当时他们都不知道发生了什么，惶恐不安，当夜仙尊母亲做了个梦，梦到有仙人投胎至她腹中，果然过后没多久仙尊母亲就被查出了怀有身孕。"

"仙尊自小便早慧，与寻常孩童很不一样，我祖父说他当时没法给仙尊测灵根，但知道他必定身具极其出众的修行天资，也怕他被耽搁了，本想着等他满十四岁便带他炼气入门，岂知提前两年他已被太乙仙宗当时的宗主看中，收入了门下。外人都道这是仙尊莫大的机缘和造化，我祖父却一直觉得，太乙仙宗收仙尊入门，才真正是捡到了宝。"

徐有冥回身叫他的名字："青雀。"

乐无晏回过神，笑了笑。

徐有冥问他："你在想什么？"

乐无晏道："仙尊是不是从小就这般不讨喜，跟谁说话都一副能冻死人的冷脸啊？难怪徐家人对着你都诚惶诚恐的。"

徐有冥道："没有。"

乐无晏闭了嘴。心道也没好到哪里。

桌上有刚送来的精致膳食和美酒，乐无晏晌午时吃得太饱，这会儿便没什么胃口，只随意捻了块点心扔进嘴里。

徐有冥已坐上榻安静打坐，乐无晏也过去，往他身边一坐，道："你又不修炼，坐着发呆吗？"

徐有冥没吭声。

乐无晏伸脚踢了踢他，道："你自己说说呗，你小时候到底是什么样的？"

徐有冥认真想了想，回答他："和寻常孩童一样，帮母亲做农活，偶尔随父亲出海捕鱼。"

"就这样？"乐无晏不信。

"嗯。"徐有冥又是这一个字。

乐无晏道："那，海上捕鱼有什么趣事吗？好玩吗？"

徐有冥摇头道："渔民出海捕鱼，需要与驻扎在此的宗门缴纳海资，只能去特定的海域，时间也有限制，若是运气不好，捞到的东西少了，还不够抵海资，运气再差一点，遇上风浪海啸，或会丧命。每一回我随父亲出海，都只想着尽量多捞些东西回来，还要时刻注意着海上风势和潮汐变化，并无玩乐的心情。"

乐无晏听得却格外稀奇，这人竟当真过过这种世俗日子？

"真遇到过危险？"他接着问。

徐有冥点头，道："有一回渔船被海浪掀翻，我与父亲一起掉入海中，失去意识后被人救起来，再醒来时已经回到了岸边。"

乐无晏"啊"了声，忽然想起从前他爹娘有一回出外游历回来，在逍遥山附近的海中顺手救起过几个溺水的渔民，据说里头还有个跟他差不多大的孩童，当时他爹娘问他要不要将人留下陪他玩，他没答应，他爹娘便将人送回去了，难道竟是这狗贼？

乐无晏暗自嘀咕了几句，又问身边人："你真不是仙人转世？我看那些徐家人相貌跟你完全不一样。"

徐有冥眸色微沉，道："仙人转世会轻易溺亡在海中？"

"那可不一定。"乐无晏道,"而且你不是没死吗?"

徐有冥道:"为何会这么想?"

乐无晏不知该怎么说,脑子里时不时便会浮起在那间山洞里看到的壁画上的场景,道:"好奇啊。"

徐有冥没再说下去,既未摇头,也未点头。

窗外已有月色进来,经雕花窗棂在他们面前地上落下斑驳月影。

乐无晏闷声道:"也不知道在仙界看到的月色是什么样的。"

徐有冥道:"总能看到的。"

乐无晏低了头,在幻境中时,他曾问过夭夭一样的问题,当时夭夭说的是:"待飞升后我们一起去看。"

乐无晏也不想再说了,打着哈欠躺下去,闭了眼。

徐有冥垂眸,再无言语。

47

翌日清早,他二人辞别徐家人,离开定城前往海边码头。二人交了渡资,便与其他准备出海之人一起在码头边等候。

海中有海妖,藏于深海之中,各大陆驻守海边的大宗门多与这些海妖达成共处协议,寻常人无论是出海捕鱼、做买卖,通行往返于各大陆之间,须得向这些宗门缴纳海资、渡资,已是千百万年来的定例。

如徐有冥这样的高阶修士,一样得遵守规矩。

排队等候登船时,他二人都戴上了帷帽,徐有冥一如既往地压了周身威势,以免处处被人围观。

乐无晏小声问他:"从这里去逍遥山要多久?"

徐有冥道:"没有直接过去的渡船,先至东大陆与南地之间最大的岛屿上,须得两日时间,之后再自行前去。"

乐无晏嘴角微撇,从前他父母和逍遥山附近的海妖关系也不错,在这一片海域中向来来去自如,哪有这般麻烦。

他又问:"其实你就这么飞过去,那些海妖也不能奈你如何吧?"

"嗯。"徐有冥道,"但不必找麻烦。"

行吧,乐无晏也老实下来。乘船就乘船吧。

登船之后,他二人要了一间上房,在灵船的第三层,视野开阔处。

今日天朗气清,海面上只有微风,可见蓝天碧海、波光粼粼,景致十分不错。

乐无晏心情顿时好起来,趴在窗边看风景,眯着眼睛自觉惬意。

徐有冥则在他身后安静地打坐。

偶然间抬眼,视线之内,皆是乐无晏放松快活的背影。

船行两日两夜,到达了徐有冥说的这南海上最大的岛屿——银月岛。

这一海岛周围被银色沙滩覆盖,岛呈弯月状,故得此名。

此处海岛物产丰富、熙攘繁华,且是无主之岛,众多修士乃至普通人来此做买卖,往返于东、南大陆之人大多会路过此处歇脚。

他二人才上岸,便有人来迎接,是一身黑衣黑袍的极上仙盟修士。

"盟主在前边的银月楼,请明止仙尊和青道长前去一叙。"

对方态度尚算恭敬,乐无晏却颇不以为然,谢时故那厮,鬼知道他安的什么心思。

他本想拒绝,话到嘴边转了一圈又改了口:"那就去吧。"

徐有冥目光看过来,乐无晏道:"怕他不成,我就看看他到底想干什么。"

银月楼不远,是这银月岛上最大的一间酒楼,落座在繁华的闹市街头,临水而建。

他二人刚到,二楼临窗的厢房便传来谢时故带笑的声音:"明止仙尊和青道长来得好慢。"

抬眼看去,谢时故凭栏倚坐窗边,手里拎着酒杯,一副风流纨绔相,正与他们打招呼。

乐无晏暗骂了句"卖弄风骚",翻出个大白眼,跟着徐有冥上楼。

极上仙盟的扈从众多,都守在厢房之外,房中只有两人,除了谢时故,还有一位默不作声地坐于桌边安静吃东西的青年,正是谢时故的那位凡人共修者。

乐无晏和徐有冥进门,谢时故伸手,笑着示意他们坐。

"仙尊和青道长果真贵人事忙,叫人好等。"谢时故嘴上抱怨着,拎起酒壶为他二人斟酒。

乐无晏的目光落向他身边的人,谢时故笑了笑,顺嘴与他们介绍:"这是我的共修者,他名时……"

"齐思凡。"青年冷淡开口,神情淡漠的脸上没有一丝变化,甚至未看他们任何人，只坚持重复，"我名齐思凡。"

谢时故仍在笑着，笑意却仿佛未进眼底，到底没有打断他。

乐无晏多看了那人一眼，隐约觉得"齐思凡"这个名字有些耳熟，但想不起来曾在哪里听过，便没往心里去。

谢时故举杯，他二人却未动，谢时故一弯唇角，道："仙尊和青道长这般不愿给在下面子啊？竟连杯酒也不肯跟我喝？"

乐无晏嗤道："谁知道你这酒里有没有下什么不好的东西。"

谢时故道："青道长这话说的，我是那样的人吗？"

乐无晏轻蔑道："是不是你自己心里清楚，何必多此一问。"

谢时故被嘲讽了也不以为意，乐无晏二人不肯碰他的酒菜，他便自斟自饮，一样快活。顺便没话找话："怎的只有你们二人，仙尊和青道长今次怎不将小牡丹也带出来？"

乐无晏冷言提醒他："小牡丹来不来关你什么事？"

谢时故微眯起眼，自己也反省了一下为何无端地会想起那朵牡丹花，眼中神色沉了一分。

他一撇嘴，主动岔开了话题："二位这一路过来，可有碰到什么稀奇事？"

徐有冥不出声，乐无晏则反问他："盟主呢？"

谢时故道："也不算多稀奇吧，就是邪魔修频频出没，比去岁我们入北渊秘境前还要多些，引得多地动荡不安、人心惶惶，却不知这些邪魔修到底想做什么。"

这些自不用谢时故说，他们同样碰上过数次了。

乐无晏讥诮道："盟主这般没用吗？区区几个邪魔修而已，就能让你困扰至此？"

谢时故不在意道："再厉害的邪魔修也没本事找我麻烦，我有何好困扰的，说起来青道长应该比我更困扰吧，毕竟青道长是魔头转世的谣言，如今可是越传越玄乎了。"

这点也不用这厮说，这一路过来，同样的话乐无晏已不知听过多少回。

他本来就是魔头转世，但他不会认而已。

"他不是。"从进门起便没出声的徐有冥忽然道。

乐无晏默默闭了嘴。

谢时故却"扑哧"一声笑了，像听到了什么极其好笑的笑话一般，道："你说不是便不是吧。"

徐有冥沉眼盯着他，眼中暗含警告之意，重复道："他不是。"

谢时故笑道："明止仙尊不必跟我说，你要说服的人也不是我。"又冲乐无晏眨了眨眼："青道长，明止仙尊是不是说话总是没头没尾，问什么都不肯说，还总是气你？"

乐无晏没好气道："与你何干？"

徐有冥这德性确实气人，但在外人面前，乐无晏却不想让人看笑话，尤其是让这个谢时故看笑话。

谢时故弯起唇角，道："没什么，青道长若是好奇，不妨来问我，我知道得也不少。"

乐无晏冷冷看向他，道："你知道？"

谢时故道："啊，不说无所不知，但肯定知道得比你多。"

闻言，乐无晏确实有一瞬间的意动，他盯着这人玩世不恭的笑脸，像在评估他这话里的可信度。但很快又冷静下来，这人嘴里不定有几句话是真的，且修为高自己太多，信他说的指不定被他卖了都不知道呢。

"够了。"徐有冥先开了口，再次警告对面的谢时故，"我有软肋，你也有。不必一再出言挑衅。"

乐无晏一怔，似没想到徐有冥会当着谢时故说出这样的话。

谢时故"啧"了声，终于收敛了些态度，仿佛被徐有冥说中了。他身旁的共修者却始终神色淡漠，对他们之间的暗潮涌动丝毫不关心。

乐无晏已不耐烦，直言问谢时故："所以盟主究竟为何执意要去逍遥山？"

说是因为邪魔修频出，所以去逍遥山一探究竟，他是不信的，谢时故这人，分明别有目的。

"好奇啊。"谢时故笑笑道，"好奇这些年过去，逍遥山变成什么模样了，青道长若不好奇，又怎会答应同去。"

乐无晏心里不痛快，逍遥山是他老巢，跟这厮有什么关系。

他的语气也不客气："盟主若是好奇，直接去就是了，何必非邀仙尊一起，怎么，是没有仙尊，你一个人没本事上逍遥山吗？"

"啊。"谢时故却痛快认了，"上不了。"

乐无晏眉峰一挑，谢时故继续道："明止仙尊没跟你说？逍遥山的禁制，须得我与他联手才能打开，否则便是一只苍蝇也飞不进去。"

乐无晏闻言下意识转眼看向身边人，徐有冥没说什么，像是默认了，再示意乐无晏："走吧。"

乐无晏本也没打算继续待下去，不想听面前这人说废话。

他二人起身便要走，谢时故也没拦着，只道："明早寅时正出发，西边码头见。"

徐有冥不置可否，与乐无晏径直离开。

自酒楼出来，乐无晏问："逍遥山上的禁制是你和谢时故那厮共同设下的？为什么？"

徐有冥看他一眼，淡道："逍遥山魔气横生，设下禁制，以免再有魔修之人和心怀不轨的玄门中人上山，禁制由我与他联手设下，是为彼此制衡，此事由玄门百家共同商定。"

乐无晏听着更不痛快，分明是他的地盘，轮得到这些玄门修士指手画脚吗？

"所以这么多年你们都未上过逍遥山？"他问。

徐有冥道："没有。"

乐无晏道："那你今次怎就答应了跟那厮一起去？"

徐有冥道："你想去，那便去。"

乐无晏没话说了，所以他回自己老巢还得感谢这狗贼？呵。

徐有冥也不愿再继续这个话题："往前走吧。"

之后那一整日，他们就在这银月岛的街市上闲逛，傍晚再找了间客栈歇脚，休息了一夜。

转日寅时三刻，他二人到达海岛西边的码头时，谢时故已等在那里，只有他一人，一个随从未带。

乐无晏略感意外，暗想这人竟这般大的胆子，敢单独与他们上逍遥山。

"盟主就不怕二对一，落了下风？"

谢时故不以为意地摇着扇子，道："怕什么？打不过我还不能跑吗？"

乐无晏无语。脸皮也是真厚。

徐有冥已在水中放出灵船，带着乐无晏上船。

没人再搭理谢时故，他自己跟了上去。

灵船起锚，徐有冥示意乐无晏："外头风大，先去船舱里。"

二人进到船舱后乐无晏随意一坐，徐有冥走去桌边给他倒了杯热水，乐无晏双手捧着杯子，斜眼睨向跟进来的谢时故。

谢时故半点不觉自己讨人嫌，也坐下自顾自地倒了杯水，道："这船小，船舱只有一间，青道长总不能让我一个人在外头吹冷风吧。"

乐无晏懒得理他。

之后一路无话，徐有冥的灵船行得快，天大亮时已隐隐能看到逍遥山的影子，远望过去，仙山耸立于云海间，岚烟氤氲，似幻似真。

乐无晏伫立窗边，平静地看着，心绪翻涌终被他压下，他深吸了一口气。

肩头微微一沉，他回过头，是徐有冥，他一手搭上了他的肩膀，正沉目看向他。

乐无晏不自在地笑了笑。

徐有冥没说什么，只提醒他："你在船上等。"

那边谢时故已在催促他们："别磨蹭了。"

乐无晏朝后退开，徐有冥和谢时故同时飞身出了船舱，往前方云雾最浓之处去。

不多时便有无数金黑交替的灵光浩荡释出，笼罩于山川云海之上，乐无晏明显感觉到身下原本行得平稳的灵船颠簸起来，海浪一浪高过一浪，前方有地动山摇的震响声，不过半刻钟，那渺渺茫茫藏于云雾之后的逍遥山，渐露出了全貌。

乐无晏心情复杂，但无暇多想，徐有冥已回到船舱，带着他重新飞身而起。

几息之后，他三人一起落在逍遥山下的海岛上。

禁制已开。

徐有冥和乐无晏皆未出声。

谢时故将手中扇子收起，先道："上山吧。"

48

既说了是来一探逍遥山现状的，他三人便没有立刻飞身上山顶，而是沿着曲折泥泞的山间小道一路走上去。

山中无大路，从前乐无晏特地以灵力凿出的平整天阶早已被毁坏殆尽，沿途精雕细琢出的山川景致也皆损毁，唯有杂草丛生，密林遮顶。

越往上走，越显荒凉。

乐无晏不动声色地看着，心下万分不是滋味。

从前他闭着眼睛都能回来的地方，竟变成了如今这副模样，连他自己都快认不得了。

山林中格外安静，一丝虫鸣鸟叫都无，当年热闹喧嚣的逍遥仙山已变成了一块死地，唯有魔气横生……

乐无晏紧拧起眉，不对，连魔气都不对！

从前逍遥山中魔气非常浓郁，但是方才他们这一路走上来，他竟快感知不到四周的魔气了。

为何会这样？

徐有冥他们竟有这般大的本事，将这整座山上的魔气都封住？

徐有冥回头，见乐无晏神情怪异，问他："怎么？"

乐无晏略一犹豫，没忍住问了出来："这山上，似乎不如世人传言的那般魔气充裕，是我修为太低所以没感知到吗？"

走在前方的谢时故停下脚步，回身摇着扇子冲他们笑道："青道长也发现了？我也正觉奇怪，怎的不过二十年，这地方魔气竟仿佛跟散尽了一般，明止仙尊以为呢？"

徐有冥冷淡道："不知。"

谢时故微眯起眼，沉目瞅向他，徐有冥不为所动，镇定如常。

二人僵持片刻，谢时故收起扇子，一声轻哂。

乐无晏心头疑虑更甚，看徐有冥和谢时故这反应，这里的魔气减弱确与他们设下的禁制无关，他二人竟也不知道其中因由，至少表面上不知道。

谢时故没再谈论这个话题，继续往上走了。

乐无晏看向身边人，眼中盛着疑问，徐有冥只道："往前走吧。"

乐无晏心知这人不想说时，便绝对撬不开他的嘴，只能生生将一肚子疑问暂且压下。

之后一路无话，三人到达山顶。

一如乐无晏所料，山顶上从前的殿宇楼阁、亭台水榭只剩断壁残垣，破败不堪，放眼望去，一片萧索。

饶是早有准备，眼前的景象依旧叫乐无晏失望不已，更郁愤难消。

谢时故的神识四处探了探，顺嘴感叹了句："这地方除了草木，果真连个活物都没了。"

言罢他转头对上神色沉冷的乐无晏，问他："青道长看着这般不高兴，可是触景伤情了？"

乐无晏没搭理他，沉默片刻，和身边的徐有冥道："我想四处看看。"

谢时故也道："那便分头行动吧，我也想四处看看。"

这人分明别有目的，乐无晏此刻却没心情多盯着他，谢时故也不过知会他们一声，话说完很快便没了人影。

乐无晏安静地往前走，茫然四顾，竟不知自己想要看到什么。

偶尔有拂面而过的风轻微的响动，除此之外再无别的声音，整座山头一片死寂。

他曾经的洞府就在前方至高处，洞口已被巨石和蔓延而生的野草彻底封掩，或许一丝光都再进不去。乐无晏远远看了片刻，轻轻闭了闭眼，始终没有走过去。

徐有冥沉默地跟在他身后，没问他去哪里，也没问他想做什么。

乐无晏忽然停下脚步，回身看向身后人，拼命忍住声音里的情绪，道："仙尊别跟着我吧，我想一个人到处看看。"

他们隔着几步的距离，徐有冥的神情在刺目日光下看不分明，低声道："我就在这里等你。"

乐无晏转身继续往前走，明知自己这样会叫徐有冥起疑，此刻他却实在不想再面对这个人。他靠着地上的残垣分辨方向，深一脚浅一脚地走向他想去的地方。

没有了叫他心里不痛快的那个人紧跟着，他这会儿终于能冷静思考，并不是他的错觉，整座逍遥山上的魔气都在消散，在这山顶上感觉愈发明显，剩下的这点只怕连寻常的低阶魔修都看不上。

但是，为什么？

他百思不得其解，不知不觉间已走到了山背面，这里有另一座洞府，是他父母曾经的修炼之所，同样被耸立而起的巨石封住。

乐无晏绕着洞口走了一圈，目光落向几丈之外一株不起眼的花树。

树已枯死，只剩一截被不知什么尖锐之物削断的树桩。

乐无晏的目光落过去，微微一滞。

很小的时候，有一回他在这边玩，他娘过来找他，顺嘴提过一句从前就是在这棵树下捡到的他。

"无晏是从蛋里出来的，我跟你爹在这里捡到你时你只有这么点大，蛋壳就在这树下埋着呢。"他娘说这话时笑嘻嘻的没个正经，手上比画着给他看。

魔修之人大多如此，性子跳脱，十句话里不一定有两句是真的，乐无晏从小被他娘这样逗到大，类似的话听得多了，从未当真过。

他走上前去，一簇灵力自指尖送入那树根之下，触到什么时，灵力出现了轻微的震荡。

他深吸一口气，接着释出真灵，真灵直入地下，几息过后，那赤色真灵包裹住一样东西自树根下钻出，出现在他面前。

是一枚完整的蛋壳，五彩呈赤色，拳头大小，蛋壳中间横亘着一道裂缝，与他在凤凰族传承的记忆里看到的凤凰蛋，一模一样。

乐无晏不可置信地看着眼前之物，脑中一瞬间闪过无数模糊不清的画面，最后定格在他在北渊秘境山洞里看到的那幅壁画上。

成千上万的凤凰，比翼飞向红日的凤王、凰后，还有跟随其后的那只青鸾。

徐有冥目送乐无晏离开后，在原地坐下，闭目打坐。

时间一点一点流逝，身后忽有一丝不易察觉、极微弱的灵力波动袭近，徐有冥侧身后仰，偷袭而来的灵力擦着他面颊而过，他一抬手，剑意释出，藏在暗处之人现了身，猛挥开扇子，挡下这一击。

谢时故勾起唇角笑，眼神却是冷的，道："明止仙尊好本事。"再"唰"一声，用力合上扇子，他道，"或许我该叫你，扶旴天尊？"

徐有冥手中那柄剑陡然分化成成百上千柄，剑意撼天，齐冲向谢时故。

谢时故站立着仰身快速后退，不紧不慢地再次挥开扇子，刹那间无数冰刀被带起的飓风回击向徐有冥，徐有冥一动不动，那些冰刀齐齐停在了距离他身体寸余处，仿佛被一道结界挡住，再不能近身半分。

剑意消弭的瞬间，徐有冥身前的冰刀也尽数落了地。

谢时故起身站直，沉声问道："你什么时候记起来的？"

徐有冥并不答他，剑在手中，随时准备再次出手。

谢时故冷笑，薄唇轻吐出三个字："聚魂阵。"

徐有冥眼中有倏然而过的黯光，仍未出声，将剑柄握得更紧，戒备着面前人。

谢时故道："聚魂阵当年掉下凡界恰落在此处，所以这逍遥山魔气丛生，盖因聚魂阵是借整个魔界的魔气所炼成的邪阵。从前是我疏忽了，竟从未想到这一层，你就是利用了这个，重新聚拢了他的魂魄，骗过了天道。如今这里魔气几近散尽，是因你将聚魂阵封印后藏了起来。"

徐有冥的回答只有四个字："无稽之谈。"

卷三 雾里花

谢时故哂道:"你自然不会承认,若是认了,便是前功尽弃、功亏一篑。所以宁愿让他误会你背信弃义,也不肯跟他透露半个字,扶旰天尊这般忍辱负重,当真叫人钦佩得很。"

嘴上说着钦佩,谢时故的语气却很有些咬牙切齿,只恨自己终究棋差一着,不能得到他想要的。

他接着道:"当年他放丹田火自焚,玄门中人措手不及,被那把火波及,只能后退,待到大火焚尽,他的洞府里已寸草不生,什么都没了。你取走了真的凤王骨,留下一根假的给我,你从一开始就知道我的目的,为了骗过天道,骗过我,骗过天下人,谋划了所有。"

"待玄门中人离开后,你又独自回来了这里,当时设下这一禁制时你便做了手脚,即便没有我,你一个人也能打开禁制。你回来带走了他重新聚起的魂魄,封印了聚魂阵,之后闭关数年,以凤王骨为他重塑肉身,孕养魂魄,送他重回人间。"

徐有冥仍是那句:"无稽之言,不过尔尔。"

谢时故的神情格外阴鸷,与人前时嬉皮笑脸、玩世不恭的模样判若两人。

徐有冥道:"没有什么聚魂阵,你方才已经找过了,没有。"

闻言,谢时故的面色陡然更阴鸷,他来这里的目的,确实是为了确定聚魂阵的位置,但是方才,无论他用何方法试探,都找不到聚魂阵所在。

除非这人将聚魂阵封印,藏在了逍遥山之外的地方。

徐有冥的声音更冷静:"青雀只是青雀,与逍遥山魔尊从无干系,魔尊已死,魂飞魄散,你说的这些,全然一派胡言。"

僵持许久,谢时故忽然仿佛泄气了一般,缓和了语气:"扶旰,我非有意要与你和青雀作对,但天道不公,我只能如此。你承认也罢,不承认也罢,总归不是为了说服我,且有些事情,我也好奇,你身上到底还经历了什么,才会断了仙根?"

此言一出,徐有冥神情骤沉,如同那日在北渊秘境之外,谢时故问了他同一个问题,之后他们大打出手。

仙根之物,生于灵根,但不同于灵根,修士修为达合体期之后,灵根之外便会生出仙根,无形无状,仿佛一层虚无缥缈的"气",罩于肉身之上,唯高阶修士,才能感知到自己和其他人身上的这层气。

这层气无任何攻击防御之用处,它仅仅是存在于那里,仿佛可有可无,但一旦这层气凝形,便是得天道感召,渡劫飞升之时。

反之，若这层气消失了，仙根断裂，则意味着永无飞升之日，一旦寿元耗尽，只能重入轮回。

谢时故在秘境里外试探了徐有冥数次，起初以为是自己的错觉，后头当他确定确实感知不到徐有冥的仙根后，才去问了他，徐有冥虽未承认，他的反应却已然证实了谢时故的猜测。

谢时故微微摇头，并无与他再打一场的意思，只道："你师兄太乙仙宗的宗主，怕是几年之内就能突破进境了，一旦他的修为达到渡劫期，便能发现你身上的不对劲，到时候他若是问起你，你打算如何回答他？没了仙根，你这辈子再无飞升可能，待寿元耗尽重新投胎，便要一次一次重走修行轮回路，说不得要再花几辈子才能重新修成正果，你费尽心思，也只得到了这么个结果。"

"当然了，这样确实好过他魂飞魄散、灭了元神，你运气还是比我好些，至少还有希望，换了我也会这么选，我可真羡慕你。"

徐有冥寒声道："你废话说够了。"

谢时故仰头看向前方苍穹泄下的天光，轻轻闭了闭眼，喃喃道："扶旰，我可真怀念我们以前的日子，但注定是回不去了。我知道你厌恶我，你和青雀如今经历的种种，皆是我之过，可你以为我就不恨吗？仙魔之战因凤凰族而起，我与时微，本也不该经历这些。"

他又看向面前神色依旧冷然的徐有冥，接着道："罢了，我何必跟你说这些，不必这么虎视眈眈盯着我，我不会多管闲事，你不想叫青雀知道仙根之事，我闭嘴就是了。"

"我不会就此放弃，我们各凭本事吧。"

话说完，谢时故最后丢下句"秦城见"，转身先走了。

徐有冥收剑回鞘，默然片刻，重新坐下。

打坐入定，涌上喉口的心头血被他生生压下。

卷三 雾里花

49

乐无晏回神，已下意识伸手，轻轻触碰浮于眼前的那枚蛋壳。

手指贴上去的瞬间，那种无力又沉重的悲痛忽如藤蔓一般，在心头疯长，层层叠叠地缠紧他的心脏，禁锢得他很快喘不过气。一如在北渊秘境的那处山洞中，看到那些凤凰族的记忆时。

乐无晏闭起眼，脑中全是凤凰全族置身于漫天火海、不断流泪悲鸣的画面。

他一次次想要冲进火海中，又一次次被推得更远，杂乱不成调的声音充斥在耳边，他们要他活下去，要他作为凤凰族唯一的希望继续活下去，他不肯答应，嘶声哀鸣，几欲成狂。

最后是那抹白色身影从天而降，在他失去意识陷入昏睡前，将他强行带离。

乐无晏猛收回手，也将自己从差一点又要陷进去的幻境中抽回，他深吸一口气，坐下就地入定。

方才有一瞬间，他体内灵力运转几近紊乱，甚至出现了暴动，若非他及时抽身，只怕要被幻境反噬。

足足两刻钟，体内原本横冲直撞、激烈翻涌的灵力才趋于平稳，那些纷杂思绪亦被屏除，心绪逐渐沉下，乐无晏重新睁开眼，低头沉默了许久。

若他前生当真是那只青鸾，北渊秘境山洞中看到的那一幕幕，便是他真正前世的故事吗？

那白衣仙人呢？他又是谁？

搭在膝盖上的手掌慢慢收拢，乐无晏尝到掌心尖锐的刺痛感。

半响他才抬起眼，乐无晏不再多想，一伸手，将被自己真灵包裹住的那枚蛋壳收进了乾坤袋中。

他再起身，以灵力将先前的树根恢复原状。

做完这些，乐无晏长出了一口气，回身望向前方的洞府，走上前去。

这一处小的洞府是他爹娘从前的修炼之所，他二人被害后他亲手将这里封了起来。

乐无晏抬手，以灵力打向前方堵住洞口的巨石。

片刻后，巨石往一侧挪开了一人身的距离。

乐无晏进去，放出照明灵器，洞中全貌一目了然。

一如他所想，楼宇殿阁尽数被毁，宝物哄抢一空，只留下满地狼藉。

那些自诩正义的玄门修士，又岂会放过他逍遥山中任何一处好地方。

乐无晏深呼吸，强迫自己将那口恶气压下，走向洞府最深处。

这里本有一处灵潭，从前清澈的潭水如今已变得浑浊不堪，水面漂浮着无数污秽之物，还干涸了大半。

乐无晏以灵力探进水中，在潭底杂乱无章的石块中找到了他想要的那一块，通体乌黑，表面长满青苔，其间并无半分灵力波动，仿佛一块死物。

确实是块死物，但这石块据他娘说，也是在洞口那树下捡到的，应是天外陨石，虽看着平平无奇，但能炼成如窈窈剑那样的极品灵剑的石头，又岂会是凡物。

封住这座洞府时，乐无晏曾在这里设下了一个阵法，当时没找到称手的阵眼石，还耽误了些时间，后来他顺手拿这块天外陨石试了试，竟十分好用，便没再另择他物。当时设下这个阵法时，他的修为已达大乘期巅峰，且他擅长阵法，这一阵法他自信无人能解，甚至压根没人能发现它的存在。

他也从未将这个阵法的存在告诉过夭夭，不是有意防着夭夭，是觉得没什么好说的，这阵法里藏着的，是除他之外不会有任何人在意的东西。

乐无晏将那阵眼石收起，以灵力打入阵眼中，因阵法设下时他的修为比现在高了太多，开阵很是费了些工夫，耗了他体内近七成的灵力，终于干涸的潭底出现了震响，再缓缓向着两边分开，出现了一条通往下方，只容一人行走的石梯。

他轻轻喘了一口气，没有耽搁，直接走了进去。

石梯深入潭底下数十丈，走到最底时，放眼望去，仍是一片漆黑的山洞，唯正中间的地方有一被赤色灵光笼罩的石台，台上点了两盏灯，灯焰微弱，忽明忽暗，但一直未灭。是他给他爹娘点的长明灯。

当年他收到他娘送回逍遥山的求救消息赶去飞沙门，只来得及抢回他爹娘各一缕残魂，回山之后便为他们点了这长明灯，残魂就养在灯芯中，以他的丹田阴火供养。

这种养魂之法养不出完整的魂魄，更别提元神，但总能存个念想。三十年时间，这两缕残魂已孕养得足够壮实，如今只待找个合适的时机，将他们送入轮回，重新投胎。

如此，他便算还了爹娘对他的一世养育之恩。

乐无晏释出真灵，小心翼翼地将那两缕残魂包裹住，收入养魂囊中，再藏进乾坤袋里。

残魂离开的瞬间，石台上的长明灯闪动了一下，就此熄灭。

乐无晏松了口气，总算不是他预想中最糟糕的情况，至少他藏在这阵法里的这两缕残魂保住了。

准备离开时，他又顿住脚步。

他走近那石台边，微眯起眼，盯着看了片刻，似有所思。

红腰挥出去，带起鞭风阵阵，灵光乍闪后，石台化为齑粉。乐无晏手中动作未停，原本石台下方的平地忽然下陷，出现了一条新的通道，其下竟是一个深不见底的黑洞。

乐无晏轻拧起眉。

从前他凿出这间地下石洞时就已仔细检查过，确定这下方并无这样的玄机，这个黑洞是什么时候出现的，为何出现在这里，又起的什么作用？

一时间乐无晏脑子里闪过无数个念头，心跳如鼓。

他以灵力探下，直至超出他灵力可探范围，依旧未见底。

这个洞究竟有多深？几千尺，还是几万尺？

有一瞬间，乐无晏甚至有冲动想跳下去一探究竟，但也只是想想而已，以他如今金丹初期修为，只怕有去无回。

正犹豫不决时，神识里响起徐有冥的传音，是那人一贯偏冷的声线："青雀，你在哪里？"

乐无晏闭了闭眼，后退一步，快速施法将那下陷的洞口恢复原状，升起与先前一模一样的石台，再回答那边安静等待的徐有冥："马上回去。"

走之前，他将此处阵法还原，阵眼石放回，连那一潭污水都恢复了原样，最后退出洞府，重新将那巨石移回，快速离开。

徐有冥仍在先前那处等他，乐无晏远远看到人，没有立刻上前，他停下脚步，看向前方那挺拔笔直的背影。

那人的白袍被风吹起，是苍茫荒山中唯一的一抹白。

徐有冥似有所觉，回头看向他。

隔着半个山头的距离，他们沉默对视，乐无晏恍惚觉得眼中进了沙，叫他分外难受。

徐有冥已起身走过来。

乐无晏怔了怔，半晌才回神，徐有冥已走至他面前。

"仙尊怎知我在这里？"乐无晏的声音有些低落。

话说完他自己都觉得这话够傻的，且不说他在徐有冥的神识范围内根本没有秘密，这人还在他的神识里烙下了标记。

徐有冥只道："听到声音了。"

"仙尊不问我方才去了哪里吗？"乐无晏看着他，"你总不会一直以神识盯着我吧？"

逍遥山就只有这么大，还未出徐有冥的神识范围，徐有冥若是想，确实办得到。不过他先前走进的那个阵法本身也是个幻阵，可以迷惑人，徐有冥即便以神识探测，也只会看到他进入了那洞府中，而非进入阵下。

至于谢时故那厮，他便更不担心了，总归徐有冥会提防那人，叫他没法窥视自己。

"没有。"徐有冥道。

他的神情格外认真，眼神也诚实，乐无晏心里忽然不是滋味，瞥开眼道："哦，没有就算了。"

他岔开话题："那位极上仙盟盟主呢？"

徐有冥道："先走了。"

乐无晏略微意外道："走了？他到底来干吗的，这就走了？"

徐有冥摇头，只问他："我们走吗？"

乐无晏低了头，沉默半晌，问道："逍遥山以后就一直这样了吗？永远用禁制封住，彻底成为一座荒山？"

"只能这样。"徐有冥道。

乐无晏道："只能？"

徐有冥道："当时玄门百家商议时，也有人提议将此山彻底沉入海中，许多人都赞同，但此计过于麻烦，我没答应，设下禁制，已是百家不得已的让步之举。"

"呵。"乐无晏轻哂。

见他情绪似愈发低落，徐有冥眸光动了动，改了口："等再过个几百上千年，从前之事不再有人提起，这里的魔气也已散尽，或许便能解开禁制，玄门修士在此开山立派亦无不可。"

乐无晏皱眉，那还不如一直这么封着，若真有人来占了他的逍遥山开山立派，还是那些道貌岸然的所谓正道修士，他非得再怄死一次不可。

看乐无晏不高兴地撇了嘴，徐有冥未再多言："走吧。"

下山之后，徐有冥重新将禁制关闭，乐无晏睁睁地看着，心情格外复杂。

徐有冥停下动作时，乐无晏忽然问道："你其实真的是仙人转世吧？"

徐有冥神色微微一顿，转眼看向他。

乐无晏也不知道自己想听到一个怎样的答案，对上徐有冥略沉的目光，犹豫地问他："你知道青鸾鸟吗？凤王的血脉，尚未成年的凤鸟。"

"嗯。"

只有这一个字，却不知是何意思。

乐无晏道："你不想说便算了，以后你说不能说我便知道了，我自己猜就是。"

四目相对，片刻后，徐有冥低声道："好。"

乐无晏心头一松，道："这里景致不错，我们在这走走吧，不用着急离开。"

徐有冥仍是那句："好。"

逍遥山脚下只有一片石滩，环绕整座仙山，延伸至广阔无垠的深海。

乐无晏脱了鞋袜，赤着脚踩上石滩，冰凉的石头硌在脚底，他没有调动体内灵力，感受便格外清晰，甚至下意识蜷缩起了脚趾。

徐有冥垂眸看去，他白皙圆润的脚趾在日光下分外晃眼，面前人却似毫无所觉，还在胡乱动着。

乐无晏道："仙尊看什么呢？"

"穿好鞋袜。"徐有冥道。

乐无晏道："我已经结丹了，冷不死，仙尊想什么呢？"

"虽已结丹，仍不能疏忽，寒气入体，于你肉身无碍，与你阴火之体却相克相斥，会妨碍修行之事。"徐有冥提醒他。

乐无晏不以为意，他前世从不在意这些，照样顺顺当当三百岁修为就到了大乘期巅峰。

"你毛病真多，管好你自己吧，别到时候被那个脑子有病的盟主抢先飞升了，丢的可不只是你一个人的脸，太乙仙宗以后这天下第一派的牌匾都要挂不住了。"

徐有冥不再多言。

等了片刻，见这人又不理自己了，乐无晏自觉没趣，道："仙尊怎么又不说话了？你是没自信比他先飞升吗？"

徐有冥微微摇头，终于抬眼看向他，道："没必要比。"

乐无晏问道："为何没必要？"

一想到徐有冥会被谢时故那厮比下去，他竟觉得比自己被人比下去还要生气些，绝对不行。

徐有冥却道："若想为宗门争得荣耀，你也可以。"

乐无晏道："那算了。"

他就是想激这人几句，看他变脸而已，看不到便算了。为太乙仙宗争光？省省吧。

徐有冥站起身来道："走吧，说了到处走走，别一直坐这里了。"

50

乐无晏和徐有冥回到银月岛时，极上仙盟的谢时故等人已离开此处，先一步去往南地。

乐无晏见这岛上好玩的地方不少，又在这里多待了数日，之后才启程继续南行。

自银月岛往南地，还有三日船程。

"南地一共六个大势力，分别是典苍宗、天罗门、镜音门、掩日仙庄、如意宗和秦城，其中典苍宗、天罗门和镜音门三派同气连枝，是这边最早的三方大势力。秦城由小牡丹养父一手建起，汇聚天下妖修，是这里规模最大的一座城池。掩日仙庄地处南地最西边，庄中只收女修，庄主隐月尊者是天下女修修为第一人。如意宗则是近年来才快速崛起的一方新势力，门中诸多高手，行事豪放不羁，吸引了众多散修前去投靠……"

乐无晏翻看着全舆图，随口念出上面的宗门简介，啧啧有声道："够复杂的，上次去北渊秘境，这些门派都有人去啊？"

"嗯。"徐有冥在一旁盘腿打坐，淡淡道，"除了近年才闯出名声的如意宗，其余这些大型宗门，各有一百五十个入北渊秘境的名额。"

乐无晏想了想，竟全无印象。

南地的势力划分确实要复杂一些，不像东大陆和中部大陆，分别以雄踞其上的太乙仙宗和极上仙盟为首，也不似北地因风水原因驻扎的门派少，且大多与世无争。南地这里大宗门多，却又无绝对能力力压群雄，因而形成了如今多方相互制衡、分庭抗礼的局面。

"这些门派当真能一直相安无事，不会打起来？"乐无晏好奇问道。

徐有冥没有回答，帮他开了耳。

他们尚在去往南地的船上，隔壁房间也有高阶修士，所设结界对上徐有冥却形同虚设。乐无晏看着徐有冥眨了眨眼，眼中带笑，像是揶揄他又在做这种偷听他人谈话的宵小之事。

徐有冥示意他仔细听，旁边人的交谈声清晰地传来。

"今次秦城城主五千整寿，广发请帖，有传言连两位仙尊也答应了前去，秦城这次是要大出风头了。"

"南地的势力怕是又要生变，听说一个月前天罗门办了场鸿门宴，请了典苍宗宗主和镜音门门主前去，宴席上说了什么不得而知，但镜音门主回去之后便放出话，镜音门以后与天罗门恩断义绝，这一个月两方势力冲突不断，互相通商的码头和城镇都关闭了，看起来像是真的彻底闹翻了。"

"竟会如此？镜音门门主和天罗门门主不是儿女亲家吗？他们和典苍宗数万年来荣辱共存，如今怎的竟然交恶了？"

"谁知道呢，说不得中间生了什么龃龉，典苍宗的态度也暧昧，不知道向着哪边，倒是镜音门门主这段时日据说私下与那如意宗的人走得颇近。这次秦城城主寿宴，说不定是一个契机，秦城从前一直被典苍宗这些旧势力范围排除在外，如今看起来情形却是要变了，若那三大派内部分裂，自然要各自去拉拢其他势力……"

乐无晏一扬眉，耳边的声音关闭。

"仙尊这是在看戏吗？南地这边看来确实不太平啊。"他笑问。

徐有冥微微摇头，道："事情有些古怪，且先看看再说。"

乐无晏不以为意，那些什么宗、什么门的，总归与他无关，他只问："秦城若真掺和进这些争斗里，会不会影响小牡丹？算了，小牡丹现在是太乙仙宗人、仙尊你的弟子，你护好他就是。"

徐有冥闭了眼，继续打坐。

离秦城城主寿宴尚有月余，到南地后他们并未着急赶往秦城，而是一路慢行，四处游玩。

半月之后，他二人途经一座名为"春和"的大城，此地繁花似锦、金粉飘香，女修远比男修多，正是掩日仙庄的管辖之地。

进城已是傍晚时分，便打算在这里落脚一晚。

他们挑了间僻静处的客栈，掌柜的是位精神爽利的低阶女修，见到他二人进门，笑吟吟地迎上来，问他们住店还是打尖。

"都要。"乐无晏道，"先上酒菜，不拘什么，有好吃的都上一份来。"

女修一看便知这二人是有钱的主，且其中一位修为看着深不可测，不敢怠慢，这便吩咐跑堂的去了后厨。

客栈一楼这会儿只有他们这一桌客人，二人坐下后女修将泡好的热茶送来，乐无晏顺嘴问："姐姐，你们这城里有好玩的地方吗？"

徐有冥淡淡瞥了他一眼，乐无晏只笑嘻嘻地看着那女修，并未注意到他的动作。

乐无晏本就生得好看，不论真实年纪几何，至少看起来还是个少年郎的模样，嘴巴又甜，一句"姐姐"顿时便让那女修脸上笑容更真诚了几分，问他："小道友这口音听着不像南地人，你们是从别的地方过来的？"

出门在外，他们都没穿太乙仙宗的弟子服，乐无晏喜红衣，徐有冥则以一身普通白袍遮掩身份，这女修只道他们是别地来的修士，自然不会想到面前之人会是大名鼎鼎的明止仙尊。

乐无晏笑着点头："啊，我们从东大陆过来的，听闻秦城城主办寿宴，不少大人物会去，也想去凑个热闹见识见识，顺便一路四处看看，游山玩水。"

"那你们可算是来对地方了。"女修笑道，"春和城不比其他地方繁华，但山好水好，好吃的东西也多，修行之人虽说讲究辟谷净身那一套，偶尔满足一下口腹之欲又有何不可，我们这里还有不少值得游玩的好去处……"

这人是个话多的，与乐无晏侃侃而谈，乐无晏听得颇为起劲，酒菜上齐了还招呼对方坐下一起吃，话题从吃喝玩乐转到南地的各种趣闻，最后又聊到那些大门大派，自然也说起了这春和城所依附的掩日仙庄。

"掩日仙庄建庄不过万年，却能人辈出，传闻当年第一代庄主曾得仙人指点，才有了今日的掩日仙庄，若非我天资不行，选不上仙庄弟子，也不会在这春和城里做一散修。"

说起掩日仙庄时，女修言语间既向往又遗憾，乐无晏闻言好奇问了句："仙人指点？"

女修点头道："是啊，都是这般传的，说是天外来的仙人指点迷津，当年掩日仙庄的第一代庄主才在此开山立派。"

乐无晏只觉稀奇，又问："掩日仙庄当真只收女修？若是有庄中弟子与他人成亲怎么办？"

女修笑道："那要么脱离仙庄，要么只能让夫婿入赘了。虽是如此，想求娶仙庄女弟子的男修依旧很多，那些仙子们非但生得貌美，且寻常修士若入赘了仙庄，便能得仙庄的修炼资源，并不比进其他大宗门差，有何不好？"

乐无晏赞同地点头道："姐姐说得有理。"

恰巧又有客人进店，女修赶紧起身去招呼别的客人了。

人走之后，徐有冥侧目看向他道："为何叫人姐姐？"

"有何不对？"乐无晏道，"和女修要拉近关系，叫姐姐是最好不过的选择，道友太生疏，小娘子太轻浮，叫姐姐总不会出错。"

徐有冥沉默了一下，低声道："你吃东西吧。"

乐无晏笑够了，慢悠悠地拎起酒杯，将杯中酒倒进嘴里。

徐有冥不动声色，继续为他添菜、斟酒。

夜沉时分，乐无晏两壶酒下肚，醉意上头，迷迷糊糊地放倒杯子，他身子一歪，倒在桌上。

51

之后的两日，他们一直在这春和城中游玩，这地方确实如那女修所言，景色宜人，吃喝玩乐之处也多，叫人流连忘返。

这日晌午之时，乐无晏吃饱喝足自一处酒楼出来，伸着懒腰正打算找个地方再睡一觉，远远瞧见前方人头攒动，一堆人围在城墙根下在看热闹。

乐无晏正闲得无聊，便也拉了徐有冥过去一瞧究竟。

二人走近了才看清楚众人看的是城墙上贴的一张榜帖，寻求能医治灵宠厌食狂躁之症的能人，有重谢，落款竟是掩日仙庄。

"三十万灵石，还有中上品丹药，掩日仙庄果真财大气粗，到底是什么灵宠，厌食狂躁而已，竟有这般难治？"

"据说是只灵鸟，这张榜贴在这儿快有月余了，起初不少人揭榜前去，俱无功而返，说那灵鸟十分厉害，根本不让人近身，有胆子大些强行上前的还被重伤了，前几日还有化神期修士揭榜前去，都受了重伤铩羽而归。"

"是啊，我一个月前看到这上面写的酬金还是一万灵石呢，如今竟都涨到三十万了，还能有中上品的丹药，想来是十分棘手了，也不知还有没有人敢去试一试。"

人群议论纷纷，心动的人不少，敢上前揭榜的却没有。

毕竟掩日仙庄的门不是那么好入的，贸然揭榜前去，事情若没办好，丢人事小，得罪了掩日仙庄可就亏大了，更别提传闻那灵鸟厉害得很，连化神期修士揭榜前去都被重伤了，一般人岂敢轻易尝试。

乐无晏眼珠子转了一圈，就要上前，被徐有冥叫住："做什么？"

乐无晏笑笑道："当然是揭榜。"

言罢他一抬手，灵力打入那榜中，榜帖转瞬便已到了他手里，周围人的目光纷纷投过来，打量起他们。

乐无晏神情自若，守在榜下的女修走向他们道："道友揭下这榜帖，可有把握？"

女修的面色有些冷淡，像并不信服他们。乐无晏也不在意，笑道："既然揭了榜，自然是有把握的。"

对方一点头，便不再多言："那走吧。"

女修转身先走，乐无晏见徐有冥轻拧了眉，伸手戳了戳他胳膊，道："走了走了，去看看呗，反正闲得没事。"

徐有冥像是无奈，到底妥协了，带着乐无晏腾云雾而起，跟上了前方骑坐在仙鹤上的女修。

女修回头看他们，目露诧异，能腾云驾雾者，修为至少在炼虚以上，她方才小看这两人了，这下心头略定几分，冲乐无晏他们点了点头，神情已然恭敬了许多。

之后一路飞过数座中小城镇，再掠过几座山头，远远便瞧见花团锦簇的"掩日仙庄"石门耸立在云海之间，女修带着他二人落地，手中的弟子铭牌闪过青光，三人一起进入仙庄中。

庄中另有天地，云霞似锦，晴丝袅袅，随处可见花木葱茏，香屑布地，来来往往的女修仙子们穿梭其间，衣香鬓影，红飞翠舞，银铃般的笑声格外悦耳。

徐有冥目不斜视，乐无晏倒是大大方方地四处看，欣赏着美人美景，女修们也有偷偷看他们的，目光对上，乐无晏便冲人一笑，换得对方更多的笑声，丝毫不在意身边人越拧越紧的眉头。

往前走了一刻钟，他二人被带到一处大的园子里，领他们来的女修伸手一指，前方的空地上有一个一人高的大笼子，一只体型巨大的灵鸟正在其中焦躁地来回踱步，不停地发出"唧唧"声响，不时地还以肉身去狠狠撞那困住它的笼子。

女修道："就是这只灵鸟，麻烦二位了。"

乐无晏无语。

这是灵鸟？这分明是山鸡！

见乐无晏满脸一言难尽，女修轻咳一声，解释："这灵鸟从前温顺得很，很讨人喜欢，这一个多月来却不知怎么回事，就变成了如今这样，不肯吃东西，动不动就发脾气到处毁坏东西，甚至伤人，我们想了许多法子都没用。"

徐有冥没吭声，事情是乐无晏惹来的，他大约并不想管。

乐无晏抱臂看了一阵那山鸡……灵鸟，走上前去，女修赶紧提醒他："道友小心，它挺厉害的。"

乐无晏不以为意，径直上前，那灵鸟忽然转了个身，朝着他的方向猛冲过来，硕大的身躯撞在笼子上哐哐作响，叫声急促，不停挥动着巨大的翅膀，带起一阵接着一阵呼啸不止的狂风，嘴里还猛喷出一团火，直冲乐无晏而来。

乐无晏步伐沉稳，一步不退往前走，那团火尚未碰到他已被他一鞭子抽散，真灵释出，赤色灵光分散成无数光点，晃晃悠悠地靠近了那只灵鸟。

身后的女修惊愕地睁大眼，就见原本狂暴不止的灵鸟被那些光点罩住，先是一愣，过后竟不再动了，嘴里仍"唧唧"叫个不停，却是十分愉悦舒适的叫声。那灵鸟从站立着到匍匐蹲下，仿佛得到了莫大的安抚，眯着眼睛贪婪地张口，不停吞下那些真灵。

乐无晏已走到笼子前，笼中灵鸟的叫声愈发激动起来，挪着笨重的身体欲要靠近他，似要问他讨要更多的真灵，乐无晏伸手过去，捋了捋鸟毛，道："你都这么胖了，别贪吃，没有了。"

灵鸟又叫了两声，见乐无晏坚持不再给，颓然耷拉下脑袋，蹲在地上不动了，整只鸟都老实了下来。

女修犹豫地走近,灵鸟看到又想攻击人,被乐无晏制止:"不许动。"

灵鸟翅膀抖了抖,委屈地缩起来,再不敢放肆。

女修见状好奇地问乐无晏:"它真的肯听道友的话?它是生病了吗?为何会突然变成这样?"

乐无晏笑道:"没生病,发情了而已。"

女修"啊"一声,微微红了脸,道:"发情了啊?"

徐有冥也走过来,瞥向乐无晏,隐有疑问,乐无晏好笑道:"真的,我没胡说,真就是发情思春了,给配个种就好了。这是赤鹥鸟,上古灵鸟中的一种,如今虽少见,却也非绝无仅有。这只只是体型特别大一些,吃太多了,给减减肥就好了。"

且这赤鹥鸟还与凤凰一族有血脉渊源,是凤凰族与其他普通灵鸟结合的后裔,身具凤凰天性,但不是凤凰。传承几代之后身上凤凰血缘越薄,这赤鹥鸟的灵智便越低,当世还存在的赤鹥鸟,都已与普通灵鸟一般无二,唯独还保留着御火的本能。

乐无晏看这鸟也有几分喜欢,又伸手揉了它一把,得到了对方的"唧唧"叫声回应。

女修却没想到是这么个原因,但见乐无晏当真制服了这灵鸟,便不敢不信,终于松了口气,一再与他道谢。

答应好的酬金自不用说,三十万灵石悉数奉上,丹药也是极好的,乐无晏不客气,当下都收进了自己的乾坤袋中,道:"多谢。"

女修笑着问他:"两位道友是从别的地方来的吧?可有着急的事情?若是不急着赶路,可在庄中小住一两日,好让我等招待二位,以表谢意。"

乐无晏尚未表态,徐有冥先冷淡道:"酬金已收,事情已了,不必多此一举。"

乐无晏却道:"别啊,来都来了,就算不住下,吃顿饭怎么了?"

徐有冥睨向他,道:"你还吃得下?"

女修笑道:"庄中有千年灵果酿成的果酒,恰巧这两日果酒开坛,二位道友不妨留下来小酌两杯,再用些点心灵果。"

徐有冥还要拒绝,乐无晏先答应了下来:"好啊,多谢姐姐。"

女修脸上笑容愈发灿烂,道:"二位这边请。"

女修领他们去了溪水畔,在亭中设宴,很快有美食美酒奉上,酒香混着花香,芬芳馥郁,格外醉人。

乐无晏与人谈笑风生，这掩日仙庄中人又比外边的散修要更见多识广，说起南地的风土人情和趣闻更头头是道。乐无晏不但捧场，嘴还甜，一样将人逗得乐不可支。

酒过三巡，女修忽然收到传音，之后便与他们道歉，说有事要先离开一步："二位道友且先喝着，那边就有人候着，你们需要什么直接吩咐人便是。"

乐无晏笑着摆摆手，让她先去忙，不用在意他们。

人走之后他又给自己倒了杯果酒，送了半杯进嘴里，咂咂嘴道："这酒确实不错，越喝越舒坦，还喝不醉。"

徐有冥瞥他一眼，仰头一口将酒倒进嘴中。

乐无晏好笑道："仙尊怎这般小气，我就跟人喝个酒聊聊天而已，你又不高兴了？"

"防人之心不可无。"徐有冥道。

乐无晏道："有你在，担心什么？"

有徐有冥在，敢暗算他们之人，除非是活腻了。

徐有冥放下酒杯，沉声道："喝完这些酒便走。"

"行了。"乐无晏道，"知道了。"

一壶酒慢悠悠见了底，这酒是灵果所酿，乐无晏难得没喝醉，只觉通体舒畅，浑身都懒洋洋的。

徐有冥看看天色，道："回去吧。"

乐无晏嘟哝了几句，伸着懒腰刚站起身，忽然似察觉到了什么，他脸上神情陡然一顿，心下一凛，凤凰真火当即出手，在前方几丈处与另一团火撞在一起，瞬间炸开巨大耀目的火焰。

徐有冥上前一步，挡在了乐无晏身前，剑在手中但未动，面色已然冷了。

"九阳离火。"乐无晏道，"掩日仙庄的庄主，堂堂隐月尊者，就是这般待客之道？"

九阳离火也是至阳之火，唯有凤凰真火能克，当世将离火修至九阳者，据那客栈掌柜的说，唯修为已达大乘后期的隐月尊者一人。

乐无晏现今修为远在她之下，但方才那一下对方并未尽全力，甚至只用了三分力气，加之凤凰真火本身的威力，故而两人打了个平手。

话音落下，一身粉衣的女仙终于现身，乐无晏略感意外，对方面相看着竟格外貌美年轻，必是在二十五岁之前便已结丹，天资极其出众之人。

对方上前，与面色冷然的徐有冥和乐无晏行了礼，恭敬道："见过明止仙尊和青道长，方才出手一探实属冒犯，但并无恶意，还望仙尊和青道长勿怪。"

徐有冥道："原因。"

隐月尊者却未立刻回答，目光落向了他身后的乐无晏，像在打量他。

乐无晏伸手推了推徐有冥，让他站一边去。

他不是傻子，对方有无恶意不会感觉不出来，这位隐月尊者虽一出手就是世人嘴里的天下第一火九阳离火，分明存了试探的意思，但并非为了伤他，方才那一下他若是接不住，对方应会立刻收手。徐有冥必也看出来了，才会站在这里听人解释原因，而非直接出手回击。

再者说，对美人，乐无晏向来是好说话的。

乐无晏问道："庄主一直看着我做什么？可是有话想说？"

对方也问："方才青道长放出的，可是凤凰真火？"

徐有冥拧了眉，乐无晏心下诧异，竟没想到有修士能一眼认出凤凰真火。

他却并未作答，抱臂看向对方道："何以见得？"

隐月尊者道："那赤鹥鸟是我养的一只灵宠，青道长先前安抚它的过程我都看到了，敢问青道长用的，可是凤凰真灵？"

这下乐无晏是当真惊讶了，若说有人翻阅过上古古籍，识得凤凰真火，尤其是隐月尊者这样的高阶火灵根修士，倒也不无可能，但真灵对方竟也能准确叫出名字，却大大出乎了他的意料。

闻言，乐无晏脸上笑意收敛了几分，眼神里终于流露出了警惕之色，没吭声。

隐月尊者已从他的表情里得到了答案，眸光微动，再次与他确认："青道长是否，已得到了凤凰族的传承？"

隐月尊者话一出口，乐无晏面上的笑意终于彻底消失，眼神中的戒备之意更甚，并未答她。

徐有冥替他道："有话烦请直说。"

对方一摇头，道："仙尊和青道长误会了，我无恶意，但有一样东西要交给青道长，请随我来。"

对方言罢转身先走，乐无晏瞥一眼仍冷着脸的徐有冥，小声道："去看看呗。"

徐有冥在他的目光中勉强点了头，乐无晏嘖了声，提步跟上去。

女修带他们去的地方，是一处浮于半山的大殿宇，进门前告诉他们："此处是我掩日仙庄的神庙，请青道长随我进去。"

乐无晏惊讶万分，一个宗门的神庙相当于家族宗祠，别说是外人，便是寻常弟子都不能随意进入，这位掩日仙庄的庄主竟要带他进这里？

乐无晏尚未开口，徐有冥道："我亦去。"

隐月尊者目露迟疑，乐无晏道："仙尊是我共修者，若要去便同去，还请庄主行个方便。"

不论对方有无恶意，他们修为毕竟差了太远，乐无晏没傻到就答应与人单独行动。

隐月尊者犹豫过后终是妥协了："二位这边请。"

他们随人进门，跨过重重门槛，这神庙内又有数座不同的大殿，拱卫着至高处直入云巅的最恢宏的那一处殿阁。

乐无晏抬眼看去，只觉气势浩瀚。

隐月尊者与他们介绍："这里每一座大殿里，都供奉着一位仙庄中早已飞升的前辈，正中那座，供奉的则是当年指点仙庄开庄的仙人，请随我来。"

他们登上九九八十一级天阶，步入殿中。

大殿内烟云缭绕，四处明火高悬，正前方立着一女仙人的神像，栩栩如生。

乐无晏目光落过去，蓦地愣住。

这尊神像竟与当日他在那壁画上见过的，四天尊里唯一的女仙一模一样，她便是四天尊中仅存的未陨落者。

当时那壁画上的人俱面貌模糊，看不清长相，但就这一眼，乐无晏便能确定，面前的这尊神像，就是那画中人。

乐无晏回神下意识转头看向身边人，徐有冥也在看那尊神像，微仰起头，神情是一如既往的冷峻，叫人猜不透。

隐月尊者解释道："万余年前，师祖得仙人指点，在此开山立派，才有了如今的掩日仙庄。仙人离开之前曾留给师祖一件东西，言明日后若有人得到了凤凰族传承,便将此物交给他。"

她提醒乐无晏:"还请青道长送一抹凤凰真灵进仙人神像手中。"

乐无晏尚在犹豫,徐有冥忽然出声:"按她说的做。"

乐无晏看向他,徐有冥面色如常,点了点头。

他这才不再多虑,上前一步,抬起手,真灵自乐无晏指尖出,送入前方仙人神像之手。

两三息的工夫,那呈托举状的女仙手中浮起一物,被真灵笼住,送回乐无晏面前。

乐无晏看清被真灵包裹之物,当场愕然。

一串白玉念珠,珠九颗,是在那些壁画中,一直戴在那白衣仙人手腕上的东西。

"收起来吧。"徐有冥沉声道。

乐无晏抬眼,对上徐有冥平静的目光,他眼睫毛动了动,徐有冥再次道:"拿着吧。"

乐无晏一句话未说,将那串念珠收起,戴到了自己左手腕上。

那隐月尊者见状也似松了口气般道:"仙人留下的任务,我师祖和师尊等了数千年,直到飞升之时都没能等到有缘人,一直留有遗憾,如今终于在我手中完成了。"

乐无晏与人道谢,言语诚恳,徐有冥也改了先前的冷淡态度,道:"多谢代为转交此物。"

女修笑道:"仙尊和青道长客气了,这是我分内之事,二位不计较我先前的无礼之举便好。"

之后这隐月尊者又在庄中正殿设下酒宴,一众仙庄长老作陪,招待他二人。

说是长老,乐无晏放眼望去,大多面貌看起来都只是年轻女子,说笑间似是对他二人,尤其他这位传闻中魔头转世的青道长十分感兴趣。

女修们左一句右一句地与他调笑,饶是乐无晏生性喜好美人,也有些应付不来。

毕竟这些人只是看着年轻而已,修为达合体期以上的长老,少说也有两三千岁,他叫人姐姐其实都是在占人便宜。

如隐月尊者这般三千多岁、修为达大乘后期的,已属玄门中的佼佼者,太乙仙宗的宗主四千岁也不过大乘巅峰。

这么一对比，徐有冥分明生来就非一般人，乐无晏睨了一眼面色又变得冷若冰霜的身边人，暗暗想着，狗贼是这样，极上仙盟那厮呢？

席间隐月尊者问起他们："仙尊和青道长来南地，可是接到秦城的请帖，要去参加秦城城主的寿宴？"

乐无晏道："正是，庄主也去吗？"

隐月尊者点头道："秦城城主五千整寿是大日子，同是南地的宗门，请帖送到，我自然得去捧场。"

乐无晏心思一转，顺嘴便问起她："来的路上听人说起南地各势力间关系复杂，时有摩擦和争斗，庄主偏安于此处，只怕也不容易？"

隐月尊者笑道："确实如此，这也没什么好隐瞒的，南地的宗门以典苍宗、天罗门和镜音门为首，占据了南地大部分的地盘和资源。我掩日仙庄中都是女弟子，只图安稳度日，并不想与他们多起纷争，所以选择偏安在此。秦城处境与我们差不多，城中多是妖修，总会有人对他们存着偏见，故而他们向来独善其身，也甚少参与这些无谓的纷争。"

乐无晏道："不过如今的情形却似要变了？"

"是要变了。"隐月尊者叹道，"近几十年来突然崛起的如意宗，行事不羁，不按常理出牌，走的路数几乎与那些魔修一个样，偏又是玄门正派。他们宗主擅长笼络人心，招募了一批修为了得的散修，如今天罗门和镜音门起了龃龉，少不得有他们掺和其中。"

"若是他们各自想拉拢其他势力，庄主也打算参与进去？"乐无晏问。

隐月尊者面露犹豫之色，道："实不相瞒，若是别的东西，我们掩日仙庄确实不感兴趣，但典苍宗他们还把持着通天河，从前我们若想要天河水，只能高价与他们三派换来，如今正是好机会，或许能叫他们让出一部分通天河的份额。"

乐无晏一扬眉，低声问身边人："通天河是什么？"

徐有冥沉声道："通天河连接天瑶池，是天界与凡界的分界处，天河水于凡人可治百病，于修者可洗经伐髓，是炼丹药必备之灵水。"

乐无晏心道那自己当真是孤陋寡闻了，他从前要炼丹药，用逍遥山中的灵泉便是，也就这些玄门中人毛病多，非要用什么天河水。

"那其他地方的宗门呢？太乙仙宗要用天河水，也要与那三派买？"乐无晏问。

徐有冥道："是。"

隐月尊者解释道："若是要炼出上品以上的丹药，须得用天河水，如太乙仙宗这样的仙门之首，自有其他东西能与他们交换，他们也不敢随意抬价。我们便不同了，因这个被人拿捏住，总归是不痛快。"

那确实太不痛快了，乐无晏同情地点头，道："难怪庄主有此考虑。"

徐有冥却道："事有古怪。庄主若想保仙庄安宁长久，最好不要轻易参与其中。"

闻言，隐月尊者神情微微一凛，看向面色始终沉冷的徐有冥。

修为越高者，对变数和危机直觉便越灵敏，徐有冥是当世唯二的渡劫期修士，他的话不能不信。

半晌，隐月尊者诚挚道："多谢仙尊提醒，我等会再慎重考虑。"

离开掩日仙庄，已是日暮时分。

乐无晏与徐有冥谢绝了隐月尊者同行的邀约，回春和城去。

二人仍是在之前住过两日的客栈落脚，乐无晏进门先上楼回屋了。

徐有冥亲自去叫人给他做解酒的甜汤，晚了一步上楼，推门进去，却见乐无晏盘腿坐在榻上，看着捏在手中的那串白玉念珠，正在发呆。

九颗念珠颗颗饱满通透，可见其中白光流转。

这是一件仙器，仙器者，仙人所用之物，偶有落入凡间的，少之又少。

乐无晏前世只在古籍上见过仙器，这还是第一次真正亲眼得见，此物虽看起来与一般的上品、极品灵器无二致，但修为低如乐无晏，也能感受到其上沾染的仙气。

徐有冥道："这九颗念珠每一颗中都蕴藏了一道护身仙力，同时释放，可挡渡劫期修士的全力一击。"

乐无晏忽然抬眼，问他："你怎知道？"

徐有冥沉默不言，乐无晏轻嗤，不说算了。

"仙人的护身仙力这么没用吗？九颗同时释放，才能挡得住渡劫期修士一击？"他问。

徐有冥道："仙器非凡界之物，落入凡界，自会相应地削减威力。"

乐无晏"哦"了声，行吧，是他要求太高了。

乐无晏转动着念珠，心情复杂，许久才道："掩日仙庄中的那位仙人，我见过，在北渊秘境中掉进八门阵眼以后，看到的那些壁画上就有她，她是那四大天尊之一，是唯一没有陨落的，她留给我的这串念珠，是另一位天尊的手中之物。"

徐有冥道："嗯。"

乐无晏讪然抱怨："嗯什么？你就不能说点别的？"

徐有冥微微摇头，道："戴着吧，以后别随意取下来了。"

乐无晏道："我觉得给你戴比较合适。"

徐有冥道："我不需要。"

外边响起敲门声，是跑堂的小二将甜汤送了上来，徐有冥转身去开门。

甜汤送到乐无晏手边，徐有冥提醒他："喝点吧，你今日酒喝太多了。"

乐无晏往榻上一倒，道："不喝，饱了。"

徐有冥搁下碗，在他身侧坐下，看着他不动。

自逍遥山下来后，乐无晏心里便隐约有了猜测，到今日收到这串念珠，才终于确信了那个答案——白衣仙人是徐有冥，青鸾鸟是他，幻境中看到的所有或许都是真的，徐有冥知道他究竟是谁。

徐有冥说不能说，有他不能说的理由，从一开始，他就知道所有。

这中间仍有许多乐无晏想不通的地方，他依旧生气，甚至比之前更生气，但对着徐有冥，这种生气却又变得无能为力。

这人总是这样，心思藏在肚子里，从前乐无晏以为自己足够了解他，其实根本看不穿，也猜不透。

53

徐有冥与乐无晏到达秦城，是在寿宴的三日之前。

早两日乐无晏便已收到秦子玉的传音，秦子玉出关过后便径直来了秦城，还比他们早几日到。

他们到时秦子玉已在城门外等候，见到他二人立刻笑容满面地迎上来。

乐无晏一见他便觉出了他身上的变化，问他道："你筑基了？"

秦子玉高兴地点头，道："是，终于勉力筑基成功了。"

乐无晏闻言也十分替他高兴，小牡丹笨是笨了点，化形近三十年才成功筑基，不过他入太乙仙宗这一年多修为精进得倒是挺快的，以后未必不能有大的前途。

他二人说了两句，乐无晏示意身边人："送礼。"

徐有冥瞥他一眼，乐无晏再次道："赶紧的，送礼啊。"

徐有冥这才给自己的弟子送出了祝贺他成功筑基的奖励，秦子玉愈发笑容灿烂，一再与他二人道谢，徐有冥淡道："走吧。"

秦子玉领他们直接进城，因再有几日便是城主寿宴，秦城这段时日热闹非常，大街小巷到处是各地来的修士，更显得这偌大的一座城池繁华喧嚣。

他们乘车径直往城东的城主府去，乐无晏看了一阵窗外，随口问了句："这里是不是比洛城还大些？"

秦子玉道："秦城有三个洛城大，周围还有数个中小型城池，都属秦城的势力范围。"

乐无晏点头，小牡丹这养父，还挺有本事的。

他突然想到什么，又问了一句："怎就你一个人？余未秋那小子呢？他没跟你一起来？"

秦子玉解释道："我出关之后便先过来了，余师兄应该也在这两日会到。"

车行了两刻钟，到达地方，城主府占地广阔，整个城东都是城主府的地盘，远望过去，如桂殿兰宫，绰约巍峨。

出门来迎接的，是先前在北渊秘境时，曾与他们同入八门阵的秦凌风——秦城的五城主。

秦凌风十分热情，一面寒暄，一面跟乐无晏道谢："先前在北渊秘境，多亏青道长提点，我等才能平安破阵出来，一直还没来得及当面跟青道长说声谢。"

乐无晏不在意道："举手之劳罢了，五城主无须客气。"

之后秦凌风领他们进门，一路参观过去，府中前半部分是鳞次栉比的殿宇楼阁，后山则是错落有致、掩于山水间的一间间小院和洞府，门内弟子多是妖修，修为达金丹期以上者，才能在这城主府中占得一席之地。

妖修天资普遍不如人修，如秦子玉养父这般五千岁修为达大乘中期的，已属难得。秦城共五位城主，突破大乘期的仅三人，秦凌风和另一位兄长修为只在合体巅峰，整体实力或许不如其他的大宗门，但因秦城在众妖修中的特殊位置，却也无人敢小觑。

秦凌风一路与乐无晏他们介绍，给他们安排的住处，是一处竹林深处的僻静小院。

"先前子玉说仙尊和青道长不愿住洞府，喜清幽处。此地依山傍水，又在竹林尽头，应无人打搅。"秦凌风道。

乐无晏看地方确实不错，院中还种了株桃花树，顿觉满意，道："多谢。"

他们便在此安顿下，秦凌风请他们自便，有什么需要的可直接吩咐人，又道晚上有接风宴，客气再三，这才离开去招待其他客人。

秦子玉尚未走，乐无晏顺嘴问他："秦城摆这寿宴，到底请了多少人？"

秦子玉道："请帖发了一千张出去，这两日已陆续有人到了。除此之外，城中还会摆流水宴，无论是本城还是外来的修士，想吃的都能去吃。"

那确实阔绰得很，乐无晏心道，先前有位太乙仙宗长老过寿，却远没这个排场。

秦子玉笑道："仙尊和青道长能来捧场，养父十分高兴，说晚上的接风宴上，一定要与仙尊和青道长喝上三杯。"

听到有酒喝，乐无晏自没什么不可以的，忙道："好说。"

二人又说了几句，秦子玉也离开，去帮着接待客人去了。

乐无晏回身，见徐有冥站在那桃花树下，眸光微亮。

从前他就是在逍遥山下的一株桃花树下捡到的夭夭，可惜那日去逍遥山，却是连树桩的影子都再没瞧见，山上山下一样荒芜。

花瓣缤纷落于徐有冥发间和肩头，他就这么安静地看着自己，莫名有几分当年夭夭的影子。

乐无晏走上前道："站这里做什么……"

徐有冥望向另一侧，从他站的角度看过去，可见小院旁的山涧与瀑布，很有几分意境，且林中灵气充裕，不比他们先前去过的其他地方差。

乐无晏见状高兴道："这地方果真不错，秦城人有心了。"

徐有冥点点头，再没说别的，抬手在整间小院外设下结界。

远处的喧嚣声响被隔绝在外，唯余泉水叮咚。

乐无晏进门给自己倒了杯茶，徐有冥已盘腿坐上榻，安静打坐。

乐无晏过去，站在他身前垂眼看他，片刻后徐有冥睁开眼，对上他的目光。

乐无晏抬手，捻去落至他肩头的一片桃花瓣，低声笑喃："夭夭。"

徐有冥眸色动了动。

乐无晏弯起唇角道："那魔头还挺会取名字。"

半晌，徐有冥含糊咽下一声："嗯。"

乐无晏看着他，拖长了声音笑道："仙尊，我能不能也叫你夭夭啊？"

徐有冥道："随你。"

乐无晏轻声道："夭夭。"

二人出门时已是暮霭漫天之时。

接风宴摆在后园的一处花厅，他们在去的路上碰到秦子玉，秦子玉与他们解释："两位仙尊今日都已到了，故而先办了这一场接风宴。"

乐无晏问："极上仙盟那位盟主也来了？"

秦子玉道："听说是方才刚到的。"

话音才落，身后便响起声音："青道长是在问我吗？方才还正想着要去拜会仙尊和青道长，巧了。"

乐无晏回头，果然是谢时故那厮，正大摇大摆走过来，身侧是他的共修者。

谢时故笑吟吟地摇着扇子上前，与他们打招呼，徐有冥神情冷淡，乐无晏忍着翻白眼的冲动，压根懒得搭理他。

谢时故也不以为意，最后冲秦子玉道："小牡丹，又见面了，不错啊，几个月不见竟已筑基了？恭喜。"

秦子玉下意识看了一眼他身旁神情淡漠的青年，不自在地一点头，道："多谢。"

谢时故笑笑，总算没再说废话。

花厅中此刻已人声鼎沸，离寿宴还有三日，来的修士尚且不多，却也有一二百人，齐聚一堂自是热闹。

徐有冥和谢时故同时出现，所有人都站起身来，秦子玉的养父秦城城主秦凌世大步迎上前，豪爽笑道："在下秦凌世，两位仙尊大驾光临，实乃秦城之幸，这边请！"

徐有冥点了点头，谢时故则与人随意说笑了几句。

他们的位置被安排在最前边，秦凌世与他们介绍其他几位城主，除了先前就认识的秦凌风，还有三人，他们五人是结拜兄弟，一起建起这偌大的一座秦城。

乐无晏打量了一番秦子玉的养父和这几个叔叔，面相看着都还不错，尤其秦凌世，身为妖修第一人，身上自有别人没有的气势，凌厉但不张扬。他身旁的夫人瞧着更温婉随和，看起来都是好相处的，秦子玉能被他们收为养子，确实运气极好。

一番寒暄后，众人入座。

今日到场的，大多是别地来的修士，南地除了掩日仙庄的庄主，先来的都是那些中小门派中人。

这倒也不稀奇，离寿宴尚有三日，其他大的门派摆架子，自然不会特地提早过来，若非知道徐有冥他们会提前到，便是隐月尊者也要晚上两日才会来。

如今看到两位仙尊都这般给秦城面子，先来的这些人不免庆幸，脸上笑容也更真诚了几分。

之后便是推杯换盏，你来我往。

不时有人过来与徐有冥和乐无晏敬酒，乐无晏喝得畅快，第三杯也下肚时，徐有冥将他的杯子拿开，给他换成了果茶。

乐无晏看他道："作甚？"

徐有冥道："少喝些。"

乐无晏嗤了他一声，转头过去与另一边的秦子玉说话。

秦子玉单独一张酒案，默不作声地低头吃东西，偶尔抬眼，目光落至某一处时又很快移开。

"小牡丹你怎么不喝酒？"乐无晏凑过来问。

秦子玉回神微微摇头，道："我不想喝，一会儿回去打算抓紧修炼。"

"也不用这么勤奋吧？"乐无晏奇怪道。

秦子玉不喝酒，乐无晏干脆把他面前的酒壶拿来倒给自己喝。

徐有冥叫他："青雀。"

乐无晏转头，那人看着他："回来。"

僵持片刻，乐无晏屁股挪回去，还没忘了把秦子玉的酒壶也顺走。

"我要喝酒。"他道。

徐有冥道："最多再半壶，这酒烈。"

乐无晏道："知道了，废话真多。"

酒热正酣时，又有人来。

人未至，声先到："段某来迟一步，不知还能不能赶得上与两位仙尊和城主喝一杯！"

秦凌世再次起身迎接，来的正是那如意宗的宗主。

乐无晏自酒杯中抬头，看向大步进门来的男人，下意识皱了皱眉，这人长眉入鬓，双目炯炯，长得分明还不错，面相却看着实在怪异，叫人分外不舒服。

他见秦凌世已与人寒暄起来，小声问身边人："这人什么修为？"

徐有冥道："大乘中期。"

大乘中期，修为在当世修真界只能排到前三十，说不上顶好，但也足够傲视群雄，且这人从前还只是一散修，二十年前才在南地这里建起了这如意宗。

但能在这么短的时间内建起名震一时的大宗门，想来应还有别的本事。

乐无晏想想又撇了嘴，算了，反正也不关他的事。

秦凌世吩咐人给那人安排位置，那人拎着酒杯，先来与徐有冥敬酒。

那人自报家门："如意宗段琨，见过明止仙尊和青道长，敬二位这杯。"

近到跟前，这人身上的气息更叫乐无晏不喜，说是敬酒，语气中却颇为高傲自负，乐无晏没搭理他，徐有冥亦神色冷淡，举杯只抿了一口。

对方也不以为意，酒喝下肚，目光掠过徐有冥落向乐无晏，瞧见他额头的火焰纹时，多停了一瞬。

徐有冥神色乍冷，对方已收回视线，笑了笑转身离开。

乐无晏十分不满道："这人谁啊？这么嚣张，连仙尊你也不放在眼中。"

徐有冥沉声道："不必理会。"

乐无晏轻嗤，他才懒得理会。

54

戌时末，一场宾主尽欢的接风宴终于散场。

宾客三三两两各自离开，乐无晏几人一起走向城主府西侧的竹林，谢时故与他们同路，走到竹林前才要分道扬镳，顺嘴问了句："明止仙尊和青道长住这竹林里？"

乐无晏道："你有意见？"

谢时故摇了摇扇子，朝林深处望了眼，道："没有，就是觉得这地方还挺好，比安排给我们的住处好。"

他又笑看向秦子玉，道："小牡丹，这地方是你安排的？你这也太厚此薄彼了吧？"

秦子玉神情略尴尬，刚要说不是他，乐无晏哂道："你搞搞清楚，小牡丹是仙尊的弟子，就算把最好的地方安排给我们又怎么了？跟你有什么干系？"

谢时故轻嗤了声，丢下句"回见"，转身离开。

秦子玉抬眼看去，前方人已走远，背影在月色下拖长，他微微怔神。

秦子玉回神，赶紧掩去了神色中的不自在，道："仙尊、青道长，天晚了，我也回去了，你们若是有什么东西需要的，直接传音给我便是。"

乐无晏挥了挥手，道："走吧，走吧。"

秦子玉点头，最后与他们行了一礼，朝另一个方向离开。

乐无晏抬起手腕瞧了眼上面的那串念珠，在月夜下白玉珠上缠绕的丝丝仙气仿若化作了实物，不断浸润着他的身体，他自言自语："戴上了这玩意以后，好像没那么容易醉了，就算有醉意，脑子里也很清醒，仙器原来还能有这作用？"

徐有冥"嗯"了一声。

乐无晏叹了口气，道："就不能多说两个字。"

月色浓沉，喧嚣重归宁静。

谢时故端着热汤推门进屋，齐思凡坐在榻边看书，听到动静也未抬头，只当这屋中的另一个人不存在。

谢时故上前，将汤碗搁到他身旁的矮几上，低下声音："喝口汤，我看你先前酒吃了不少，菜却没碰几口，不合胃口？"

齐思凡没理他，慢慢翻过一页书。

谢时故低眸看面前人片刻，眼瞳里藏着晦暗，道："时微，你几时才能好生与我说句话？"

"我不是时微。"齐思凡神色一如既往的淡漠，并不看他，"盟主何必在我身上浪费工夫，你不如让我早些死了重新投胎。"

谢时故眼中神色愈沉，道："你一定要说这种话？"

齐思凡终于抬眼，目光里唯有厌恶，道："不然盟主想听我说什么？盟主敢让我以真面目示人吗？我只是个凡人，年近花甲的普通凡人，你不顾我的意愿强行将我掳来，绑在你身边四十年，你图的什么？就算你用你那些仙法让我外貌不老，可我内里早已垂垂老矣，腐朽不堪，你骗得了别人骗得了你自己吗？我恨透了你，你什么时候才能给我一个痛快，让我彻底解脱？"

闻言，谢时故脸上有一闪而过的戾气，又被他生生压下，道："你就这么想死？"

"是，我想死。"齐思凡说起这一个字时格外坦然，"我早就想死了，这些年我没有一日不想死。"

谢时故盯着他，试图透过那双满是恨意的眼睛，寻找到哪怕一丝一毫如当年那样的温暖，但是没有，什么都没有。

"你父母不在了，但那个女人还活着，你若敢去死，我会立刻让她给你陪葬。"他沉声一字一顿道。

齐思凡冷笑，道："你如今能拿来威胁我的也只剩婉娘了，凡人一生不过短短百十载，待婉娘也故去，你便再没有什么东西能威胁到我，我一定会去死。"

"这么多年了，你还惦记她？"谢时故恨道，"她早已嫁给别人，子孙满堂了，你就这么喜欢她，几十年了还对她念念不忘？"

"忘不了。"齐思凡仿佛自嘲一般，"是我对不起她，她能嫁给别人平安过一生，有何不好？她是我青梅竹马的未婚妻，我亏欠了她一世，你让我怎么忘？"

谢时故提起声音："你忘了从前的所有，忘了你自己为什么会变成凡人！你经受天罚轮回百世，你我是故友，我好不容易才找回你，你却不记得了！"

齐思凡漠然闭了眼。

他不是时微，他根本从来就不希望自己是时微。

他本是西大陆凡俗界普普通通的一介凡人，在十七岁之前，甚至不知道这个世上还有另外四片大陆，还有那些法力无穷，与仙人无异的修真者，可他宁愿自己永远都不知道。

他有青梅竹马的未婚妻，他十几岁就考取功名，在最意气风发的年纪迎娶他心爱之人过门，但这一切都被面前这人毁了。

这个人在他与婉娘拜堂之日，将他强行掳来这个光怪陆离的异世界，说他们本是天上的仙人，他因救了谢时故经受天罚他才沦为凡人。他不信，也不愿信，这人嘴里的一切对他来说都过于荒谬，他只想回去，四十年来无一日不想回去。

他将偷得的一柄匕首抵在了自己喉咙边，他宁愿去死，可是他不能，这个人以他的父母、他的婉娘威胁他，他只能苟活，日复一日地痛苦苟活。

冷漠、麻木、厌恶，便是他如今面对他时全部的情绪。

这么多年他们就这么一直维持着这样的僵局，似乎永远都不会有破局的一日。

僵持许久，谢时故沉下了声音："天道不公，要你永生永世只能为凡人，你因救我才遭此命运，但我不信命，我一定会为你拿到凤王骨，让你再生出灵根。"

齐思凡的回答，始终是满脸漠然。

谢时故后退一步，道："汤快冷了，你趁热喝了早些歇下吧，我去隔壁屋中打坐了。"

走出屋外，谢时故在廊下站了片刻，闭了闭眼。

下方忽传来轻微的风动，他冷眼朝下看去，却见隔了半条河的廊桥中，有人站在那里正发呆，单薄的身形被月影笼住。

谢时故微眯起眼，对方似有所觉，已回过身来。

秦子玉对上谢时故的微沉目光，愣了一愣，回神赶紧低了头，大步离开。

月影更斜时，窗外的风吹进屋中。

乐无晏迷迷糊糊间醒来，闭着眼睛但没想动。徐有冥忽然眉头一拧，起身出了门。

乐无晏听到外边轻微的动静，但懒得动，总归没有什么麻烦是徐有冥不能解决的。

片刻后徐有冥再回来，仍是片叶不沾身。

徐有冥在榻边重新坐下，乐无晏睁眼觑过去，道："做什么去了？"

"没什么。"徐有冥淡道，"有人窥探而已。"

乐无晏好笑道："什么人啊？这么大胆，竟敢来夜窥仙尊你。"

徐有冥道："不知。"

乐无晏一挑眉。

徐有冥道："跑太快了，没看清楚。"

乐无晏喊道："仙尊越来越不中用了。"

"嗯。"

乐无晏本还想多揶揄他两句，见他这种反应只能算了。

徐有冥也不再说话，将结界又多加固了一道。

乐无晏好奇地问他："至于吗？你是渡劫期仙尊，除了那个脑子有病的谢时故，别的人能破你这结界？"

徐有冥道："小心一些总没错，除了修为，还有其他的歪门邪道，总有我不知道的东西。"

乐无晏不以为然，但也不说这个了，躺在竹床上，就这么直勾勾地看着身边人。

徐有冥道："看什么？"

乐无晏道："我跟你说过的，我在那八门阵中进了幻境，在里面我也有个共修者。"

徐有冥道："记得。"

"我后来想了想，幻境中的事情，或许是真的？你觉得呢？"乐无晏试探着问。

这也是他最搞不明白的地方，逍遥山的围剿始终是他心里的一个结，明知道在徐有冥这里很大可能要不到答案，但就是忍不住想问。

徐有冥低声问："你在幻境里，看到了什么？"

四目对上，有一瞬间乐无晏甚至想不管不顾地都说出来，话到嘴边却又咽回，徐有冥说过"不能说"，所以他最好不要说。

"幻境里的一切都跟真实发生过的事情是反的，想要杀我的人护住了我，我以为那是一场美梦，其实不是，梦的最后比真实更惨烈。"

乐无晏说话时始终盯着徐有冥的眼睛，他的眸色沉黯，积蓄着最深不见底的情绪，叫乐无晏心里分外不好受。

徐有冥闭起眼呼吸略重，仿佛心有余悸和无尽的后怕。

乐无晏感觉到了，心头一阵不是滋味，再次问："幻境，是真的吗？"

沉默一阵，闭起眼的人重新睁眼，看向他。

徐有冥没有说，也不能说，但他的眼神告诉了乐无晏答案。

是真的。

乐无晏怔了怔。

徐有冥还是那句："你不是他。"似叹息一般。

乐无晏就这么直愣愣地看向这人，仿佛第一次听懂了徐有冥这句话中的意思。

他不是他，他不能是他。

徐有冥看到他微红的眼睛，带着迷茫、诧异和不可置信。

"为什么？"乐无晏颤声问。

徐有冥微微摇头道："别问了。"

乐无晏道："不能说吗？"

徐有冥道："不能说。"

乐无晏闭起眼，抬起手臂挡住了眼睛，他不想叫徐有冥看到他此刻的无所适从。即便早已猜到，但真正从徐有冥这里得到答案，依旧叫他几乎不能自己。

原来他真的还死过一次，死于天劫之下，被灭了元神，但他的记忆全是反的，他一点都不知道。

他恨徐有冥不让他自己做选择，但他也猜到这或许是唯一的选择。

许久，有压抑的哽咽声传来。

55

之后一日，乐无晏一直在屋中入定打坐，难得的安静。

他的心绪一直不稳，体内灵力不时波动，乱得厉害时徐有冥便会出手帮他抚平，余的时候并不打搅他，沉默地陪在一旁。

待到第三日外头传来余未秋的嚷嚷声时，乐无晏抽身而出，已彻底恢复如常。

徐有冥起身去开门，乐无晏有些懊恼地低了低头。

他前日好像哭了一顿？嘶，丢人现眼。

余未秋进门来，开口便问："小师叔、青小师叔，你们来了这秦城怎的不出去玩，竟在这里修炼，要不要这么刻苦啊？"

乐无晏见只有他一人，问他："你几时来的？就你一个人？"

余未秋说了句："清早刚到，冯叔他们跟我一块儿。"嘴里嘟嘟哝哝了几句，又问，"青小师叔，去外头玩吗？"

乐无晏好笑道："你想跟小牡丹出去玩就去啊，干吗非拉上我们一起？"

余未秋挫败道："他说要帮忙招待客人。"

乐无晏"啧"了声，徐有冥问："想出去玩吗？"

乐无晏稀奇地看向他，徐有冥轻点头道："想去我们便去。"

对上徐有冥看自己的眼神，乐无晏还是有些不自在，心道自己当真越活越回去了，伸着懒腰起身，道："去就去呗。"

于是他传音将秦子玉也叫来，他们还得让秦子玉做向导，乐无晏开了口，秦子玉自然不会拒绝，四人便一块儿出了门。

前日进城只是走马观花看了一遍，今日秦子玉特地带了他们去这秦城最热闹的西市逛。

街市上张灯结彩、人头攒动，除了做买卖的，沿街随处可闻歌舞乐声，锣鼓喧天，都是为了庆祝城主大寿。

妖修大多天性不羁，且生得貌美，无论男女，轻歌曼舞皆无半分矜持，便格外吸人眼球。

乐无晏一路看美人，郁闷了两日的心情终于好了。

他不但驻足欣赏，还与其他人一样，笑眯眯地给那在台子上表演的妖修掷花。第一朵砸在正扮演九天玄女的貌美女修肩膀上，对方接下插入自己发髻间，回头冲乐无晏粲然一笑，媚眼如丝，风姿绰约。

乐无晏乐不可支，还要再掷第二朵，徐有冥沉下声音："够了，别玩了。"

乐无晏瞥过去，瞧见徐有冥紧绷起的脸，笑哼了声，收了手。

余未秋也兴致勃勃地在给人抛花，乐无晏伸手一拍他肩膀，道："走了走了，你们仙尊说不许玩了。"

余未秋嘴上说着"哦哦"，赶紧跟上。

他四人从街头逛到街尾，除了秦子玉心不在焉，徐有冥面无表情，乐无晏和余未秋一路玩得格外尽兴。

晌午他们在这街上最大的一间酒楼用膳，进门时乐无晏凑到徐有冥身边去，小声揶揄他："你都脸耷拉了半路了，明明是你自己提议出来的，你这人怎么这么别扭呢？"

徐有冥转眼看向他。

乐无晏笑着眨眨眼，徐有冥移开视线，道："没有。"

卷三 雾里花

265

分明就有。乐无晏心道，这人以前就这样，逍遥山上那些妖修都见识过他这副冷脸。

四人在酒楼二楼临窗的位置坐下，乐无晏才点完菜，便有人传音过来："几位介不介意我上来一起喝一杯？"

乐无晏皱眉看向楼下人来人往的大街，果然是谢时故那厮，他正带着他的共修者上楼来。

余未秋先道："介意，他来干吗？"

谢时故二人已朝他们走来，虽隔着一道屏风设了结界，但挡不住谢时故的步伐，他们也没兴致在这里跟这厮打一架，免得砸了别人生意。

正巧还有两个空的位置，谢时故带人坐下，吩咐跑堂的小二再上两副碗筷来，完全不将自己当外人。

余未秋翻个白眼，道："没见过这么自来熟的。"

谢时故多加了两个菜，又叫人多烫了壶酒，拎起酒壶笑着为自己和身边人斟满，道："那你今日算是见识了。"

余未秋无语。

他看一眼自己手里一直把玩的纸扇子，再看向谢时故手中那一看就非凡物的杀人凶器铁扇，默默将扇子收了起来。

他以后再不用这个了，晦气。

乐无晏凉飕飕地开口："盟主今日又有何贵干？"

"没有。"谢时故道，"正巧路过，看到你们，上来蹭杯酒。"

意思是他方才多加的酒和菜都不打算付钱，就是来蹭吃蹭喝的。

乐无晏的白眼快翻到天上去了，但他忍耐住了。

没人再搭理谢时故，余未秋继续叽叽喳喳地说自己这一路过来的见闻，又说到他刚到南地时，曾撞见了高阶邪魔修之事："当时我们与他们交手了，冯叔将人打跑了，结果夜里他们竟还敢过来。那晚我没打坐，直接睡着了，睡得迷迷糊糊时就觉后背生凉，脖子那里还能感觉到像是有阴气想要钻进我身体里一样，我想睁开眼但眼皮子仿佛被人粘住了，身体也动不了。幸好冯叔他们警觉，一晚上都在隔壁打坐，察觉不对立刻出了手，但也没将人抓住，还是叫那邪魔修跑了。"

"后背生凉，脖子处有阴气入体？"乐无晏扬眉，他听着怎么觉得这般诡异？

徐有冥神色略沉几分，似有所思，但没说什么。

余未秋浑然不觉，还在绘声绘色地说着自己跟邪魔修打斗的经历，对面谢时故忽然一阵笑，道："这邪魔修是缠上余少宗主你了吗？就这一路上竟能碰上三回？"

余未秋愣了一下，他倒是没想到这一桩。

先前他只道自己运气不好，如今说来，还确实有点奇怪，为何他会一而再，再而三地碰上邪魔修？

谢时故接着道："我看你以后出门还是叫人一直跟着吧，没断奶的娃，就别在外头瞎溜达了，你们仙尊也没空总盯着你。"

余未秋顿时又没好气道："干卿何事？"

谢时故嗤笑，没再理他。

乐无晏低声问身边的徐有冥："那邪魔修真是冲着这小子去的？"

徐有冥道："不知道，不好说。"

乐无晏想想确实不好说，余未秋身上最值钱的东西，就是他的太乙仙宗宗主儿子的身份，与其说是冲着他去的，不如说是冲着太乙仙宗去的。

但是，那些邪魔修怎么敢？

余未秋大约也觉出说这个没什么意思，干脆岔开话题，讲起其他新鲜事，便说到了南地势力间的纷争："我们来的路上经过一座城镇，是那镜音门的管辖之地，去的时候正巧看到他们在驱逐人，竟是要将城中天罗门的修士全赶出去，两方还起了冲突。先前就听说镜音门和天罗门闹翻了，这是半点情面都不打算留了吧，不过说起来，他们不是儿女亲家吗？我娘说当年两派联姻时，成亲大典办得可热闹，那可是空前绝后，如今竟然说撕破脸皮就撕破脸皮了。"

"这有何稀奇的。"乐无晏不以为然，"宗门和宗门之间，与人和人之间一样，合则聚，不合则散呗。"

谢时故半杯酒下肚，慢悠悠道："青道长这话说得有理，不过我却是听说过这两派闹翻的内因，还是与儿女之间的事情有关，痴情女子薄情郎，爱侣变怨侣反目成仇。当然这是表因，实则是积怨已久，因掩日仙庄、秦城这些地方的崛起，从前只由典苍宗他们三派把控的南地被另几方势力逐渐瓜分，他们三派内部因此生出了嫌隙，互相猜忌，便有了今日。不过若非这儿女情长之事，怕也不会这么快爆发，且一发不可收拾。"

乐无晏道："盟主这语气听着，怎像是在幸灾乐祸？"

谢时故好笑道：“不是幸灾乐祸，只是有些感慨而已，痴男怨女的故事，哪里都少不了。”

乐无晏不想再搭理他，一直默不作声吃东西的秦子玉微微抬眼，视线触及谢时故身边人乌发间垂下的金色发带时，顿了顿。

齐思凡也在不经意间抬起眼，平静的目光掠过他，黑瞳里并无半分波动，又移开。

秦子玉怔神一瞬，也挪开了眼。

几人正吃着东西，徐有冥忽然眉头一拧，朝窗外的方向看去。

乐无晏问他：“怎么？”

却见他起身，丢出句"邪魔修"，已自窗口飞身而出。

谢时故眉头一挑，立刻跟了上去。

乐无晏脑袋伸出窗口去看，他二人已追着一抹黑影走远了。

竟有这般能耐的邪魔修？

乐无晏心里想着事情，又坐了回去，秦子玉起身说要先走一步："家里还有许多事情要忙，小叔方才传音让我回去。"

乐无晏摆了摆手，道："你去吧。"

余未秋也立刻起身，道："我送你回去。"

秦子玉就要开口拒绝，余未秋道："连秦城都出现了邪魔修，还是小心点，我们结伴同行吧。"

秦子玉稍一犹豫，终于点头，说了句"多谢余师兄"，他二人一起离开。

于是不过几息的工夫，桌上便只剩下乐无晏和齐思凡两人，乐无晏倒是不在意，有徐有冥设下的结界，他们在这里安全得很。

乐无晏漫不经心地打量起对面的青年，见他慢条斯理地吃着东西，仿佛既不担心自己，也不担心别的人，乐无晏心里难得生出丝好奇，这人淡定得简直不像没有任何灵力术法傍身的凡人。

齐思凡忽然抬了眼，看向他。

乐无晏冲他一笑。

向来冷漠的青年眸光动了动，乐无晏头一次听到他开口说话，嗓音略哑："我认识你。"

乐无晏不动声色地看他，青年微微摇头，又道："也可能不是你，但那个人跟你长得一样。"

乐无晏道："一样？"

齐思凡道："一样。"

不待乐无晏想到什么，他接着道："很多年前，在你们说的西大陆凡俗界，我和婉娘……我表妹，一起逛上元节灯会迷了路，那时我们只有几岁大，跟家中长辈走散了，不知道该怎么办时，遇到了一个年轻男子，他和你长得一样，说让我们把手中的糖葫芦给他，他就把我们送回家。"

齐思凡喃喃低语，嗓音始终嘶哑，盯着虚空的某一处，像是在怀念什么，但乐无晏听得出，这人怀念的绝不是当时碰到的那个他。

确实是他，听齐思凡这么一说，乐无晏也想起了这段往事。那应该是五十余年前的事了，当时他闲得无聊，一个人偷跑下逍遥山，破了忘川海的结界到西边的凡俗界，在那里玩了好几个月才回。

他正是在一次灯会上遇到过两个小孩，大约七八岁大，与长辈走散迷了路，被他撞见时正不知所措。乐无晏见那小姑娘长得可爱，身边的小郎君也眉清目秀，他难得善心大发，问他们讨要了一根糖葫芦，将两人送回家中。

难怪他之前觉得"齐思凡"这名字有些熟悉，现在想起来，当时那小孩确实姓齐。

那一双小孩家里应是凡俗界的大户，家中长辈对他千恩万谢，要以金玉酬谢，他没肯要，最后那小郎君送了他一盆花，白色牡丹，开得娇艳欲滴。

他一看就喜欢，且看出那牡丹花是有灵根的，便大方收下了，还带回了逍遥仙山，正是他后来又养了二十年才化形的秦子玉。

乐无晏忽然一愣，当真如此面前这人应已有快六十岁了，怎么会？

齐思凡说完便又低了头，继续安静地吃东西，仿佛方才只是随口的一句慨叹，并不需要乐无晏再回应什么。

乐无晏也确实不好问，他不可能在外人，尤其是谢时故那厮的身边人面前暴露身份。

不过半刻钟，窗外一白一黑的身影先后回来。

徐有冥神色微冷，谢时故仍是惯常的嘴角噙笑，道："哟，小牡丹跟那姓余的小子先走了？"

乐无晏懒得理他，问徐有冥如何。

徐有冥道："杀了。"

乐无晏他："你杀的？"

谢时故道："我杀的。"

乐无晏用眼神询问徐有冥，似不明白他为何神情不对。

徐有冥未说什么，示意乐无晏："我们也走。"

56

自酒楼出来，乐无晏问身边人："怎么？"

徐有冥道："没怎么，本想留活口，人被杀了。"

乐无晏微微扬眉，算是听明白了，徐有冥大约是想将人活捉，好逼问对方一再纠缠余未秋的原因，但被谢时故抢先一步将人杀了。

乐无晏道："他是故意的？"

徐有冥道："不知。"

他看不出那谢时故只是无心手快，还是有意抢先杀人，这事却也只能到此为止了。

徐有冥将事情揭过，不再说，提醒乐无晏："以后须得更小心一些，走吧。"

乐无晏无可无不可地一点头。

翌日，是秦城城主秦凌世的寿宴正日，城主府宾客盈门，高朋满座。

沿着正殿前金碧辉煌的玉阶而上，巍峨桂殿直入云霄，殿中歌舞升平，酒香馥郁。座位上的尽是当世修真界各大宗门有头有脸之人物，姿色艳绝的妖修侍从们穿梭其间，一道道美食美酒不断送上。

徐有冥和乐无晏被安排在最靠前的几个位置，对面便是谢时故那厮带着齐思凡，附近坐的都是大型宗门的长老乃至宗主。

同是南地的宗门，掩日仙庄庄主、如意宗宗主和镜音门门主皆亲自来捧场，便是向来高傲的典苍宗和天罗门，也都派来了门内地位仅次于宗主或门主的长老。

原本秦凌世的寿宴不该有这般大的面子，因徐有冥和谢时故同来捧场，消息提前传出，加之南地最近风云动荡，无论是别有目的之人，还是纯粹为看热闹的，都不想错过这一出，才有了今日的济济一堂。

乐无晏喝着酒，目光四处晃过，打量着周围这些人。

除了先前见过的隐月尊者和那如意宗的段琨，另外三个门派来的人看着都是十分普通的相貌，神色各异，却泾渭分明。尤其那镜音门的门主和天罗门的长老，二人之间的气氛说是剑拔弩张也不为过，典苍宗的人与天罗门的人坐在一块儿，已然是站队了。

乐无晏忽然想到什么，凑近徐有冥身边问："我让你收小牡丹为弟子，是不是给你添麻烦了？"

徐有冥看他一眼，道："何出此言？"

乐无晏道："小牡丹是秦城城主的养子，你将他收为弟子，外人看在眼中，还道你这位明止仙尊与秦城之间有什么不清不楚的联系，宗门里那些人是不是也问过你这个？"

他向来没心没肺，做事仅凭喜好，今日坐在这里才终于后知后觉地想起来，秦子玉如今早不是他逍遥山上一株无依无靠的牡丹花，他是秦城城主和夫人唯一的养子，身份特殊，本就惹人眼，徐有冥将他收入门下，确实容易叫人怀疑他的动机。

徐有冥淡道："问过，无须理会。"

乐无晏笑笑便算了，麻烦既已添了，他却不心虚，反正徐有冥会包涵到底。

主座之上，秦凌世携夫人起身，感谢众人前来捧场，与人共饮三杯，正式开启这一场寿宴。

之后众来客轮番送上寿礼，徐有冥送了一颗万年深海蛟龙的妖丹，丹珠圆白透亮、光华流转，于妖修而言是不可多得的大补之物，出手不可谓不阔绰。

秦凌世面露喜色，诚挚地与徐有冥和乐无晏道谢，乐无晏笑道："城主客气，祝城主仙途通达，寿比天齐。"

谢时故出手一样大方，送的是北地雪域罕见的极品灵药。

有两位仙尊打头，其他人献上的寿礼虽不比他们，但也都是拿得出手的好东西。

轮到镜音门，门主站起身，送出的却是出乎所有人意料之物，道："今日我与如意宗段宗主，共献此礼——通天河沧州水域段。恭祝秦城主大寿，还请城主笑纳。"

卷三 雾里花

话音落下，满殿哗然，典苍宗与天罗门之人脸色更瞬间变得难看至极。

殿中一时间议论纷纷，各样的声音都有。

秦凌世甚至愣了一愣，其余四位城主则神情各异，有激动兴奋者，也有如秦凌风一般神色凝重者。

乐无晏嗔了嗔，耳边忽然收到隐月尊者的私下传音："镜音门的人昨日也来找过我，一样提出了将通天河的一段水域送与我们掩日仙庄，日后好互惠互利，我本确实有些意动，但忆起先前仙尊提点之言，最终拒绝了。"

乐无晏听罢冲徐有冥使了个眼色，徐有冥沉声道："不必多管闲事。"

秦凌世回神微拧起眉，却没有立刻表态，那如意宗的段琨也站起身拱了拱手，笑吟吟道："还请秦城主笑纳。"

这便是赶鸭子上架了。

这一出既宣告了他镜音门和如意宗从此是关系紧密的同盟，还意思明确地要将秦城也拉上船，且是在这大庭广众之下，以寿礼的名义将通天河的份额送到秦城手中，秦城即便想拒绝都不好开口。

乐无晏传音问隐月尊者："既是寿礼，秦城主收了又如何？就一定要跟那两派绑一条绳子上？"

隐月尊者解释道："原本典苍宗、天罗门和镜音门各占据通天河的一段，但这镜音门的门主不知道受了段琨什么蛊惑，先前竟将自己门派所占水域的一半送给了如意宗，沧州恰好夹在如今镜音门与如意宗所占据的水域之间，又有镜音门的多年经营，秦城若真收下了沧州水域，怎可能再跟他们两派脱得了瓜葛。"

乐无晏了然，这心思够阴险的，绑上了秦城，日后三对二，再慢慢蚕食典苍宗和天罗门的势力范围，镜音门和如意宗分明打得一手好算盘。

大殿中议论声未停，都在等着秦凌世拿主意。

天罗门的长老性子急躁，当下没按捺住，起身质问起镜音门门主："你们镜音门到底是什么意思？"

镜音门门主不屑道："我等给城主献寿礼，能有何意思？倒是长老你，突然发难是何意，就这般不给秦城主面子，要在寿宴上闹事吗？"

对方还要说，被身旁典苍宗的长老拉了一把坐下。

镜音门门主冷哼一声，再次冲秦凌世道："还请秦城主收下我等送上的这份寿礼。"

秦子玉有些担忧地看向自己的养父，等了片刻，秦凌世终于开口道："镜音门和如意宗的好意，秦某笑纳，但这份寿礼太过贵重，寿宴过后秦城还要还礼，只怕拿不出能还得上的厚礼。一整个沧州水域的通天河水便不必了，秦某厚着脸皮，问二位讨要一琼玉池的天河水便好。"

琼玉池，秦城最大的城内湖，一琼玉池的天河水，说多吧，比起整个沧州水域实在算不得什么；说少吧，真要按市价买，那也得要个好几百万灵石，关键是如果秦城只要一池子水，镜音门和如意宗的盘算便要落空了。

这下难题又踢回了他们这边，镜音门门主面色微变，还要说什么，被那段琨拦住，就见他笑容半分不减，道："秦城主既这般客气，那就这样吧。"

镜音门门主略不甘心，段琨仍旧笑着，没叫他再说下去。

秦凌世也笑道："那便多谢二位的厚礼了。"

这事看似就这么揭了过去，连天罗门和典苍宗的人也面色稍霁，像松了一口气。

乐无晏一看那段琨脸上表情就不舒服，心知这人分明没死心，指不定还要打什么别的主意，他倒不想多管闲事，但担心这人打秦城的主意，小牡丹被牵连，想着回头还是得叮嘱小牡丹一句，让他去提醒一下那秦凌世。

之后酒宴继续，所有来贺寿的修士送过寿礼，秦凌世再次起身与众人同饮三杯。

酒过三巡，秦凌世趁着众人兴致正高时，宣布了一件大事："有一件事情，今日恰巧借此机会告知大家。月余之前，我秦城管辖地的白阳谷出现异象，天降红云，云中有霞光罩于谷中，我等不知发生了何事，试着派人往云霞中探去，却见其后有乾坤，若我等所料不错，应是传说中的半仙之境。"

此言落下，殿中齐齐静了一瞬，接着是轰然炸开的沸腾声响。

所有人的神情都变了，有人激动地问道："城主可确定是那半仙之境？"

秦凌世点头道："应是确定的，境门尚未开，诸位明日可随我前去白阳谷先一探究竟。"

这下闹哄哄的议论声更响，众人七嘴八舌，争相与秦凌世询问那半仙之境的一切，秦凌世耐着性子一一回答，旁边四位城主帮着补充。

乐无晏也有几分诧异，所谓半仙之境，非仙非凡，是介于这中间的混沌之境，其内有无数道法、心诀，是神赐之物。

百万年来这半仙之境也只在凡界出现过四五回，没有任何预兆，没有固定方位，每一次出现仅开启境门短短三年，能入其中的修士不过三千人，三年道法参悟下来，这三千修士皆可脱胎换骨，修为精进自不用说，但凡高阶之下的修士进入其中，大多能在三年之内直接突破一个大境界。

这等机遇，万载难逢！

在场的除了众高阶修士尚留有矜持，其余人眼里甚至已露出了狂热之色，恨不能当下就亲身进入那半仙之境中去瞧一瞧。

众修士看秦城之人的眼神也彻底变了，半仙之境出现在秦城之地意味着什么，不言而喻。

上一次半仙之境出现，还是十七万年前，出现在太乙仙宗地界之内，太乙仙宗凭此机缘，一举成为仙门之首，从此屹立十数万年不倒，如今这个机会轮到了秦城。

一妖修聚集地而已，运气也太好了！

之后这场寿宴彻底变了性质，话题无不围绕着半仙之境，一场寿宴从晌午一直持续到夜深。

众人的传音也早已送回各自宗门，不用到明日，半仙之境在秦城出现的消息便会传遍天下。

近子时酒宴才终于散场，意犹未尽的众人久久不愿离开。

谢时故懒洋洋地起身，手中扇子开合，一句话道出了所有人的心声："秦城要行大运了。"

回竹林路上，乐无晏问秦子玉："半仙之境的事情，秦城主先前与你提过吗？"

秦子玉解释道："没有，我也是昨日下午被小叔叫回来，他们才与我说了这事，因怕惹来麻烦，这事秦城内部也只有少数人知道。先前养父叮嘱我先不要说出来，我才未与仙尊和青道长说。"

这倒没什么，乐无晏道："秦城有这次机缘，怕不是真要行大运了，如意宗和镜音门那里，不管他们还有什么目的，都别搭理他们就是。"

"我自然知道。"秦子玉忧心忡忡道，"养父想必也心中有数，半仙之境太过吸引人，突然在秦城出现，我养父其实喜忧参半，哪还有余力管其他的。"

"有什么好忧的，分明是喜事。"乐无晏不以为然道。

秦子玉点点头，也只能但愿如此了。

他们仍在竹林入口处分道，乐无晏和徐有冥两人往林中走，只剩他们后，乐无晏问身边人："秦城有自知之明，知道自己不可能独吞下半仙之境，所以特地挑今日这样的日子对世人公开此事，但是名额只有三千个，之后会怎么办？"

"玄门大比。"徐有冥道，"北渊秘境虽消失了，但玄门大比也是彰显各宗门实力和地位的机会，不会就此取消，既然只有三千个名额，自然是用一样的方式，各凭本事说话。"

乐无晏道："那我得去参加，这等好机会岂能放过。"

徐有冥点头，道："可以。"

乐无晏笑了笑，道："我要是比不赢，拿不到名额怎么办？仙尊能否偷偷帮我行个方便？"

话说完他已做好被徐有冥拒绝的准备，故意逗这人而已，不承想徐有冥侧头，盯着他盈满笑意的眼睛道："好。"

乐无晏道："真的？"

徐有冥道："真的。"

乐无晏不再多言。

他拍了拍徐有冥的肩，道："你要是再对我好一点，我就勉强原谅你一点。"

至于他说的原谅是指什么，并不需要明说，徐有冥自然听得明白。

徐有冥眸光微动，道："嗯。"

57

翌日，来秦城参加寿宴的各宗门修士皆未离开，一起前往位于秦城西南侧的僻静山谷白阳谷，一探那传说中的半仙之境。

这里早已设下层层结界和禁制，秦城派了重兵把守，便是如徐有冥这样的高阶修士，单枪匹马轻易也不能进。

"兹事体大，为防有心之人前来窥探，加之近日各地邪魔修频出，不得已将此消息瞒了许久，还望诸位勿怪。"

秦凌世与众人解释，无论各人心下是个什么想法，面上都要称赞他一句"秦城主顾虑得周全"。

至少这秦城没有独吞这半仙之境，而是将消息公布了，就这一点，秦城便已然站在了大义之上，他们也说不得什么。

白阳谷地方颇大，方圆不止百里，内里烟云缭绕，林深木秀，是绝佳的修炼之所，也是秦城势力范围内的一处宝地。

今日进来，此处的云雾却更深更浓，秦凌世破开他亲手设下的禁制，众人抬眼望去，就见前方云雾最深处果见红霞万丈，金光耀眼，投射下山谷，分明与神迹无异。

众修士先是诧异，随即眼里纷纷流露出毫不掩饰的惊艳和狂热。

"这就是半仙之境吗？果真这般与众不同！"

"是半仙之境！有生之年我等竟然能亲眼瞧见这上古传说中的神迹！"

"半仙之境几时能开境门？我等何时才能进去？"

周围充斥着七嘴八舌的嘈杂声响，乐无晏仰头看了片刻，收回目光，问身边神色平静的徐有冥："半仙之境如何？"

徐有冥道："于修行之人而言，确是不可多得的机缘。"

但这人神情里分明无半分其他人的激动之意，想也是，他是天上的仙人转世，真正的仙境都见识过了，又怎会在意这半仙之境。

在场的高阶修士纷纷施法试探，也有快速推演演算起的，谢时故先开了口："这半仙之境境门开启的时间，应是在九个月后。"

"云殊仙尊可确定？还要九个月的时间吗？"有人问道。

谢时故懒洋洋道："自然是确定的。"

秦子玉和余未秋他们下意识地看向徐有冥，徐有冥淡淡点头，肯定了谢时故的说法："是在九个月之后。"

秦凌世也道："我先前也已仔细推算过，与两位仙尊算得的时间大致相同。"

谢时故接着道："境门开启后，能进去的只有三千人，和古籍上记载的一样。"

众修士议论纷纷，三千个名额，那可比进北渊秘境还少得多，且这半仙之境十几万年才出现一次，错过这村可就再没这个店了。

谢时故问秦凌世："这半仙之境既然出现在秦城，想必与秦城有缘，这名额怎么分配，城主以为呢？"

秦凌世自若道："自然是与诸位共同商议，半仙之境出现，是整个修真界的大机缘，我一人岂敢拿定主意。"

谢时故笑笑，没再说话。

这事确实不可能就这么定下来，既然还有九个月时间，那还得回去从长计议。

确认了出现在白阳谷上空的确实是半仙之境，众人返回秦城，定下了商议这名额分配之事的时间，就在十日之后，到时各宗门都会派人前来秦城。

两日后，徐有冥收到太乙仙宗宗主怀远尊者的传音，命他代太乙仙宗前去商谈名额分配之事，尽可能地为宗门争取利益。

怀远尊者的意思，也是依玄门大比的结果来分配入半仙之境的名额，但这大比方式，须得变一变。

徐有冥收下了传令，原本他与乐无晏已打算离开秦城，如此又不得不暂留下来。

这日午后，乐无晏吃饱喝足，眯着眼睛躺在竹床上刚打算打个盹，外头传来声音，竟是谢时故那厮："明止仙尊，借一步说话。"

徐有冥正盘腿打坐，慢慢睁了眼。

乐无晏道："你出去打发他，吵死了。"

徐有冥起身出门去。

他们就在外头院子里说话，并未避讳什么，乐无晏躺在屋中也听得清楚。

谢时故是来邀请他们的："待半仙之境的事情商议出个结果，我打算去一趟亓州，逆通天河而上，往绝域之地去，明止仙尊和青道长可愿同行？"

徐有冥皱眉，没有立刻表态，谢时故道："我要去绝域之地寻找雪华天晶炼制丹药。"

乐无晏听得无语，没忍住翻身而起，顺手推开窗，道："盟主要找那什么天晶跟我们有何干系？你自己去就是了，那什么绝域之地，难道没有仙尊，你一个人又去不了？"

谢时故笑道："那倒也不是，去是能去的，但没有绝对把握，我惜命，所以邀个同行的。至于雪华天晶的作用，明止仙尊应该听说过，此物可助人稳固魂魄，青道长已突破金丹期，以青道长这般天资，料想要不了多久就能成婴，结婴之时要凝聚三魂七魄以炼化元神，若是魂魄不稳，总归是麻烦，说不得还会进境失……"

"那便同去。"徐有冥沉声丢出这几个字，打断了谢时故未出口的话，神色仍是冷的。

似没想到徐有冥这般轻易就答应了，谢时故一扬眉，道："那便约好了。"

目的既已达到，他自知自己不讨喜，也不再多说废话，笑笑告辞而去。

徐有冥转身进门，乐无晏仍坐在竹床上，不解地问他："为何答应与他同去，要那雪华天晶做什么？"

徐有冥淡道："他说得没错，魂魄不稳确实麻烦，尤其在结婴之时，稍有不慎便会出现差池，若有雪华天晶，可保无虞。"

"哪有那么吓人，我分明……"乐无晏话说到一半，悻悻闭了嘴。

魂魄……不稳吗？

可他前世分明很顺利就结婴了。

乐无晏抬眼看向徐有冥，唯见他眼中一片平和。

乐无晏干笑道："那好吧，那就去吧。"

"嗯。"

"不过谢时故那厮要这雪华天晶做什么？"乐无晏嘟哝，"他又在打什么主意？"

徐有冥道："雪华天晶可助凡人延长寿命，没有灵根的凡人极限寿命是一百二十岁，若是以雪华天晶入药炼丹服下，可将寿命增至二百岁，等同炼气修士。"

乐无晏"啊"了声，犹豫着问："你看得出那个齐思凡的真实年纪吗？"

徐有冥点头，道："近花甲。"

果然。

徐有冥提醒他："别人的事情，不必多管闲事。"

乐无晏道："我就问问，你上次说，他想要凤王骨？"

徐有冥道："是。"

乐无晏垂眸，下意识抬手按住了自己的心口处。

凤王骨，凤王及其血脉的护心骨，他若是那只青鸾，确实应身具凤王骨。

徐有冥说的"没有了"，他似乎忽然明白了究竟是何意思。

"青雀。"徐有冥叫他。

乐无晏抬头，对上徐有冥的目光，顿觉讪然，猜到的事情越多，他心里便越不得劲，不如不说。

徐有冥再次提醒他："他心思不纯，若同行，须得警惕。"

乐无晏道："哦。"

竹林之内，有风拂过竹叶，沙沙作响。

谢时故慢悠悠地走出林子，忽地顿住脚步。前方来了人，是秦子玉，只有他一人。

二人视线对上，秦子玉一怔，下意识低了头。

谢时故看着他走近。秦子玉上前来小声说了句"见过盟主"，没抬眼看他，就要走，被谢时故伸手拦住："你这么怕见我？看都不敢看我？"

秦子玉赶紧摇头，道："没……没有……"

"没有？又为何在背地里三番两次地偷看我？"谢时故笑容不变，目露讥诮。

仿佛被人一巴掌扇到脸上，秦子玉分外难堪，语无伦次道："不是、抱歉，我不是……"

谢时故像捉弄人一般，饶有兴致地欣赏着秦子玉此刻的慌乱无措。

不期然地他又想起当日围剿逍遥山捉到这小妖修时，小妖修跟现在这样，眼眶微红含着泪，那时是害怕，今日却是难堪。

他其实没说假话，当时将这小妖修放走，确实是动了恻隐之心，绝无仅有的，大约是生平第一次也是唯一一次。

谢时故眼中笑意渐冷，后退一步松开手，沉声道："你走吧。"

秦子玉快步而去。

乐无晏躺在竹床上发呆，屋外结界再次波动，秦子玉的传音过来："仙尊、青道长，我能否进来？"

乐无晏重新坐起身，示意徐有冥打开结界。

徐有冥看他一眼，听话照办了。

秦子玉进屋来，尚未开口，乐无晏先问他："你怎么回事？眼睛都红了，谁欺负你了？"

秦子玉尴尬道："没有，方才来的路上被风眯了眼。"

乐无晏却不信，徐有冥开了口，问秦子玉："有何事？"

秦子玉犹豫了一下，直接说了："是关于秦城之事，今日如意宗和镜音门的人又来找了我养父他们，这次提出不但沧州，连黔州和许州的通天河水域段也给秦城，这个份额差不多是他们手中所有份额的三成了，想要以此换日后和秦城互商和修炼资源，我养父和小叔都不愿意，但另外三个叔叔明显被他们打动了，一直在劝我养父。"

乐无晏问："那两派突然这么大方，是因那半仙之境？"

秦子玉道："应该是的，半仙之境是秦城莫大的机缘，他们想拉拢秦城对付典苍宗和天罗门的用意明显。我养父虽是城主，但秦城大小事情向来是由他们五人共同决定，如今只有我养父和小叔不愿意，只怕拗不过另外三位叔叔。"

乐无晏道："所以你来找仙尊？"

秦子玉解释："先前您已提醒过我，如意宗与镜音门只怕心思不正，我知道这事不好麻烦仙尊和青道长，但若是仙尊开口，或能让三位叔叔回心转意，故而厚着脸皮来求仙尊，能否帮忙劝一劝我那三位叔叔？"

乐无晏直言道："这是秦城内部事务，仙尊并不好插手。"

秦子玉硬着头皮道："我知道，确实让仙尊为难了，只望仙尊能从旁提醒一二句便可，弟子感激不尽。"

乐无晏不再说什么，转眼看向徐有冥。

其实提醒他们一句并不是什么大不了的事情，毕竟先前徐有冥也提醒过掩日仙庄的庄主，小牡丹厚着脸皮来求他们，想来也是迫不得已，但思及自己之前逼着徐有冥收这个弟子，似乎给他添了不必要的麻烦，乐无晏话到嘴边，还是决定让徐有冥自己拿主意。

徐有冥的目光落向秦子玉，淡道："可以，我会去说。"

徐有冥答应得干脆，秦子玉顿觉喜出望外，大松了口气当即行礼："多谢仙尊！"

58

那之后几日，非但来参加寿宴的宾客未走，各宗门派来商议半仙之境事情的人还陆续到了，秦城城主府上愈发热闹。

乐无晏对名额怎么分配没太大兴趣，不打算掺和，趁着这段时日无事，还把秦城里里外外都转了一遍，吃好玩好，也算不虚此行。

到了那日，徐有冥独自前去参加商议会，一日一夜，乐无晏修炼结束还睡了一觉，睁眼才终于看到他回来。

"怎么去了这么久？就分配几个名额而已，至于吗？"乐无晏打着哈欠坐起身，掀开被子靠坐在床头。

徐有冥解释道："一直在吵。"

乐无晏啧啧道："那吵出结果了吗？"

徐有冥点头道："嗯，除了秦城可多得三十个名额，余下门派仍依照玄门大比的结果，但此次大比不以门派论名次，所有修士均以各人名义参比，散修亦有机会，金丹以上、大乘期中期以下按不同境界修为，划分进入半仙之境的名额。"

乐无晏问："那在这个范围之外的呢？"

徐有冥道："大乘中期以上修为者距离渡劫飞升不过一步之遥，并不需要靠那半仙之境去提升己身，自愿让出机会，至于炼气期和筑基期修士，修为太低，不值得入半仙之境浪费名额。"

徐有冥说这话时并无对低阶修士的贬低不屑之意，只为陈述事实，乐无晏一听便知这话不是他说的，想来是那商议会上其他狗眼看人低之人的原话。

徐有冥接着道："金丹修士的名额有一千个，虽是最多的，但天下金丹修士本也数不胜数，或有数十万人来争夺这一千个名额，你的修为只在金丹初期，不可轻敌。"

"怕什么。"乐无晏没将这话当回事，"不还有你吗，仙尊先前可是答应了会帮我，我若是打不赢你得帮我作弊，不能说话不算话啊。"

徐有冥不再多言。

话说了没几句，谢时故再次登门，约他二人即刻出发去亓州。

乐无晏没好气道："不能再等两日？需要这么急吗？"

谢时故却道："先前已经浪费了十日时间，绝域之地我没去过，明止仙尊想来也没去过，这一去却不知还要耗费多少时日才能找到雪华天晶，我等还是早些出发不要耽搁得好，毕竟再有五个月就是大比之日，青道长若想入那半仙之境，回来还得为大比做些准备。"

他话音才落下，身后响起余未秋的声音："小师叔、青小师叔，你们要跟他去哪里？"

乐无晏抬眼看去，来的是余未秋和秦子玉，方才他们在竹林外碰上，便一起过来了。

余未秋道:"我和子玉是来问小师叔你们打算几时回宗,是否要同行,但是方才听你们的意思,是要跟这人一起再去别地?"

"啊。"乐无晏也没隐瞒,"去亓州,逆通天河而上,去往绝域之地,找寻雪华天晶。"

余未秋一愣,道:"绝域之地是什么地方?"

秦子玉倒是听过此处,担忧道:"绝域之地为通天河的发源端,真正的仙与凡交界处,传闻过了绝域之地就是仙界的天瑶池,一直以来都有人想去绝域之地一探究竟,但是这么多年过去从未听说过有谁活着回来了,仙尊、青道长,你们真的要去吗?"

乐无晏却不这么想,道:"既然绝域之地这个名字能叫世人知晓,甚至知道那里有什么好东西,说明从前肯定有人去过又回来了啊,别人能去,我们为什么不能去?"

秦子玉没话说了,余未秋闻言却来了兴致,道:"真的是仙凡交界处?我能去吗?"

乐无晏道:"是不是真的去了才知道,想去便去呗。"

"那我也去!"余未秋当下道,又问身边的秦子玉,"子玉你去吗?"

秦子玉略一犹豫,低下声音:"算了,我便不去了。"

余未秋不解,问道:"为何不去?去了说不得能有什么机缘,去开开眼也好啊。"

秦子玉不知该怎么解释。

乐无晏也道:"去吧,带你去长长见识,就当出去历练好了,有仙尊在,不必过多担心。"

乐无晏开了口,秦子玉只得点头,余未秋又好奇问道:"那什么雪华天晶又是什么?"

乐无晏简单解释了一遍,余未秋闻言却有些奇怪,道:"小师叔是为了青小师叔特地去寻那雪华天晶的啊?青小师叔天资这般好,不必担心魂魄不稳不能炼化元神吧?"

乐无晏干笑,道:"有备无患,做人还是不能太得意了,谦虚点好。"

徐有冥始终未吭声。

不待余未秋再说,谢时故丢下句"半个时辰后出发",先一步离开。

乐无晏提醒余未秋回去收拾东西，将秦子玉留下，问他："如意宗和镜音门的人，后来还来找过你养父他们吗？"

秦子玉点头道："找过，不过得了仙尊提点，我那几个叔叔应也收敛了心思，但那两派的人看着仍是不死心。"

乐无晏提醒他："那你也别管了，你现在是太乙仙宗的人，该提醒的提醒了，其他也管不了太多。"

"我知道。"秦子玉道，再次与他们道谢。

待秦子玉也离开，乐无晏问徐有冥："去绝域之地当真有那般凶险？"

徐有冥道："不知。"

乐无晏道："那你还答应他去？"

徐有冥沉默了一下，道："你说得没错，既有人能回来，别人可以我们自然也可以。结婴炼化元神是关乎日后的重要之事，不能马虎，也不能有半点差池，这个险值得冒。"

乐无晏听了这话，忽然明白过来，道："你不会本来就打算去那绝域之地吧？"

"嗯。"徐有冥又是这一个字。

即便没有谢时故主动送上门来，他确实也打算去一趟。

乐无晏心情复杂，徐有冥还真是什么都为他考虑好了啊。

徐有冥低声问乐无晏："你能不去吗？"

乐无晏抱臂道："你想一个人跟他去？那不行。"

徐有冥点点头，没有强求，乐无晏个性向来如此，虽嘴上总是逗笑要他帮忙，其实从不愿做被人护在身后的弱者。

乐无晏提醒他："我不喜欢别人替我拿主意，你以后更别瞒着我再做什么事情，哪怕是为了我好，否则我绝对不会再原谅你。"

四目对上，乐无晏的神情难得认真，徐有冥亦郑重道："好。"

乐无晏心里那口气稍稍顺了些。

半个时辰后，两方人在城主府外会合。

太乙仙宗这边除了他们四个，还有冯叔和余未秋的另一个护卫，一共六人。

谢时故也带了三名修为皆在炼虚之上的手下，但没见他那位凡人共修者。

废话不多说，出城后他们各自放出飞行灵器，往亓州而去。

到达亓州是三日后的傍晚，亓州是南地最南边的一个州，也是通天河的最上游，属典苍宗地界，再往南走，唯有茫茫水域，逆流而上，直入仙天。

当日他们在此地落脚，打算休整一日，养精蓄锐再出发。

他们找了间远离闹市区的僻静地方的客栈，乐无晏惯例地要先打牙祭。

客栈大堂内只有他们两桌客人，虽是一块儿来的，但泾渭分明。当然，只是太乙仙宗众人这边单方面的，谢时故坐在他们旁边那桌，喝着酒还不时找他们搭话。

"绝域之地危险重重，明止仙尊带着三个修为这般低下的累赘，不怕麻烦？当真愿意让青道长随你一起去冒险？"

徐有冥自然不理他，余未秋气道："你说谁累赘呢？"

谢时故瞥他一眼，道："谁气红了脸就是说谁。"

不待余未秋再说，他又道："不过青道长本事过人，运气又超乎寻常，总能化险为夷，倒也无妨。"

余未秋哼道："那是当然，我青小师叔也是天资不下于小师叔的绝世天才，你是羡慕妒忌吧？"

"是羡慕挺妒忌的。"谢时故笑笑，举杯遮去了眼中情绪。

乐无晏皱眉，提醒余未秋："你跟他那么多废话干吗，吃你的东西吧。"

余未秋一撇嘴，又笑嘻嘻地去给秦子玉倒酒："子玉你别光吃菜啊，也喝口酒，这酒味道还不错。"

秦子玉回神，低声说了句："多谢。"

酒足饭饱，众人回房，徐有冥照旧设下结界。

徐有冥坐下，盘腿开始打坐。

乐无晏笑着歪过头去，道："你又要打坐？你又不修炼，你怎么一点不着急飞升？我怎么从没见你正儿八经修炼过？"

徐有冥没看向他，道："你才金丹初期，急什么？"

乐无晏一愣："你是要等我一起飞升啊？"

在那个幻境里，他也与这人约好了一起飞升，结果事与愿违，乐无晏想着，总觉得这话不是什么好兆头。

徐有冥没再理他，只道："静心。"

乐无晏"唉唉"两声,道:"你这人怎么这么闷啊?"

徐有冥淡道:"我向来如此。"

好吧好吧,乐无晏想,他当初捡到这人时就是这样,那时这人什么都不记得了,话更少,人更闷。

乐无晏见徐有冥确实不理自己了,又觉无趣,闭眼睡了过去。

外边忽而有极其细微的动静,牵引结界波动,徐有冥抬眼,凌厉的视线扫向窗外。

乐无晏于睡梦中嘟哝了一句什么,慢慢睁开眼,揉着眼睛问他:"怎么了?"

徐有冥道:"有人来了。"

乐无晏尚来不及问是什么人,徐有冥已起身飞出了窗外。

乐无晏下床走去窗边看,窗外是一路往城门方向延展而去的屋舍檐瓦,夜色已沉,偶有灯火。徐有冥已追着人出城去,乐无晏瞥见他前方之人翻飞的袍裾,莫名有种熟悉之感,他想了想,放出飞行灵器,跟了上去。

城外山谷,徐有冥与人在夜空中缠斗,乐无晏隔着一段距离暗自观察,对面之人的样貌在月影之下有些模糊不清,但身形却是越看越熟悉,且看这功法招数,竟是个正魔修,修为甚至已达大乘期。

徐有冥想要将人生擒下,怕还得费些工夫。

再一道剑意释出,那魔修被搅入其中,很快支撑不住,开了口:"在下认输了,还请明止仙尊剑下留人。"

徐有冥收了手,以灵力将其束缚住,冷声问道:"你是何人?"

对方被徐有冥擒住,却无惧意,嘴角甚至有笑,抬眼望向了远处乐无晏的方向,打量起他。

乐无晏一愣,这个人……

徐有冥神色更沉,又要动手,被乐无晏制止住:"仙尊!"

徐有冥回头看他一眼,退回他身边来。

那魔修也跟着上前,乐无晏终于看清楚这人的长相。

浓眉朗目,鼻若悬胆,竟是早年就已离开了逍遥山的,他娘生前唯一的师弟!

59

对方打量乐无晏的眼神过于放肆，徐有冥还要出手，乐无晏小声道："等等。"

那人的视线在他俩之间转了一圈，道："明止仙尊和……青道长？"

乐无晏不动声色，他百岁之前这位小师叔就已下了逍遥仙山，云游四方，从此不见踪影，若非今日在这里碰上，他都快忘了还有这么个人。

说起来这人天资倒是不错，才两千多岁的年纪，当年下山时还是合体后期，如今看着竟已突破大乘了。

徐有冥回头看向乐无晏，乐无晏微微摇头，但未解释。

徐有冥的目光又转回面前之人，沉声问："混进秦城城主府盯梢，这一路上跟着我们的人，都是你？"

对方坦然承认："是啊。"

徐有冥道："原因。"

乐无晏稍微意外，原来当日在秦城城主府，他们察觉到的夜窥之人，竟是面前这位。

对方看向乐无晏，慢慢道："好奇，青道长与我一位故人，长得一模一样。"

徐有冥神情乍冷，手中的剑也握得更紧。

乐无晏面不改色道："是吗？你说的是当年的逍遥山魔尊？"

"是他，他是我师姐唯一的孩儿。"对方眼里有转瞬即逝的黯然，"我那大侄子死得冤枉，今日在这里，便是想要与明止仙尊讨个说法。"

乐无晏哑然，他这位小师叔突然现身，竟是为了他？

徐有冥拧了眉，对方道："仙尊不信吗？"

嗤笑一声后那人忽又变了脸色，恨声问："明止仙尊当年与我那大侄子结为共修者，是否从一开始为的就是骗得他的信任，好趁他不备带人前去诛杀他？我那大侄子屠飞沙门为我师姐、姐夫报仇，手段虽过激了些，却非十恶不赦，何至于就该被你亲手杀死，甚至魂飞魄散？"

徐有冥仍是那副冷漠脸，道："这是我与他之间的事情，无须外人置喙。"

对方阴了神情，乐无晏轻咳一声，赶紧打圆场："这位……不知怎么称呼？"

那人看他一眼，没好气道："你爷爷。"

乐无晏心道你这不是占我便宜吗，生生抬了一个辈分，嘴上却道："这位爷爷，我能否单独跟你说几句？"

对方冷哼，道："你不怕我暗算你，就过来。"

乐无晏道："我不过去，我就在这里说。"

他示意徐有冥退后，徐有冥紧锁起的眉头未松，乐无晏道："没事的，我就跟他说几句。"

他语气坚持，沉默须臾，徐有冥勉强退去了后方。

徐有冥始终盯着前方两人，乐无晏与人说了什么不得而知，他只看到那人最后扔了样东西给他，再冲着自己的方向用手指狠狠点了点，像是警告，不等他回应，那人已转身潇洒而去。

乐无晏仍在原地，出神地看着手里的东西。

徐有冥过去问他："这是什么？"

乐无晏干笑道："他送了件魔器给我。"

"魔器？"

"嗯。"

魔器与灵器并无本质不同，灵器以灵力催动，魔器则以魔息催动，或二者皆可。他小师叔也是正魔修，所以这件魔器可以灵力和魔息同时催动，且是件强防御魔器，抵挡其他魔器和邪阵的攻击时要比灵器好用很多。

他自然没有与他说破自己的身份，只是说起他先前去过逍遥山，随意聊了几句。他小师叔是聪明人，大约已经猜到了，没有多问，却将这件魔器给了他，这是当年他小师叔下逍遥山时，他娘送给他小师叔的傍身之物。

乐无晏一样未多言，提醒了他小师叔不要随意弑杀玄门修士，便就此别过。

"魔器，最好不要用。"徐有冥沉声道。

乐无晏道："我知道。"他拿着东西背到身后，抬眼看向面前人，道，"但我得收着。"

徐有冥皱眉道："一定要吗？"

乐无晏道："要。"

他爹娘的东西都没了，就剩这么一件，他想留个念想。

二人沉默对视片刻，徐有冥点了头，道："好。"

话音才落下，身后响起余未秋的声音："小师叔、青小师叔，你们出什么事了吗？"

乐无晏已快速将东西收回了乾坤袋，回身看去，余未秋和秦子玉都过来了，自飞行灵器上下来，满脸担忧地看着他们。

乐无晏敛了情绪，好笑道："若是仙尊在还能出事，你们几个过来岂不是白白来送死的？"

那几人还要问，他们没作解释，徐有冥淡道："回去吧。"

他们回到客栈时已过了子时，谢时故倚在二楼廊边看着太乙仙宗一众人回来，没人搭理他，落地后各自回屋。

他盯着乐无晏和徐有冥，忽而意味不明地笑了声，道："青道长身上怎沾染了魔气？"

余未秋瞪向他，道："你什么意思？"

"没什么意思。"谢时故无所谓道，"随口问问罢了，仙尊和青道长若是半夜去杀邪魔修，怎么也不至于疏忽到带着魔气回来，除非他们还拿回了魔修的东西。"

乐无晏和徐有冥都未理他，进门直接合上结界。

秦子玉也回了屋，余未秋没忍住白了谢时故一眼，道："就算拿了魔修的东西又如何？不能拿吗？"

谢时故却反问他："你们去时，看到他们杀了人还是活捉了人？都没有吧？拿了东西却将人放走，明止仙尊几时这般好说话了？"

余未秋愣了愣，他们方才到时，确实远远看到乐无晏拿了件东西将那人放走，他当时便有些奇怪，但没多想。

"那又如何？我小师叔他们并非滥杀之人，或许那人不是邪魔修呢？拿他件东西怎么了？魔修的东西炼化炼化又不是不能用！听说当年百家围剿逍遥山，不也将那魔头的法宝都瓜分了，你自己也没少拿吧？"

谢时故嗤笑道："你说是便是吧，蠢货。"

谢时故转身而去，余未秋气得跳脚。

他身后的冯叔劝他道："公子，你别总是去招惹他了，他不怀好意。"

余未秋没好气道："那他就能随意诬蔑我青小师叔？"

冯叔皱了皱眉，看向徐有冥和乐无晏屋门的方向，神情中隐有几分迟疑之色，到底没多说，将余未秋劝回屋。

徐有冥进门便提醒乐无晏："用凤凰真灵将你得到的魔器包裹住，可藏匿其上的魔气。"

乐无晏一撇嘴，听话照做了。

徐有冥再道："以后小心些，轻易别在人前露出来。"

乐无晏"哦"了一声，没再多言。

翌日，一行人出发前往亓州的通天河码头。

码头上有典苍宗的修士把守，从这里乘船去别处，须得给典苍宗交付渡资，想要逆流而上去往传说中的绝域之地也可以，灵石交够了就行，但得自备灵船，典苍宗也不负责出行安危，能不能活着回来，后果自负。

听到他们说要去绝域之地，那负责收渡资的典苍宗修士抬头打量了他们两眼，一副看傻子的表情，只当他们是不自量力、异想天开前去送死的狂妄之徒，伸出一个巴掌，道："五万灵石。"

余未秋嘟哝了一句"抢钱呢"，对方补充一句："一个人五万。"

余未秋当即提高声音："你们当真抢钱是吧？"

对方道："爱去不去。"

说是这么说，最后他们还是一人掏了五万灵石，由徐有冥放出灵船，连极上仙盟的人也与他们登上了同一艘船，毕竟路上情况不明，矛盾再多，眼下也得勉强合作。

灵船起锚，逆水而上。

一路行得平稳，两个时辰过去，始终风平浪静，天朗气清。

乐无晏走上甲板，见徐有冥不断演算，问他："算出什么了吗？"

徐有冥摇头，道："没有。"

"放弃吧，真那么容易被你算出来，就不会有那么多人来找寻绝域之地有来无回了。"身后响起谢时故懒洋洋的声音，这人摇着扇子也从船舱里走了出来。

乐无晏讥讽道："盟主既然这般没胆识，担心自己有来无回，又何必要来？"

"青雀这嘴是越来越毒了。"谢时故悠悠笑道。

徐有冥面色微冷,乐无晏不悦地提醒他:"盟主还是不要与我套近乎了。"

谢时故却道:"好歹朋友一场,青道长这话当真叫人寒心。"

"不敢高攀盟主。"乐无晏冷哂。

徐有冥插进声音,沉声问面前人:"你有何事?"

"没什么事。"谢时故道,"你们当我无聊吧,想跟你们聊聊天而已。"

乐无晏心道,那确实有够无聊的。

谢时故已随口问起他:"青道长为何会与仙尊结为共修者?他这人木讷无趣,冷淡无情,跟他在一块儿青道长不觉得闷吗?"

徐有冥脸色愈发难看,乐无晏却道:"你问他啊,他用两件上品灵器跟四方门把我换来的,我又没答应。"

谢时故闻言一阵笑,道:"是吗?那青道长怎么不跑?"

"那也得能跑得掉,你跑个给我看看?"乐无晏轻嗤,他也是无聊,才会搭理这人。

谢时故同情地点点头,道:"青道长若还是想跑,可以来极上仙盟,我可帮你。"

徐有冥剑已上手,冷冷地看着他。

谢时故笑着,目光落向他的剑,像发现了什么新奇事一般,道:"明止仙尊几时换了剑?竟连名动天下的明止剑也不用了?"

徐有冥寒声道:"与你无关。"

"他是妒忌你。"乐无晏转头冲身边人道,"你看他那故作潇洒的样子,其实羡慕妒忌得眼睛快滴血了,他的共修者憎恨他,他心里很苦吧。"

徐有冥道:"嗯。"

谢时故嘴角的笑滞了一瞬,道:"青道长这嘴不但毒,还损。"

乐无晏道:"你其实是想问我怎么才能叫你那共修者正眼看你吧?我看不行,你不如趁早死心,你那共修者看着不是一般地讨厌你。"

他本来是不打算多管闲事的,但既然说起来了,一想到齐思凡那副眼里没有半点光的可怜模样,便觉面前这人实在不是个东西,忍不住刺激他。

齐思凡年少时多灵动活泼,送花给自己时还会叫"哥哥",变成今日这副模样,定是拜这个混账所赐。

谢时故微眯起眼,徐有冥的剑再次上手,随时警惕着他。

二人僵持片刻，谢时故自嘲地笑了一声，叹道："我也没那么讨人厌吧，我以前也有个共修者，我们就挺合得来的，他为了我什么能做不能做的事情都做了。后来我遇到一个凡人，他与我也很投缘，可惜他死了。"

　　他的语气虽轻松，眼神中却似有悲绪。

　　乐无晏没兴趣听他的故事，道："原来盟主的共修者不止一个啊。"

　　谢时故反唇相讥，道："这话说的，明止仙尊不也有两位共修者，全天下人皆知，也没见青道长在乎啊，除非……"

　　乐无晏看过去，谢时故似笑非笑，道："除非青道长就是那魔头本尊。"

　　"我不是。"乐无晏淡定道，私下制止住了徐有冥的动作。

　　谢时故随意一点头，道："也罢，一直争辩这个也无甚意思。"

　　乐无晏注意到后方船舱里出来，看到他们又转身想要回去的秦子玉，叫了他一句："小牡丹你做什么呢？出来了又进去干吗？"

　　秦子玉只得硬着头皮上前来，道："里头太闷了，我出来透口气，看到青道长你们在说话，怕打搅你们……"

　　"行了行了。"乐无晏打断他，还要说什么，徐有冥神情忽然变了，猛抬眼朝前看去。

　　就见前方原本平静无波的河面忽然生出了漩涡，一个接着一个的，很快连成一片，并且在迅速向外扩散。

　　他们脚下行得平稳的灵船也陡然剧烈摇晃起来。

60

　　不过几息的工夫，灵船便仿佛冲撞上了惊涛骇浪，天旋地转地往一侧倾斜，即将倾覆。

　　狂风大浪扑面而来，裹挟着其中冰冷的杀戮之意。

　　船上之人同时掠身而起，水下生出的漩涡搅动着阵阵强大的气流，不断试图将他们往下拽。

　　最先倒霉的，便是修为较低的那几个人。

　　余未秋手忙脚乱地应对，被冯叔扯着后背拖上半空，他狼狈不堪，还呛了两口水。

秦子玉反应慢了一步，释出灵器飞身而起时没能躲过，被拖进了水中，四面八方涌来的冷水不断灌入口鼻，水中的杀戮之意更疯狂撕扯着他的肉身，他忍着剧痛以灵力护住身体，拼命想要从水中挣扎而起，脚下却如灌了铅一般被禁锢住，还在不停地被往下拽。

直到一道飓风破开气流，瞬间搅散流窜在他周身的杀戮之意，将他身体裹住，猛地从水中拖出。

秦子玉尚来不及松口气，人已被那道飓风带到半空，被谢时故一手接住。

谢时故对上他惊慌失措的双眼，"啧"了声，丢出句"麻烦"，但没将人放开。难得善心大发一手抓着秦子玉，一手不停挥动着手中的铁扇，搅弄风浪对抗那呈愈演愈烈势的漩涡气流。

秦子玉抬眼间，只看到他俊美无俦的侧脸，分明在这样紧张的时刻，依旧是那副散漫的神情。

另一边，乐无晏从一开始就被徐有冥护住，徐有冥手中长剑掀起惊天掠地的剑罡，不断搅动着水上的风云。见秦子玉掉进水中，乐无晏立刻挥鞭出去想要将人拉起，仍慢了一步，看到秦子玉已被人救起，便没再管。

他的视线朝下看去，不由得皱眉。

水面上气流翻滚，风浪不止，各样的灵光交替闪现，混乱一片。一众高阶修士各显神通，功法、灵器、符箓齐上，才勉强压制住那布满整个水面，欲吞噬一切的漩涡。

整整两个时辰，扩散于整片水面的大小漩涡开始收缩，往河流中部汇聚而去，渐渐形成了中间部位一个深不见底，如黑洞一般的特大漩涡。那股自下而生的拖拽力也愈加强烈，掀起的风暴随时准备将水面上的一众人拖下。

他们只能继续往更高处的地方去，直至进入云端，再看不见其下通天河之貌。

除了徐有冥和谢时故尚且如常，其余人已精疲力竭，神色更不好看，毕竟耗上两个时辰斗这一水中异象，还没占到什么上风，确实叫人挫败得很。

徐有冥放出飞行灵器，浮于云中，众人一齐登上去，终于能坐下喘口气。

谢时故放开了一直抓着自己的人，秦子玉立刻退开身，含糊说了声"谢"，退去乐无晏他们身边。

余未秋见状小声问他："那人没把你怎么样吧？"

"没有。"秦子玉微微摇头,不想多说。

余未秋嘟哝了两句,像有些不服气,但谢时故方才救了秦子玉,他却又说不得什么。

"都消停点吧。"乐无晏一屁股坐下,没好气,"难怪别人都当我们是来送死的,这水上果然没那么好过去。"

余未秋不解,问道:"那我们干脆就这么飞过去啊?"

乐无晏道:"就你聪明,就这么飞过去你信不信绝对找不到那绝域之地,连影子都不会给你瞧见。"

余未秋没话说了,好像确实是这么个理。真有那么容易,就不会那么多人有来无回了。

众人面面相觑,之后都闭了嘴,抓紧工夫恢复灵力。

徐有冥又下去了一趟,半刻钟后带着一身潮气回来,眉头紧锁。

乐无晏问他:"如何?"

徐有冥道:"我们若是不下去,那些漩涡便不会消失。"

谢时故也才刚推演完,说道:"确实必须从水路走,水路是通往绝域之地的唯一途径,擦着水上过也不行,只要离开水面,方位一定会变。"

这其中必然有什么障眼的东西,不需要他多言,众人也都听明白了。

徐有冥问乐无晏:"以人为五行天堰风水阵,镇住灵船不被风浪颠覆,你来起阵,可做得?"

他甚至没有问乐无晏会不会,青雀或许不会,但逍遥山魔尊一定会。

乐无晏点头道:"好。"

徐有冥便不再多说,坐下拉起乐无晏的双手,手心相抵,运起功法,助他运转体内的灵力。

乐无晏看着他,徐有冥提醒道:"凝神。"

乐无晏低眸笑了一下,终于凝神静心,开始入定。

半个时辰后,众人灵力都已恢复过来,徐有冥示意秦子玉和余未秋:"你二人与青雀一起成阵。"

之后他目光落向谢时故,谢时故道:"行了,我这边也派两人便是。"

谢时故也点出了两名手下,将五种灵根属性凑齐,倒不必非要单灵根,这五行天堰风水阵能起多大作用,全在这起阵之人。

五人分别坐至飞行灵器的五个方位,乐无晏先打出灵力于阵中起阵,另四

卷三 雾里花

293

人跟上配合他。

其余人站在他们身后，谢时故摇着扇子饶有兴致地看，瞧见对面徐有冥紧绷起的脸，好笑道："明止仙尊，明知道这五行天堰风水阵起阵之人容易受伤，你这般担忧，又为何要让青道长来做？"

徐有冥始终盯着全神贯注地施法的乐无晏，冷声道："他最合适。"

确实乐无晏是最合适的那个，他们这些高阶修士一会儿还要对付水上异象，乐无晏是剩下这些人中唯二的单灵根，灵根粗壮纯粹，由他起阵，这个阵法才能发挥最大功效。

阵成之时，徐有冥操纵着飞行灵器冲向水面，在入水的瞬间飞行灵器变成了一艘灵船，狂风卷着恶浪急冲向他们，阵中一束巨大的灵光冲霄而起，再迅速向四周散开，将整艘灵船罩于其中，船身剧烈颠簸一阵后，终慢慢趋于平稳。

成了。

余下的高阶修士纷纷施展术法，以各种手段不断破开滔天巨浪和那铺天盖地而来的凶猛气流。

横亘在整片通天河中心的巨大漩涡就在眼前，越往前行，所产生的气流拖拽力越强，船身虽不再颠簸，依旧受这气流影响，若非有徐有冥等人将之强压住，他们只怕早已被拖入其中，万劫不复。

进到河心正中间，已无人再分出心神，连一贯嬉皮笑脸的谢时故神情都变得格外凝重，一刻不停地释放灵力，与那股气流对撞。

徐有冥剑在手中，掀起惊天剑意，剑身嗡鸣不止。

阵中五人额上皆已冷汗涔涔，尤其是身为起阵之人的乐无晏，灵力消耗过于迅速，身体已摇摇欲坠。

但他不敢停下来，若不能一鼓作气冲过去，船倾覆的时刻，他们立刻会被那漩涡吞噬，没有半点转圜的可能。

被逼到极致时，乐无晏的神识中忽然传来徐有冥的传音："青雀，用念珠，以其上仙气入阵中，可增大此阵威力。"

乐无晏闻言立刻施法，那九颗念珠周身缠绕的仙气被他全数抽取，迅速化作白色光点纷纷洒洒融入阵中。

罩于船身的灵光瞬间大作，原本挣扎前行的灵船突然加速，从漩涡正中心猛冲了出去。

众人还不知发生了什么，回头看时，那如恶鬼一般吞噬一切的巨大漩涡已被抛至身后，很快没了踪影。

徐有冥飞身至乐无晏身边，将他扶住，迅速将灵力输送入他体内。

其余人纷纷回神，余未秋还一脸茫然，道："方才……发什么了什么？"

没有人回答他，事实上就连冯叔这样的合体期修士，都不知方才突然间生了什么变化，灵船竟就从那漩涡中一鼓作气冲了出来。

乐无晏稍稍恢复了些，低眼看向手腕上的那串念珠，白玉珠子周围又重新缠上了丝丝仙气，大约只要珠未破，便会一直如此。

他略松了口气，谢时故忽然问他："青道长手上戴的什么，可否借在下开开眼？"

"不能。"乐无晏直接拉下袖子。

仙器之物，确实遭人觊觎，方才若非见他撑不住了，徐有冥怕也不会轻易叫他用此物。

谢时故微眯起眼，见乐无晏态度坚决，到底死了心。

之后黑云散去，天光泻下，水面重归平静，又是彩霞满天。

众人却再不敢掉以轻心，各自打坐修炼，恢复灵力，随时防备着下一次的异象。

乐无晏运转着凤凰族功法，灵力恢复的速度比从前要快上许多，徐有冥还在不断往他体内送进庚金灵力。

"可以了，我自己来就行，你自己也多留着些灵力吧。"乐无晏传音过去。

徐有冥慢慢收回手。

之后的一个多月，他们一路逆通天河而上。

河上时而风平浪静，时而异象频生，且无任何规律，有时是如第一次那样吃人的水下漩涡，有时是妖藤蔓布，瘴气丛生，有时又是乌云罩顶，电闪雷鸣，这一路过去，可谓过五关、斩六将。若非有徐有冥和谢时故两位渡劫期大能同在，又有乐无晏各种出人意料的点子，众人只怕早已葬身水底无数回。

船行了近两个月，仍未看到传闻中绝域之地的影子，筋疲力尽的众人不免灰心，但除了余未秋偶尔抱怨几句，其他人都未说出来。已经到这里了，就这么退回去，谁都不甘心。

脚下灵船再次开始晃动时，所有人都已习惯了，仍是五人成阵稳住灵船，其余人对付生出的异象。

　　就见前方原本平静一片的水面忽然快速沸腾翻滚起来，不断有气泡上涌，滋滋冒着热气，又是之前没遇上过的状况，众人警惕观察着，没有贸然出手。

　　过了约莫半刻钟，水下炸开了一声闷响，接着是地动山摇、翻江倒海，灵船在阵法作用下勉强稳住未被巨浪掀翻。而前方百丈之外，随着一声接着一声越来越清晰的轰然炸响声，烈焰卷着巨浪冲天而起，竟是水底火山爆发了。

　　火光映亮了众人惊愕的脸，一众高阶修士立刻开始施法。

　　河面上大风大浪，烈火和各种灵光交错，犹如修罗地狱。

　　众多高阶修士一起出手，火势虽被压制，又仿佛生生不息，无论如何都无法扑灭，他们的灵船也无论如何都绕不开前方成片的火海，就此陷入僵局。

　　乐无晏忽然抬头，冲另一身具火灵根的极上仙盟修士丢出句：“你来顶替我。”

　　那人见谢时故没有反对，立刻挪去了乐无晏的位置，待人坐下，乐无晏朝着徐有冥一点头，徐有冥掠至他身旁，带他飞升而起，至半空中，手抵在了他的背上。

　　庚金灵力不断入体，乐无晏沉气入丹田，在那一瞬间猛释出凤凰真火，对冲向那正熊熊燃烧的山火。

　　灵船上的一众人愕然看向他，眼中的惊异比先前看到那山火时更甚。

　　他们都是第一回见识凤凰真火，上次乐无晏结丹时秦子玉还在闭关，连他也是头一次得见乐无晏释出的这般骇人且奇特的火焰。

　　凤凰真火与水下山火撞在一块儿，带起山呼海啸，有身后徐有冥源源不断送入灵力，乐无晏便一刻不停地释放真火，两股火势在空中推拉吞噬，犹如摧枯拉朽。

　　足足两刻钟，凤凰真火最终将那山火吞灭。

　　徐有冥带着乐无晏落下时，众人才堪堪回神。

　　余未秋不可置信地问：“青小师叔那是……什么火？”

　　乐无晏没力气作答，徐有冥不想答，谢时故替他们给出了答案："凤凰真火。"

　　他道：“明止仙尊当年果然拿走了凤王骨。”

此言一出，四下皆惊。

徐有冥沉声道："凤凰真火与凤王骨有何干系？"

谢时故嗤笑道："你说无关便无关吧。"

凤凰真火与凤王骨确实没有必然联系，有机缘得到凤凰真火之人，未必就能拿到凤王骨，反之亦然，谢时故有意将两者混为一谈，分明其心可诛。

至于船上其他人如何作想，之后消息传出去天下人又会如何作想，却的确不是徐有冥一句"无关"便能说清楚的。

河面已重归平静，徐有冥没再理人，扶着乐无晏坐下，与他一起调理内息。

气氛一时有些僵持，秦子玉低声道："方才若非青道长出手，我们也不能这般轻易过了这一关，盟主就算无感激之意，也不必这般咄咄逼人吧！"

谢时故转眼看向他，秦子玉头一次没有回避他的目光。谢时故轻嗤，终于闭了嘴。

余未秋道："子玉你别理他。"

秦子玉摇了摇头，视线落向船头方向时，他忽然愣住。

前方重重云雾散去，渐露出苍茫雪域的一方轮廓，其上又有金光笼罩，宛若仙境，或许就是仙境。

他不可置信地颤声问："那是……绝域之地吗？"

61

船上众人齐齐朝前看去，同时愣住，灵船加快了行进的速度，岚烟之后那一方仙境已近在眼前。

余未秋第一个回神，按捺不住跑去船头，道："就是这里吧！这里就是仙凡分界处吧？"

他深呼吸，眯起眼睛一脸享受，道："这是仙气吗？果真比灵气更好！"

此起彼伏的惊叹声就在耳边，徐有冥沉目紧盯着前方，乐无晏偏头问他："是这里吗？"

徐有冥道："是这里。"

乐无晏低头看手腕上的念珠，珠色仿佛更鲜亮了些。

他也能感觉到这里的仙气，越往前行，越浓郁充盈。

那边谢时故摇着扇子，似笑似惆怅，慨叹了一句："多少年了……"

他的一众手下已盘腿坐下，以这里无处不在的仙气修炼起来，太乙仙宗这边的人见状也立刻跟上，傻子才会浪费了这样的机会。

那半仙之境之所以吸引人，除了其中浩如烟海的道法和心诀，也因充斥其间的比灵气还要强上百倍的仙气。如今这绝域之地竟也有这样的意外之喜，他们自然不能错过了。

徐有冥提醒乐无晏："你也修炼。"

乐无晏手上有那串念珠，时时以仙气润体，平日修炼便要比寻常人快上许多，但在此处，修为精进却真正可做到一日千里。

乐无晏问他："你呢？"

徐有冥道："不能放松警惕，我盯着。"

乐无晏便没多想，就地坐下。

徐有冥见他已迅速入定了，为他画下一圈结界，没再打搅。他抬眼对上谢时故意味深长的目光，没理他，径直去了船头。

谢时故笑笑，视线晃过，落向坐于角落处的秦子玉，盯着他看了片刻，走过去，在秦子玉面前打了个响指。

才入定的秦子玉抽离回来，慢慢睁开眼，抬目看向身前正抱臂看着自己的人，怔了怔。

"你的修炼方式不对。"谢时故道，"明止仙尊是你师尊，他没提醒过你？你灵根太弱了，以一般的方式修炼积累真元成效太慢，你先要做的是炼化丹田，尽可能地茁实灵根，待日后修为上去，才有更进一步的可能，否则以你这样的天资，只怕最多到元婴化神就到顶了。"

秦子玉闻言轻拧眉，道："我知道，仙尊是剑修，我也想做剑修。"

若走剑修道，则以剑为本，需耗费大量时间在修习剑术之上，自然没有多的工夫炼化己身，两者只能择其一。剑道上若有所成，再以剑之道反哺己身之道，修为确实能随之上去，但这一条路显然更难走，意志也须更加坚定方能成功。

谢时故微眯起眼道："若是失败了呢？"

秦子玉道："不过是再入轮回，兴许下辈子能换个天资更好的身体也说不定。"

谢时故的神情骤然冷下，盯着面前人，片刻，他讽刺地一笑，转身而去。

时微，曾经也拥有最纯粹粗壮的单木灵根，因受天罚只能永生永世为凡人，再不能生长出灵根，这些微末之人占着时微没了的东西，却不将其当回事，轻易便能舍弃，一句"再入轮回"又能有重新来过的机会。

何其可笑。

秦子玉却不知自己哪句话说错了，回神时谢时故已走远。

他垂眸静默片刻，轻出一口气，勉强敛回心神，重新入定。

之后两个时辰，灵船行得一片平稳，直至触岸。

眼前是一望无际的雪域，烟云渺渺，但并不显荒芜。

这里的仙气又比他们先前在船上时更浓郁，众人上岸，却不能再浪费时间坐下修炼，谢时故冲徐有冥道："我们分头行动吧，若是找到了雪华天晶，传音告知对方便是。"

话说完极上仙盟一行人先一步离开。

乐无晏看着那些人走远，问徐有冥："他真有那般好心，若是他找到了能告诉我们？"

徐有冥沉声道："随他。"

他们也不再耽搁，徐有冥拿出罗盘确定了方向，动身往极南之处去。

一众人起先还有些紧张，走了一个多时辰别说危机了，竟连半个活物都没瞧见，渐渐便放松下来。

余未秋随口问道："小师叔，那雪华天晶，到底长什么样？"

徐有冥淡道："无色透明花，花瓣七，叶二，三千年一开，一开千年。"

余未秋听着稀奇，问道："只有这绝域之地有吗？"

徐有冥道："雪华天晶是仙界之物，绝域之地地处仙凡交界处，偶然能生得。"

"别说这些废话了。"乐无晏提醒他们，"往前走吧，既然这么难得，别叫极上仙盟那些人抢了先，若是只有几朵，他们能分给我们才怪。"

余未秋闻言赶忙道："对对，我们得抢在他们前面！"

之后一路无话，徐有冥对照着红日的位置，不时以罗盘调整他们行进的方向。

天色渐晚，暮霭覆盖整片大地时，众人都有些累了，停下歇脚片刻。

秦子玉抬眼看向天边的红霞，微微出神，余未秋问他："子玉，你在看什么？"

秦子玉摇了摇头，忽略心中有莫名的熟悉之感，小声道："就是没想到这里也会有白天黑夜之分，还能看到晚霞。"

余未秋道："这不奇怪啊，这里虽靠近仙界，其实还是凡界呢。"

秦子玉"嗯"了一声。

冯叔他们过来告诉徐有冥："仙尊，前方似乎有一片湖，我们方才过去看了看，但没敢靠太近。"

"湖？"乐无晏朝冯叔示意的方向看过去，确实可见前方有一片波光粼粼之处，他跳起身来，"我们也去看看。"

徐有冥伸手拦住他道："小心些。"

乐无晏回头冲他笑道："那仙尊去看看吧。"

徐有冥视线从他笑盈盈的眼睛上移开，丢出句"你就在这里待着"，便只身上前去。

半刻钟后他再回来，却给出了一个出乎所有人意料的答案："不是湖，是轮回镜，可照人前世。"

众人齐齐一愣，徐有冥解释道："此物也是仙界之物，这里的只是个法术最低的轮回镜，只能照前面一世，且只有模糊的影像。"

余未秋闻言当下起了兴致，道："照人前世？那我得去看看！"

他不但自己去，还生拉硬拽上了秦子玉，冯叔他们便也一起跟了过去。

乐无晏也要过去，再次被徐有冥制止住。

"你别去了。"

乐无晏转眼看向他，徐有冥低下声音，再次道："别去了。"

乐无晏一撇嘴，好吧，他还确实不能去，若是在大庭广众下照出自己前生是那个大魔头，那乐子可就大了。

"你方才照了吗？"乐无晏问面前人。

徐有冥摇头道："没有。"

乐无晏道："为何不照？"

徐有冥道："不需要。"

乐无晏看着他，徐有冥未再吭声。二人沉默对视片刻，不再继续这个话题。

乐无晏重新坐下，道："天快黑了，我们在此歇一晚，等天亮再前行吧。"

徐有冥道："好。"

那边的轮回镜边，秦子玉望向镜面照出来的影子，半晌没动。

直到余未秋过来叫他："子玉你照出了什么？"

秦子玉转开身，镜中画面跟着消失，他道："没有。"

余未秋略微奇怪，又朝那镜子看了眼，方才明明有什么的吧？

秦子玉摇摇头，道："走吧，回去了。"

看到秦子玉他们几个回来，乐无晏扬眉问道："你们都照到什么了？"

余未秋哈哈笑道："我前世竟然是只小兔子，这镜子确定准吗？"

乐无晏道："也不是很奇怪吧。"

冯叔他们也笑了，他二人方才一样好奇照了照，前世都是普通修士，天资还不如今生。

"小牡丹你呢？"乐无晏问。

被乐无晏盯着，秦子玉只得说了实话："普通凡人，一个乞丐。"

余未秋"啊"了声，道："难怪方才你不愿说呢，我俩也不知谁前世更惨一些。"

秦子玉心不在焉，没再接腔。

他方才看到那镜子里前世模糊的影像，心里蓦地涌起股悲凉之感，无端地想哭，莫名其妙的，连他自己也说不清楚。

余未秋又问乐无晏他们："小师叔、青小师叔，你们不去照照吗？"

"不去了。"乐无晏道。

余未秋问："为何不去？挺好玩的啊。"

乐无晏笑着打哈哈："你小师叔怕照出的东西太吓人，不敢面对。"

徐有冥瞥他一眼，再移开目光，始终没出声。

乐无晏与人说了几句有的没的，摆了摆手，道："不说了，都修炼吧，等天亮了再往前走。"

之后众人设下结界，坐下抓紧工夫修炼，各自入定后不再有声音。

日落月升，逐渐夜沉。

乐无晏缓缓睁开眼，目光落向正前方，轮回镜在月色下泛着泠泠冷光，他盯着看了片刻，眸色微动。

他悄无声息地起身，脚刚踏出去，身后响起徐有冥的声音："别去。"

乐无晏顿住脚步，回头看去，徐有冥正抬眼看向他。

目光相接的瞬间，乐无晏怔了怔，清辉月光映在徐有冥黑亮的眼瞳里，其中还有他的影子。

"别去。"徐有冥再次道。

短暂的僵持后，乐无晏垂头丧气地回来，重新坐下，道："你怎么这么警觉，不去就不去吧……"

他嘟哝道："我就是好奇，想看一看。"

"别看了。"徐有冥低下声音，"没什么好看的。"

"为什么不能看，他们都看了啊？"乐无晏不满道。

徐有冥道："不能。"

乐无晏道："不能？"

徐有冥道："嗯。"

不能说，也不能看，徐有冥总是有理由。

他伸手朝上指了指，道："因为这个？"

徐有冥轻轻点头。

果然。

乐无晏心中不平，天道是个什么东西，竟能叫徐有冥讳莫如深至此？

他又问："这里仙气充裕，别人都在抓紧修炼，你为什么不？"

"我守夜。"徐有冥解释道，"以防有变。"

乐无晏懒得再说了，挪了一个位置，换到正对着天际圆月之处。

他伸出手，月光自他手指缝间泻下，在雪地上投下一小片斑驳的月影。

他怔神片刻，喃喃问："仙界看到的月色是不是就是这样？"

"不一样。"徐有冥低声道。

乐无晏的目光转向他，道："不一样？"

徐有冥道："仙界之中，无日出日落、月升月沉之分，它在那里便只是在那里，你只要想看便能一直看到，时间的流逝于仙人而言，没有半分意义。"

乐无晏想象着他说的画面，下意识问："那好看吗？"

"好看。"徐有冥轻点头，"有灵鸟在月中唱鸣，很讨人喜欢。"

乐无晏道："灵鸟？"

"是灵鸟。"徐有冥也看向那片月色，眼中像在怀念什么，"它很活泼，喜欢撒娇，唱鸣时的歌声很好听。"

乐无晏眼睫毛颤了颤，道："长什么样的？"

徐有冥慢慢道："青色的鸾鸟，只有尾羽是五彩金赤的凤尾，待到长成，便会变成真正的凤凰。"

乐无晏愣住，不可置信地看他，徐有冥移开眼，避开了他的目光。

乐无晏怔然片刻，低下头，心中滋味复杂难言，即便他早已猜到。

徐有冥道："别想了。"

乐无晏有点生气，自己也说不明白气什么，或许是从前的事情不清不楚，让他心里不痛快，却又无处发泄。

"你修炼吧。"徐有冥提醒他，"别浪费了机会。"

62

天亮之后，太乙仙宗众人继续前行，一路向南走。

这绝域之地也与通天河上一样，若离开地面，方位立刻就会变，他们只能步行，沿途找寻那雪华天晶。

过了雪域，经过绿洲，之后又走过了山林和大漠，路遇稀奇之物无数，但始终没有瞧见雪华天晶的影子。

自无边无际的大漠中出来，在溪水边暂歇，余未秋手里捏着根树枝，郁闷地蹲在地上画圈圈，道："都快半个月了，这要一直往哪里走才能找到雪华天晶啊？我们要不要换个方向试试？"

乐无晏道："你没听人说过传说中的天瑶池在哪里？"

余未秋一脸茫然，一旁的秦子玉道："天瑶池，地处极南之尽，天界第一重天。"

乐无晏点头，道："还是小牡丹有见识，那雪华天晶既然是仙物，自然是越靠近仙界的地方寻到的可能性越大，这绝域之地的尽头便是天瑶池，我们当然要往南走。"

余未秋闻言好奇问道："天瑶池，看得到吗？什么样的？"

乐无晏道："不知道，去了才知道。"

听他这么说，余未秋瞬间又来了干劲，跳起来道："那走走，赶紧去天瑶池再说，没准雪华天晶就在那附近。"

徐有冥正在进行每日一次的推演，乐无晏过去问他："你算出什么来了？"

片刻，徐有冥睁开眼，皱眉道："雪华天晶开花，还有十日。"

乐无晏略感意外，道："确定？"

徐有冥道："确定。"

先前一路过来，他只算到雪华天晶开花时间就在这几个月，谢时故想必和他差不多，才会邀他这时前来，到了今日，突然算出了准确时日，应是雪华天晶就要开花了。

"地方呢？地方算得到吗？"乐无晏问。

徐有冥又掐了几次指诀，摇头道："先去天瑶池吧。"

如此他们又往前行了七八日，这日傍晚徐有冥收到谢时故的传音："明止仙尊你们快到天瑶池了吧？现在在哪里？"

徐有冥给出位置，一刻钟后，极上仙盟那一行四人现身，谢时故摇着扇子，打量他们一番，肯定道："你们也没找到雪华天晶。"

"你难不成已经找到了？"余未秋喊了声，"雪华天晶还没开花，找着了也没用。"

谢时故笑笑，不再说话。

乐无晏也不着痕迹地打量了片刻极上仙盟那几人，悄声问身侧的徐有冥："你说他们跟我们分道扬镳大半个月，到底做什么去了？我觉得不只是分头找东西那般简单。"

徐有冥道："不用管。"

乐无晏皱了皱鼻子，他似乎隐约嗅到了一丝魔气，浸润在漫天仙气里无迹可寻，仿佛是他的错觉。但他生性敏锐，尤其对魔气这东西，徐有冥都未必能察觉到，但他可以。

见谢时故嬉皮笑脸摇着扇子，仍是那副讨人厌的风流纨绔相，他只能作罢，问想必也问不出什么，且这人若真在打什么不好的主意，他说了反而打草惊蛇。

"小师叔，这里离天瑶池还有多远？"余未秋过来问徐有冥。

徐有冥看向前方，道："再往前行一日，应能到。"

那边谢时故道："继续走吧，问那么多反而耽误时间。"

这话倒没人反驳他，离雪华天晶开花只余几日，加之出来也有两个多月了，确实不能再耽搁，众人干脆趁着夜色前行。

路上谢时故问起他们这一路上是否遇到过什么新鲜事，乐无晏随口答："碰到了一面轮回镜，真该让盟主也去瞧瞧的，没准盟主前世是只苍蝇也说不定。"

谢时故丝毫不在意他的冷嘲热讽，笑问："所以青道长前世是什么？"

乐无晏懒得再搭理他，谢时故忽然转头，问身后过来的秦子玉："你前世是什么？"

秦子玉犹豫着不太想说，余未秋插进声音，挑衅一般道："是天资极佳的高手，怎么了？"

"是吗？"谢时故目露怀疑，只看着秦子玉。

秦子玉话到嘴边，最终还是什么都没说，默认了余未秋的话。

"倒也不稀奇。"谢时故轻蔑道，"可惜重来一辈子，不但没能换具天资更好的身体，还越混越差了，下辈子说不定更糟糕，还不知哪辈子才有机会修成正果。"

余未秋气道："喂！你什么意思啊？说话怎么这么难听，子玉惹你了吗！"

谢时故哂笑，秦子玉平静道："我自己的事情，不劳盟主操心了。"

谢时故神色一冷，用力合上扇子。秦子玉没再看他，加快脚步跟上前方的乐无晏他们。

之后他们又行了一日一夜，到了转日暮沉之时才停下，择了处背风的山脚下歇息。

天色暗得很快，这地方也比之前一路过来的其他处都要冷，乐无晏生了几堆火照明，且秦子玉和余未秋未结丹，还得靠这个御寒。

余未秋抬眼看向前方云雾深处，唯见一片漆黑，不解地问："这已经一日了，怎么还是没瞧见天瑶池？"

乐无晏道："天还太黑，明早再看吧。"

余未秋嘟嘟哝哝了几句，嘴里抱怨着"好冷"，释出了护身法衣，转头见秦子玉冻得脸都白了，又脱了法衣塞给他，道："你穿这个。"

秦子玉没肯要，道："余师兄你自己穿着吧，别管我了。"

言罢，他起身走去了乐无晏身边坐下，乐无晏冲人笑道："真不要啊？"

秦子玉摇头，不想再说这个。

乐无晏扔了块暖手石给他，是件下品灵器，除了取暖没别的作用，道："焐焐手，能暖和点。"

秦子玉跟他道谢。

乐无晏随意一挥手，忽然想到什么，自发间抽下红枝，垂眼看去。

红枝重新认主后他一直没用过，甚至没怎么在意，这会儿再看，却见它毛羽的颜色竟比从前更鲜亮，周围同样缠绕上了丝丝缕缕的仙气。

"我怀疑，这也是一件仙器。"乐无晏道。

"嗯，收着吧。"徐有冥道。

乐无晏松了口气，正想再说点什么，忽觉有什么人在盯着自己，且恶念十足，他转眼看过去，却只瞧见漫不经心与人说着话的谢时故。

谢时故甚至没看他，目光落向了他身边人。

秦子玉也仿佛察觉到了，抬了眼，与谢时故目光撞上。

谢时故神情微冷，问他："既要来这里，为何不多做些准备？连护身法衣都不备着一件，你要修为没修为，要本事没本事，跟来做什么呢？专程来给人拖后腿的吗？"

秦子玉眸光动了动，像是愣了一下才反应过来，低了头，搭在膝盖上的手慢慢收紧。

乐无晏没好气，张嘴便骂："你算个什么东西？我和仙尊都没觉得他拖了后腿，乐意带他来，这一路过来他与我们一起成阵出力不比少，你有什么资格在这里说羞辱人的话？"

余未秋更是跳起来，撸起袖子要冲谢时故动手。

谢时故一扇子扔出去，直接打飞了余未秋拎到手中的剑，扇子回手，他不屑道："自不量力。"

秦子玉拉住同样想要动手的乐无晏，深吸气，问对面之人："我究竟哪里得罪了盟主，盟主要这般针对我？我只是个小人物，修为低微，不值得盟主如此。"

谢时故沉目看着他，秦子玉没有避让，片刻后对面之人闭了眼，再没理人，直接入定了。

余未秋气呼呼地坐下，乐无晏想安慰人，秦子玉摇了摇头，小声道："算了，没事，多谢青道长。"

乐无晏还要说，徐有冥叫了他一句："青雀。"

乐无晏坐回徐有冥身边去，问他："这人到底有什么毛病？"

徐有冥淡道："他道心不稳。"

乐无晏一扬眉，道："真的？"

"他道心不稳。"徐有冥肯定道,"有人影响了他的道心。"

"谁?小牡丹吗?"乐无晏不太信,"为什么?小牡丹能影响他堂堂渡劫期仙尊的道心?"

徐有冥的视线在谢时故与秦子玉之间转了一圈,隐有疑虑,思忖了片刻,摇头道:"不知。"

"不知是何意?"乐无晏问。

徐有冥道:"或许有前缘,人与人之间的关系从来玄妙。"

乐无晏听得稀奇,道:"那仙尊你呢?会有人能影响你的道心吗?"

徐有冥无奈地看着他,道:"你明知道……"

乐无晏问:"知道什么?"

徐有冥不欲再说:"修炼吧。"

乐无晏笑了声,行吧。

一夜稍纵即逝。

天色熹微,众人仍沉浸在修炼中时,耳边响起余未秋的声音:"你们快看那是什么?那就是天瑶池吗?"

众修士纷纷自入定中抽离,抬眼看去,便见天边日出之处云雾深浓,其后隐约浮起仙池灵泉,烟霞缋绣,辉光曜目,恍若海市蜃楼,确实就是传说中的天瑶池。

所有人都站了起来,目不转睛地盯着那仿佛远在天边,又似近在眼前的天瑶池,竟无一人再出声。

天色愈亮时,天瑶池的轮廓也愈显眼,那是真正的仙境之景,清清楚楚地显现在众人眼前。

乐无晏怔怔看了许久,心里逐渐生出了不确定,这里的天瑶池虽也壮阔,却与他在那些壁画中看到的并不一样。

为什么?

很快有人问出了与他一样的疑问。

冯叔道:"传闻中天瑶池有方圆数百里,如今看过去,却仿佛连十分之一都没有,是传言有误吗?"

徐有冥未答,在乐无晏也用疑惑的眼神看向自己时,他微微摇头。

其余人仍盯着前方的神迹,秦子玉慢慢收紧拳头,站在天瑶池前,那种荒谬的熟悉和挥之不去的悲恸竟又生了出来，让他分外难受，他怎么都想不明白。

谢时故转过身，脸上已没了笑意，问乐无晏："青道长想知道吗？"

乐无晏警惕着他，没吭声。

徐有冥上前一步，挡在了乐无晏身前，剑在手上，随时准备出手。

谢时故哂道："明止仙尊不必如此，我没兴趣跟你在这里再打一架，你们不是想知道这天瑶池为何跟传闻中不一样吗？明止仙尊分明知晓原因，不敢说出来吗？"

他讽刺地一笑，眼神近似悲凉，道："因为有人抽取了天瑶池的池水，借整个魔界的魔气炼化聚魂邪阵。"

此言一出，所有人都惊住了，有人下意识追问："聚魂阵是什么？"

"聚魂阵，逆天成阵，可聚拢已彻底溃散的元神，以之重新养出三魂七魄，哪怕元神溃散成沙，只要在聚魂阵阵法范围之内，都能被重新聚拢。"谢时故冷声道。

闻所未闻的众人惊愕万分。

谢时故盯着徐有冥，问的却是其他人："当年玄门百家围剿逍遥山，魔尊死在明止仙尊的破魂剑下，在天下修士面前魂飞魄散，所有人都以为他已消亡于天地间，可若是有聚魂阵呢？若有聚魂阵，他是不是就可以重回人间，换一具肉身继续存活于世，瞒天过海？"

"你胡说八道！"余未秋第一个跳起来反驳，"天瑶池就算近在眼前，那也是在仙界，我们根本过不去，谁能有那个本事抽取天瑶池水？你倒是现在给我表演一个去天瑶池取池水来试试啊！整个魔界的魔气就更荒谬了，魔界也在天界之中，你以为是你家院子，随便你想去就能去？"

谢时故连余光都懒得分给他，只丢出一句："这个世上你不知道的东西多了。"

余未秋还要说，被冯叔拉住。

他气急败坏道："冯叔你干吗拦着我，我……"

冯叔直接以灵力封住了他的嘴。

乐无晏亦是第一次听说聚魂阵这种东西。

徐有冥回头看他，乐无晏虽勉力维持镇定，但他的手却在微微颤抖，眸光不停颤动，话已到了嘴边。

徐有冥沉下声音："无稽之言。"

乐无晏怔了怔，眼里有一瞬间的迷茫，徐有冥转头面向咬着他们不放的谢时故，镇定如常道："你不必屡次试探，我说了青雀与逍遥山魔尊没有干系，他与我是共同祭了天道的道友，你若执意这样一再挑衅，便不必再多言，直接动手吧。"

双方对峙片刻，谢时故摇了摇头。

"抽取天瑶池水炼化邪阵的自然不是你，你只是运气好，找到了掉入凡界的聚魂阵，借用了而已。"言罢他仿佛自嘲一般，"你的运气永远都比我好。"

徐有冥再没理他，扶着心神不稳的乐无晏坐下。

余未秋拼命挣扎，还想说话，冯叔他们将人按住，看向徐有冥和乐无晏的眼中隐有疑虑，到底没有多言。

秦子玉后退至徐有冥和乐无晏身前，与极上仙盟一行人泾渭分明，即使他修为低微，也时刻戒备着谢时故万一出手偷袭。

乐无晏半日回不过神，一动不动地看着眼前人，徐有冥以灵力送入他体内，提醒他："静心。"

神识中响起乐无晏的传音："聚魂阵，真的有吗？"

徐有冥回视他，许久，轻轻点了点头。

乐无晏闭起眼，多的话已不需要徐有冥再说，他都懂了。

原来如此，竟然如此。

63

之后没人再说话，两方阵营陷入沉默，互相警惕着对方，但都没有出手。

徐有冥全部心思都在乐无晏身上，一直在帮他平复心神，安抚他体内趋于紊乱的灵力。

那边谢时故也就地坐下了，低着头神色阴沉，没人知道他到底在想什么。

余未秋终于能说话之后嘟嘟哝哝抱怨了几句，抬眼看向前方时忽地一愣，道："那是……雪华天晶？"

众人闻声看去，就见日头已高悬，天瑶池附近的浓雾散去，一株株无色透明的花在日光下渐渐清晰地显现出来，迎着晨风招展。

先只是花苞，被泄下的天光笼住，颤颤悠悠地摇晃，花叶连着花茎抖动着，其上的花瓣俏皮地歪过一瓣，仿佛试探一般，再一瓣接着一瓣慢慢绽开，直至怒放。

晨光映着晶莹剔透的花株，如流光溢彩，流淌其上。

一众修士看得出神，无不惊叹，直至一道黑影飞身而上。

是谢时故，他已第一个动身，趁着众人反应过来前直冲那才开花的雪华天晶而去。

徐有冥立刻追上，余下的高阶修士这才回神，也不甘示弱，纷纷跟上。

乐无晏略一犹豫，放出飞行灵器，也跟了上去。

离天瑶池越近，越能感受到仙界某种莫名的召唤，天瑶池已近在眼前，仿佛触手可及，乐无晏伸手过去，摸到的却只有一片虚妄。

看得到，却过不去。

这里是凡界离仙界最近的地方，但终究仙凡有别，修为高如徐有冥和谢时故，也无法强行突破这中间的结界。

乐无晏试着释出凤凰真灵，赤色灵光碰上那一层无形的结界，轻轻颤了颤，转瞬消弭。

他盯着那团消失的灵光，隐约可见有些许赤色光点越过了结界，直至散落于天瑶池水上，这并非他的错觉。

乐无晏怔了怔，忽然想到，自己现下修为只有金丹，待修为上去了呢？若以凤凰真灵护身，是否有可能直接越过这一层结界？

可能吗？

身后响起激烈的打斗声，拉回了乐无晏的思绪。

回头看去，徐有冥已与谢时故再次交起手来，金、黑灵光在空中不断炸开，剑意与铁扇带起的飓风对撞，掀起风浪滔天。

乐无晏不由得拧眉，视线扫过去时，很快明白过来。

雪华天晶大多生在仙界那一侧，凡界这边数量很少，自然要争。

除了他二人，其余高阶修士也在各显神通，拼尽全力争夺着那为数不多的几朵花。

乐无晏自知抢不过，没有插手，直接退了回去。

见到乐无晏回来，跃跃欲试的余未秋问："青小师叔你看到了什么？能过去天瑶池那边吗？"

乐无晏瞥他一眼，好笑道："你先前不是振振有词，天瑶池在仙界，没人过得去，现在还问什么？"

余未秋闻言顿觉失望，先前虽是那么说，不过是为了堵谢时故那厮的嘴，都到这里来了，谁都想直入仙界去见识一番。

"想多了。"乐无晏道，"若是这样就能去往仙界，谁还会费成百上千年去修炼，再熬过雷劫才能飞升，都来这绝域之地闯一闯便是。"

余未秋道："好吧，我也就是想想。"

前方那几人已打得不可开交，乐无晏看过去，极上仙盟那头四个人，他们这边只有三人，分明不占上风，再斗下去也没意思，于是传音过去给徐有冥："摘到了几株就行了，不必跟他们浪费工夫。"

徐有冥很快收手，退了回来。

冯叔他们见状也跟着退下。

他们这边一共摘到了八株雪华天晶，徐有冥一人独得五株，极上仙盟那些人也不过比他们多摘得两株而已，足够了。

此行任务已了，多的话不必再说，徐有冥冲乐无晏点点头，已准备动身离开。

他们转身刚要走，天地间忽然狂风肆虐，转瞬飞沙走石，黑云密布，天色陡然变暗了，甚至伸手不见五指。

徐有冥快速在他二人周围设下结界。

乐无晏问："怎么回事？"

"雪华天晶被摘，这里风水被破坏了。"徐有冥道。

乐无晏皱眉，高声喊了一句"小牡丹"，但无人回应。

徐有冥神识感知了一下四方，道："无碍。"

乐无晏稍松了口气，道："之后会怎么样？"

徐有冥抬眼，望向结界之外暗无天日，仿佛只有无边无际的黑，答道："不知。"

那就只能等了。

二人原地坐下，乐无晏仍有些心神不宁，垂眸发呆片刻，徐有冥问他："在想什么？"

乐无晏一撇嘴，道："说了你也不会告诉我。"

方才乍一知晓聚魂阵之事，确实对他冲击颇大，这会儿心绪平复下来，更觉不得劲。

乐无晏没什么好说的，半响，才闷声问："之前的事情，是不得已吗？"

徐有冥道："嗯。"

乐无晏问："确实没有其他法子了吗？"

徐有冥道："没有。"

乐无晏心里像堵着团气，上不去也下不来。

逍遥山围剿，是用了聚魂阵，那幻境中的那次呢？

他在幻境中确确实实是魂飞魄散了，但除了徐有冥，没有任何人有那一段幻境中的记忆。

徐有冥究竟是用什么法子做到的？

发生过的事情可以全部抹去，时间回溯，再重新来过吗？

乐无晏想到这一层，只觉心惊肉跳，可他不能问，徐有冥也不会说。

思来想去，乐无晏自暴自弃道："我就讨厌你这样，你以为我当初真的想跟你结为共修者吗？我其实恨死你了，做梦都想着要跑，无数次发誓等日后我修为上去，定要杀了你。"

"嗯。"徐有冥轻声应道。

"你嗯什么？"乐无晏猛抬了眼，眼圈微红，被四遭漫无边际的黑暗遮掩，"我最讨厌你说这个字，你每次敷衍我都是这一个字，我要是一直想不明白，一直糊里糊涂地恨你，你打算怎么办？就这么任由我骂你、诅咒你，甚至哪天杀了你？"

徐有冥道："不会。"

乐无晏道："不会什么不会？"

"你这般聪明，不会的。"徐有冥低声道。

乐无晏一愣，瞬间就没话说了。

算了，他从来不是矫情之人，如今既知道徐有冥有不得已的苦衷，且徐有冥说没有其他法子了，他便信，从一开始他就无条件地信这个人，现在也不想改。

"再没有下次。"乐无晏道。

徐有冥道："你之前已经说过了，我知道。"

乐无晏皱眉道："你还有什么秘密瞒着我吗？"

徐有冥道："没有了。"

乐无晏不太信，盯着他的眼睛问道："真没有？"

"没有。"徐有冥微微摇头，"别想了。"

乐无晏确实没力气再与他计较，闭了眼。

徐有冥以灵力加固结界，挡去其外的风雪。

整整一日一夜，黑暗终于退去，结界之外的异象消散，天光重新泻下。

徐有冥破开结界，冯叔他二人带着余未秋就在不远处，也刚出来，极上仙盟那一众人却已不见踪影。一起消失的，还有秦子玉。

乐无晏瞬间冷了神色，谢时故的传音隔空送来："青道长，极上仙盟见，用你自己来换小牡丹便好。"

余未秋气急败坏道："他有病吗？劫持子玉做什么？"

乐无晏沉声问徐有冥："他们走了多久？往哪个方向去的？"

徐有冥掐指算了算，道："刚走。"

言罢，他朝着与他们来时不同的另一条道飞速掠去，其余人立刻跟上。

但到底慢了一步，谢时故的修为与徐有冥相当，既打定了主意不让他们追上，便是徐有冥也奈何不了他。

一行人日追夜赶，直至回到绝域之地边境，不过六七日，极上仙盟一行人仍比他们快一步，已登上灵船顺通天河而下。

谢时故走进船舱，秦子玉被他禁锢住手脚，低头坐在榻边不动。

谢时故沉眼看他片刻，心下越发不快。秦子玉抬头，对上他阴冷的目光，愣了愣。

"害怕吗？"面前之人寒声问。

秦子玉反问他："你要杀我吗？还是拿我威胁仙尊和青道长他们？"

谢时故道："你以为呢？"

秦子玉摇头，道："没用的，你威胁不了他们，我无足轻重，仙尊不会允许任何人伤及青道长安危，若因我之故让他们为难，我宁愿自我了断。"

谢时故面色一沉，忽然伸手过去，用力掐住了他的下颚，强迫他看向自己，轻眯起眼道："自我了断？"

秦子玉被他掐得有些喘不上气，眼里泛起泪光，但坚持没改口。

谢时故的神色更阴，道："我最讨厌的，就是别人用死来威胁我，你算个什么东西，也学着这一套？"

秦子玉道："没有……我威胁不了你，你放……"

谢时故的目光在秦子玉脸上逡巡，秦子玉神情痛苦，在他手里挣扎，却叫他没来由地一阵烦躁。

僵持片刻，谢时故最终松了手，秦子玉猛弯下腰，剧烈咳嗽。

谢时故后退一步，冷眼看着，慢慢道："有没有用，总得试过了才知道。"

秦子玉闭起眼，仍是摇头。

谢时故满是恶意的声音就在耳边："你若是敢寻死觅活，我会叫你生不如死，你最好趁早死了这条心。"

太乙仙宗一行人也登了船，回程一路上再未遇到任何异象，一路顺风顺水。

余未秋急得团团转，但毫无办法，冯叔来找徐有冥和乐无晏，开门见山道："还望仙尊和青道长不要怪我多嘴，因公子十分担忧那位秦公子的安危，我才想问您二位一句，你们与那位极上仙盟的盟主究竟有何过节，他要这般屡次针对，甚至挟持秦公子来胁迫你们？"

乐无晏尚未开口，徐有冥先道："没有过节，他单方面听信传言，想要凤王骨，故而几番挑衅。"

乐无晏话到嘴边，看了徐有冥一眼，抿了抿唇。

冯叔直言问道："所以仙尊当年，究竟有无拿到凤王骨？"

这一句话，其实太乙仙宗内也早有无数人想问。

逍遥山中藏有凤王骨，早年就有这样的传言，不知因何人而传出，但全天下尽知。玄门百家上逍遥山，当中有多少人是为除魔卫道，又有多少人存了别的心思，怕只有他们自己知道。

但魔尊已死，凤王骨却不见踪影，不是没有人怀疑过徐有冥，只是心里存着疑问，不敢当面质疑而已。

徐有冥皱眉，乐无晏插进声音："拿到了又如何？"

冯叔诧异地看向他。

乐无晏笑道："不应该吗？凤王骨就那么一根，就算真拿到了，除了仙尊，冯叔觉得还有谁有资格拿？"

闻言，冯叔面色几番变化，眼中神色惊疑不定。

乐无晏继续道："凤王骨没有传说中的那般神乎其神，凤凰已灭族，拿到凤王骨之人也无可能再躲过天劫直入仙界，无论你信不信，这是事实。"

他的神情过于坦然，全然不似作假。

冯叔看着他，眼神中分明还有未尽的疑问，欲言又止。最后也只说了句"我知道了，多谢仙尊和青道长解惑"，转身离开。

乐无晏看着人走远，小声与身边人道："他还有话想问。"

徐有冥没吭声。

乐无晏轻嗤道："他是想问聚魂阵的事情吧，他肯定也在怀疑了。唉，怎么所有人都觉得我是那魔头转世呢。"

徐有冥立刻道："不是。"

"行了行了，我知道我不是，不用仙尊一再提醒。"乐无晏说完，眼巴巴地看着他，"你能把小牡丹救回来的吧？"

徐有冥提醒他："我会尽力，但你不能去冒险，更不能如他所愿以自己去换。"

"我没那么傻。"提起这个乐无晏又没好气，"谢时故那个畜生最好别落我手里，否则我绝对不会让他好过！"

64

乐无晏和徐有冥一行人回到南地，再赶至中大陆，又耗费了月余时间。

极上仙盟地处中大陆中部，占地广阔，是和太乙仙宗齐名的超级大仙门，从前处处被太乙仙宗压着一头，自几十年前谢时故这位新盟主上任，如今却已有迎头赶上的趋势。

且极上仙盟的行事作风，也与太乙仙宗截然不同。

太乙仙宗是十分正统守旧的门派，推崇尊师重道、按资排辈那一套，即便如徐有冥这样天资耀眼的不世天才，在宗门内依然被其他人压着，宗主和长老的位置还轮不到他。

极上仙盟却不同，唯实力论，当年谢时故便是以说一不二的强权铁腕夺得盟主之位，甚至将那些资历和年纪远在他之上的宗门长老挤对得没有任何说话的余地，使整个仙盟成为他的一言堂，人人唯他是从，极端强势的形象早已深入人心。

这一路过来，乐无晏听着路人说的各种关于谢时故这厮的传奇故事，十分嗤之以鼻，从自己师尊手里强夺下盟主之位，这种德行，竟没有人人喊打。所谓玄门正派，也不过是一群见风使舵、欺软怕硬的伪善之徒罢了。

二人在极上仙盟管辖下的一处城池暂时落脚，再次听到人议论谢时故的种种丰功伟绩，乐无晏心中不痛快，问徐有冥："你到底几时能坐上太乙仙宗宗主的位置啊？"

徐有冥看他一眼，只当他在胡言乱语。

余未秋已强行被冯叔他们先带回了太乙仙宗去，若是他在这里，只怕乐无晏也不好意思说这话。

乐无晏笑睨着他道："说话啊。"

徐有冥倒了杯茶水递过去，淡声问："这也要比？"

乐无晏不服气道："这怎么不能比？人家有偌大一个仙盟，你有什么？太乙仙宗中排在宗主和十二长老之后的仙尊？"

徐有冥无奈道："现在还不行。"

乐无晏道："要等你师兄飞升以后？"

"嗯。"徐有冥点头。

"你这是看不起你自己还是看不起我？"乐无晏不高兴道，"要不了两三百年，我修为肯定能追上你，只怕我们一块儿飞升了，你师兄还健在吧？"

"那也等到时候再说。"徐有冥继续给他添茶，不欲再继续这个话题。

他二人在茶馆里坐了不过两刻钟，便有极上仙盟的修士前来，阵仗颇大，浩浩荡荡几十人，为首的那个恭敬地上前行礼，道："在下奉盟主之命，前来迎接明止仙尊和青道长，还请二位随在下入仙盟。"

乐无晏二人起身，但并不理他，神情亦冷淡。

那人也不在意，一行人掠地而起，径直往仙盟方向去。

极上仙盟的内门一样是层峦叠嶂，绵延数千里不止的无数峰头，谢时故的主峰在众星捧月的正中间，天宫矗立云端，睥睨众生。

乐无晏和徐有冥落地，领他们来的极上仙盟修士告诉他们："盟主在殿内设宴，请仙尊和青道长进前。"

乐无晏四处看了看，冲徐有冥示意，徐有冥点了点头。

他二人顺天阶而上，步入那天宫大殿，殿中舞乐声绕梁，酒香四溢，谢时故一副散漫之态，歪坐于主位上正喝酒，身旁是那位向来寡言的齐思凡。

见到他们进来，谢时故侧过头，眯着眼漫不经心地打量着逐渐走近的两人，意味不明地一掀唇角道："明止仙尊和青道长架子确实大，叫人好等。"

乐无晏冷声问："人在哪里？"

谢时故伸手一点下方的位置，示意他们道："来者便是客，若不能招待二位吃好喝好，传出去还道我极上仙盟不懂礼数。"

乐无晏道："不用说那些废话，我们也没兴趣跟你喝酒，小牡丹在哪儿？"

谢时故沉下声音："青道长这话够叫人寒心的，来了在下这极上仙盟，却连口酒都不肯喝，张嘴便是要人，如此不给面子，青道长是将极上仙盟当作什么了，任由你来去？"

乐无晏最讨厌的，就是这种装模作样、阴阳怪气之人，张嘴便要骂，被身边人拦住。

徐有冥冲他微微摇头。

乐无晏皱眉，对上徐有冥的目光，生生将那口气咽下了。

来之前徐有冥已提醒过他要忍耐，甚至徐有冥原本的打算是只身前来，是他坚持，才带了他同行。

好，他忍。

他二人走向一旁的酒案，并肩坐下。

徐有冥以灵力试了试面前的酒和菜，确定没问题，才给自己和乐无晏各倒了半杯酒，一口喝完，沉声问："现在可否放人？"

谢时故笑了笑道，这才懒洋洋地坐直起身，拍了拍手。

秦子玉被人带进殿中，手脚都被谢时故以灵力束缚，面色白如纸，不能动也发不出声音。看到乐无晏和徐有冥时他蓦地瞪大眼睛，试图挣扎，谢时故一伸手，将人猛攥到了自己身前，挟制住。

乐无晏阴了脸："放人。"

谢时故提醒他："青道长忘了，我当日说的，是以你自己来换。"

他一字一字说得戏谑，紧盯着乐无晏，分明不怀好意。

他又冲被禁锢在自己手中的人喃喃道："你看，他们还是来了，你也不是那么没用，仙尊和青道长都看得起你，何必妄自菲薄呢？"

秦子玉难堪地闭了眼。

乐无晏站起身，徐有冥立刻跟起来，拉住他。

乐无晏回头，徐有冥眉头紧拧道："别去。"

乐无晏不言，就这么看着他。

徐有冥看懂了他眼神中的意思，但不肯松口，仍是道："别去。"

乐无晏轻点头，示意他放心。

徐有冥面色难看，僵持一阵，终于慢慢松了手。

乐无晏视线重新转向谢时故，谢时故正饶有兴致地看着他们，被他挟持的秦子玉不断摇头，不想让乐无晏过来。

乐无晏却不在意，一步一步走上前。

谢时故眼神愈发得意，乐无晏忽又停下脚步，看着他道："盟主不该先放开小牡丹吗？"

谢时故道："你先过来。"

乐无晏坚持道："你先放人。"

谢时故沉目，乐无晏再次道："你先放人。"

对峙片刻，谢时故忽然松开手，将手中人用力往前一推，同时出手向乐无晏，乐无晏周身在那一瞬间猛释出凤凰真灵，将自己全身护住。

凤凰真灵挡不住渡劫期修士的灵力攻击，乐无晏也不需要，他只要让对方的攻击稍滞一息，就这一息已经足够了，他被那股冲击力碰到，却没有立刻被谢时故攥到身边。

他的身后，徐有冥在谢时故推开秦子玉的同时出手，没有去接秦子玉，目标直冲谢时故身边毫无防备的齐思凡。

齐思凡不过是个没有任何灵力傍身的凡人，转瞬已被徐有冥挟持到手上。

谢时故神色乍冷，分了心神，攻击转向了徐有冥，乐无晏趁此机会以红腰卷起摔倒在地的秦子玉，带着他一起退回了徐有冥身后。

攻击力极强的黑水灵力铺天盖地而来，徐有冥并未抵挡，将齐思凡按在了他们身前。

以其人之道，还治其人自身。

灵力攻击至他们面前时戛然而止，倏忽散开。

徐有冥面色如常，禁锢住齐思凡，看向前方面色阴鸷、脸上已无半分笑意的谢时故。

"放我们离开。"他道。

齐思凡并不挣扎，在徐有冥手中十分配合，甚至存了死念。

徐有冥再次提醒对面人："放我们离开。"

谢时故冷冷盯着他们，僵持许久，最终挥了挥手，周围一众做出攻击姿态的修士同时收手，眼睁睁地看着徐有冥三人带着齐思凡离开。

徐有冥几人出极上仙盟地界时已是傍晚，正碰上带人前来接应的冯叔他们。

谢时故带了十余手下追来，太乙仙宗这边亦有数十人，如此他已彻底没了机会，除非他想让极上仙盟与太乙仙宗彻底对立。

两方在一座城池外的河滩上相遇，谢时故面色冷然道："放人。"

徐有冥一句话不多言，将人推了出去。

谢时故接过齐思凡，带着人立刻转身而去。

待极上仙盟一行人已没了影子，乐无晏仍看着他们离开的方向，眉头未松。

方才，齐思凡分明不想回去，甚至有一瞬间看着他的眼里有哀求之色。但在惹上谢时故那个无穷无尽的大麻烦和少管闲事之间，他最终还是选择了后者。

冯叔上前来道："仙尊，青道长，可还好？我等奉宗主之命前来接应您二位。"

徐有冥点了点头，若非冯叔带人来接应得及时，谢时故怕还不会这般轻易放弃。

乐无晏去扶起秦子玉，徐有冥帮他解开了身上的灵力束缚，就见他弯下腰剧烈咳嗽了半晌，才逐渐缓过劲。

"怎么样了？"乐无晏问，给他喂了一颗快速恢复灵力的药。

秦子玉艰难地摇了摇头，哑声道："没事。"

冯叔见天色已暗，问徐有冥是否要在这城中歇一晚明日再启程，徐有冥点头同意。

进城之后他们包下了一间僻静地的客栈，乐无晏将秦子玉留下，问起他这段时日被谢时故劫持后发生的事情。

秦子玉简单说了，他一直被谢时故以灵力禁锢住，什么都不能做，被带回极上仙盟之后就被关了起来，直到今日乐无晏和徐有冥前来营救。

乐无晏问："他有没有欺辱过你？"

秦子玉摇头。

被谢时故几次三番羞辱，他并不想提，在去绝域之地的路上谢时故救了他

卷三 雾里花

一回，摘取雪华天晶后狂风肆虐也是谢时故护住了他，权当是还了。

秦子玉说起另一件事："刚回到南地时，曾有一日，我见过有人来求见他，那人看着有些眼熟，后来才想起来，似乎是如意宗那位段宗主的手下，是去秦城参加寿宴时一直跟在那如意宗宗主身边之人。"

乐无晏道："你确定？"

秦子玉道："应是确定的，那人长得颇有特点，看过很难忘记。"

如意宗的人和谢时故那厮私下见面？

乐无晏觉得奇怪，正想着，徐有冥开口，示意秦子玉："你回屋去。"

言罢，他扔了一袋灵药过去，秦子玉接下，道谢过后退了下去。

乐无晏转头问："你说谢时故跟如意宗的人勾搭上想做什么？他们一个在中大陆，一个在南地，隔了十万八千里，打什么主意呢？"

徐有冥看着他，未出声，乐无晏一愣，道："做什么？"

片刻，徐有冥以灵力探入他体内，面上神情渐冷，乐无晏果然又受了内伤，且还不轻。

谢时故毕竟是渡劫期大能，乐无晏虽以凤凰真灵抵挡，怎可能毫发无伤。

"也不是很严重。"乐无晏不在意道。

徐有冥示意他去榻上坐下，庚金灵力不断送过去。

乐无晏服了颗丹药，体内的疼痛和不适很快被抚平，道："可以了……"

徐有冥垂着眼，浓长的眼睫毛挡去了他眼中的情绪。

乐无晏道："真没事啊。"

"最后一次。"徐有冥的嗓音略沉，抬目看向他，眸色晦暗，"你答应我不以自己去换，为何变卦？"

乐无晏道："那不是相信你的本事吗，而且我们不是把人救出来了吗。"

"即便有把握，以后也不能再如今日这样冒险。"徐有冥提醒他。

乐无晏顿时又乐了，道："仙尊教训得是。"

徐有冥脸色难看，仍是紧绷着的神情。

乐无晏嘴角的笑意慢慢滞住，讪然道："你怎么还真生气了，我都说了没事了。"

徐有冥闭了闭眼，放缓了声音："以后小心一些。"

"知道了。"乐无晏耐着性子说。

蚀心 番外

那时徐有冥初入逍遥山不久，山中小妖们各个都忌惮害怕他，唯独乐无晏，捡回这个修为不下自己且来历不明的大活人，轻易信了他，还与之修炼。

小妖们当着他的面不敢提，私底下免不得忧心忡忡，但见乐无晏已然鬼迷心窍听不进任何劝，再多的疑虑也只能压在心底。

数月后，乐无晏闲来无事，带着徐有冥下山去了一趟银月岛，秦子玉不放心他跟人单独外出，带了几个小妖同行。

乐无晏懒得解释，他知道这些小妖在担心什么，但他不是傻子，他爹娘当初就是轻信了人最后惨死，他怎么可能重蹈覆辙。

如果一定要说，他初见徐有冥时，就有种莫名的亲切和熟悉感，本能地不想猜忌对方，他信自己的直觉。再者，真要是他看走了眼，在逍遥山他自己的地盘，且他的修为还略胜一筹的情况下，交起手来他也没可能落下风，没有必要杞人忧天。

银月岛是离逍遥山最近的一座大岛，自逍遥山过去，乘船也不过几日的工夫。

岛上玄门修士众多，向来热闹，乐无晏从前时不时会来这里买酒喝，寻些新鲜乐子。他带着徐有冥逛遍自己常去的赌坊、酒楼和集市，徐有冥既没说好，也不说不好，看似不感兴趣，却又耐性十足，乐无晏要去哪里他都愿意跟着去。

他越是这样，乐无晏反倒觉得没意思，不满地抱怨："我说你，不能说点别的吗？你怎么这么无趣啊？"

徐有冥停住脚步，看向他的眼瞳颜色在日光下显得略浅，像蒙上了一层什么，叫人捉摸不透。

目光相接，乐无晏的声音哽了一瞬，就听他道："抱歉。"

"你跟我道什么歉？"

"让你不高兴了，抱歉。"

徐有冥这么一本正经地道歉，乐无晏也不好再说什么："算了算了，我有什么不高兴的，我带你出来，不是想让你高兴高兴吗？"

"嗯。"徐有冥点头，"我知道。"

乐无晏道："那你倒是表现出一点高兴给我看啊？"

秦子玉轻咳一声，走上前打断他们，提醒道："前边有人来了，好大的阵仗，听说是某个大门派的宗主。"

徐有冥抬目看了一眼，示意乐无晏："我们走。"

"现在走？"乐无晏撇嘴，"急什么，我还想看看是什么门派的宗主，这么大排场呢。"

徐有冥微微摇头道："走吧，再去别处看看。"

见他是真的没兴趣，乐无晏只能算了，与他一起转身，走向旁边的另一条街去。

秦子玉带着其他小妖跟上，走了几步仿佛有所感，回头看去，一众黑衣修士已然走远，为首的那位骑于威猛灵兽之上，只留下一道潇洒的背影。

旁边人议论纷纷，说是极上仙盟的盟主亲自来了，似乎是来找什么人还是东西。

"小牡丹？"乐无晏转身叫他，"你看什么呢？"

秦子玉回神，忽略看到那个人背影时心头涌起的怪异感，赶紧跟了过去。

乐无晏看看秦子玉，又看看身边徐有冥，奇怪地问："你们怎么都古古怪怪的？"

徐有冥镇定道："没有，走吧。"

晌午，他们在这边的一座酒楼打牙祭，乐无晏嫌这酒楼里的酒不够味，打发人去外头买，徐有冥拿了剑起身道："我去吧。"

他下了楼，乐无晏没多想，叫秦子玉陪自己一起坐下，让其他小妖去厢房外守着。

见乐无晏手支着腮，一直看着楼下街上徐有冥走远，秦子玉犹豫地问他："尊上，您真这么信任这位道长？"

乐无晏笑了："你们憋了这么久，就是想问我这个？"

秦子玉皱眉道："您捡到道长时，他身上穿的分明是玄门修士的弟子服，虽然看不出来是哪个门派的，总归他是出身玄门，而且他的修为，大概只比尊上您低一点。我不知道玄门里能达到你们同等修为的人有多少，想来不会太多，他的来头应该不小，突然受伤失忆倒在逍遥山脚下，成了我们逍遥山中人，我心里总觉得有些不安。"

"还有刚才，那些黑衣修士过去时，道长他像是刻意回避才叫我们离开的，他是真的失忆了吗？"

"确实失忆了。"乐无晏收回视线，"我探过他神识，这点他应该骗不了我。"

秦子玉稍稍放下心，道："那就好，我也只是担心，从前的事情会重演。"

乐无晏的眼睫毛缓慢动了动，道："放心，我不会像我爹娘那样。"

徐有冥在两刻钟之后才回来，带回买来的酒和一身凛冽气息。

乐无晏眨了眨眼，问他："你去买个酒而已，怎么去了这么久？"

徐有冥是去将潜在的敌人引开，费了些工夫，他没有解释，只道："酒铺人多，等了片刻。"

他这么说，乐无晏便这么信了，不再纠缠这个话题，掀起酒壶盖子，闻到飘散开的酒香，笑容满面："好酒。"

徐有冥重新坐下，为他斟酒。

之后数日，他们一直在这银月岛上游玩，尽兴之后方才返回逍遥山。

上山后的徐有冥却出人意料地主动提出，他想去闯后山的蚀心阵。

"你不用去。"乐无晏第一反应便是拒绝，"你与我一同修炼，不用闯那个阵法。"

徐有冥坚持道："我去闯阵，叫这山上的人安心，你也少些烦恼。"

乐无晏道："你也看出来了？"

徐有冥淡道："我来历不明，被人忌惮本是平常。"

"那也不用去闯那个阵吧？"乐无晏神色纠结，"平白遭罪。"

徐有冥温缓道："不会有事。"

那蚀心阵法是乐无晏亲自设下的，在逍遥山后山的山巅，自他解决了飞沙门回来这逍遥山，第一时间便炼制了那一阵法。

阵中机关变幻莫测，无论修为高下，进入阵中之人但凡对他有异心，立刻会被阵法绞杀。

若成功破阵，才算是正式入了逍遥山的门，只是这过程并不容易，免不得要吃一番苦头。乐无晏倒丝毫不怀疑徐有冥会闯阵失败，就是不太舍得让他去走这一遭。

"我去去就来。"

徐有冥丢出这句，已飞身往后山去。

乐无晏再要制止也晚了，只能作罢，人走之后他才后知后觉地想起来……为什么他会知晓蚀心阵的事情？

秦子玉被乐无晏叫来问话，听闻徐有冥进了蚀心阵，他亦诧异万分。

"道长竟主动去闯阵吗？"

乐无晏怀疑地问："是不是你们谁跟他说了那阵法的事情，撺掇他去的？"

"自然不是，我们哪敢跟道长说多余的话。"秦子玉赶忙否认，"我想也许是他无意中听到谁提起那阵法，才起了心思吧。"

乐无晏皱了皱眉，察觉到后山的阵法已然动了，没来由地他有些紧张，手指敲着膝盖，暗想着这人也不知道几日能出来，他之前伤得那么重，彻底养好了吗？

秦子玉瞧着乐无晏的样子，迟疑地问他："尊上，万一，道长他出不来……"

"不可能。"乐无晏斩钉截铁道，阵法是徐有冥主动去闯的，他若是真另有居心，怎么敢？

秦子玉乖乖闭了嘴，乐无晏大约也意识到自己反应有些过度，一时讪然，背靠进座椅里，懒得想了，只道："等他出来再说。"

真要有那个万一，他也能及时让阵法停下，得由他亲自来解决人。

但是不会的，他信自己的直觉和眼光。

转眼七日。

乐无晏在房中静心打坐，忽然睁开眼，快速掐了个指诀，飞身而出，径直往后山去。

阵法已收阵，一身白衣的徐有冥自阵中出来，以剑尖点地，气息略有不稳，神情中却无狼狈色，比乐无晏想象中要好不少。

乐无晏快步迎上去，伸手扶了他一把："你还好吧？"

徐有冥的额头上沁出了一层薄汗，想来在阵中确实吃了些苦头。

"你这个阵法很厉害。"简单中肯的一句评价，能让徐有冥心悦诚服说出这话的人，乐无晏却是头一个。

乐无晏悬了多日的心落回实处，满意道："你算不错了，七日就出来了。"

"此阵不论修为高低，唯心念坚定可破，心诚自然能出来。"

徐有冥说完就地坐上，开始运转灵力，调理内息。

乐无晏见他已无大碍，彻底放下心。

他没有看走眼，从今以后，这逍遥山中任何人，都再说不得夭夭什么。

乐无晏嘴里衔了根草，在徐有冥身旁躺下，一手枕到脑后，在早春天光和煦的午后，舒服地眯起眼，打了个盹。

那时的他怎么也没想到，经受住蚀心阵的考验平安归来的人，会在他闭关修行、修为即将突破渡劫之际，率玄门百家闯入逍遥山结界，以破魂之剑指向他。

蚀心阵也会出错吗？

魂飞魄散的最后一刻，乐无晏依旧心有不甘。

时隔十数年再次睁开眼，脑中盘桓不去的也始终是这个念头。

他不信由自己亲手炼制出来的，堪称生平得意之作的阵法会出现这样的纰漏，那么究竟是哪里出了错？

洛水畔，那人自云巅而来，不期然地落至他身前。

看见那双陌生又熟悉的深色眼眸中时，所有纷杂的思绪在那一瞬间全数放空。

无论错在哪里，乐无晏想，他终究要问这个人讨一个答案。